KB119495

죽음의 법칙
#01 마음의 눈

제임스 대시너의

죽음의 법칙

#01 마음의 눈

제임스 대시너 지음
강동혁 옮김

문학수첩

이 책을

내가 경력을 쌓도록 도와주고

나의 좋은 친구가 되어준

마이클 부렛과 크리스티나 마리노에게 바친다.

CONTENTS ▶▶▶

CHAPTER 1	코핀	⋯ 9
CHAPTER 2	제안	⋯ 21
CHAPTER 3	어두운 곳	⋯ 42
CHAPTER 4	선택은 없다	⋯ 54
CHAPTER 5	늙은 남자	⋯ 61
CHAPTER 6	바닥 아래로	⋯ 70
CHAPTER 7	블랙앤블루	⋯ 83
CHAPTER 8	아주 작은 남자	⋯ 104
CHAPTER 9	아무도 지나가지 못한다	⋯ 117
CHAPTER 10	세 악마	⋯ 136
CHAPTER 11	참호 안에서	⋯ 151
CHAPTER 12	참혹한 경고	⋯ 163
CHAPTER 13	떠 있는 원반	⋯ 171
CHAPTER 14	두려움에 빠지다	⋯ 191
CHAPTER 15	먼 곳의 문	⋯ 209
CHAPTER 16	고립된 남자	⋯ 221
CHAPTER 17	소파에서의 밤	⋯ 238
CHAPTER 18	조상들의 발	⋯ 250
CHAPTER 19	열기	⋯ 259
CHAPTER 20	은빛 몸체	⋯ 273
CHAPTER 21	두 개의 문	⋯ 282
CHAPTER 22	외딴 건물을 넘어, 안으로	⋯ 287
CHAPTER 23	정신의 만남	⋯ 295
CHAPTER 24	가치	⋯ 305
CHAPTER 25	깨어나다	⋯ 318

CHAPTER 1

코핀

1

마이클은 바람을 맞으며 타냐라는 소녀에게 말했다.

"저 아래가 물이라는 건 나도 알아. 근데 물이나 콘크리트나 똑같을걸. 부딪치는 순간 팬케이크처럼 납작해질 거야."

삶을 끝내려는 사람에게 건네는 말치고 별로 위로가 되는 말은 아니었지만, 사실이었다. 타냐는 방금 금문교 난간을 기어올랐다. 난간 옆의 길에서는 자동차들이 빠르게 내달리고 있었다. 그녀의 몸이 허공으로 기울어졌다. 불안한 두 손은 물안개로 축축해진 기둥을 잡고 있었다. 설령 마이클이 뛰어내리지 말라고 그녀를 설득한대도 손가락이 미끄러워져 모든 게 끝장날 수 있었다. 그러면 죽음이었다. 마이클은 어떤 불쌍하고 멍청한 낚시꾼이 오랫동안 낚싯줄을 드리운 끝에, 월척을 기대했다가 타냐의 시신이라는 고약한 물건을 건지고 화들짝 놀라는 모습을 상상했다.

"농담은 집어치워." 소녀가 떨면서 말했다. "이건 게임이 아니야.

더 이상은."

마이클은 버트넷VirtNet 안에 있었다. 마이클처럼 자주 접속하는 사람들이 슬립Sleep이라고도 부르는 이곳에서는 공포에 질린 사람들을 심심찮게 마주칠 수 있었다. 그러나 보통 그 공포심 아래에는 인식이 깔려 있었다. 슬립에서 일어나는 일은 그 무엇도 현실이 아니라는, 의식 깊은 곳의 인식.

타냐는 아니었다. 그녀는 달랐다. 적어도 그녀의 오라Aura, 즉 컴퓨터 시뮬레이션으로 만들어진 그녀의 복제물은 그랬다. 타냐의 오라는 공포에 질려 정신이 나간 표정이었다. 그 표정 때문에 마이클은 갑자기 한기가 느껴졌다. 죽음을 향해 오랫동안 추락하기 전에 머뭇거리는 사람이 *마이클* 자신인 것만 같았다. 그는 죽기 싫었다, 가짜로든 진짜로든.

"게임 맞아. 너도 알잖아." 타냐를 놀라게 하고 싶지는 않았는데 목소리가 생각보다 크게 나왔다. 솟아오른 차가운 바람이 마이클의 말을 물굽이 쪽으로 쓸어내린 것 같았다. "이리 돌아와. 얘기 좀 하자. 그럼 우리 둘 다 경험치를 받게 될 거야. 이 도시 이곳저곳 다니면서 서로를 알아가자. 엿볼 만한 미친놈들도 찾아보고, 음식점을 해킹해서 공짜 음식을 먹을 수도 있을 거야. 재미있을 거라고. 다 끝나면 우리가 포털Portal을 찾아줄게. 그럼 집으로 다시 리프트할 수 있을 거야. 당분간 게임을 좀 쉬어."

"이건 *라이프블러드*랑 아무 상관도 없어!" 타냐가 마이클에게 소리쳤다. 그녀의 옷이 바람에 날렸고, 검은 머리카락은 빨랫줄에 걸린 옷가지처럼 등 뒤로 펼쳐졌다. "그냥 가. 날 내버려 둬. 살면서 마지막으로 볼 모습이 너처럼 예쁘장한 남자애 얼굴인 건 싫어."

마이클은 다음 단계이자 최종 목표인 *라이프블러드 딥*을 떠올렸다. 그곳에서는 모든 게 천 배는 더 현실적이고 최첨단이었으며 강렬했다. 그리로 들어갈 자격이 생기기까지 마이클에게는 겨우 3년, 아니 어쩌면 2년이 남아 있었다. 하필 그런 때에, 물고기와의 데이트는 그만두라고 이 멍청한 소녀를 설득하거나 서버브Suburb에 가서 1주일 동안 머물러야 하는 상황에 빠진 것이다. 그러면 *라이프블러드 딥*도 그만큼 멀어진다.

"알았어, 저기….." 그는 조심스럽게 단어를 고르려 노력했지만, 이미 큰 실수를 저질렀다는 걸 잘 알았다. 되지도 않게 게임을 들먹이며 타냐를 막으려 들면 엄청난 포인트를 잃을 게 뻔했다. 이 모든 게 결국 포인트 문제인데. 이제는 소녀가 정말로 무서워지려 했다. 소녀의 낯빛 때문이었다. 창백하고 홀쭉한, 이미 죽은 듯한 얼굴.

"그냥 가!" 그녀가 소리쳤다. "넌 이해 못 해. 난 여기에 갇혔어. 포털이 있든 없든! 그 사람은 내가 리프트하도록 놔두지 않을 거야!"

마이클은 소녀에게 마주 쏘아대고 싶었다. 그녀가 하는 말은 헛소리였으니까. 마이클의 못된 마음은 그녀에게 알았으니 됐다고, 너는 패배자라고 이야기하고 그녀가 떨어지도록 놔두고 싶었다. 타냐는 너무 고집스러웠다. 실제로 벌어지는 일도 아니잖아. *그냥 게임일 뿐인데.* 마이클은 언제나 그 사실을 되새겨야 했다.

어쨌든 일을 망칠 수는 없었다. 포인트가 필요했다. "알았어. 잘 들어." 그는 한 걸음 물러나, 겁에 질린 동물을 진정시키듯 두 손을 들었다. "우린 방금 만났잖아. 나한테도 시간을 좀 줘. 이상한 짓은 절대 하지 않겠다고 약속할게. 굳이 뛰고 싶다면 뛰게 놔둘게. 근데 최소한 말은 해주라. 대체 왜 그러는 거야?"

그녀의 두 뺨에 눈물이 흘렀다. 눈이 빨갛게 부어 있었다. "그냥 가. 부탁이야." 패배감에 젖은 목소리는 연약했다. "나도 괜히 이러는 게 아냐. 여기가 지긋지긋해. 이것들 전부 다!"

"지긋지긋하다고? 그래, 지긋지긋한 건 좋아. 그렇다고 내 일까지 망칠 필요는 없잖아?" 마이클은 게임 이야기를 꺼내도 괜찮을지 모른다고 생각했다. 타냐가 먼저 게임을 이유로 들먹이며 게임을 끝장 내겠다고, 가상의 뼈와 살로 이루어진 호텔에서 체크아웃해서 다시는 돌아오지 않겠다고 했으니까. "진심이야. 나랑 같이 포털로 걸어가서 리프트하자. 제대로 하란 말이야. 넌 안전하게 게임을 끝내고 나는 포인트를 벌고. 이런 해피엔드가 어디 있어?"

"너 정말 싫다." 그녀가 침을 뱉었다. 문자 그대로. 타액이 부옇게 뿜어 나왔다. "누군지도 모르지만 네가 정말 싫어. *라이프블러드*랑은 아무 상관도 없다고 했잖아!"

"그럼 뭐랑 상관이 있는 건지 말해줘." 마이클은 평정심을 유지하려 애쓰며 부드럽게 말했다. "뛰어내릴 시간은 얼마든지 있잖아. 그냥 몇 분만 내줘. 말해봐, 타냐."

그녀는 오른팔에 얼굴을 묻었다. "그냥, 더 이상은 못 하겠어." 훌쩍이는 그녀의 어깨가 들썩였다. 마이클은 기둥을 잡은 그녀의 손이 다시 걱정됐다. "못 하겠어."

입 밖으로 소리 내서 말할 만큼 멍청하지는 않았지만, 마이클은 속으로 '넌 그냥 나약한 거야'라고 생각했다.

*라이프블러드*는 단연 최고의 인기 게임이었다. 남북전쟁 시기의 처참한 전쟁터로 떠나거나 마법의 검을 들고 용과 싸우는 일도, 우주선 비행이나 해괴한 연인들의 오두막 탐험도 물론 가능했지만 그

런 게임들은 빠르게 시대에 뒤처졌다. 결국 노골적으로 엿을 먹이며 '제발 날 좀 꺼내줘!'라고 말하고 싶어지는, 있는 그대로의 현실적인 인생만큼 매력적인 건 아무것도 없었다. 아무것도. 타냐처럼 그 현실을 감당하지 못하는 사람들도 분명 존재했지만 마이클은 달랐다. 그는 전설적인 게이머 거너 스케일과 거의 비슷한 속도로 라이프블러드 안에서 랭킹을 올리는 중이었다.

"자, 타냐." 마이클이 말했다. "나랑 얘기한다고 손해 볼 것 없잖아? 그리고 어차피 게임을 끝낼 거라면, 왜 마지막 게임을 굳이 그런 끔찍한 방법으로 자살하면서 끝내려는 거야?"

타냐가 머리를 위로 홱 젖혔다. 그 눈초리가 하도 매서워 마이클은 다시 몸을 떨었다.

"케인이 날 쫓는 것도 이번이 마지막이야." 그녀가 말했다. "더 이상은 날 여기에 가둬놓고 실험용으로 쓸 수 없을걸. 킬심KilSim으로 공격할 수도 없고. 내가 직접 내 코어를 뜯어낼 테니까."

그 마지막 말에 모든 상황이 바뀌었다. 마이클은 공포에 질려, 타냐가 한 손으로 기둥을 더욱 꽉 쥔 채 다른 손으로 자기 살을 후벼 파는 모습을 지켜보았다.

2

마이클은 게임도 잊고, 포인트도 잊었다. 짜증스럽던 상황은 이제 죽느냐, 사느냐 하는 문제가 되었다. 게임을 그토록 오래 한 그조차도 코딩을 통해 직접 코어를 제거하는 사람은 한 번도 본 적이 없었다. 코어를 제거한다는 건 머릿속에서 가상과 현실을 구분해 주는 코핀Coffin의 방호벽을 파괴한다는 뜻이었다.

"그만둬!" 그가 소리쳤다. 한 발은 이미 난간에 올려놓고 있었다. "멈추라니까!"

그는 금문교 바깥쪽 보행자 통로로 뛰어내린 다음 그대로 우뚝 멈춰 섰다. 이제 그녀와의 거리는 겨우 몇 미터. 타냐를 당황하게 할지도 모를 성급한 행동은 사소한 것 하나라도 피하고 싶었다. 그는 손을 뻗고 좁은 보폭으로 그녀를 향해 한 걸음 나아갔다.

"그러지 마." 마이클은 살을 에는 바람을 맞으며 가능한 한 부드럽게 말했다.

타냐는 계속해서 오른쪽 관자놀이를 파고들었다. 피부 조각은 이미 벗겨졌다. 상처에서 흘러나온 한 줄기 피가 순식간에 그녀의 두 손과 한쪽 얼굴을 붉고 진하게 물들였다. 지금 그녀는 자신에게 무슨 짓을 하는 건지 전혀 모르는 듯 무서우리만큼 냉정한 표정을 유지하고 있었다. 마이클이야 그녀가 코드를 해킹하느라 바쁘다는 걸 잘 알고 있었지만 말이다.

"코딩 잠깐만 멈춰 봐!" 마이클이 외쳤다. "빌어먹을, 코어 뜯어내기 전에 얘기라도 잠깐 할 수는 없는 거야? 너도 그게 무슨 짓인지는 알잖아."

"왜 그렇게까지 신경 쓰는데?" 그녀가 대답했다. 목소리가 너무 작아 입술을 보고서야 이해할 수 있었다. 그래도 최소한 후벼파기는 멈추었다.

마이클은 빤히 바라보기만 했다. 후벼파기는 멈추었지만 이제 그녀는 찢어진 살점 안으로 엄지와 검지를 집어넣고 있었다. "넌 그냥 경험치를 원하는 거잖아." 그녀가 천천히, 피로 번들거리는 작은 금속제 칩을 꺼내며 말했다.

"경험치는 포기할게." 마이클이 두려움과 혐오감을 애써 감추며 말했다. "맹세해. 이 이상 장난하면 안 돼, 타냐. 그거 다시 코딩해 넣고, 와서 나랑 얘기해. 아직 늦지 않았어."

그녀는 들고 있던 코어의 시각적 표현을 매혹된 듯한 눈빛으로 바라보았다. "참 아이러니하지 않니?" 그녀가 물었다. "코딩 실력만 아니었으면 난 아마 케인이 누군지조차 몰랐을 거야. 놈의 킬심이나, 나에 대한 계획도 몰랐겠지. 그런데 난 코딩을 잘해. 그리고 그… *괴물* 때문에, 방금 그 잘난 코딩 실력으로 다름 아닌 내 머리에서 코어를 제거했어."

"진짜 머리가 아니잖아. 아직은 그냥 시뮬레이션일 뿐이라고. 타냐, 늦지 않았어." 마이클은 평생을 통틀어 지금처럼 역겨웠던 적이 없었다.

그는 그녀의 날카로운 시선을 느끼며 한 걸음 물러났다. "더 이상은 못 참겠어. 더 이상… 그놈을 참을 수 없다고. 내가 죽으면 그 자식도 날 이용할 수 없겠지. 난 끝이야."

그녀는 코어를 엄지에 대고 굴리다가 마이클 쪽으로 탁 튕겼다. 코어가 마이클의 어깨 너머로 날아갔다. 빙글빙글 돌며 허공을 가르는 코어는 햇빛을 받으며 반짝였다. 마치 마이클에게 윙크하며 "*어이, 친구. 넌 자살 협상 실력이 꽝이구나*"라고 말하는 것 같았다. 코어는 저 밖 어딘가, 차량의 물결 속으로 팅 하며 떨어졌다. 몇 초 후면 박살 날 터였다.

마이클은 눈앞의 광경을 믿을 수 없었다. 코어를, 슬립 속 게이머들의 뇌 보호 장치를 파괴할 수 있을 만큼 코딩 실력이 뛰어난 사람이라니. 코어가 없다면 뇌는 버트넷의 자극을 적절히 걸러내지 못한다. 슬립에서 코어가 망가지면 웨이크^{wake}에서는 그 사람이 죽는다.

마이클은 지금까지 이런 일을 목격한 사람을 단 한 명도 본 적이 없었다. 두 시간 전만 해도 그는 댄더맨델리('델리'는 비교적 작은 규모로 간단하고 값싼 음식을 파는 음식점을 말한다―옮긴이)에서 가장 친한 친구들과 함께 훔친 블르칩('최고'라는 뜻의 bleu와 감자칩을 뜻하는 chip의 합성어이다. '우량주'라는 의미의 단어, '블루칩'과 발음이 유사한 점에 착안한 말장난이다―옮긴이)을 먹고 있었다. 지금은 그리로 돌아가 호밀 빵에 칠면조 고기를 곁들여 먹으면서 늙은 아줌마들의 속옷에 관한 브라이슨의 농담을 참아주고, 마이클의 최근 슬립 머리 모양이 끔찍하다는 세라의 면박을 들을 수만 있으면 소원이 없을 듯했다.

"케인이 널 잡으러 오면," 타냐가 말했다. "결국 내가 이겼다고 전해줘. 내가 얼마나 용감했는지 말해. 원한다면 얼마든지 사람들을 가둬놓고 몸을 훔치라지. 하지만 내 몸은 안 돼."

마이클은 더 이상 할 말이 없었다. 피로 얼룩진 소녀의 입에서 나오는 말을 한 마디도 더 들어줄 수 없었다. 그는 가장 빠른 속도로, 여느 게임 캐릭터만큼이나 빠르게 그녀가 매달린 기둥으로 뛰어올랐다.

타냐가 비명을 질렀다. 마이클의 갑작스러운 행동에 잠깐 얼어붙었지만, 다음 순간에 그녀는 손을 놓았다. 다리에서 자기 몸을 밀어낸 것이나 다름없었다. 마이클은 한 손으로 왼쪽 난간을 잡고 다른 손은 그녀에게 뻗으려 했지만 둘 다 놓쳤다. 두 발이 단단한 뭔가에 부딪히며 미끄러졌다. 그는 팔을 마구 내저었다. 공기밖에는 만져지지 않았다. 그는 그녀와 거의 동시에 추락했다.

마이클의 입에서 굉장한 비명이 빠져나왔다. 그 자리에 같이 있는 유일한 사람이 목숨을 잃기 일보 직전만 아니었다면 부끄러울 정도였다. 코딩으로 코어를 제거했으니 그녀의 죽음은 현실이 될 것이다.

마이클과 타냐는 물굽이의 사나운 잿빛 물결로 추락했다. 바람이 둘의 옷을 찢는 듯했다. 마이클은 심장이 가슴 안쪽을 따라 목구멍으로 기어오르는 것만 같았다. 그는 다시 비명을 질렀다. 물에 부딪히면 고통이 느껴지리라는 것도, 그런 다음에는 집으로 리프트되어, 코핀에서 안전하게, 멀쩡하게 깨어나리라는 것도 어느 정도는 알고 있었다. 하지만 버트넷의 힘은 현실 모방에 있었고, 지금 당장의 현실은 공포였다.

마이클과 타냐의 오라는 그 기나긴 낙하 중에 어찌어찌 서로를 찾아 2인조 스카이다이버처럼 가슴을 맞댔다. 발밑의 물이 마구 소용돌이치며 돌진해 오는 가운데, 둘은 서로를 끌어안고 바싹 당겼다. 마이클은 다시 비명을 지르고 싶었으나 초연하기만 한 그녀의 표정을 보고 입을 다물었다.

그녀의 시선이 마이클의 눈을 파고들어 탐색하더니 그의 영혼을 찾아냈다. 마이클의 내면 어딘가가 부서졌다.

둘은 마이클이 생각했던 것처럼 세차게 물에 부딪혔다. 콘크리트처럼 세차게. 죽음처럼 세차게.

3

죽음의 순간은 짧지만 강렬했다. 온몸의 신경을 타고 전신이 일시에 후끈거리며 터지고 폭발했다. 무슨 소리를 낼 겨를도 없이 모든 게 끝나버렸다. 수면에 부딪히는 또렷하고도 끔찍한 충격음을 제외하면 아무 소리도 들리지 않았다. 그걸 보면 타냐도 같은 운명을 맞

앉을 것이다. 모든 것이 소멸했다. 마이클은 정신이 멍해졌다.

마이클은 살아남았다. 대다수 사람들이 코핀이라고 부르는 너브박스Nerve Box 안에 돌아와 있었다. 슬립에서 리프트된 것이다.

타냐는 사정이 달랐다. 슬픔에 이어 아연함이 마이클을 휩쓸었다. 그는 타냐가 자신의 코드를 조작해 가상의 살점에서 코어를 뜯어낸 뒤, 그게 빵 부스러기라도 되는 것처럼 던져버리는 꼴을 두 눈으로 직접 보았다. 타냐는 목숨이 끊겼다면 진짜로 끊긴 것이었다. 그런 일에 연루되다니 속이 뒤틀릴 것만 같았다. 이와 비슷한 일조차 본 적이 없었다.

마이클은 눈을 몇 번 깜빡이며 연결 해제 과정이 완료되기를 기다렸다. 버트넷에서 빠져나온 게 이렇게 마음이 놓인 건 처음이었다. 게임이 끝났다는 이유로, 너브박스에서 나와 현실의 오염된 공기를 들이마실 준비가 되었다는 이유로.

파란색 불빛이 들어오자 얼굴에서 겨우 몇 센티미터 떨어져 있는 코핀의 문이 드러났다. 리퀴젤LiquiGel과 에어퍼프AirPuff는 이미 물러났고, 마이클이 정말로 싫어하는 과정만 남았다. 셀 수 없이 여러 번 겪은 과정이지만 아무래도 싫었다. 얼음처럼 차갑고 가느다란 너브와이어NerveWire 가닥들이 그의 목과 등, 팔에서 빠져나오더니 피부를 따라 뱀처럼 기어 원래의 작은 구멍으로 돌아갔다. 너브와이어는 그곳에서 소독되고 다음번 게임까지 보관된다. 마이클의 부모님은 그런 것들을 몸에 그토록 자주, 자발적으로 파고들게 놔두는 마이클을 놀라워했다. 그도 부모님을 탓할 수는 없었다. 엄청나게 소름 끼치는 건 사실이었으니까.

시끄러운 철컥 소리에 이어 기계가 철커덩거리더니 공기가 쉭 하며 세차게 밀려들었다. 코핀의 문이 위로 휙 들렸다. 드라큘라의 관 뚜껑 같았다. 마이클은 이런 상상에 하마터면 웃을 뻔했다. 아가씨 들에게 사랑받는 악랄한 흡혈귀가 되는 건 슬립 안에서 할 수 있는 10억 가지 일 중 하나일 뿐이었다. 10억 가지 중 단 한 가지.

그는 조심스레 일어났다. 리프트된 후에는 항상 토할 것 같은 기 분이 살짝 들었다. 몇 시간씩 떠났다가 돌아올 때는 특히 그랬다. 그 는 땀범벅에 알몸이었다. 옷을 입으면 너브박스의 감각 자극이 둔해 져서 어쩔 수 없다.

너브박스의 모서리를 넘어 나온 마이클은 발가락 밑으로 느껴지 는 부드러운 카펫이 다행스럽게 느껴졌다. 덕분에 땅을 딛고 있다 는 느낌이 들었다. 현실로 돌아왔다는 느낌. 그는 바닥에 두었던 사 각팬티를 주워 입었다. 교양 있는 사람이라면 아마 바지와 티셔츠 도 함께 집어들었겠지만 지금은 별로 그럴 기분이 아니었다. *라이프 블러드*에서 요구한 건 그저 한 소녀를 설득해 자살을 막고 경험치를 받으라는 것뿐이었는데, 그는 실패했을 뿐 아니라 소녀가 현실에서 도 자살하도록 방조했다. 현실에서, 실제로.

타냐는 죽었다. 그녀의 몸이 어디에 있는지는 모르겠지만. 사망 전에 그녀는 패스워드로 보호되는 대단한 프로그램인 코어를 제거 했다. 오직 그녀만이 할 수 있는 일이었다. 버트넷에서 코어 제거를 조작하는 건 불가능했다. 그건 너무 위험한 일이었다. 그런 속임수 가 가능하다면 누가 *조작하는* 건지 결코 알 수 없을 테고, 사람들은 짜릿함을 즐기거나 관심을 받고자 사방팔방에서 그 짓을 해댔을 테 니까. 그랬다. 타냐는 자신의 코드를 조작해 가상과 현실을 나누는 정신 속의 방호벽을 제거했다. 그녀의 집에 있는 실제의 이식장치를 지져버렸다. 단호하게. 슬픈 눈을 하고서 누군가 자신을 쫓고 있다는 망상에 잠겨 있던 타냐라는 예쁜 소녀는 죽었다.

마이클은 머잖아 뉴스밥ᴺᵉʷᵇᵒᵖ에 이 소식이 나올 거라고 확신했다. 뉴스에서는 마이클이 그녀와 같이 있었다고 보도할 테고, 아마 VNS(VirtNet Security의 약자로, '버트넷 보안부'를 의미한다—옮긴이)가 이야기를 나누러 오겠지. 틀림없었다.

죽었다. 그녀는 죽었다. 침대 위에 축 처져 있는 저 매트리스만큼 생명이라고는 없게 됐다.

그제야 모든 일이 얼굴에 날아든 강속구처럼 실감 났다.

그는 간신히 화장실에 가자마자 배 속의 모든 것을 게워낸 다음 바닥에 널브러져 몸을 웅크렸다. 눈물은 나지 않았다. 그는 질질 짜는 스타일이 아니었다. 하지만 오랫동안 움직이지 않았다.

CHAPTER 2

제안

1

마이클은 온 세상이 더 이상 자신을 좋아하지 않기로 작정한 것만 같다거나 어두운 구덩이 밑바닥에 떨어진 듯한 느낌이 들 때면 대다수 사람들이 엄마나 아빠를 찾는다는 걸 알고 있었다. 형이나 누나에게 갈 수도 있고, 앞서 말한 사람이 아무도 없으면 이모나 할아버지, 사돈의 팔촌댁 문을 두드리게 될지도 몰랐다.

하지만 마이클은 달랐다. 그는 인간이 소망할 수 있는 최고의 친구 두 사람, 즉 브라이슨과 세라에게로 갔다. 그 둘은 누구보다도 마이클을 잘 알았으며, 그가 무슨 말이나 행동을 하건, 뭘 입고 먹건 상관하지 않았다. 그들이 필요로 할 때면 마이클도 언제든 호의를 갚았다. 다만 그들의 우정에는 매우 이상한 점이 한 가지 있었다.

마이클은 단 한 번도 그들을 만나본 적이 없었다.

어쨌거나 문자 그대로는, 아직은 그랬다. 세 사람은 서로를 속속들이 아는 버트넷 친구였다. 마이클은 *라이프블러드* 시작 단계에서 그들을 처음 알게 되어, 함께 순위를 올리며 점점 가까워졌다. 세 사람은 처음 만난 날부터 협동해 게임 중의 게임에서 순위를 올려나갔다. 그들은 '끔찍한 삼인조', '상대를 갈아 마실 트리오', '방화와 약탈의 삼중주'였다. 이런 별명은 세 사람이 친구를 많이 사귀는 데에는 별 도움이 되지 않았다. 누구는 그들을 오만하다고, 또 누구는 멍청하다고 낙인찍었다. 하지만 세 사람은 재미있었으므로 상관하지 않았다.

화장실 바닥은 딱딱했고, 마이클은 그 자리에 영원히 누워 있을 수 없었다. 그는 자세를 가다듬고 세상에서 가장 좋아하는 자리로 직행했다.

체어.

체어는 평범한 가구일 뿐이었지만 마이클이 앉아본 의자 중 가장 편안했다. 꼭 인공 구름에 잠기는 것 같았다. 걱정거리가 생긴 마이클은 가장 친한 친구들과 만날 약속을 잡아야 했다. 그는 체어에 풍당 빠져, 길 건너 아파트 단지의 슬픈 잿빛 외관을 창문 너머로 내다보았다. 그 모습이 딱딱하게 얼어붙은 우울한 폭풍우 같았다.

그 황량함을 덜어주는 건 *라이프블러드 딥*을 광고하는 거대한 간판뿐이었다. 간판은 검은 배경에 피처럼 붉은 글자로만 이루어져 있었다. 게임 디자이너들도 필요한 건 그 단어뿐이라는 것을 아주 잘 아는 듯했다. 사람들은 누구나 *라이프블러드 딥*을 잘 알았고 거기에 참여하고 싶어 했으며 언젠가 그곳에 갈 권리를 얻고자 했다. 마이클도 다른 모든 게이머들이 그렇듯 수많은 사람 중 한 사람일 뿐이었다.

그는 버트넷에 알려진 가장 위대한 라이프블러드 게이머, 거너 스케일을 떠올렸다. 하지만 스케일은 최근 모든 네트워크에서 사라져 버렸다. 딥 자체가 그를 삼켰다는 소문이 있었다. 그가 그토록 사랑

하던 게임 속에서 길을 잃었다는 것이었다. 스케일은 전설이었기에 게이머들이 줄지어 슬립의 가장 어두운 구석으로 그를 찾으러 갔지만… 끝내 아무런 소득도 없었다. 적어도 지금까지는. 마이클은 바로 그런 수준에 이르기를, 이 세상의 새로운 거너 스케일이 되기를 그 무엇보다도 원했다. 새롭게 등장한 그놈, 그 *케인*이라는 놈보다 먼저 해내기만 하면 될 텐데.

마이클이 귓바퀴에 붙은 작은 금속인 이어커프^{EarCuff}를 꽉 쥐자 넷 스크린과 키보드가 눈앞 허공에 휙 나타났다. 게시판을 보니 브라이슨은 이미 온라인이었고 세라는 잠시 후 돌아오겠다고 말한 상태였다.

마이클의 손가락이 번쩍이는 빨간색 키보드에서 춤추기 시작했다.

Mikethespike
야, 브라이슨. 고르곤 둥지는 그만 쳐다보고 얘기 좀 하자.
오늘 좀 심각한 걸 봤어.

친구는 거의 즉각적인 반응을 보였다. 브라이슨은 온라인에서, 그러니까 코핀 안에서 마이클보다도 오랜 시간을 보냈다. 타자를 칠 때면 그는 커피 세 잔으로 몸속을 가득 채운 비서 같았다.

Brystones
심각한 거? *라이프블러더* 경찰이 또 듄에서 급습이라도 한 거야?
내가 명심하랬잖아. 걔들은 13분에 한 번만 온다고!

Mikethespike
내가 무슨 퀘스트 중이었는지 말했잖아.
어떤 여자애가 다리에서 뛰어내리지 못하게 막았어야 했는데 잘 안 됐어.

Brystones
왜? 다이빙이라도 했냐?

Mikethespike
여기서 할 얘기는 아닌 거 같다. 슬립에서 만나자.

Brystones
흠, 끔찍했나 보네. 겨우 몇 시간 전까지 슬립에 있었잖아.
내일 만나면 안 돼?

Mikethespike
그냥 델리에서 다시 만나. 한 시간 후에. 세라도 데려와.
난 샤워 좀 해야겠다. 몸에서 겨드랑이 같은 냄새가 나.

Brystones
현실에서 만나는 게 아니라 다행이네.
난 딱히 겨드랑내를 좋아하지 않아서.

Mikethespike
말이 나와서 얘긴데, 진짜 만나자. 현실에서 만나자고.
넌 그렇게까지 멀리 사는 것도 아니잖아.

Brystones
웨이크는 너무 지루한걸. 굳이 뭐 하러 만나?

Mikethespike
원래 사람은 그러고 사는 거야.
서로 만나고, 진짜 손으로 악수도 하고.

Brystones
그보다 화성에서 널 안아주는 건 어떨까.

Mikethespike
포옹 금지. 한 시간 후에 보자. 세라 데려와!

Brystones
오키. 가서 더러운 겨드랑이나 박박 씻고 와라.

Mikethespike
겨드랑이 같은 냄새가 난다고 했지, 내가 언제…
됐다. 이따 봐.

Brystones
바이.

마이클이 이어커프를 꽉 쥐자 넷스크린과 키보드가 세찬 바람에 휘날리듯 사라졌다. 그는 거너 스케일이니 케인이니 하는 이름들을 머릿속에 담아둔 채로 *라이프블러드 딥* 광고를 마지막으로 한번 보았다. 비웃는 듯한 검은 바탕의 붉은 글자들. 그리고 그는 샤워실로 향했다.

2

버트넷은 이상한 존재였다. 너무도 진짜 같았다. 가끔, 덥고 땀이 날 때나 발을 헛디뎌 발가락을 찧었을 때, 웬 여자한테 따귀를 맞을 때면 버트넷이 그렇게까지 첨단이 아니었으면 좋겠다는 생각이 들 정도였다. 코핀이 그 모든 것을 한 치 오차도 없이 느끼도록 했다. 감각 입력 수준을 낮게 조정할 수도 있었지만, 끝까지 갈 게 아니라면 굳이 왜 게임을 한단 말인가?

그러나 고통과 불편을 일으키는 슬립의 현실성에는 이따금 긍정적인 면도 있었다. 예컨대 음식이 그랬다. 원하는 것을 얻어낼 수 있을 만큼 코딩 실력이 뛰어나지만 현금이 약간 부족한 사람이라면 특히 그랬다. 눈을 감고 미가공 데이터에 접근해 프로그램 몇 줄을 조작하면 공짜 진수성찬이 펼쳐졌다. 짜잔!

마이클은 평소 애용하는 댄더맨델리의 야외 식탁에 브라이슨, 세라와 함께 앉아 엄청나게 큰 그루초 나초 접시에 덤벼들었다. 그러는 동안 현실에서는 코핀이 건강에 좋은 순수 영양분을 정맥주사로 공급했다. 물론 코핀의 영양공급 기능에만 전적으로 의존할 수는 없었다. 그건 원래 한 번에 여러 달씩 인간의 생명을 지속시키도록 고안된 기술이 아니었다. 하지만 장시간 플레이를 하기에는 확실히 괜찮았다. 가장 좋은 점은 프로그래밍하기에 따라 아무리 먹어도 슬립에서만 살이 찐다는 것이었다.

음식은 맛있었지만, 그들의 대화는 빠르게 우울한 방향으로 흘러갔다.

"브라이슨한테 소식 듣고 나서 바로 뉴스밥에서 그 얘기를 읽었어." 세라가 말했다. 버트넷에서 그녀의 외모는 수수한 편이었다. 예쁜 얼굴에 긴 갈색 머리, 햇볕에 탄 피부에는 화장기가 거의 없었다. "지난주쯤에 코어가 다시 코딩된 사건이 몇 건 있었어. 소오름이던데. 소문에 따르면 케인이라는 놈이, 왠지는 모르지만 사람들을 슬립에 가둬놓고 못 깨어나게 한대. 그래서 그중 몇 명이 자살한다는 거야. 믿어져? 사이버 테러리스트라니."

브라이슨이 고개를 끄덕였다. 그는 부상당한 미식축구 선수 같았다. 크고 딱 벌어진 체격 곳곳에 조금씩 문제가 있는 듯했다. 브라이슨은 현실의 자신이 미칠 듯 섹시하기 때문에 버트넷에서 노는 동안만이라도 아가씨들한테서 탈출해야 한다는 말을 달고 살았다. "소오름?" 그가 세라의 말을 따라 했다. "여기 우리의 친구분께서는 한 소녀가 자기 머리통에서 코어를 후벼 파내 집어던지고 다리에서 뛰어내리는 장면을 목격하셨습니다. 소오름이라니, 너무 약소한 단어 아닐까요?"

"알았어⋯. 좀 더 센 단어가 필요할 것 같다." 세라가 대답했다. "중요한 건 뭔가 일이 터지고 있고, 그게 한 게이머의 소행이라는 얘기가 돈다는 거야. 자기 시스템을 해킹해서 자살한다니 들어본 적이나 있는 얘기야? VNS도 이런 문제는 한 번도 겪어보지 않았을걸."

"VNS에서 숨겨온 걸지도 모르지." 브라이슨이 덧붙였다.

"타냐 같은 짓을 누가 또 할까?" 마이클이 중얼거렸다. 다른 사람들보다는 자신에게 하는 말이었다. 마이클도 잘 알다시피 슬립에서 자살하는 일은 예전부터 드물었다. 어쨌거나, *진짜*로 자살하는 일은. "현실에서 대가를 치르지 않고 슬립에서 자기 목숨을 끝장내면서 황홀감을 즐기는 사람도 있긴 하지. 하지만 이런 건 한 번도 본적 없어. 코어를 뽑아낼 정도의 기술과 지식이라니⋯. 나도 못할 것 같은데. 이젠 그런 사건이 1주일에 몇 건씩 터진다고?"

"그 케인이라는 놈은 또 뭐고?" 브라이슨이 물었다. "아무리 거물이라지만 어떻게 다른 사람들을 슬립에 가둘 수 있겠냐? 그냥 헛소문일 거야, 틀림없어."

주변 식탁이 순간 조용해졌다. 놈의 이름이 공간 전체에 메아리치는 것 같았다. 사람들이 브라이슨을 뚫어지게 바라보았다. 마이클도 그 이유를 알 수 있었다. 케인의 악명이 워낙 높아져서 사람들은 그 이름을 듣기만 해도 얼굴이 허옇게 질렸다. 지난 몇 개월 동안 케인은 게임에서부터 개인 채팅방에 이르는 모든 장소에 침투해 환각으로 희생자들을 겁주고 신체적으로 공격했다. 감금 얘기는 마이클도 타냐를 만났을 때 처음으로 들었지만, 케인이라는 이름은 그 자체로 가상 세계를 끊임없이 괴롭혔다. 어디에 가든 그가 시야를 살짝 벗어난 곳에서 서성이는 것 같았다. 브라이슨의 말은 그냥 허풍이었다.

마이클은 카페의 다른 손님들을 무시하고 친구들에게 집중했다. "타냐는 계속 케인을 탓했어. 자기는 케인 때문에 갇혔고 더 이상 참을 수 없었대. 그 자식이 몸을 훔친다나 뭐라나? 킬심이라는 것들 얘기도 했고. 맹세하는데, 타냐가 코어에 덤벼들기 전부터도 걔 눈을 보니까 진심인 걸 알겠더라. 타냐는 분명히 어딘가에서 놈을 만났던 거야."

"아직 케인을 움직이는 사람에 대해서도 별로 알려진 게 없어." 세라가 말했다. "케인에 관한 얘기는 다 찾아 읽었는데 그게 끝이었어. 이야기뿐이던걸. 게이머 자체에 대해서 조금이라도 아는 사람이 한 명도 없더라니까. 사진도, 오디오나 비디오도, 아무것도 없어. 그 사람 꼭 진짜가 아닌 것 같더라고."

"버트넷이잖아." 브라이슨이 반박했다. "꼭 *진짜*여야만 진짜인 게 아냐. 그게 핵심이라고."

"아니." 세라가 고개를 저었다. "놈은 게이머야. 코핀에 누워 있는 사람. 이렇게 유명해졌다면 좀 더 알려지는 게 당연해. 언론이 모조리 그놈한테 덤벼들었어야지. 최소한 VNS에서는 놈을 추적할 수 있어야 했어."

마이클은 이야기가 겉도는 느낌을 받았다. "어이, 다시 나 좀 봐줄래, 친구들. 나는 심리적 충격을 받았을 걸로 추정되는 사람이고 너희들은 내 기분을 나아지게 해줄 의무가 있어. 지금까진 의무를 수행하는 솜씨가 영 꽝인데."

브라이슨의 얼굴에 진정으로 염려하는 표정이 스쳤다. "당연하지, 인마. 유감이지만, 내가 아니라 너라서 다행이야. 자살 협상이니 뭐니 전부 *라이프블러드* 경험치 문제인 줄로만 알았지, 네 경험이 진짜가 될지 누가 알았겠냐? 내가 그런 걸 봤다면 1주일은 못 잤을걸."

"여전히 꽝이다." 마이클은 마지못해 웃으며 답했다. 실은, 친구들과 함께 있는 것만으로도 기분이 나아졌다. 그러나 마음속에서는 어떤 존재가 그를 갉아먹고 나오려 애쓰는 듯한 느낌이 들었다. 마이클의 외면을 원치 않는, 이빨이 커다랗고 음침한 무언가가.

세라가 몸을 숙여 그의 팔을 꽉 잡았다. "어떤 일이었을지 우린 감조차 못 잡겠어." 그녀가 부드럽게 말했다. "아는 척한다면 바보겠지. 그래도 유감이야."

마이클은 얼굴을 붉히며 바닥을 내려다보았다. 다행스럽게도 브라이슨이 그들을 현실로 돌려놓았다.

"나 오줌 좀." 그가 자리에서 일어나며 선포했다. 슬립에서는 볼일도 볼 수 있었다. 그러면 현실의 몸이 코핀에서 일 처리를 했다. 모든 게 현실처럼 느껴지도록 되어 있었다. 모든 것이.

"매력 터진다." 세라가 마이클의 팔을 놓고 자리에 다시 앉으며 한숨을 섞어 말했다. "너무나 매력 터져."

3

이후로도 한 시간가량 이어지던 대화는 곧 현실에서 만나자는 평소의 약속으로 마무리됐다. 브라이슨은 이달 말까지 만남이 성사되지 않으면 그날이 올 때까지 매일 손가락을 하나씩 자르겠다고 했다. 자기 손가락이 아니라 마이클의 손가락을. 그 말 덕분에 웃음이 터졌다. 안 그래도 웃음이 무척 필요했다.

셋은 포털에서 작별 인사를 나눴고, 마이클은 웨이크로 다시 리프트해 코핀 안에서 평소의 과정을 거친 다음 밖으로 나왔다. 체어로 걸어가는 동안 시선은 자연히 창밖의 커다란 *라이프블러드 딥* 광고에 내려앉았다. 늘 그러듯, 몇 초간 그는 욕심이 나 상상 속에서 군침을 흘려댔다. 자리에 앉으려다 말고 마이클은 생각을 바꾸었다. 맥이 다 풀려 머리끝부터 발끝까지 쑤셔 왔다. 한번 앉으면 다시 일어날 수 없을 게 뻔했다. 체어 위에서 잠들기는 싫었다. 그럴 때면 항상 인간의 몸 중 경련이 일어나서는 안 되는 부위에 경련을 일으키며 잠을 깼기 때문이다.

그는 한숨을 쉬며 눈앞에서 자살해 버린 타냐라는 소녀를 애써 잊고 어떻게든 침대까지 가는 데 성공했다. 그러고는 꿈조차 없는 잠에 빠져들어 밤 속으로 무너져 내렸다.

4

다음 날 아침에는 침대에서 일어나는 일이 꼭 고치를 뚫고 나오는 것처럼 느껴졌다. 뇌의 똑똑한 부분이 멍청한 부분에게 질병을 핑계로 결석을 하는 건 좋은 생각이 아니라고 설득하기까지 20분이 걸렸다. 마이클은 이번 학기에만 일곱 번 결석했다. 한두 번 더 결석하면 엄격한 단속이 시작될 터였다.

타냐와 함께 물굽이로 추락한 탓에 밤사이 몸은 더욱 아프기만 했다. 이상한 기분이 계속 마음을 휘저었다. 그래도 마이클은 어찌어찌 아침 식탁으로 갈 수 있었다. 가사도우미 헬가가 이제 막 달걀과 베이컨 한 접시를 차려둔 참이었다. 가사도우미와 놀라운 버트넷 장치, 멋진 아파트까지. 부유한 부모님에게는 감사할 일이 많았다. 부모님은 여행을 많이 다녔다. 지금 이 순간 마이클은 두 분이 언제 떠났는지, 언제 돌아오는지조차 기억나지 않았다. 그러나 부모님이 베

풀어 준 많은 것으로 보상은 충분히 받았다. 학교와 버트넷, 헬가가 있었기에 마이클은 부모님을 그리워할 틈이 없었다.

"좋은 아침이구나, 마이클." 헬가가 미세하지만 확실한 독일식 억양으로 말했다. "분명 잘 잤을 거야. 그렇지?"

마이클은 끙 소리를 냈고 그녀는 미소를 지었다. 마이클이 그녀를 무척 좋아하는 이유였다. 헬가는 마이클이 겨울잠에서 깨어나는 동물처럼 꿍얼거리는 것 외에는 아무것도 하기 싫어할 때조차 화를 내거나 못마땅해하지 않았다. 그녀에게는 전혀 거슬리지 않는 일이었다.

게다가 헬가의 음식은 맛있었다. 거의 버트넷과 비슷할 정도였다. 마이클은 아침 식사를 마지막 한 입까지 마무리한 다음 지하철을 타러 집을 나섰다.

5

거리는 북적였다. 시선이 미치는 곳까지 온통 정장과 스커트, 그 사람들이 들고 다니는 커피잔 천지였다. 사람이 너무 많았다. 그들이 분열하는 세포처럼 눈앞에서 두 배로 증식하는 것만 같았다. 그 모두가 평소의 멍하고 지루한 표정이었다. 마이클에게도 익숙한 표정이었다. 마이클처럼 그들도 집으로 돌아와 다시 한번 버트넷에 들어갈 때까지 따분한 직장이나 학교를 괴롭게, 힘겹게 헤쳐나갔다.

마이클은 인파에 휩쓸려 통근자들을 이리저리 피하며 거리를 나아가다가 자주 이용하는 지름길에 이르러 오른쪽으로 방향을 틀었다. 쓰레기통과 쓰레기더미로 가득한 일방통행 골목이었다. 마이클로서는 도저히 이해할 수 없었지만, 버려진 쓰레기가 커다란 금속제

통에 실제로 들어가는 일은 한 번도 없는 것 같았다. 그렇더라도 오늘 같은 아침에는 득시글거리는 사람들보다는 빈 감자칩 봉투나 버려진 바나나 껍질과 거리를 나누어 쓰는 게 훨씬 나았다.

골목 반대편으로 반쯤 나아갔을 때, 타이어가 끼익하며 마이클이 지나온 길에 멈춰섰다. 급격한 엔진 소음이 뒤쪽에서부터 거리를 따라 울리자 마이클은 획 돌아섰다. 다가오는 자동차를, 아니, 잦아드는 폭풍처럼 보이는 흐릿한 잿빛 차체를 보는 순간 알 수 있었다. 저 자동차는 그에게 볼일이 있었다. 좋게 끝날 일은 아니었다.

마이클은 몸을 돌려 달렸다. 정체 모를 추격자가 의도적으로 그를 골목에 가두었다는 걸 눈치로 알 수 있었다. 이제 골목 끝은 몇 킬로미터나 떨어진 것처럼 보였다. 절대 거기까지 갈 수 없었다. 자동차가 다가오자 소음이 더욱 커졌다. 슬립에서 온갖 이상하고 정신 나간 일들을 겪은 마이클조차 두려움으로 가슴이 터질 듯했다. 현실의 공포. '무슨 최후가 이래? 쓰레기투성이 골목길에서 벌레처럼 짓뭉개지다니.' 마이클은 생각했다.

감히 뒤쪽을 곁눈질하지는 못했으나 차량이 접근하는 것이 느껴졌다. 자동차는 가까이에 있었고, 그가 자동차를 따돌릴 가능성은 없었다. 그는 도망치려는 시도를 포기하고 다음번 쓰레기더미 뒤로 뛰어들었다. 자동차가 끼익하며 멈춰섰다. 동시에, 마이클은 몸을 굴려 펄쩍 뛰며 일어났다. 반대 방향으로 질주할 작정이었다. 세단의 뒷문이 철컥 열리며 세련된 옷차림에 얼굴에는 까만 스키 마스크를 당겨 쓴 한 남자가 가느다란 눈구멍으로 마이클을 주시하며 밖으로 나왔다. 마이클은 얼어붙었다. 아주 잠깐이었지만 그것만으로도 충분했다. 남자가 발을 걸어 그를 땅에 처박았다.

마이클은 고함치려고 입을 열었으나 차가운 손이 얼굴을 꽉 죄며 그를 침묵시켰다. 끔찍한 두려움이 뜨거운 칼처럼 몸을 가르고 아드 레날린이 전신에 넘쳐흘렀다. 그때, 마이클은 몸을 뒤틀며 남자를 떠밀었다. 그러나 남자가 너무 강했다. 그는 마이클을 뒤집어 엎드 리게 하고 두 팔을 등 뒤에서 붙잡았다.

"진정해." 낯선 이가 말했다. "아무도 널 해치지 않아. 시간이 없어 서 이러는 것뿐이야. 차에 타."

마이클의 얼굴이 바닥에 짓눌렸다. "아 그래요? 내가 완벽하게 안 전할 거라고요? 나도 딱 그럴 거라는 생각이 드네요."

"입 다물어라, 건방진 꼬마야. 우린 누구한테도 정체를 밝히지 않 는다. 이제 차에 타."

남자는 일어서며 마이클을 끌어당겼다.

"궁둥이." 낯선 이가 주의를 끌려는 듯 잠시 뜸을 들이고 말했다. "차에 집어넣어."

마이클은 마지막으로 한 번 더 탈출을 시도해 보았으나 소용없었 다. 남자의 손아귀는 무쇠처럼 강했다. 그가 시키는 대로 하는 것 말 고 할 수 있는 일이 없었다. 풀이 죽은 마이클은 남자의 손에 이끌려 순순히 자동차 뒷좌석에 탔다. 그는 또 다른 복면 남자 옆에 몸을 구 겨넣었다. 문이 쾅 닫히고 자동차는 덜컥 앞으로 나아갔다. 타이어 의 끼익 소리가 콘크리트 협곡의 벽을 따라 메아리쳤다.

6

마이클은 자동차가 골목에서 주요 도로로 빠져나오는 내내 머리 가 팽팽 돌았다. 이들은 누구이고, 어디로 그를 데려가는 걸까? 또 한바탕 두려움의 물결이 그를 휩쓸었다. 그는 행동에 나섰다. 팔꿈치를 왼쪽 남자의 사타구니에 내리꽂은 뒤, 그가 고통으로 몸을 웅크린 채 브라이슨조차 얼굴을 붉힐 법한 욕설을 해대는 사이 문으로 몸을 날렸다. 마이클의 손가락이 문손잡이를 말아쥐는 순간, 처음의 깡패가 그를 뒤로 잡아당기며 팔로 목을 감았다. 남자는 마이클이 숨을 꺽꺽댈 때까지 팔을 조였다.

"그만해라, 꼬마야." 놈이 지나칠 정도로 침착하게 말했다. 왠지 마이클도 그 말만은 듣고 싶지 않았다. 가슴에서 분노가 솟구쳤다. 그는 손아귀에서 벗어나려 몸부림쳤다.

"그만두라고!" 이번에는 낯선 이가 언성을 높였다. "어린애같이 굴지 말고 진정해라. 우린 널 해치지 않는다."

"저기, 지금도 해치고 있는데요." 마이클이 기침했다.

남자가 팔의 힘을 풀었다. "똑바로 행동하기만 하면 방금 전 일은 일어나지 않을 거다. 알았나, 꼬마?"

"알았어요." 마이클이 꿍얼거렸다. "달리 뭘 어쩌겠어요? 생각할 시간을 좀 달라고 할까요?"

그러자 남자도 긴장을 푸는 듯했다. "좋아. 이제 다시 앉아라. 입 닥치고." 그가 지시했다. "잠깐, 아니지. 일단은 내 친구한테 사과해. 방금 행동은 대단히 부적절했다."

마이클은 왼쪽 남자를 건너다보며 어깨를 으쓱했다. "미안요. 아직 아기를 낳을 수 있는 상태였으면 좋겠네요."

남자는 대답하지 않았으나 스키 마스크 너머로 노려보는 눈이 사나웠다. 마이클은 놈의 분노에 기가 죽어 시선을 피했다. 아드레날린이 묽어지고 힘이 빠졌다. 그는 검은 마스크를 쓴 남자 네 명의 손에 붙들려 차를 타고 도시를 빠져나가고 있었다.

전망이 딱히 밝지는 않았다.

7

차 안에 완전한 침묵이 내려앉았다. 마이클의 심장은 계속해서 헤비메탈 드럼처럼 쿵쾅거렸다. 그는 자기가 두려움을 잘 안다고 생각해 왔다. 완벽한 현실처럼 느껴지는 버트넷에서 끔찍한 상황에 수도 없이 내던져졌으니까. 하지만 이건 *진짜* 현실이었다. 이 두려움은 그가 경험해 온 그 모든 것보다 더 강력했다. 열여섯이라는 고령에 심장마비로 쓰러져 죽는 건 아닐까 궁금할 지경이었다.

비웃기라도 하는 건지, 바깥으로 고개를 돌릴 때마다 시선은 검은 바탕에 빨간 글자로 되어 있는 그놈의 *라이프블러드 딥* 포스터에 닿았다. 머릿속의 아주 작은 낙관적인 부분은 계속해서 어떻게든 살아서 빠져나갈 수 있을 거라고 했지만, 마이클은 복면 남자들에게 납치당하게 되면 보통 끝이 좋지 않다는 걸 알고 있었다. 간판을 보아도 딥에 도달하겠다는 꿈이 아마 영영 이루어지지 못할 거라는 생각만 떠오를 뿐이었다.

마침내 그들은 도시 외곽에 다다라, 팰컨스(애틀랜타가 연고지인 프로미식축구팀의 이름—옮긴이)의 홈 경기장에 있는 드넓은 주차장으로 방향을 틀었다. 그곳은 완전히 비어 있었다. 운전자는 맨 앞줄로 가 차를 세우고 사이드브레이크를 당겼다. 우람한 구조물이 그들 위로 모습을 드러냈다. 주차 공간 앞쪽 간판에는 '지정 주차 구역. 위반 차량은 견인 조치함'이라고 적혀 있었다.

자동차 안 어딘가에서 삐 소리가 들리더니, 바깥에서 우지끈 소리와 기계류의 윙윙 소리가 뒤따랐다. 곧이어 차량이 바닥으로 가라앉기 시작하자 마이클은 가슴이 철렁했다. 아래로 내려가니 대낮의 밝은 빛이 내부의 형광 조명 안으로 빠르게 녹아들었다.

마침내 자동차는 부드럽게 쿵 하며 멈춰섰다. 주위를 둘러보니 그곳은 한쪽 벽을 따라 최소한 열두 대의 자동차가 주차된 거대한 지하 차고였다. 운전자는 사이드브레이크를 풀고 빈자리에 차를 댄 다음 시동을 껐다.

"다 왔다." 운전자가 말했다. 마이클은 하지 않아도 될 발언이라고 생각했다.

8

그들은 마이클에게 두 가지 선택지를 제시했다. 얼굴을 아래로 고정한 채 시멘트를 클로즈업으로 감상하면서 끌려갈 수도 있고, 아무 반항 없이 제 발로 그들과 함께 걸어갈 수도 있었다. 마이클은 후자를 선택했다. 놈들에게 끌려 걸어가는 사이 심장은 갈비뼈를 뚫고 나오려는 듯 무자비하게 두근거렸다.

네 남자는 문을 하나 지나더니 복도를 따라서, 그다음에는 다른 문 너머의 커다란 회의실로 마이클을 데려갔다. 마이클은 기다란 체리나무 탁자와 플러시 천이 덮인 의자, 구석에 조명이 밝혀진 음료 제조용 탁자를 보고 그곳이 회의실이라고 생각했다. 그는 자기를 기다리는 사람이 오직 한 명뿐인 것을 보고 놀랐다. 여자였다. 길고 검은 머리카락에 키가 컸으며, 두 눈은 미간이 넓고 이국적인 생김새였다. 왠지 아주 아름다운 동시에 무섭게 보였다.

"애는 두고 나가." 그녀가 말했다. 그 한마디. 부드러운 말투였는데도 남자들은 뛰쳐나가다시피 하고 문을 닫았다. 세상 그 무엇보다도 그녀를 두려워하는 것 같았다.

그녀의 두드러지는 눈이 마이클의 얼굴에 초점을 맞추었다. "내 이름은 다이앤 웨버야, 넌 웨버 요원님이라고 부르게 되겠지만. 자, 앉아." 그녀는 마이클에게 가장 가까운 의자를 가리켰다. 앉기 전 잠시 시간을 끄는 데만도 마이클은 모든 의지력을 동원해야 했다. 그는 억지로 다섯까지 세면서, 애써 시선을 피하지 않고 그녀를 노려보았다. 그런 뒤에야 그녀의 요구에 따랐다.

그녀가 다가와 마이클 옆에 앉으며 길고 미끈한 다리를 꼬았다. "거친 방식으로 이곳에 데려온 건 미안해. 의논하려는 일이 대단히 긴급하고 비밀스러운 데다… 부탁을 하느라고 시간을 낭비하고 싶진 않아서."

"부탁했어도 들어줬을 거예요. 수업을 빼먹을 수 있으니까." 왠지 그녀는 마이클을 편안하게 해주었고, 그 때문에 마이클은 화가 났다. 그녀가 사람을 조종하는 데 능숙하고 미모를 활용해 남자들의 마음을 녹인다는 건 분명했다. "아무튼 대체 내가 왜 필요한데요?"

그녀가 미소 짓자 완벽한 치열이 드러났다. "너는 게이머지, 마이클. 만만찮은 코딩 기술이 있는."

"그거 질문이에요?"

"아니, 진술이야. 네가 물으니까, 네가 여기에 와 있는 이유를 말해주는 거란다. 난 너 *자신보다도* 널 더 잘 알아. 알겠니?"

마이클은 기침했다. 그간 해온 모든 해킹에 마침내 발목을 잡히는 건가? "내가 게이머여서 여기에 와 있는 거라고요?" 그는 애써 목소리를 가라앉히며 물었다. "슬립에서 빈둥거리며 코딩을 좀 했다는 이유로? 내가 뭘 했는데요? 내가 어디서 당신한테 1위 자리를 빼앗기라도 했어요? 당신네 가상 레스토랑에서 뭘 훔치기라도 했나요?"

"네가 여기에 있는 건 우리한테 네가 필요하기 때문이야."

그 말을 듣자 돌연 용기가 생겼다. "저기, 내 생각엔 우리 엄마가 연상녀와의 데이트를 허락해 줄 것 같지 않아서 그러는데요. 연인들의 오두막에는 가봤어요? 당신처럼 예쁜 여자라면 분명 누군가를 찾을 수….."

그녀의 얼굴에 즉각적으로 분노가 타올랐다. 마이클은 입을 다물고 미처 생각할 틈도 없이 사과했다.

"난 VNS에서 일한단다." 그녀가 다시 한번 침착하게 말했다. "버트넷 내부에 심각한 문제가 생겼어. 네 도움이 필요해. 우린 너와 네 친구들의 해킹 실력을 아주 잘 알고 있어. 하지만 계속 열 살짜리처럼 굴겠다면 다른 사람한테 기회를 줘야겠지."

방법은 모르겠지만, 그녀는 단 네 문장만으로 마이클에게 천하의 멍청이가 된 듯한 기분을 선사했다. 이제 마이클은 세상 무엇보다도 그녀가 한 말의 의미를 알고 싶어졌다. "알았어요, 미안해요. 원래 남자는 납치를 당하면 정신이 없어지거든요. 지금부터는 얌전히 있을게요."

"훨씬 낫네." 그녀는 말을 끊고 다리를 풀었다가 다시 꼬았다. "이제 내가 뭔가를 말해줄 거야. 네 마음대로 다른 사람에게 이 말을 뻥긋했다간 일반인은 존재하는지도 모르는 감옥에서 종신형을 사는 게 너한테 닥칠 그나마 긍정적인 최후가 될 거야."

호기심이 끓어오른 마이클로서도 그 말에는 멈칫할 수밖에 없었다. "그러니까 날 죽이진 않겠다는 거죠?"

"세상엔 죽음보다 나쁜 것들도 있어, 마이클." 그녀가 얼굴을 찡그리며 말했다.

그는 그녀를 빤히 바라보았다. 반쯤은 이 이상 아무 말도 하지 말고 보내달라고 빌고 싶은 마음이었지만 호기심이 이겼다. "알겠어요. 말하지 않을게요. 얘기해 봐요."

뒤이어 말하는 그녀의 아랫입술이 약간 떨렸다. 마치 그 구절이 마음속 깊은 곳 어딘가를 흔들어 놓는 것 같았다. "죽음의 법칙."

9

그 공간은 침묵 속에, 빈틈없이 완벽한 침묵 속에 잠겼다. 웨버 요원이 그를 응시했다.

그게 대체 무슨 뜻이기에 마이클이 그 말을 듣는 대가로 자유를 잃을 수 있다는 걸까? "내가 뭘 놓쳤나요?" 그가 물었다. "*죽음의 법칙? 그게 뭔데요?*"

웨버 요원이 몸을 숙였다. 어쩐지 전보다 진지해진 표정이었다. "그 말을 들었으니 넌 우리와 함께해야 해."

마이클은 어깨를 으쓱했다. 해도 안전하다는 생각이 드는 행동은 그것뿐이었다.

"하지만 네가 직접 말하는 걸 들어야겠어." 그녀가 말했다. "우리와 함께하겠다는 약속을 들을 필요가 있어. 우리한테는 버트넷에서 네가 쓰는 기술이 필요해."

이 말이 마이클의 자긍심을 북돋웠다. 그는 약간이나마 원래의 모습으로 돌아왔다. "죽음의 법칙이 뭔지 알고 싶어요."

"훨씬 낫네." 그녀가 몸을 뒤로 젖혔다. 방 안의 긴장감이 누그러지는 것 같았다. "죽음의 법칙. 지금 당장은 우리도 아는 게 거의 없어. 버트넷 어딘가에, 알려진 네트워크로부터 동떨어진 어느 곳에 숨겨져 있는 존재라는 것뿐이야. 죽음의 법칙은 버트넷만이 아니라 현실 세계까지 심각하게 파괴할 수 있는 파일, 혹은 일종의 프로그램이란다."

"끝내주네요." 마이클은 중얼거렸다가 곧바로 후회했다. 다행히도 그녀는 너그럽게 넘겼다. 사실, 마이클은 버트넷의 비밀스러운 구역이라는 개념을 듣자 기운이 돌아오는 듯했다. 그게 어디인지 알고 싶었다.

"이… 법칙은 인류와 우리가 아는 세상을 파멸시킬 수 있어. 말해보렴, 마이클. 자칭 케인이라는 게이머 얘기를 들어본 적 있니?"

그 이름에 마이클은 가슴이 철렁했다. 타냐라는 소녀. 그녀의 얼굴과 그녀가 했던 말까지 다시 떠올랐다. 케인이 그녀를 괴롭혔다는 이야기. 마이클은 문득 또 한 번 금문교에서 떨어지는 듯한 기분이 들어 의자를 꽉 잡았다. 이 모든 일은 어떻게 관련된 걸까?

"케인은 알아요." 그가 말했다. "어떤 여자애가 자살하는 걸 봤거든요. 걔가 케인 얘기를 했는데…."

"그래, 우리도 알아." 웨버 요원이 인정했다. "그것도 네가 여기에 와 있는 사소한 이유이기도 해. 넌 사태가 얼마나 악화되고 있는지 목격한 사람이니까. 우린 케인이 죽음의 법칙과 연결되어 있다는 걸 알아냈어. 그 모든 게 네가 본 것 같은 사건들과 연관되어 있고, 사람들이 버트넷에 갇혀서 자기 코어의 코드를 제거하도록 내몰리다니, 이건 여태까지 우리가 맞닥뜨렸던 최악의 사이버 테러야."

"난 왜 여기 있는 건데요?" 마이클은 당황스러울 정도로 자신감이 떨어져 바싹 마른 목소리로 물었다. "나더러 어떻게 도우라고요?"

그녀는 잠시 아무런 말도 하지 않았다. "우린 각자의 코핀에서 혼수에 빠진 사람들을 발견했어. CT 촬영 결과 뇌 손상이 드러났단다. 어떤 역겨운 실험의 희생자가 된 것 같았어. 다들 완전한 식물인간이 됐지." 그녀가 다시 말을 멈추었다. "우린 케인이 연루됐다는 증거를 확보했어. 그리고 왠지는 모르지만, 그 모든 게 버트넷 내부 어딘가에 숨겨진 이 죽음의 법칙 프로그램과 연관되어 있단다. 우린 케인과 죽음의 법칙을 모두 찾아야 해. 도와주겠니?"

그녀는 너무 간단하게, 마치 서둘러 가게로 가서 우유와 빵을 좀 사 오라고 부탁하듯 물었다. 마이클은 도망치고 싶었다. 사실, 그것 말고도 하고 싶은 것은 아주 많았다. 예컨대 시간여행을 할 수 있으면 아주 좋을 거라는 생각이 들었다. 좀 더 현실적으로는 침대가 있는 방으로 돌아가고 싶었다. 코핀에 들어가 아무 생각 없이 즐기는 스포츠 게임 중에서도 초보자 단계를 플레이하며 머리를 식히고 싶었고, 댄더맨델리에서 블르칩을 먹고 싶었으며, 브라이슨이나 세라와 놀고 싶었다. 영화를 보고 책도 읽고 싶었고, 엄마와 아빠가 여행에서 돌아왔으면 했다. 그리고 이 일에 대해 아무것도 다시는 듣지 않기를 원했다.

하지만 그의 입에서는 다른 단어가 튀어나왔다. 마이클 자신도 그 말을 듣기 전까지는 그게 자신의 진심이라는 걸 몰랐다.

"네."

CHAPTER 3

어두운 곳

1

마이클이 입을 다물기도 전에 웨버 요원이 서둘러 자리에서 일어났다. 그 바람에 의자가 뒤로 넘어졌다.

마이클은 그녀의 반응에 화들짝 놀랐다. "싫다고 해야 했던 거예요?"

하지만 그녀는 마이클이 아니라 문을 지켜보고 있었다. 귓속에 이식된 어떤 장치에 주의를 집중하듯, 손을 귀에 댄 채였다. "뭔가 잘못됐어." 그녀가 말했다. "너한테 미행이 붙었어."

마이클은 자리에서 일어났다. 이 여자가 무서운 사람에서 겁먹은 사람으로 아주 빠르게 바뀌는 모습이 매우 놀라웠다. "미행이라니? 누가요?" 그가 물었다.

"*모르는 게 나아*, 마이클. 가자."

그녀는 마이클의 대답을 기다리지 않고, 한마디 말도 없이 문을 향해 돌진했다. 마이클이 뒤따랐다. 머잖아 그들은 복도로 나와 무장 경비원들에게 둘러싸였다. 이번에는 그들도 우스꽝스러운 검은

색 마스크를 벗고 있었다.

"얘를 집에 도로 데려다줘." 웨버 요원이 다시 사무적인 말투로 지시했다. "절대로 누구의 눈에도 띄어선 안 돼."

남자와 여자가 다가와 마이클의 팔을 붙잡고 복도를 따라 이동하려 했다.

"잠깐!" 마이클이 갑작스럽게 바뀐 상황을 이해하려 애쓰며 소리쳤다. "기다려요! 나한텐 제대로 된 설명을 해주지 않았잖아요!"

타일 바닥에 힐을 또각거리며 웨버 요원이 다가왔다. "네 친구들한테 내가 한 말을 전해. 브라이슨과 세라한테. 다른 사람은 절대 안 돼, 아무도. 내 말 이해하지? 누구한테든, 부모한테라도 이야기하면 우리가 그 사람들을 삭제할 거야."

마지막 한마디가 그의 내면을 분노로 꿈틀거리게 했다. "삭제해?"

"난 너희 셋이 이 일을 파헤쳐 주기를 바라, 마이클." 그녀가 그의 반응을 무시하고 말했다. "버트넷에서 가장 어둡고 더러운 곳에서부터 시작하는 게 좋을 거야. 이리저리 알아보고 소문을 쫓아. 너희가 케인의 은신처를 알아내 주면 좋겠어. 그것만이 죽음의 법칙과 그걸 이용하려는 케인의 계획을 확실하게 파악할 수 있는 유일한 방법이야. 필요하다면 뭐든 해도 좋아. 너한텐 그럴 기술이 있으니까. 우린 너한테 추적 장치를 붙여뒀다가, 네가 그자가 숨어 있는 곳을 발견하는 순간 널 따라갈 거야. 이 문제를 해결하도록 우리를 도와주면 넌 원하는 게 뭐든 평생 쓰고도 남을 만큼 갖게 될 거야. 다른 사람들한테도 탐문을 지시해 뒀으니 제일 먼저 도착하도록 해. 그래야 네가 보상을 받을 테니까."

마이클은 입을 열었지만, 무엇을 말하려고 그랬는지는 알 수 없었다. 그녀는 이미 몸을 돌려 복도를 되짚어 가고 있었다.

"가자." 경비원 중 하나가 말했다.

그들은 마이클을 반대 방향으로 잡아끌었다.

2

그들은 자동차로 돌아가지 않았다. 경비원들은 마이클에게 한마디도 건네지 않은 채 무수히 많은 복도로 그를 이끌었다. 마침내 그들은 지하철역 근처의 낡고 버려진 건물로 나와 마이클을 그곳에 내버려 두었다. 사람들이 주위를 서성였고 태양은 구름 사이로 비추었으며 사탕 껍질이 산들바람을 타고 둥실둥실 떠갔다. 세상은 예전과 정확히 똑같이 굴러가는데 마이클의 인생은 방금 영원히 바뀌어 버렸다.

학교에 가야겠다는 생각은 전혀 들지 않았다. 마이클은 겁에 질려 멍한 채로 정처 없이 돌아다니다가 카페로 가서 가장 큰 음료를 주문했다. 그런 다음 역을 지나 집으로 갔다. 집에 도착하자마자 그는 브라이슨, 세라와 다음 날 만나기로 약속을 잡았다. 정보는 두 사람이 흥미를 느낄 정도로만 주었다. 너무 많은 걸 이야기해 주면 친구들은 잠을 자지 않을 게 뻔했다. 왠지 미리 최대한 쉬어두어야 할 것 같다는 느낌이 들었다.

3

정작 마이클 자신은 그날 밤 뉴스밤을 보는 실수를 저질렀다.

그는 혼자서 체어에 몸을 맡기고 있었다. 부모님은 집에 없었다. 언제 돌아오실지 여전히 기억나지 않았다. 헬가는 보통 해가 지면

잠자리에 들었다. 마이클의 넷스크린이 이어커프에서 쏘아져 나와 눈앞을 맴돌며 그날의 모든 음울한 소식을 보여주었다. 살인, 은행 강도, 자연재해. '잠자리에서 볼 만한 건 하나도 없네.' 마이클은 우울했다. 보통 뉴스에 나오는 이야기는 멀리 떨어진 곳에서 다른 사람한테나 일어나는 일처럼 느껴졌다. 그런데 어째서인지 웨버 요원과 대화를 하고 난 뒤부터는 그 모든 게 조금 더 가깝게 느껴졌다.

막 뉴스를 끄려던 마이클은 기사 하나가 번쩍이며 열리는 바람에 멈칫했다. 나이 지긋한 아나운서가 버트넷을 뜨겁게 달군 최근의 소문에 관해 이야기하고 있었다. "케인이라고 알려진 사이버 테러리스트에 관한 소식입니다."

마이클은 손가락을 튕겨 볼륨을 높인 뒤 몸을 숙이고, 이후의 몇 분이 일생에서 가장 중요한 순간이라는 듯 주의를 기울였다.

"…목격자들이나 희생자들이 사망 전에 전송한 메시지에 따르면 그것이 자살의 원인이었습니다." 그녀가 말했다. "개인을 대상으로 한 괴롭힘이 여러 건 신고된 점은 말할 필요도 없습니다. 게다가 케인은 버트넷 내의 거의 모든 인기 게임과 커뮤니티 사이트에까지 침투한 것으로 알려져 있습니다. 전설적인 인물 거너 스케일의 실종 이후 한 개인에 관한 이야기가 버트넷을 이토록 뜨겁게 달군 적은 한 번도 없습니다. 케인의 목적이 무엇인지는 아무도 추정하지 못하고 있습니다. VNS는 케인을 찾아 그의 접속을 영구적으로 차단하기 위해 자체적으로 보유하고 있는 막대한 자원을 모두 활용하고 있다고 공식 발표했습니다."

아나운서는 말을 이었고 마이클은 뚫어지게 바라보며 귀를 기울였다. 반쯤은 매료되고 반쯤은 두려웠다. 웨이크로 리프트하지 못하게 막아 사람들을 감금하고, 결국 가상 세계에서의 고문으로 끝나는 가상의 납치. "케인이 여기에 왔다"고 선언하는 한 줄의 코드뿐 아무런 흔적도 없이 일제히 차단되거나 지워지는 게임 혹은 네트워크. 너브박스 안에서 발견된 뇌사 상태의 게이머들.

이만하면 케인의 끔찍한 소행은 들을 만큼 들었다. 대체 놈의 목적은 뭘까? 이 모든 일을 하는 이유가 그냥 짜릿함을 느끼기 위해서일까?

케인.

죽음의 법칙.

슬립에 갇힌 사람들. 뇌사 상태로 발견되는 사람들. 단지 놈에게서 도망치고자 자살하는 또 다른 사람들.

마이클은 한숨을 쉬었다. *좋은 생각이나 해야지.*

마이클은 그렇게 마음먹고 침대로 기어올라 잠을 청했다. 어째서인지 부모님이 꿈에 나왔다. 아주 오래전, 두 분과 함께 보낸 바닷가에서의 방학이.

4

다음 날이 토요일인 게 다행이었다. 헬가는 기가 막힌 와플 몇 장을 만들고 그 위에 살찌는 음식이란 음식은 전부 올렸다. 버터, 휘핑크림, 시럽. 죄책감을 줄이고자 딸기도 몇 개 얹었다. 그들은 둘 다 아무 말도 하지 않았다. 마이클은 헬가도 뉴스밥을 보았는지 궁금했다. 퍽이나 유쾌한 소식이었다. 최소한 마이클은 친구들을 만날 예정이기라도 했지만.

아침을 먹고 두어 시간 후, 마이클의 진짜 몸은 코핀에 아늑하게 들어 있었다. 반면 해방된 그의 버트넷 신체는 뉴욕 센트럴파크 길가의 벤치에 앉아 있었다. 그가 가장 좋아하는 또 다른 약속 장소였다. 가상 음식에 버금갈 만큼 좋은 게 바로 자연에 둘러싸이는 일이었다. 그가 집이라고 부르는, 스모그 낀 콘크리트 정글에서는 그리자주 볼 수 없는 풍경이었다.

그가 도착했을 때는 브라이슨과 세라가 조바심을 내며 기다리고 있었다.

"큰 건이어야 할 거다." 브라이슨이 엄포를 놓았다. "뭐랄까, 정신 못 차리게 큰 건."

"왜 그렇게 수수께끼처럼 말한 거야?" 세라가 덧붙였다.

마이클은 무섭기도 했지만 들뜬 기분으로 골목길에서 납치당한 이후로 일어난 모든 일을 털어놓았다. 누가 엿들을지도 몰라 약간 걱정하면서 속삭이듯 말하기 시작했는데, 머잖아 자세한 내용을 전하면서는 무슨 말인지 못 알아들을 만큼 빠른 속도로 쏟아냈다.

세라와 브라이슨은 현기증이라도 느끼는 것처럼 그를 빤히 바라보기만 했다.

"음, 다시 시작해야 할 것 같은데?" 브라이슨이 말했다.

세라가 고개를 끄덕였다. "처음부터. 그리고 좀 차근차근 말해봐."

"그래, 알았어." 마이클은 신선한 가짜 공기를 길게 들이마시고 다시 입을 열었다. "그러니까, 어제 학교에 가는 지하철을 타려고 걸어가는데 웬 자동차가 나를 거의 들이받을 뻔했어. 그러더니 검은 마스크를 낀 정신병자들이 뛰쳐나와서 나를 뒷좌석으로 끌고 간 거야."

브라이슨이 끼어들었다. "잠깐만, 마이클. 너 오늘 뭐 잘못 먹었냐?"

마이클이 눈동자를 굴렸다. "아니라니까. 그냥… 좀 들어." 친구들의 의심도 탓할 수는 없는 노릇이었지만, 이야기를 꺼내놓지 못하는 게 슬슬 불만스러워졌다.

그는 숨을 가다듬고 말을 이었다. 웨버 요원이 마이클에게 미행이 붙었다는 걸 알아차리고 경비원들더러 그를 데려가라고 한 대목에 이르렀을 즈음에는 친구들도 그의 말을 진심으로 받아들이고 있었다. 마이클은 뉴스밥에 나온 끔찍한 사건을 중계하는 것으로 이야기를 마무리 지었다. 뉴스밥은 친구들도 대부분 직접 들은 내용이었다.

그들은 최소 1분간 조용히 앉아 주변의 나무와 덤불을 힐끔거리며 누가 엿보지는 않는지 확인했다.

브라이슨이 침묵을 깼다. "와, 이런. 대체 왜 십 대 세 명한테 자기들 문제를 풀어달라는 걸까?"

"그러게 말이야." 마이클이 말했다. "웨버 요원 말로는 다른 사람들도 케인을 찾고 있대. 어쩌면 최고의 게이머와 코딩 능력자 들을 찾아서, 그 사람들한테 어디든 케인이 만들어 낸 비밀의 장소를 해킹할 기회를 주는 걸지도 몰라. 웨버 요원은 우리가 해킹도, 코딩도 할 줄 안다는 걸 알고 있었어. 진짜야. 농담이 아니었다고."

"하지만 VNS에서도 못하는 걸 우리가 어떻게 해?" 세라가 물었다. "그 사람들은 그게 직업이잖아. 솔직히 애들한테 이런 일을 떠넘기려 드는 게 난 좀 무서운데."

브라이슨이 코웃음 쳤다. "노땅들은 옛날부터 이 문제에 관한 한 다음 세대가 자기들은 꿈도 못 꿀 정도로 똑똑하다는 걸 알았어. 내 말은, 우린 여기에 죽치고 살잖아. 우린 *진짜로* 그 누구보다도 여길 잘 안다고. 우리한텐 일이 *아니니까* 우리가 해낼 수 있는 거야. 우리한텐 노는 거니까."

"프로그래밍만으로 해결할 수 있는 문제도 아니고." 마이클이 덧붙였다. 브라이슨이 편들어 주는 듯해 기분이 좋았다. "VNS는 제작자가 아니라 이용자가 필요한 거야. 우리보다 나은 사람이 누구겠어?"

"정말 그게 다야?" 세라가 물었다. "그냥 한번 놀아볼 핑계가 필요한 거 아니고?"

"넌 아니야?" 마이클이 물었다.

"음, 뭐." 세라가 어깨를 으쓱하며 미소 지었다.

"사소한 부분이지만, 우리가 그곳을 찾아내면 평생 쓰고도 남을 만큼 뭔가를 갖게 된다는 얘기도 있었잖아." 브라이슨이 물었다. "너뿐 아니라 우리 셋 전부한테 해당하는 얘기여야 할 텐데."

"당연히 그럴 거야." 마이클은 확실히 모르면서도 그렇게 대답했다. "우린 부자가 되고, VNS에 취직하고, 뭐든 하게 되겠지. 하지만 이 얘기는 절대, 아무한테도 하면 안 돼." 왠지 웨버 요원이 그 말을 하면서 위협했던 이야기를 전달할 수 없었다. 그리 은밀하다고는 할 수 없는 위협이었는데 말이다. 하긴, 그 협박은 친구들에게 적용되지 않을지도 모르니까.

"그래, 재미있을 것 같네. 엄청난 도전이 될 거야." 세라가 말했다.

마이클이 동의했다. 더 이상 게임이 아닌 게임, 게임보다 중요한 게임. 그 순간 마이클은 그 게임을 시작할 생각에 신이 나 하마터면 출동 준비 태세로 자리에서 일어날 뻔했다.

브라이슨이 그의 표정을 읽은 게 틀림없었다. "바지 벗겨지겠다, 인마. 이 일엔 우선 확신이 필요하다고."

"나도 알아." 마이클이 대답했다. "난 확신이 섰어." 뼛속까지 진심이었다.

그때 어떤 일이 일어났다. 불편한 기이함이 갑자기 주위에 스며들었다. 마이클은 두려움에 휩쓸렸다. 주변 공원의 모든 것이 기어가는 것처럼, 시럽 속에 갇힌 파리처럼 느려졌다.

세라의 손이 움직이며 귀 뒤로 머리를 넘겼다. 브라이슨의 입이 벌어지며 미소를 지었다. 장난스러운 미소. 마이클과 똑같은 생각이라는, 열의에 차 있음을 모두에게 알려주는 그만의 표정. 두 사람 위로 나뭇가지가 느릿느릿 흔들렸다. 새 한 마리가 날아가자 날개가 위로, 그다음에는 아래로 움직이는 게 보였다. 공기는 질식할 듯한 습기로 가득 차 텁텁해졌다.

이윽고 그 모든 것이 섬광과 함께 사라지며, 빙빙 도는 별들과 미치광이의 웃음으로 대체되었다.

5

마이클의 몸은 버트넷에서 상상할 수 있는 모든 움직임에 내맡겨졌다. 코핀은 항상 모든 것을 최대한 현실적으로 만드는 속임수를 썼다. 롤러코스터, 급강하 폭격기, 다른 우주를 향해 광속으로 발사되는 로켓, 무수히 많은 추락. 하지만 그 순간 벌어진 일은, 뭔지는 몰라도 마이클의 몸을 수백 조각으로 찢어놓을 것처럼 느껴졌다. 배속이 뒤틀리고 머리가 열 가지 고통으로 쪼개질 듯했다. 그러는 내내 별들이 빙빙 돌았다. 마이클은 자기가 눈을 감았는지 떴는지조차 알 수 없었다. 주변에 대한 모든 감각을 잃었다. 문득 코핀이 이 스트레스를 감당할 수 있을지 의문이 들었다.

광란은 갑자기 멈추었다. 속이 뒤틀리는 것만 같았다. 토하려 했으나 아무것도 나오지 않았다. 그는 천천히 호흡을 가다듬고 주위를 둘러보았다. 멀리서 깜빡이는 작은 불빛을 제외하면 모든 것이 어둠 속에 얼어붙어 있었다.

옆에는 몸뚱이가 둘 있었다. 그림자나 다름없이 거의 보이지 않았지만, 마이클은 그게 브라이슨과 세라라는 걸 알았다. 그럴 수밖에 없었다.

불빛은 1초, 1초가 갈수록 속도를 더해가며 소용돌이치다가 합쳐졌다. 세 사람 바로 앞에 모여 공을 이루었다가, 마이클에게 거의 보이지 않을 만큼 점점 커지고 밝아졌다. 빛은 천체처럼 빙빙 돌며 환하게 맥동했다.

마이클과 친구들은 둥둥 뜬 채 꼼짝도 하지 못하고 조용히 기다렸다. 그는 말을 하려 했지만 뜻대로 되지 않았다. 움직이려고도 했으나 몸이 마비되어 있었다. 전신에서 공포감이 솟구쳤다. 그때 어떤 목소리가 말을 걸었다. 눈이 멀 듯한 빛의 구체가 한 마디 한 마디에 고동쳤다. 무시무시했다.

"내 이름은 케인이다." 그것이 말했다. "나는 모든 것을 본다."

6

마이클을 마비시킨 정체 모를 존재는 그를 놓아주지 않았다.

싸늘한 목소리가 이어졌다. "너희들은 정말로 내가 VNS에 대해, 나를 막으려는 그들의 노력에 대해서도 모를 거라 생각했나? 내가 버트넷 안에서 *내* 이익에 거스르는 일이 일어나도록 방치할 거라고 상상했단 말인가? 이곳은 이제 *내* 영역이며, 오직 가장 담대하고 강하고 영리한 자만이 최후에 나를 섬기도록 허락받을 것이다. VNS와 너희 같은 게이머들은 조금도 중요하지 않게 된다."

마이클은 자신을 움켜쥔 힘에서 놓여나려고 안간힘을 썼다.

"너희들은 내가 가진 힘을 전혀 모른다." 케인의 목소리가 말했다. "나를 막으려는 모든 이에게 경고한다. 두 번째 경고는 없을 것이다." 목소리가 잠시 끊겼다. "내 말에 귀를 기울이지 않으면 어떻게 되는지 지켜보아라."

빙빙 도는 빛의 구체가 사라져 수십 년 전 사람들이 영화를 보곤 했던 스크린 형태의 커다란 직사각형으로 바뀌었다. 영상이 번쩍이는 가운데 스크린은 점점 넓고 길어지더니 마침내 마이클의 시야 전체를 거의 메워버렸다.

꼭 그가 미치광이의 정신 속에 삽입된 것만 같았다. 돌 더미가 된 도시. 하수구에 옹송그린, 아무 색깔 없는 사람들.

불길이 문 가장자리를 핥아오는 가운데 산 채로 타 죽기만 기다리는 듯, 연기로 자욱한 방에서 입을 딱 벌리고 있는 몇몇 남자들.

천천히 총을 들어올리는, 흔들의자에 앉아 있는 늙은 여자.

높은 절벽에서 어린아이들을 밀치고 그들이 떨어지는 걸 웃으며 지켜보는 두 명의 십 대들.

노쇠하고 병약한 환자들로 가득한 병원은 밖에서 문이 잠기고 자물쇠가 사슬로 감겨 있었다. 그 벽에 휘발유를 끼얹어 대는 초췌한 표정의 몇 사람. 그 가운데 라이터를 꺼내든 한 사람.

끔찍한 장면은 꼬리에 꼬리를 물고 계속 번뜩이며 점점 말로 담아낼 수 없는 것이 되어갔다. 마이클의 몸은 풀려나려 애쓰느라 덜덜 떨렸다. 몸부림치며 깨어나려던 어떤 악몽보다도 지독했다.

다시 입을 연 케인의 목소리가 사방에서 동시에 들려왔다.

"너는 *실제로* 벌어지는 일을 전혀 모른다. 너는 모든 의미에서 어린아이일 뿐이다. 그래도 계속하겠다면, 네 정신은 이 모든 것과 그 이상을 마주하게 될 것이다."

그게 끝이었다. 모든 것이 사라지고 마이클은 코핀 안에 돌아와 있었다. 목이 아팠다. 꽤 오랜 시간 비명을 지른 게 틀림없었다.

CHAPTER 4

선택은 없다

1

타냐의 자살도 끔찍했지만, 마이클은 이번에는 거의 코핀에서 몸을 빼낼 수조차 없었다. 그는 팬티조차 챙겨 입지 않고 땀에 젖어 몸을 떨면서 휘청휘청 침대로 향했다. 그는 여전히 케인의 심우주 영화관을 떠다니며 케인이 그의 미래에 대해, 그의 정신에 대해 끔찍하게 예언한 환영에서 헤어 나오지 못했다. 그게 무슨 뜻인지는 모르겠지만.

온몸이 스멀거렸다. 그는 평생 좀 더 격렬한 경험을 찾아 헤맨 끝에 두 차례의 충돌을 겪었다. 그 결과 버트넷의 모든 것이 즐겁고… 그렇게까지 격렬하지 않았던 나날을 그리워하게 되었다. VNS가 뭘 제안하든, 마이클이 돕지 않으면 무슨 일이 일어날 거라고 협박하든 상관없었다. 마이클은 눈앞에서 코어를 뜯어내는 사람을 보았고, 케인이 자기를 찾으려 들면 가하겠다는 처벌을 환각으로 보았다. 그러자 결정을 내리게 됐다. 케인이 만일 웨이크에서도 마이클에게 손을 뻗칠 수 있다면? 마이클은 버트넷 안에서든, 밖에서든 단 한 번도 그렇게 마비되어 무력해지는 느낌을 받아본 적이 없었다.

그는 VNS가 던져준 도전을 완수할 방법도 도저히 알 수 없었다. 외계인을 쏘아 죽이고, 고블린에게서 공주를 구출하고, 라이프블러드의 일상적 드라마를 처리하다가 그 모든 것에서 리프트되어 숙제를 하는 것만으로도 괜찮을 것 같았다. 게다가 브라이슨과 세라도 언제나 슬립에서 그와 함께할 테니까. 마이클은 그냥 정상적이고 지루한 삶으로 돌아갈 생각이었다. 다시는 케인과 마주치고 싶지 않았다.

마이클은 그렇게 굳게 믿으며 한참 만에 잠들었다.

2

다음 날 아침, 우중충하고 음울한 일요일은 마이클의 기분과 잘 어울렸다. 헬가는 머리가 아프다며 아침 식사로 콘플레이크를 먹으라고 했다. 마이클은 그녀에게 아줌마는 두통에 대해 아무것도 모른다고 말하고 싶었다. 전날 그가 케인과 보냈던 즐거운 시간을 세세히 말해주고, 그녀가 생각하기에는 그런 경험이 빗자루, 먼지떨이, 세탁 바구니를 들고 몇 시간 보내는 것보다 약간 지독한 정도 같냐고 묻고 싶었다.

하지만 그러기엔 마이클이 헬가를 너무 좋아했다. 그런 생각을 했다는 것만으로도 부끄러웠다.

그래서 대신 마이클은 헬가에게 매우 속상하다고 말하고, 그녀가 조리대 위에 올려둔 시리얼을 세 그릇 먹었다. 그런 다음 아주 오랫동안, 굉장히 뜨거운 물로 샤워했다. 그러자 기분이 좀 나아졌다. 사이버 테러리스트와의 만남에 대한 기억이 희미해지기 시작했다. 그 모든 것이 고약한 악몽이었던 것만 같았다.

남은 하루는 그 모든 것을 잊어버리려 애쓰느라 보냈다. 마이클은 몇 킬로미터를 조깅하고, 길게 낮잠을 자고, 샌드위치와 감자튀김, 피클로 이루어진 완벽한 점심을 먹었다. 마침내 그는 케인의 화려한 공연에 대해 브라이슨, 세라와 피할 수 없는 대화를 나누기 위해 체어에 앉았다. 이어커프가 눈앞에 스크린을 쏘아냈을 때는 게시판에 이미 두 친구가 보낸 메시지가 있었다.

모두 같은 의견인 것 같았다. 게임은 게임이었다. 그리고 VNS처럼 강력한 조직에서도 처리하지 못하는 정신병자 테러리스트를 처리하는 건, 글쎄, 그건 다른 이야기라는 생각이 들었다. 친구들도 괜찮은 제안이지만 사양하겠다는 의견이었다. 케인은 너무 위험했다. VNS의 위협이 차라리 귀여워 보일 정도였다. 케인이 그들을 가둘 때 보여준 프로그래밍 실력은 상상을 초월했다.

VNS에 그와 친구들의 결정을 통보해야 하느냐는 문제가 나오자 마이클은 '그럴 필요는 없다'는 생각이 들었다. 그 사람들과 이야기하고 싶지 않았다. 그들의 말이 허풍이길 바랄 뿐이었다. 어쩌면 VNS는 사실 여러 게이머들에게 도전과제를 주고, 그중 몇 명이라도 계속해 나갈 거라 도박을 건 걸지도 몰랐다. 실은 알고 싶지도 않았다. 마이클은 슬립으로 돌아가기가 약간 두려웠다. 하지만 그와 친구들이 조사를 시작하지 않고 케인의 경고에 귀를 기울이기만 하면 케인도 그들을 가만히 내버려 둘 거라고 생각했다.

마이클과 친구들은 나중에 *라이프블러드*에서 놀자며, 그 모든 일은 놔두고 게임이나 하자는 말로 대화를 마쳤다.

하지만 그날 오후 늦게 코핀에 연결하려 하자 일이 예상 외로 돌아갔다. 버트넷으로 싱크하는 대신, 마이클에게는 커다란 블록체 글자가 보였다.

VNS에 의한 접속 거부

3

그들이 마이클을 차단했다.

마이클은 코핀에서 나와 체어로 달려간 뒤 이어커프를 켜 보았다. 작동하지 않았다. 월스크린 앞의 소파로 가 TV 제어기를 눌렀다. 무반응. 헬가가 전화를 걸려고 아파트를 돌아다니며 씩씩대는 소리가 들렸다. 핸드폰 서비스도 연결이 해제되었다. 마이클은 체어로 돌아가 해킹으로 넷스크린에 침투해 보려고 한 시간이나 용을 썼지만 아무 소용이 없었다.

차단됐다. 완전히.

그가 할 수 있는 일이라고는 침대에 누워 천장을 응시하며 1분, 1분이 흘러갈 때마다 진저리를 치는 것뿐이었다. 세상에, 도대체 어쩌다가 이런 아수라장에 말려들었을까? 하루 이틀 사이에 그는 VNS에게 납치당하고 미치광이에게 목숨을 위협 당했다. 불평거리라고는 학교와 가끔 겪는 복통밖에 없던 나날이 그리웠다.

하지만 5분이라도 마이클을 알고 지낸 사람이라면 누구나 그의 생각이 흘러갈 방향을 예측할 수 있었다. 그래, 마이클은 현실에서도, 가상에서도 한 번도 보지 못했던 지독한 환각을 보았다. VNS의 청을 들어주면 그 환각이 곧 미래가 될 거라는 엄포를 들었다. 물론 마이클은 버트넷의 프로그램이 그런 식으로 짜일 수 있다는 점을 전혀 의심하지 않았다. 케인의 말은 정확히 옳았다. 다른 사람에게 모든 것을 보고 경험하게 만드는 힘이 존재한다면 죽음보다 지독한 것들도 틀림없이 존재할 터였다. 바닥없는 구덩이가 마이클 앞에 파여 있었다.

그런데 이제는 접속 권한이 박탈됐다. 마이클이 접속 권한 없이 살아갈 가능성은 없었다.

더 중요한 것은 웨버 요원의 말이 이제 좀 더 생생하게 그를 괴롭힌다는 점이었다. 그녀는 마이클과 그의 가족을 위협했다. 접속 권한 박탈은 분명 앞으로 닥칠 더욱 고약한 일의 시작일 뿐이었다. 마이클은 일을 바로잡아야만 했다. 어쩌면 포기가 너무 빨랐던 건지도 몰랐다.

그는 침대에서 일어났다. 자기 연민은 그만두기로 했다. VNS는 분명 또 한 번의 기회를 줄 것이다. 그는 VNS가 처리하려던 문제를 두 눈으로 직접 목격했으니까. 게다가 애초에 마이클의 도움을 구하러 왔으니, 그들에게는 도움이 절실할 터였다. 케인의 환각이 주었던 공포가 약간 희미해졌다. 마이클의 좀 더 침착하고 합리적인 두뇌는 이 일도 다른 버트넷 경험과 다를 바 없다고 생각하기 시작했다. 그 중 무엇도 현실은 아니었다. 조심하기만 하면 해낼 수 있었다. 버트넷을 그렇게 오랫동안 쏘다녔어도 마이클은 코딩이나 해킹 실력이 자신보다 뛰어나거나, 라이프블러드 딥에 자신만큼 빠르게 가까워진 사람을 단 한 명도 만나지 못했다. 케인도 잘하긴 했지만, 어쨌거나 그도 또 한 명의 게이머일 뿐이었다.

마이클은 도전과제를 받아들일 준비가 됐다. 애초에 겁을 먹었던 것이 좀 부끄러워졌다. 어떻게 가족에 대한 위협을 무시하려 했단 말인가?

옆집의 퍼킨스 부인은 마이클이 문을 쾅쾅 두드리자 심장마비를 일으킬 것 같은 몰골로 나타났다. 그녀는 눈을 크게 뜨고 문을 열었다. 얼굴의 반은 기름진 크림 같은 것으로 뒤덮여 있고, 손을 가슴에 얹고 있었다.

"이런, 마이클." 그녀가 안도감에 눈망울을 굴리며 말했다. "어마 깜짝이야, 애 떨어질 뻔했다. 뭐가 문제니? 너 때문에 하마터면⋯."

"심장마비가 올 뻔하셨죠, 알아요. 저기, 부탁 하나 들어주셨으면 좋겠어요."

그녀가 허리에 두 손을 올렸다. "글쎄, 그런 거라면 좀 더 예의를 갖추는 게 좋을 것 같은데."

마이클은 퍼킨스 부인을 무척 좋아했다. 정말, 정말로 그랬다. 그녀에게서는 베이비파우더와 멘톨이 함유된 젤 냄새가 났다. 그녀는 지구상에서 가장 친절한 아주머니였다. 하지만 그 순간 마이클이 할 수 있었던 최선의 행동은 그녀를 밀치고 전화기를 향해 달려가고 싶은 마음을 자제하는 것뿐이었다.

그는 억지로 침착한 태도를 유지하며 말했다. "정말 죄송해요. 급해서요."

"사과는 받아주마, 애야. 내가 뭘 해주면 되겠니?"

어째서인지 그의 얼굴에 미소가 떠올랐다. "지역 VNS 사무소에 전화 좀 걸어주실래요? 옆집 마이클이 다시 돌아왔다고 말해주세요. 제가 그 사람들이 찾는 걸 찾겠다고 전해주세요."

4

접속 권한은 즉시 복구되었다. 그는 게시판 메시지를 통해 브라이슨과 세라도 같은 일을 겪었으며, 그들도 마이클만큼이나 이 일을 심각하게 받아들인다는 점을 알게 되었다. 마이클은 그 어느 때보다도 고통스럽게 월요일 수업을 참고 견딘 끝에 그날 저녁 즈음에는 다시 친구들과 연결되었다. 그들은 다음 날 오후부터 조사에 착수하기로 했다.

이번에는 덜 공개적으로, 더 신중하게 움직이기로 마음먹었다. 예전에는 한 번도 시도해 본 적 없을 만큼 코딩과 해킹 능력을 활용해 볼 작정이었다. 마이클은 VNS가 그와 친구들을 선택한 데에는 이유가 있을 거라고 생각했다. 앞으로 나아가야 할 기나긴 길을 다시 떠올리자 기뻤다.

'우린 할 수 있어.' 그는 자신에게 말했다. 여러 번, 거듭해서.

CHAPTER 5

늙은 남자

1

"너희들이 분통을 터뜨리는 동안," 브라이슨이 말했다. "나는 케인의 오라에 추적기를 설치했어. 다음번엔 놈이 가까이 오면 우리가 알게 될 거야."

마이클은 *라이프블러드*의 외곽 중에서도 외떨어져 있는 나무 위 오두막에 브라이슨, 세라와 함께 앉아 있었다. 이곳은 그들이 비밀리에 코딩해 둔, 달리 말하면 *지어놓은* 장소였다. 마이클은 게임의 프로그래머들조차도 오두막이 위치한 작은 숲은 모를 거라고 확신했다.

"우리한테는 아직 추적기 업로드 안 했지?" 세라가 브라이슨에게 물었다. 세라에게는 그들의 주의를 집중시키는 뛰어난 능력이 있었다.

"응."

"알았어. 그리고 내 숨바꼭질 프로그램과 마이클의 스파이 프로그램을 이용하면 그 뱀 같은 자식을 잠시나마 피할 수 있을 것 같아."

"적어도 그놈보다 두 발은 앞설 수 있겠지." 마이클이 덧붙였다.

그와 세라가 힘을 합쳐 만든 두 가지 위장용 프로그램은 예전에도 여러 번 유용하게 써먹은 적이 있었다.

그들은 잠시 침묵에 잠긴 채 눈을 감고 주변의 미가공 데이터에 접근하는 데 집중했다. 마이클은 화면을 띄우고 친구들과 연결했다. 이후 그들은 코드를 공유하고 프로그램을 설치한 뒤 모든 게 순조롭게 연결되었는지 확인했다. 말할 필요도 없지만, 처음부터 이처럼 똑똑하게 굴었어야 했다. 하지만 당시에는 이 일이 거의 해로울 것 없는 게임처럼 보였다. 그야말로 멍청한 생각이었다.

그는 코딩을 마친 뒤 눈을 뜨고 비볐다. 코드에 연결하고 나면 언제나 눈이 약간 침침했다. 그는 무릎을 세우고 앉아 라이프블러드의 주요 구역으로 돌아가는 숲 쪽 창문을 내다보았다. 이렇게까지 먼 곳은 코드가 느슨하게 짜여 있어서 안개로 뒤덮인 것처럼 보였다. 마이클은 그 점이 마음에 들었다. 그들이 나름의 프로그래밍 실력으로 건설한 나무 오두막은 따뜻하고 잘 숨겨져 있어 아늑하고 안전하게 느껴졌다. 마이클은 뜨개질 양말 몇 켤레와 스타킹 캡(윗부분에 방울이 달린 털모자—옮긴이) 하나만 있으면 할머니로 인정받을 수 있겠다는 생각에 멋쩍게 씩 웃었다. 하지만 마이클의 마음 한 부분, 아니, 상당히 큰 부분은 그들이 지금부터 하려는 일을 두려워했다.

"그다음엔?" 브라이슨이 운을 뗐다. 그가 던지려는 질문은 뻔했다.

"올드 유저들." 세라가 대답했다. "거기서부터 시작해야지."

마이클은 걱정을 떨치고 모험심에 다시 주도권을 넘겼다. "무조건 찬성." 그는 몸을 돌려 다시 자리에 앉으며 말했다. "올드타운 쇼핑 구역 바깥에서 죽치고 있는 그 노땅들은 뭔가 알고 있을 거야. 노름 돈 하라고 몇 푼 던져주면 오히려 입 다물게 만드는 게 불가능할걸."

세라가 고개를 끄덕였다. 그러나 두 눈만은 마이클이 내다보던 창문에 초점을 맞추고 있었다. 깊은 생각에 잠길 때면 그녀는 결코 사람을 바라보지 않았다. "그 이발사 이름이 뭐더라? 아마 나이가 천 살은 됐을 것 같던데."

"나도 그 꼰대 알아." 브라이슨이 말했다. "명왕성 퀘스트 패스워드를 알아낼 때 우리가 그 사람을 이용했었잖아. 그 아저씨, 입 냄새 제거용 박하사탕 프로그램에 넘어올지도 몰라. 구취가 너무 심하더라. 난 계속 입으로 숨을 쉬어야 했다고."

마이클이 웃었다. "박하사탕이라니, 온 동네 게이머들이 널 찾아와도 그런 식으로 말하면 네 조언을 받아들일 사람은 한 명도 없을 거야. 아무튼, 그 아저씨 이름은 커터였어."

"그리로 가야 해." 세라가 말했다. "코는 그냥 막자."

2

올드타운은 버트넷에서 사람들이 가장 많이 찾는 장소로, 시뮬레이션 세계의 뉴욕시나 마찬가지였다. 올드타운 안의 쇼핑 구역은 언제나 사람들로 빽빽했다. 처음에 마이클은 이렇게까지 공개적으로 나서는 게 걱정됐지만, 일단 그곳에 가자 사람들 틈에 섞여 이목을 피하는 게 훨씬 쉽다는 걸 알아차렸다. 두 배로 강화해 최고 성능으로 작동 중인 은신 프로그램을 쓴다면 더더욱.

두 군데의 쇼핑몰이 각기 수천 곳의 가게와 쇼핑 아케이드, 레스토랑, 업로드 전용 공간, 유흥주점 등 상상할 수 있는 모든 것을 갖추고서 수 킬로미터나 뻗어 있는 거대한 광장과 경계를 맞대고 있었다. 광장을 따라서는 놀라운 분수와 춤추는 바람풍선, 롤러코스터들이 있었다. 모두가 그렇듯 마이클도 그 모든 것에 현혹되기 쉬운 사람이었다. 그곳은 전체가 즐거운 시간을 제공하고 사람들의 노후 자금을 빨아먹는다는 단 두 가지 목적을 위해 설계되었다. 물건들은 슬립에서도 웨이크와 가격이 비슷했다. 단지 그 돈을 모을 가능성이 어마어마하게 높을 뿐이었다. 특히 코딩을 할 줄 아는 사람에게는.

세라가 브라이슨을 다섯 번쯤 (귀를 잡아당겨) 끌어낸 뒤에야 그들은 찾고 있던 길고 좁다란 골목까지 갈 수 있었다. 그 골목은 드넓은 광장에서 갈라져 나와 셰이디 타운이라는 구역으로 이어졌다. 디지털 문신 시술소나 전당포 등 비교적 인적이 드문 상점들이 양옆으로 늘어선 자갈길은 수백 년 전 과거로 여행 온 듯한 느낌을 주었다. 심지어 가벼운 걸음으로 지나가는 말까지 한 마리 보였다.

"그 아저씨 가게는 바로 이 위에 있어." 세라가 손가락으로 가리키며 말했다.

광장에서 빠져나온 이후로는 그들 중 누구도 별말을 하지 않았다. 마이클은 그 이유를 정확히 알았다. 셰이디 타운에는 사람이 훨씬 적었다. 찾는 사람의 눈에 마이클과 친구들이 발견되기가 좀 더 쉬울 거라는 뜻이었다. 마이클은 브라이슨의 추적기를 믿었으므로, 케인이 그들의 은신 프로그램을 슬쩍 통과해 또 한 번 가까이 오면 알게 될 거라고 생각했다. 그러면 예의 그 검은 심연으로 내던져지기전에 포털을 찾아 웨이크로 떠오를 수 있을 것이다.

커터의 가게에는 적절하게도 "늙은이의 이발소"라는 상호가 붙어 있었다. 시뮬레이션 세계에서 이발을 할 필요가 없다는 것쯤은 천재가 아니라도 알 수 있는 사실이었으나 대부분의 사람들은 그런 식으로 행동하지 않았다. 뭐든 현실과 비슷하면 비슷할수록 좋았다. 그래서 슬립의 인구 80퍼센트는 머리카락이 자라도록 프로그램을 설정해 두었다. 코딩에 능숙하다면, 진심으로 말총머리를 하고 싶을 때 그냥 코드에 접근해 빠르게 프로그램만 짜면 됐다.

"어쩌지?" 입구에서 몇 미터 떨어진 곳에 멈춰서서 브라이슨이 물었다. "다짜고짜 쳐들어가서 그 영감님한테 질문을 던져?"

마이클이 으쓱했다. "내가 확실히 아는데, 저 아저씨는 기회가 있을 때마다 도박을 해. 다음번 포커 토너먼트에 참가할 수 있도록 암표 프로그램을 짜주면, 아까도 말했지만 우리가 먼저 가버릴 때까지 입을 다물지 못할 거야."

"그럼 누가 머리를 밀어달라고 할래?"

세라가 방어적으로 머리카락을 뒤로 당겼다. "난 싫어. 어쨌거나 여자 머리를 잘라줄 사람 같지도 않고."

"네 머리털을 북슬북슬하게 해봐." 마이클이 브라이슨에게 말했다. "쓸데없이 시간 끌지 말고."

3

커터에게 마지막으로 정보를 끄집어낸 게 최소한 1년 전의 일이었던 탓에(그때의 정보는 대전격투 게임의 치트키에 관한 것이었다) 마이클은 그 남자가 얼마나 이상하게 생겼는지 잊고 있었다. 누군가가 동화책에 나오는 트롤을 본떠 버트넷 오라를 만들었다면, 여기서 낯선 이들의 머리카락을 사각사각 잘라내고 있는 인물이 바로 그 트롤이었다. 마이클과 친구들은 브라이슨이 가위질당할 차례가 될 때까지 참을성 있게 기다렸다.

커터 자신의 머리털은 얼룩덜룩하고 붉은 두피 위로 빗어 넘긴 회색 털 한 다발뿐이었다. 머리보다는 귀에 더 많은 털이 나 있었다. 그는 키가 작고 땅딸막했으며 대단히 늙었고, 입에서 나오는 단어 하나하나를 듣고 있자면 그가 언제든 노령으로 쓰러져 죽을지 모른 다고 생각하게 됐다. 놀랍게도 대다수 사람들은 버트넷에서의 자신 이 현실의 자신을 반영하기를 원했으므로, 마이클은 웨이크에서 커 터를 만나는 일을 그저 상상에 맡길 수밖에 없었다. 함께 살면 차아 암 좋겠다, 분명해.

"너희 빌어먹을 꼬맹이들은 왜 입을 떡 벌리고 우리를 쳐다보는 거냐? 죽어가는 쥐새끼를 바라보는 대머리독수리마냥." 커터의 손 가락은, 마이클의 생각엔 그 나이대 남자가 할 수 없을 것 같은 재빠 른 놀림으로 사각사각 머리카락을 잘라내고 있었다. 커터는 자기를 너무 가까이에서 지켜보는 사람들에게 익숙하지 않은 게 분명했다.

"그야 아저씨네 가게 바닥에 머리카락을 기부하는 것 말고도 여기 에 온 이유가 더 있기 때문이죠." 세라가 말했다. 마이클이 여태 들 어본 중 가장 단호한 목소리였다.

"아 그래?" 그가 거친 목소리로 말했다. 마이클은 커터의 목구멍 에는 축농증에 걸린 아이보다도 더 많은 가래가 끼어 있을 거라고 추측했다. "글쎄, 그 연유가 뭔지 나한테도 가르침을 좀 주시지 그러 나, 젊은 아가씨."

세라는 마이클을 바라보았다. 그게 신호였다. 마이클은 커터에게 가까이 몸을 숙이며 속삭였다. "케인이라는 이름의 게이머에 대한 정보가 필요해요. 그 사람이 뭔가 큰 건을 하려고 한다는 소문이 있 어서." 그는 잠시 말을 멈추었다. 뒤늦게, 좀 더 예의를 갖춰야 한다 는 생각이 들었다. "…요, 사장님. 부탁드립니다."

"그런 거창한 얘기는 다른 사람한테나 해라." 커터가 대답했다. 이번에는 그의 숨결이 마이클에게 닿았다. 마이클은 구역질이 치솟기 전에 물러났다.

그는 커터가 말을 이어나가며 자기가 아는 내용을 털어놓을 거라고 은근히 기대했지만, 늙은이는 한 마디도 더 하지 않았다. 그는 가위질 속도를 조금도 늦추지 않았고 결과적으로 브라이슨만 아주 잘 생겨 보이기 시작했다.

이번에는 세라가 도전했다. "부탁이에요. 저희도 슬립의 모든 소문이 이곳을 스쳐 간다는 걸 알아요. 아저씨가 케인이나 그 사람이 비밀을 숨겨놓은 장소에 대해서 아는 걸 얘기해 주세요."

"아니면 어디 가야 알아낼 수 있는지라도요." 브라이슨이 덧붙였다.

커터가 껄껄 웃었다. "빌어먹을, 그렇게 똑똑한 놈들이라면 여기에서 정보를 얻을 때 뭐가 필요한지 정도는 알아야지. 지금까지 나한테 생긴 건 두통과 바닥에 어수선하게 쌓여 가는 가상의 머리카락 한 줌뿐이야."

마이클은 왠지 커터의 마지막 말에 꽂혔다. 그는 미처 참지 못하고 작은 웃음소리를 흘렸다.

커터가 눈을 부라렸다. "원한다면 얼마든지 웃어라. 아쉬운 사람은 내가 아니니까. 내가 알기론 아쉬운 쪽은 너였는데."

세라는 마이클에게 특유의 꾸짖는 눈길을 던졌다. 오직 여자들만 지을 수 있는 표정이었다. "죄송해요, 아저씨. 정말이에요. 저희가 정말 아무것도 몰라서 그래요. 이런 일은 한 번도 해본 적 없거든요."

이 말에는 마이클이 움찔했다. 늙었지만 커터는 분명 그들을 기억하고 있었다. 마이클은 거짓말을 만회하려고 불쑥 끼어들었다. "정보에 대한 값은 드릴게요. 카지노의 이번 주말 포커 토너먼트 자유 이용권으로요." 마이클은 부모님이 은행 계좌에서 사라진 돈을 눈치채지 못하기만 바랄 뿐이었다.

커터가 그와 눈을 맞추었다. 늙은이의 눈동자는 마이클이 한 번도 본 적 없을 만큼 확연하게 또렷해졌다. 마이클은 확신했다. 그들이 이겼다.

"술도." 늙은이가 말했다. "미리 말해두지만, 내 술잔은 바닥이 없다."

"좋아요." 마이클이 대답했다. "이제 말씀해 보세요."

"마음에 들지는 모르지만 내 정보 중엔 이게 최고야. 그리고 너흰 날 믿어야 할 거야. 내가 너희들이 찾는 걸 발견할 수 있는 올바른 길을 안내해 줄 테니까."

"알겠어요." 세라가 대답했다. "잘 들을게요."

언제부터였는지 커터는 브라이슨의 머리 자르기를 멈추었다. 그는 브라이슨이 둘렀던 이발용 가운 뒤쪽을 털어내고 벗겼다. 브라이슨은 냉큼 감사 인사를 하고 일어나 친구들 곁으로 갔다. 이발사의 말을 듣고 싶어 마이클만큼이나 안달 난 표정이었다.

"나는 오랜 세월 이 구멍가게에 들어오는 온갖 소문을 들었다." 늙은이가 말했다. "허나 너희들이 요구하는 정보야말로 팔십 평생 들어본 것 중 가장 무시무시하구나."

이 말은 마이클을 더욱 흥분시킬 뿐이었다. "뭔데요?"

"케인이라는 자에 관해서는 엄청나게 많은 소식이 돌고 있다. 하나만은 분명하지. 놈은 못된 짓을 꾸미고 있어. 납치, 뇌 절제술…. 소문에 따르면 놈이 뭔가를 숨겨놓는 장소도 있다지. 그게 뭔지, 어디인지는 모른다. 그저 큰 건이라는 것밖에."

"그건 우리도 알아요." 세라가 지적했다. "어떻게 해야 케인이나 그 장소를 찾을 수 있죠? 어디서부터 시작하나요?"

커터의 입이 말려 올라가며 미소가 될 법한 표정을 지었지만, 확실하지는 않았다. 오히려 찡그리는 것처럼 보이기도 했다. "포커 날 밤에 수익이 상당해야 할 거다, 꼬맹이들아. 지금 내가 너희한테 알려주려는 장소를 아는 사람은 내 오른발 발가락보다도 수가 적어. 헌데 나는 디모인에서 오른발 발가락 하나를 미친개한테 잃었거든."

"어디로 가냐니까요?" 마이클이 다그쳤다. 조바심에 온몸의 근육이 굳어졌다.

커터가 그들에게로 몸을 기울였다. 그가 운을 떼기도 전에 고약한 입 냄새가 퍼져 나왔다. "블랙앤블루 클럽으로 가봐야 한다. 거기서 로니카를 찾아. 그 늙은 마녀만이 너희한테… 그걸 찾는 방법을 알려줄 수 있다."

"그게 뭔데요?" 세 사람이 동시에 대꾸했다.

"너희를 케인한테로 안내해 줄 존재지." 커터는 수수께끼 같은 미소 혹은 찡그림을 다시 지어 보이더니 불쾌한 말투로 속삭였다. "통로 말이다."

마이클이 얼굴을 찌푸렸다. 간단한 한 단어. 그러나 그 말을 하는 커터의 방식에 마이클은 간담이 서늘해졌다.

CHAPTER 6

바닥 아래로

1

마이클도 그 클럽 이야기는 들어본 적이 있었다. 버트넷에서는 모두가 블랙앤블루에 대해 들어봤다. 하지만 마이클은 실제로 거기 가 본 사람을 한 명도 만나지 못했다. 엄청난 부자이거나 유명인이거나 범죄조직의 상층부에 있지 않은 한 입장이 불가능했으니까. 물론, 방금 말한 모든 조건에 해당하는 정치인이어도 가능했다.

마이클과 친구들은 그중 어디에도 속하지 않았다. 설상가상으로 미성년자이기까지 했다. 그들은 외모를 좀 더 나이 들게 꾸밀 수 있을 만큼 뛰어난 코딩 실력의 소유자였으며, 헬가가 와플을 만드는 것보다도 빠르게 가짜 신분증을 위조해 낼 수 있었다. 하지만 블랙앤블루를 속이려 드는 건 그들만이 아니었고, 클럽은 그런 속임수를 꿰뚫어 보는 실력이 믿을 수 없을 만큼 뛰어났다.

마이클, 브라이슨, 세라는 클럽 입구 맞은편 거리에 서서 줄지어 기다리는 사람들을 멍하니 바라보았다. 마이클은 그들이 걸친 보석과 명품 옷에 대부분 사람들의 1년 소득보다 많은 돈이 들어갔을 거라고 생각했다. 버트넷 중 *라이프블러드*에서만은 사람들이 원하는 모습을 마음대로 취할 수 없었다. 사치품을 갖고 싶다면 현실에서도 사치품을 가질 여력이 있는 부자이거나 말재주를 부리고 알랑거리고 사기를 쳐 원하는 것을 얻어낼 줄 알아야 했다. 아니면 코딩과 해킹 실력이 정말로 뛰어나든지.

"작전은?" 브라이슨이 물었다. "참고로 난 재키 스웨드의 '엉덩이를 흔들어 보세요' 주점에도 못 들어갈 뻔했다, 블랙앤블루는 둘째 치더라도."

마이클은 머릿속을 마구 뒤졌다. "이 로니카라는 사람도 하루 24시간 여기에만 살 수는 없을 거야. 그냥 그 사람이 나오기를 기다렸다가 집까지 따라가는 건 어떨까?"

세라는 신음 비슷한 소리로 대답을 대신했다. "좀 변태 같잖아, 그 사람이 어떻게 생겼는지 모르기도 하고. 게다가, 넌 여기가 현실 세계가 아니라는 걸 잊고 있어. 로니카는 슬립에서 오직 저 클럽에만 들어갈 가능성이 있다고. 누가 알아? 뒷방에 있는 포털로 직접 싱크했다가 리프트하는 걸지도 모르는걸. 커터가 생각하는 만큼 유명한 사람이면 특히 그러겠지. 그런 위치에 있는 사람이 탄젠트^{Tangent}일 것 같지도 않고. 관리자 유형은 항상 인간이거든."

브라이슨이 과장된 한숨을 내쉬었다. "내가 그 여자랑 딱 5분만 보낼 수 있으면 좋을 텐데. 그럼 내 매력에 녹아나 정신 못 차리고 정보를 흘릴 거란 말이지."

"음, 그 점에 대해서는 할 말이 없다." 마이클이 말했다.

이번에는 세라가 진심으로 한숨을 쏟아냈다. "내가 어쩌다가 너희랑 친구가 됐지?"

마이클이 재빨리 화제를 돌렸다. "잘 들어. 이런 말 하긴 싫지만, 남은 선택지는 한 가지뿐이야."

브라이슨과 세라가 어리둥절한 눈길을 던졌지만, 마이클은 친구들도 같은 생각이라는 걸 잘 알았다. 최후의 수단은 언제나 노골적인 불법 행위였다.

그가 장난스럽게 미소 지으며 말했다. "길을 뚫는 거야."

2

마이클은 늘 시뮬레이션으로 구현된 버트넷 내의 한 공간으로 해킹해 들어가는 일이 웨이크에서의 건물 무단 침입과 마찬가지라고 생각해 왔다. 둘 모두에 작전과 지능이 필요했다. 또한 현실에서 그렇듯, 버트넷에서도 한 번의 실수로 VNS에 잡히면 철창신세를 질 수 있었다.

"다들 '난 수상한 사람이 아니에요' 표정으로 날 따라와." 그가 말했다.

"인마, 그런 소리는 왜 하는 거야?" 브라이슨이 불평했다. "이제 그 어느 때보다도 죄책감 어린 표정을 짓게 생겼잖아."

그들은 클럽 뒤쪽으로 접근하는 우회로를 선택했다. 감시자들에게 계획을 들키지 않기만 바라며 경로에서 몇 블록을 벗어났다. 그들은 걸어가면서 점점 조용해졌다. 마이클은 새로운 대화를 시작하려 애썼다. 산책 나온 평범한 친구들처럼 보이는 게 목표였다.

"기분 나쁘게 하려는 건 아닌데, 너희 집 가사도우미 요리 솜씨 얘기는 좀 질린다." 마지막 모퉁이를 돌아 클럽을 겨우 30미터 앞두었을 때 브라이슨이 말했다. "난 그분을 만나본 적도 없고, 아마 앞으로도 만날 일이 없을 테니까 더더욱."

어떻게 길을 가다 보니 세라가 맨 앞에 있었다. 그들이 지금부터 저지르려는 일에 세라가 자신감을 느낀다는 뜻이면 좋으련만. "나중에 만날 때 마이클네 집에서 보는 게 좋을지도 모르겠어." 세라가 말했다. "그럼 네가 계속 자랑하던 음식을 헬가가 후닥닥 만들어 줄 수도 있잖아."

"헬가 섹시하냐?" 브라이슨이 물었다.

마이클은 생각만으로도 몸서리쳤다. "아줌마는 아무리 어리게 봐도 예순 살은 될 거야, 친구. 어쩌면 일흔 살일지도 모르고."

"그래서 뭐? 아직 내 질문에는 대답 안 했다."

세라가 멈춰서는 바람에 마이클은 그녀와 부딪칠 뻔했다. 이제 클럽과는 겨우 건물 두어 채 정도 떨어져 있었다. 클럽 뒤쪽을 나타내는 표시는 작은 검은색 문뿐이었다. 간판이 없었는데도 그곳이 블랙앤블루라고 확신한 데에는 그럴 만한 이유가 있었다. 산만 한 덩치의 두 남자가 문밖에 서서, 며칠 동안 쫄쫄 굶은 탓에 인간의 날고기 냄새가 향긋하게 느껴진다는 듯 행인들을 무차별적으로 쏘아보고 있었다. 그들은 몸통도, 머리도 거대했으며 목은 없다시피 했다. 클럽이라면 어디든 경비원이 있기 마련이지만 이들은 괴물 같았다.

"참 쉽기도 하겠다." 브라이슨이 웅얼거렸다.

세라는 몸을 확 돌리며 클럽 쪽을 그만 쳐다보라고 속삭였다.

그녀의 표정에서 뭔가를 읽은 마이클이 귀를 기울였다. "무슨 작전이라도 있어?"

"난 이 주변에 어떤 방화벽이 세워져 있을지 상상도 못 하겠어. 우리가 그걸 해킹할 수 있을까? 당연하지. 근데, 이 거리에 접어드는 순간 더 좋은 생각이 떠올랐어." 그녀는 위험을 무릅쓰고 경비원들을 재빨리 힐끔거렸다. "내 생각엔, 길을 뚫지 않고도 안에 들어갈 수 있을 것 같아."

그녀가 계속해서 구체적인 내용을 설명하자 마이클은 자신이 세라를 그렇게까지 좋아하는 이유가 다시 떠올랐다. 그녀는 분명 지금까지 태어난 여자 중 가장 똑똑한 여자일 것이다.

3

43분이 걸렸다.

세 사람은 벽에 등을 붙이고 앉아 프로그램에 접속한 후 그 내용을 검토했다. 마이클은 그 과정이 아주 마음에 들었다. 눈을 감고 코핀으로 돌아가 자신의 의식에 집중하며 버트넷의 미가공 구성요소에, 주변에 보이는 모든 것의 핵심 코드에 접근하는 일. 여럿이서 그 코드를 다루려면 직관과 엄청난 경험이 필요했지만, 그와 친구들은 실력이 정말로 뛰어났다. 이것도 세 사람이 그토록 잘 어울리는 또 하나의 이유였다.

그들은 일단 두 경비원에게서 코드를 분리해 낸 다음 그들의 개인 정보에 침투해 일부를 각자의 시스템으로 내려받고, 이어서 자신들의 버트넷 오라 안으로 완전히 싱크했다. 그들의 작전은 엄청난 허세 부리기였다. 여러 겹으로 존재할 게 뻔한 방화벽을 모두 뚫으려는 시도보다는 좀 더 빠른 선택지였다. 마이클은 다시 눈을 떴을 때 시뮬레이션으로 구현된 자신의 얼굴을 따라 땀방울이 흐르는 것이 느껴졌다. 그들은 합법적 코드 조작의 한계를 훨씬 지나왔고, 앞으로는 더 깊이 들어갈 참이었다. 마이클도 잘 알고 있듯 작전이 무척 부실했으므로 안심했다가는 잡힐 위험이 아주 컸다.

세라가 벌떡 일어났다. "놈들이 우리가 뭔가 했다는 걸 눈치채기 전에 서두르자."

마이클과 브라이슨이 허둥지둥 그녀의 뒤를 따랐다. 마이클은 블랙앤블루 클럽 뒷문을 지키는 덩치들에게 다가가면서 조금이나마 위안이 되는 생각을 떠올렸다. 그들은 VNS의 요청을 받아 이런 일을 하는 것이다. 어쩌면 그들에게는, '엄밀히 따지면' 불법인 행동을 약간씩 해도 좋은 자유가 있을지도 몰랐다.

왼쪽의 경비원이 먼저 그들을 발견했다. 그는 다가오는 세 청소년을 우스갯거리를 대하듯 흥미로운 눈초리로 바라보았다. 그는 자신에게로 향한 세 사람의 시선을 눈치챘다. 어쩌면 헛된 입장을 시도하려는 철부지들을 물리치는 상상을 하며 즐거워하는지도 몰랐다. 그는 손마디를 꺾으며 무뢰한처럼 걸걸한 웃음을 터뜨리더니 동료의 옆구리를 찔렀다.

"네가 해." 마이클은 갑자기 주눅이 들어 세라에게 속삭였다. "네 아이디어였잖아."

"동의합니다." 브라이슨이 덧붙였다.

그들은 경비원 앞 몇 걸음 떨어진 곳에 멈춰섰다. 오른쪽 경비원이 동료와 함께 그들을 내려다보았다.

"어디 맞혀보자." 왼쪽 경비원이 말했다. 알고 보니 두 남자는 사실상 쌍둥이나 마찬가지였다. "우리한테 막대사탕이라도 주고 안에 들어가서 놀려는 거냐? 눈깔사탕이라든지?"

놈의 동료가 낄낄거렸다. 꼭 천둥소리 같았다. "시간 낭비하게 하지 마라, 애송이들아. PC방에 가서 외계인이나 죽여. 아니면 저 위쪽

거리에 십 대 여자애들이 들락거리는 클럽에나 가든지. 어쨌든 우리 앞에서 꺼져."

마이클은 믿을 수 없을 만큼 초조해졌다. 세 사람은 예전에도 정신 나간 곡예를 수백만 번 해보았지만, 지금은 위태로운 게 너무 많아 무릎이 풀리는 듯했다. 반면 세라는 물 만난 고기 같았다.

"우린 당신들 코드를 훔쳤어요." 그녀가 말했다. 목소리가 너무 침착해 마이클이 다 겁날 지경이었다. "지금 그 증거를 보내줄게요." 그녀는 아주 잠깐 눈을 감고 훔친 정보 몇 가지를 전송한 다음 경비원들에게 심술궂은 눈길을 던졌다. 허세가 시작됐다.

얼어붙은 왼쪽 남자가 눈을 크게 떴다. 그의 동료는 배에 주먹을 맞은 것처럼 뒤로 휘청거렸다. "이놈들아, 이건 감방감이야." 그가 으르렁거렸다. "분명히 우리가 이야기하는 이 순간에도 누군가 너희 집 문을 박차고 들어가고 있을 거다."

"그거야 우리가 걱정할 문제고요." 세라가 말했다. "자, 이제부터 세기 시작할게요. 다섯까지 세면, 아저씨들 기억 은행의 오물더미에서 건져 올린 그… 토막뉴스를 아저씨들 연락처에 있는 모든 사람한테 조금씩 보낼 거예요. 열까지 세면, 아저씨들이 삭제하기 싫은 것들을 삭제하기 시작할 거고요."

"거짓말." 오른쪽 남자가 반박했다. "그리고 나도 나름대로 숫자를 세어야 할 것 같은데. 둘까지 세면, 너희들을 정신 줄 놓을 때까지 두들겨 패기 시작하마. 아니면 나도 따로 해킹을 좀 해보든지."

"하나." 세라가 조용히 말했다. "둘."

왼쪽 경비원이 점점 더 동요했다. "감히 그렇게는 못 할걸. 우리 개인 정보로 장난칠 수는 없어!"

"셋. 넷." 그녀가 마이클에게 눈을 돌렸다. 그는 침묵했다. 실은, 이 볼거리를 즐기고 있었다. "배포 대상 명단 준비해."

"준비 완료." 마이클이 애써 미소를 참으며 말했다.

세라가 다시 거인들을 마주 보았다. "다서⋯."

"잠깐!" 오른쪽 남자가 소리쳤다. "그만 멈춰!"

"들여 보내줄게." 그의 동료가 말했다. "알 게 뭐야? 그냥 외모나 좀 더 나이 들어 보이게 해봐. 안 그러면 우리가 곤란해지니까."

"그건 걱정 마세요." 세라가 대답했다. "가자, 얘들아."

"아저씨." 브라이슨이 둘 중 한 남자를 지나치며 말했다. "방금 아저씨 개인 정보를 봤는데, 아저씨는 아이 안 낳는 게 좋을 거 같아."

4

블랙앤블루 클럽은 대체로 마이클이 상상한 그대로였다. 다만 좀 더 시끄럽고 끈적끈적했으며, 현실에서는 짝을 찾을 수 없을 정도의 아름다운 몸들이 조금 더 가득했다. 거대한 스피커에서 머리가 울릴 정도로 음악이 쿵쿵 우렁차게 울려 퍼지며 천장을 맴돌았고, 번쩍이는 섬광등이 정신을 어지럽혔다. 그 밖의 모든 것에는 붉은빛이 스며들어, 춤추고 빙빙 돌며 플로어로 뛰쳐나오는 사람들에게 드리워졌다. 체온이 뜨끈하고 후텁지근하게 공간을 가득 메웠다. 마이클의 시선이 닿는 곳마다 완벽함이 보였다. 완벽한 머리카락, 완벽한 의상, 완벽한 근육, 완벽한 다리.

'내 스타일은 아니네.' 마이클은 미소 지으며 생각했다. 그는 헝클어진 머리에 셔츠에는 감자칩 부스러기를 묻힌 괴짜 소녀들이 더 좋았다.

"좀 돌아다니면서 그 사람을 찾아보자!" 마이클이 둘에게 소리쳤다. 이곳의 단골들 사이에는 독순술 프로그램 다운로드라도 유행하는 건지 의아했다. 그는 자기 목소리조차 들리지 않았다.

브라이슨과 세라는 고개만 끄덕였다. 그들은 아름다운 손님 무리를 헤치며 구불구불 나아갔다.

베이스의 쿵쾅거리는 리듬이 대장장이의 모루처럼, 연달아 내리치는 망치처럼 느껴졌다. 꾀를 써서 경비원들을 지나치기 전에도 그랬는지는 모르겠지만, 지금은 확실히 두통이 있었다. 사람들과 부딪히지 않고 움직이기란 불가능했다. 그들의 끈적끈적한 팔이 마이클의 팔에 닿아 미끄러졌다. 마이클은 어느새 자기 의지와 상관없이 춤을 추며 걷고 있었다. 세라는 그의 재능 부족에 몹시 당황한 표정이었다.

그녀는 "너 귀엽다"라는 입 모양을 해 보였지만, 그렇게 말하는 동안 눈은 치켜뜨고 있었다.

인산인해. 완전한, 깨뜨릴 수 없는 소음. 방향 감각을 어지럽히는 조명. 거기에 끝나지 않는 리듬. 마이클은 이미 질려버렸다. 하지만 그들은 로니카라는 인물을, 모든 것을 전부 알고 있다는 그 사람을 찾아야만 했다. 그런데 이런 데서 어떻게 사람을 찾는단 말인가?

주변을 둘러보던 마이클은 브라이슨과 세라가 더 이상 곁에 없다는 사실을 깨달았다. 그는 갑자기 솟구치는 당혹감에 두 사람을 찾으려고 빙빙 돌면서 아무 소득도 없이 그들의 이름을 외쳤다. 신경이 곤두섰다. 불법으로 들어왔으니 초조한 것도 당연했다. 하지만 그렇더라도 친구들이 이처럼 빨리 사라지다니, 뭔가 잘못된 느낌이었다. 마이클은 멈춰섰다. 누군가가 뒤에서 그를 밀쳤다. 누군가의 팔꿈치가 목 옆쪽을 후려쳤다. 귀청이 찢어질 듯한 시끄러운 음악 너머로 여자의 웃음소리가 들렸다.

이윽고 그는 바닥 아래로 떨어져 내렸다.

5

바닥에 문이 달린 건 아니었다. 바닥이 무너진 것도 아니었다. 오히려 주변 모든 것이 가만히 있는 와중에 마이클의 몸만 비물질적이고 투명하게 변했다. 주위에서 춤추던 사람들이 하늘을 향해 솟구치는 것처럼 보이는 가운데 그는 가라앉았다. 마이클은 재빨리 아래를 보았다. 반짝이는 검은색 타일을 뚫고 다리와 상반신이 유령처럼 미끄러지는 게 보였다.

그는 머리가 바닥을 지날 때 본능적으로 눈을 감았다가 격식을 차린 가구들로 가득하고 어슴푸레 밝혀진 방에 다시 나타나서 눈을 떴다. 술 장식이 달린 소파, 마호가니 벽판, 화려하게 조각된 램프들이 그를 둘러싸고 있었다. 두 발이 비싸 보이는 오리엔탈 깔개 위에 부드럽게 내려앉았다. 브라이슨과 세라가 근처에서 마이클이 파티에 늦기라도 한 것처럼 그를 바라보고 섰을 뿐 다른 사람은 아무도 없었다.

"음, 방금 어떻게 된 거야?" 마이클이 물었다. 친구들을 보자 바닥 아래로 가라앉았는데도 기분이 나아졌다.

"뭔가가 우리를 이리로 끌어당겼어." 브라이슨이 대답했다. "즉, 우리의 클럽 입장이 생각만큼 비밀스럽지는 않았을 거라는 뜻이지."

"저기요?" 세라가 소리쳤다. "누가 우리를 여기로 데려온 건가요?"

뒷문이 확 열리며 조명이 부챗살처럼 바닥에 쏟아져 펼쳐졌다. 한 여자가 걸어 들어왔다. 그녀를 묘사하고자 마이클이 떠올릴 수 있는 단어는 *위*"뿐이었다. 아름답지도, 섹시하지도, 늙거나 젊거나 달리 어떻지도 않았다. 마이클은 그녀의 나이를 짐작하거나 그녀가 추하다고, 혹은 예쁘다고 말하는 것조차 불가능하다는 생각이 들었다. 다만 우아한 검은색 드레스와 회색 머리카락, 현명한 얼굴 등 그녀의 모든 것에서 권위가 뿜어나왔다.

마이클은 브라이슨이 멍청한 말을 하지 않게 해달라고 기도했다.

"앉아요." 여자가 다가오며 말했다. "당신들이 바깥에서 저지른 귀여운 속임수가 인상적이었다는 점만은 인정해야겠군요. 거기에 넘어간 두 멍청이는 이미 해고당했지만." 그녀는 플러시레더 의자에 앉아 다리를 꼬았다. "앉으라고 했는데."

마이클은 자기들 셋이 모두 약간 입을 벌린 채 그녀를 쳐다보고 있다는 걸 깨달았다. 당황한 그는 재빨리 그녀 오른쪽의 소파로 향했다. 브라이슨과 세라가 왼쪽 소파에 자리를 잡는 순간 그도 앉았다.

"내가 누군지는 아는 것 같고." 그녀가 말했다. 마이클은 그녀가 화를 내는 건지, 기분이 상한 건지 분간할 수 없었다. 그렇게 무감정한 목소리는 처음이었다.

"당신이 로니카로군요." 세라가 속삭이듯 정중하게 대답했다.

"그래요, 내 이름이 로니카예요." 그녀는 그들에게 차례차례 차가운 시선을 던졌다. 마이클은 최면에라도 걸리는 듯했다. "당신들이 이 방에 앉아 있는 이유는 한 가지뿐이에요. 내가 당신들에게 호기심을 느낀다는 것. 당신들의 나이나 배경만 보고는 당신들이 여기에 와 있는 이유를 전혀 모르겠더군요. 당신들이 위층에서 허우적대며 써버린 시간으로 미루어 보건대, 춤추기 위해서는 아닌 것 같고."

"그걸 어떻게…." 마이클은 평생에 가장 멍청한 질문을 던지려다가 말을 멈추었다. 로니카에게 그들의 정보를 알아낼 방법이 있는 건 당연했다. 그녀의 해킹 실력도 마이클의 열 배는 될 것이다. 재능과 엄청난 돈이 없다면, 블랙앤블루는커녕 어떤 클럽의 주인이 되는 것도 불가능할 테니까.

로니카는 마이클에게 눈썹만 치떠 보였다. 그것만으로도 대답은 충분했다. 그녀가 말을 이었다.

"한 가지 분명히 해두고 싶군요. 블랙앤블루가 버트넷에서 명성을 쌓은 건 우연이 아니에요. 여러분이 오늘 저지른 일을 시도한 다른 사람들은 결국 병원부터 정신병동에 이르는 다양한 장소로 향하게 됐죠. 내 질문에 대답하세요. 솔직하게 말하면 아무 일 없을 겁니다. 단, 경고하는데… 난 빈정거리는 사람을 경멸해요."

마이클은 세라와 시선을 교환했다. 여기에 들어온 건 세라 덕분이었다. 마이클도 이번은 자기 차례라는 걸 알고 있었다. 브라이슨은 늘 쉽게 빠져나가는 것 같았고.

"여기에는 왜 왔나요?" 로니카가 물었다.

마이클은 목을 가다듬었다. 그녀 때문에 주눅 든 마음을 들키지 않을 작정이었다. "이리로 가보라는 얘기를 들어서요. 어떤 정보를 찾고 있었거든요."

"누가 보냈죠?"

"셰이디타운의 늙은 이발사가요."

"커터 말이군요."

"네, 그 사람이요." 마이클은 그의 입 냄새에 대해 농담하려다가 말았다.

　로니카가 잠시 뜸을 들였다. "이 질문의 답은 나도 이미 아는 것 같지만, 당신들이 찾는 건 뭐죠?"

　"우린 케인을 찾고 있어요. 그 게이머 있잖아요." 그 정도면 충분할 것 같았지만 마이클은 말을 이었다. "커터가 통로로 어쩌고 하던데요."

　브라이슨이 갑자기 일어섰다. 그는 손을 관자놀이에 댄 채 눈을 꽉 감고 있었다. "아, 젠장, 아, 젠장."

　마이클은 가슴이 철렁했다. 좋은 일일 리 없었다.

　"뭔데?" 세라가 물었다.

　브라이슨은 팔을 축 늘어뜨리고 눈을 뜨더니 로니카를 건너다보았다. "방금 추적기가 켜졌는데, 케인이 우리가 여기 와 있는 걸 알아요. 가까이에 있다고요."

　로니카는 조금도 동요하지 않는 듯했다.

　"뭐, 당연히 그렇겠죠." 그녀가 말했다.

CHAPTER 7

블랙앤블루

1

그들은 모두 로니카를 바라보며 설명을 기다렸다. 마이클은 자리에서 일어나 도망치고 싶었지만, 그러고 나면 뭔가 알아낼 기회가 영영 다시 오지 않을지도 몰랐다.

"전에도 왔었어요." 그녀가 말했다. "내 방화벽이 단단하다는 건 분명히 말해두죠. 그 남자는 감히 나한테 거역하지 못해요, 내가 그의… 그가 가장 아끼던… 탄젠트 하나를 부패에서 구해줬다는 걸 생각해 보면."

어색하게 더듬는 그녀의 말을 듣고 마이클은 하마터면 그들이 위험에 처해 있다는 사실조차 잊어버릴 뻔했다. 마이클은 모든 탄젠트가 결국 부패를 거치게 된다는 사실을 알고 있었다. 탄젠트처럼 현실적인 지능을 갖춘, *그렇게까지* 복잡하고 *그렇게까지* 실물과 비슷한 인공지능 프로그램은 영원히 지속될 수 없었다. 그러기 전에 인공지능의 존재 자체가 타고난 본성과 모순을 일으키기 마련이었다. 조사에 따르면 부패는 늘 탄젠트의 삶에서 필수적인 요소가 아무 이유 없이 사라지면서 시작됐다. 탄젠트의 인공적인 기억이 "빈칸을 메우는" 능력을 잃어버리기 때문이었다. 그다음에는 탄젠트의 "물리적" 신체에 이상한 일들이 일어나기 시작하는데, 그 형태는 탄젠트마다 달랐다. 그렇게 증상이 아주 심각해져 게이머들의 눈에도 명백해지면 프로그래머들이 그 탄젠트를 폐기했다. 죽였다.

로니카의 목소리가 그를 현실로 끌어당겼다.

"…내가 케인이 소중하게 여기는 탄젠트의 코드를 청소하고, 기본적으로 다시 태어나게 하지 않았더라면 그는 이렇게 오래 머무르지 못했을 거예요. 탄젠트의 기억을 삭제하지 않고 그런 작업을 하는 건 쉬운 일이 아니죠. 그 모든 일이 불법이라는 건 말할 것도 없고요. 케인은 나한테 빚이 있어요. 그 탄젠트를 개발하느라 여러 해를 보낸 것으로 알려져 있거든요. 예전에는 나도 지금처럼 케인을 잘 알지 못했어요. 하지만 아마 알았더라도 같은 일을 했을 거라는 건 인정해야겠네요. 친구나… 적에게 빚을 지우는 건 언제나 좋은 일이니까."

"그놈은 옛 친구 하나 배신하는 일쯤 신경도 안 쓸 부류던데요." 마이클이 지적했다. "거기다 놈은 사람들을 슬립에 가둬놓는다고요. 무자비해요. 그자가 어쩌는지 보겠다고 기다리면 안 될 것 같은데요."

로니카가 신중하게 마이클을 바라보았다. "그럼 얼마든지 떠나도 좋아요."

"둘이 친구라면 이 여잔 어쨌든 우릴 도와주지 않을 거야." 브라이슨이 말했다.

"친구?" 로니카가 되풀이했다. 그런 개념 자체가 낯설다는 투였다. "케인은 내게 터무니없이 많은 돈을 줬어요. 나는 어떤 게이머와도 친구가 아닙니다. 그저 지인일 뿐이죠. 내 말은 단지, 내가 케인에게 해준 일에는 나만의 드문 재능이 필요했다는 것뿐이에요. 미래에도 그 재능이 필요할 수 있으니 아무리 케인이라도 감히 그 능력을 활용할 가능성을 위협에 빠뜨리지는 않을 거란 얘기죠."

별로 안전해진 느낌은 아니었으나 마이클은 탐문을 시작해야 했다. 세라도 같은 생각인 것 같았다.

"저기요." 그녀가 말했다. "우린 그런 돈은 없어요. 정보를 얻을 딴 방법이 있을까요?"

로니카의 얼굴에 조그맣게 심술궂은 미소가 떠올랐다. "돈보다 가치 있는 건 아주 많아요. 여러분이 여기에 앉아 있다는 사실부터가 당신들에 관한 많은 정보를 알려줍니다. 여러분의 질문에 답하면서 내가 보상으로 원한 건 한 가지, 간단한 부탁을 들어달라는 것뿐이에요."

진심일 리 없을 만큼 좋은 조건이었지만, 오랫동안 게임을 해온 마이클은 그녀가 부탁할 수 있는 끔찍한 일들이 백만 가지쯤 존재한다는 걸 알고 있었다.

"무슨 부탁인데요?" 그가 머뭇거리며 물었다.

그녀의 얼굴에서는 미소가 떠나지 않았다. "아, 지금은 말할 수 없어요. 필요할 때 얘기하죠."

그토록 순진한 말을 어쩌면 그렇게 악의적으로 들리게 할 수 있는지, 마이클로서는 감조차 오지 않았다. 그러면서도 한편으로는 왠지 모르게 그녀가 마음에 들었다.

"그러죠." 브라이슨은 친구들과 상의도 없이 말했다. 마이클도 불평할 생각은 전혀 없었다. 사실 받아들이는 것 말고는 선택의 여지가 없었으니까.

"여러분은?" 로니카가 세라를, 그다음에는 마이클을 보며 말했다.

둘 다 고개를 끄덕였다.

"근데 서둘러야겠는데요." 브라이슨이 말했다. "추적기가 쿵쾅거려요. 여기서 나가고 싶네요."

마이클로서는 여러 선택지를 견주어 볼 필요도 없었다.

"좋아요." 로니카가 말했다. 합의에 만족한 것 같았다. "질문하세요."

2

마이클은 친구들을 이 난리에 끌어들인 장본인이었으므로 도망치고 싶은 본능을 억누른 채 질문을 했다. 여기까지 와서 빈손으로 돌아갈 수는 없었다. 그는 그냥 빠르게, 핵심만 짚기로 했다. 구체적으로는 통로에 대해 물으려 왔지만 가능한 한 많은 것을 알아낼 작정이었다.

"케인." 그가 말문을 열었다. "케인과 관련됐다는 어떤 존재에 대해 얘기 들은 적 있어요? 버트넷 깊숙한 곳에 감춰져 있는, 비밀스러운 뭐라던데요."

"네."

마이클은 흥분을 억눌렀다. "자세한 내용은?"

로니카는 무표정을 유지했다. "거의 없어요. 하지만 뭔가 아주 중요한 일이 일어나고 있다는 것만은 틀림없다고 생각해요." 그 침착함이 마이클을 미치게 했다. 과연 그녀가 지금 한 말 이상으로 뭘 알긴 아는 건지 분간할 수 없었다.

"커터는 통로가 어쩌고 하더라고요."

그녀가 말했다. "네. 그냥 통로가 아니라, 통로예요. 대문자 P를 쓰는(원문에서 통로는 The Path이다. 영어에서는 특정한 사물이나 사람을 지칭하는 고유명사의 머리글자를 대문자로 쓴다—옮긴이). 커터가 어떻게 알았는지는 나도 전혀 모르겠네요."

"통로가 뭐죠?" 세라가 물었다.

로니카가 망설이지 않은 덕분에 마이클은 그녀가 진실을 말한다는 믿음이 생겼다. "통로는 신성한 협곡에 이르는 유일한 길이에요. 신성한 협곡은 케인이나 통로 그 자체처럼 슬립 깊숙한 곳에 감춰진 장소고요. 이번에도 그냥 신성한 협곡이 아니라 대문자 H와 대문자 R을 쓰는, 신성한 협곡입니다(원문에서 신성한 협곡은 The Hallowed Ravine이다—옮긴이). 소문에 따르면 케인이 바로 거기에서 일 처리를 한다더군요. 그리로 가는 건 거의 불가능하죠. 신성한 협곡을 둘러싼 난공불락의 보안 조치가 몇 겹은 되어 있다는 말도 있고요. 단, 여러분도 알다시피 그 조치를 통과하는 길은 존재합니다. 언제나."

"그게 통로군요." 마이클이 되풀이했다.

로니카가 고개를 끄덕였다. "맞아요."

위아래로 움찔거리는 브라이슨의 무릎이 마이클의 눈에 띄었다.

"가까이 왔냐?" 마이클이 물었다.

"솔직히 말하면, 이 방 바로 바깥에 있어, 친구." 브라이슨은 걱정 가득한 눈빛으로 천장을 바라보았다. "가야 해."

"별일 없을 거예요." 로니카가 말했다. 하지만 그들이 이곳에 도착한 이래 처음으로, 마이클은 그녀의 목소리에서 아주 작은 의구심을 감지해 냈다. "내가 여러분에게 말해줄 수 있는 건 출발점뿐이에요.

난 한 번도 통로에 가본 적이 없고, 그럴 만한 관심도 없어서."

마침내 구체적인 정보를 얻은 마이클은 초조해진 몸을 앞으로 숙였다. "괜찮아요. 어디로 가면 되는데요?"

"*데블 오브 디스트럭션*을 해본 적이 있나요?"

마이클은 고개를 저었다. *데블 오브 디스트럭션*은 늙은이들이나 하는 형편없는 전쟁 게임이었다. "해보고 싶었던 적도 없어요."

"구린 게임이죠." 브라이슨이 끼어들었다. "신기할 것도 없네요. 출발점이 거기라면 아무도 못 찾았을 거예요. 따분해서 죽기 직전이 아니라면 그 게임을 할 사람은 절대 없거든요."

로니카의 표정은 왠지 좀 더 긴장한 듯했다. 그녀는 초조해하고 있었다. 목소리에서 티가 났다. "전쟁터의 핫 존 내부 어딘가에 코드상 취약점이 있는 참호가 있어요. 해킹으로 그 취약점을 돌파할 수 있다면 거기에 통로로 가는 포털이 있을 거예요. 내가 아는 건 그뿐이에요." 그녀가 일어섰다. "이제 우리 거래는 끝났으니 당신들이 진 빚을 부디 잊지 마세요. 언젠가 반드시 받으러 갈 테니까."

"뭐가 잘못됐어요?" 마이클도 자리에서 일어나며 물었다.

그녀의 눈이 가늘어졌다. "내가 우리의 안전을 좀 과신했던 것 같아요."

그녀가 말하는 순간에도 마이클에게는 평생 최악의 소리가 들려왔다.

3

소리는 섬뜩했다. 끽끽대는 고음과 울부짖음 사이의 어떤 소음. 불가능할 정도로 삐걱거리는, 조화롭지 못하고 듣기 싫은 비명. 마이클은 두 손으로 귀를 꽉 막고 눈을 쥐어짜듯 감았다. 오직 그 소음이 멈추기만을 바랐다.

소리는 족히 1분간 그의 몸을 관통하더니 멈추었다.

마이클은 눈을 뜨고 머뭇머뭇 두 손을 내렸다. 세라와 브라이슨은 둘 다 토악질이라도 할 것처럼 창백했다. 로니카조차 더 이상은 좀 전과 같은 침착함의 상징이 아니었다.

"저건 뭐죠?" 브라이슨이 숨죽여 말했다.

"당신 추적기가 포착한 건 케인이 아니에요." 로니카가 대답했다. "그가… 다른 걸 보냈습니다."

낮게 우르릉거리는 소음이 시작되었다. 왠지 사방에서 동시에 들려오는 듯한 그 소리는 온 방을 뒤흔들다가 좀 더 긴 침묵으로 이어졌다. 넷 모두 제자리에 얼어붙었다. 인정하기 부끄러웠지만, 마이클은 해야 할 일을 로니카가 말해주기만 기다렸다.

끼익 소리가 다시 한번 폭발하듯 공중에 메아리쳤다. 귀청이 찢어질 것만 같은 지독한 소리였다. 마이클은 도로 소파에 주저앉아 두 손으로 귀를 꽉 막았다. 소음은 전보다 빠르게 그쳤다. 그는 허둥지둥 일어났다. 더 이상은 이곳 주인에게 의지하고 싶지 않았다.

"가자." 그가 앞서 로니카가 들어왔던 문을 가리키며 말했다. "여기서 나…."

끔찍한 비명이 한차례 더 터져나오며 마이클의 말을 끊었으나 브라이슨과 세라는 핵심을 파악했다. 그들은 출구 쪽으로 움직이기 시작했다. 그러나 나뭇가지를 부러뜨리는 듯한 소리가 울리며 마이클은 휘청거렸다. 무슨 소리인지 보려고 돌아서는 바로 그 순간, 인간 손의 두 배 크기에 달하는 그림자 손이 벽을 뚫고 거대한 목재 조각을 허공으로 날려 보냈다. 거대한 손가락들이 안쪽에서부터 번쩍이는 노란 불빛으로 빛났다.

마이클은 바닥 깔개에 무릎을 세게 부딪쳤다. 몸을 지키려고 머리 위로 두 팔을 들어올린 채였다. 벽 반대편의 나무를 긁고 있을, 손톱이나 발톱일 게 뻔한 존재의 *사각 사각 사각* 소리와 괴물 같은 숨소리가 들려왔다.

로니카가 행동을 개시했다. "빨리, 날 따라와요!"

마이클은 1초도 망설이지 않았다. 로니카가 문을 향해 달리기 시작했으나 무언가가 반대쪽에서 쿵, 또 한 번 쿵 하고 부딪쳤다. 문이 문틀에 달린 채로 덜덜 떨렸다. 방향을 바꾸려던 로니카가 갑자기 방 한구석 바닥에 넘어졌다. 그녀를 도우려고 손을 뻗던 마이클은 그녀가 벽에 숨겨진 널빤지를 흔들어 대고 있다는 걸 알아차렸다. 그녀는 기다란 복도로 기어 들어갔고, 그는 무릎을 꿇고 기어 어둠 속으로 그녀를 따라갔다. 마이클은 브라이슨과 세라가 뒤쪽에서 작은 구멍으로 몸을 쑤셔넣으며 밀치는 바람에 로니카에게 부딪쳤다.

"간격을 좁혀요." 그녀가 속삭였다. "서둘러요."

브라이슨은 그녀의 말에 따라 숨겨진 문을 원래 자리로 당겨 놓았다.

안쪽 공간은 네 사람이 간신히 움직여 벽에 등을 대고 줄줄이 앉을 정도로 좁았다. 마이클의 머리가 천장에 스쳤다. 네 사람 모두 채입을 열기 전에 로니카가 눈을 꽉 감았다. 스크린이 공중에, 그녀의 무릎 위에 나타나더니 정면의 벽으로 둥둥 떠갔다. 화면은 그들이 방금 탈출한 방을 보여주었다.

마이클이 지켜보는 가운데 이상한 손이 뚫어놓은 벽의 구멍 바깥에서 무언가가 폭발했다. 윤곽이 흐릿한 검은 늑대 같은 형체가 쪼개진 목재를 뛰어넘어 바닥에 내려섰다. 노란 눈이 잿빛 머리에서 어슴푸레 빛나고 있었다. 그림자 같은 동물 세 마리가 뒤따라 벽을 뛰어넘더니 방의 이쪽저쪽 구석으로 각기 달려갔다. 방의 모퉁이는 어둑했다. 마이클은 점점 더 두려워졌지만 그림자 속으로 사라지는 그 동물들을 지켜보았다. 놈들은 어둠과 섞여 모퉁이마다 밝은 노란색의 작은 점 두 개로만 남았다.

웨이크로 리프트해서 돌아갈 포털이 없었으므로 마이클은 무얼 해야 할지 알 수 없었다. 밖에 있는 저것들은 뭐지? 슬립에선 한 번도 저 비슷한 존재를 본 적이 없었는데. 왜 기다리기만 하는 걸까?

로니카는 고개를 돌려 마이클과 친구들을 마주 보았다. 그들은 그녀의 말을 기다렸다. 케인이 블랙앤블루에 "다른 것"을 보냈다는 말로 미루어, 마이클은 로니카가 놈들의 정체를 알 거라고 기대했다.

"무슨…?" 마침내 브라이슨이 낮게 속삭였다.

로니카가 그에게 날카로운 눈길을 던지더니 브라이슨이 입 밖에 미처 내지 못한 뻔한 질문에 답했다.

"저것들은 킬심입니다. 우리는 심각한 곤경에 빠져 있어요."

4

지금에 와서는 영겁처럼만 느껴지는 오랜 옛날에 타냐가 했던 말을 들었을 뿐, 그전까지 마이클은 한 번도 킬심 얘기를 들어본 적이 없었다. 하지만 죽인다Kill는 말과 시뮬레이션Sim이라는 두 단어가 함께 있으니 팔에 소름이 돋는다는 것만은 분명했다. "그게 뭔데요?"

"케인의 피조물이죠. 최근에 소문의 정체가 드러났어요." 로니카가 화면을 보았다. 어두운 그림자와 노란 눈이 있을 뿐 아직 방 안에서는 아무 움직임이 없었다. "버트넷 반물질의 한 형태예요. 안티프로그램Antiprogramming이 더 적절한 설명이겠네요. 물어뜯기면, 저것들이 가상의 생명을 말 그대로 아무도 모르는 디지털 심연으로 빨아냅니다. 그 사람은 웨이크의 코핀으로 다시 떠오르지만 망가지고 말죠. 아예 처음부터 다시 시작해야 해요. 현실의 두뇌까지 손상될 수도 있고요. 아까 당신이 이야기했던 사람들이 바로 그런 일을 당한 건지 몰라요."

마이클에게는 더욱 소름 끼치는 이야기였다. 그는 비밀 문 반대편에서 나지막하게 들려오는 으르렁거리는 소리에 움찔했지만 화면에는 아무 움직임이 없었다. 소리는 자연계의 어떤 동물이 내는 소리와도 달랐다. 어딘지 모르게 수신기 잡음 같고 전자음 같았다. 마이클은 몸을 웅크린 채 그 끔찍한 끼익 소리가 또 들려올지도 모른다고 생각했으나 그런 일은 일어나지 않았다.

"왜 공격하지 않는 걸까?" 세라가 속삭였다. "우리가 이리 들어왔다는 건 확실히 알 텐데."

"난 불만 없어." 브라이슨이 중얼거렸다.

로니카는 속삭이듯 조용한 목소리로 말했다. "케인이 우리를 가둬두려는 걸지도 몰라요. 지금 우리는 그가 예상했던 것보다도 더욱 구석에 몰려 있어요. 어쩌면 그자가 내 방화벽을 뚫고 직접 접근하는 중일지도 몰라요."

"저것들은 어떻게 물리쳐요?" 브라이슨이 물었다. "저놈들에 대해 뭔가 아세요?"

마지막 말이 떨어지기가 무섭게 고막을 찢을 듯한 울음소리가 다시 허공을 찢어발겼다.

그 소리가 멈추자마자 로니카가 대답했다. "전혀 모르겠네요." 그녀가 말했다. 목소리에 일말의 희망도 담겨 있지 않았다.

남은 방법은 마이클이 주도권을 잡는 것뿐이었다. "잘 들어요, 로니카. 쟤들은 분명 우리 셋을 잡으러 온 거예요. 그렇다고 우리가 하루 종일 여기 앉아 있을 수는 없잖아요. 그래봐야 케인이 어슬렁거리며 들어올 때까지 기다리는 꼴밖에 안 돼요. 결국 놈이 우리를 찾아내겠죠. 우리가 문을 돌파할 테니까 당신은 남아 있어요."

"안 돼요." 그녀가 말했다. "우리 모두 안전해지기 전까진 나도 떠나지 않습니다."

마이클은 그들을 보호하려는 그녀의 모습에 놀랐다. "알았어요. 근데 당신이 더 잘 알겠지만 그래봐야 상황이 나빠질 뿐이라고요. 특히 케인이 나타나면요."

"저놈들이 우리한테 덤벼들면 그땐 어떻게 싸우지?" 브라이슨이 물었다.

"안 물리고 싸워야지." 세라가 대답했다.

로니카가 화면을 가리켰다. "문밖의 저 계단까지만 가면 돼요. 방법은 모르겠지만, 케인이 내 보안 접속 권한을 차단했어요. 하지만 일단 계단 위로 올라가서 클럽의 주요 구역에 진입하면 경비원들이 밀려들 겁니다. 수가 많으니 킬심들 입장에서도 처리하기 어려울 거예요."

"네. 그럼 문으로." 마이클이 말했다. "그다음엔 계단 위로. 문제없어요." 하지만 사실 마이클은 몸속을 휩쓰는 공포에 숨 쉬는 것조차 어려웠다.

"서로 붙어 있어야 해." 세라가 덧붙였다. "무리를 지어야 한다고."

마이클은 두 손과 무릎으로 엎드려 비밀 문 너머로 기어나갈 준비를 마쳤다. "브라이슨, 네가 앞장서. 제일 가까우니까."

"거 엄청 말 되네." 그가 대답했다.

마이클은 브라이슨의 말이 농담이라는 걸 알았다. 하지만 맞는 말이기도 했다. 앞장서는 사람이 브라이슨이어서는 안 됐다. 마이클은 세라와 브라이슨을 밀치고 출구로 다가갔다. "아니지…. 이런 꼴에 처한 건 내 탓이니까." 그가 말했다. "내가 앞장설게."

"하지만 *네가* 죽으면 난 어쩌라고." 브라이슨이 우는소리를 했다.

마이클은 친구가 최소한의 유머 감각을 애써 지킨다는 점이 마음에 들었다. "그 정도는 그냥 감수하고 살아야지."

5

마이클은 모두가 자기 뒤에 늘어서자 지체 없이 작은 나무 널빤지를 천천히 밀어 열었다. 촛불 빛 같은 무언가가 어슴푸레한 방을 가득 채우며 모든 것을 지극히 가볍고 따뜻해 보이게 만들었다. 느낌은 평화로웠지만 마이클은 그림자마다 폭력이 숨어 있다는 사실을 알아차렸다.

그는 코앞의 벽을 자세히 살폈다. 뚜렷한 형체는 도무지 구분해낼 수 없었다. 노란 눈을 제외하면 그림자가 켜켜이 쌓여 있을 뿐이었다. 마이클은 초점을 맞추고 놈들이 몇 마리나 있는지 세어보려 했지만, 그때 이상한 일이 벌어졌다. 그가 똑바로 바라보자 노란 눈들이 사라진 것이다. 그것들은 마이클이 고개를 돌린 뒤에야 다시 주변 시야에 들어왔다. 지금까지는 아무 움직임도 없었다. 놈들은 정말로 케인의 다음 명령을 기다리는 중일지 몰랐다.

마이클은 시선을 피하며 신중하게 앞으로 조금씩 나아갔다. 숨겨진 공간에서 나와 벽을 따라 비스듬히 문으로 기어갔다. 가구 밑의 깔개가 타일로 바뀌자 무릎이 아팠다. 으르렁대는 전자음이 다시 커지기 시작했다. 짐승들이 벽에 뚫어놓은 큰 구멍 너머로 노란색 섬광이 보였다. 겨우 6미터쯤 떨어진 곳에서 마이클은 멈추었다.

브라이슨이 그에게 부딪쳤다. "계속 가!" 그가 속삭였다. 소리가 너무 커서 평소처럼 말한 것이나 다름없었다.

마이클은 친구를 힐끗 보았다. "너무 빨리 움직이면 놈들이 공격할지도 몰라."

"빨리 안 움직이면 우릴 죽일지도 모르지!"

방 안에 몇 초간 침묵이 내려앉았다. 그때 으르렁거리는 소리가 다시 시작됐다. 울부짖는 듯한 수신기 소음이 마이클의 몸을 타고 흘렀다. 소리의 진원지를 알아내는 건 불가능했다. 그는 크게 숨을 들이쉬고 나아가기 시작했다.

문과 겨우 3미터 떨어진 곳에서 마이클은 몸을 일으켜 웅크린 뒤 그리로 달려갈 준비를 했다. 오른쪽에서 어떤 움직임이 시선을 사로잡았다. 고개를 돌려 보니 마치 어둠이 녹아 바닥에 끼얹어진 듯했다. 그때, 그것이 앞서 보았던 늑대 형체로 합쳐졌다. 노란 눈이 이글거리는 작은 점처럼 타올랐다. 마이클이 번뜩이는 시선을 똑바로 마주 보자 눈은 사라지는 것 같았다. 그때 놈이 고막을 찢는 듯한 고함을 터뜨렸다. 마이클이 귀를 막으려 황급히 손을 들기가 무섭게, 그 소리는 잦아들며 낡은 학교 컴퓨터의 지직대는 단말마처럼 기이한 으르렁거림으로 바뀌었다.

이제는 그들의 추측이 맞았다는 데 아무 의심의 여지가 없었다. 이 짐승들은 그들이 영영 떠나지 못하게 지키고 싶어 할 뿐이었다. 케인이 오고 있었다.

그리고 마이클은 놈이 나타나는 순간까지 가만히 있을 생각이 없었다.

6

마이클이 시선을 피하자 놈들의 눈에 다시 초점이 잡혔다. 마이클은 쭈그려 앉았던 자세 그대로 뒤쪽 벽을 따라 미끄러지듯 천천히 일어났다. 본능적으로 짐승을 진정시키듯 손을 뻗었지만, 안티프로그램에는 아무런 소용이 없다는 걸 알고 있었다.

"내가 문을 열게." 그가 다른 사람들에게 속삭였다. "너희는 도망쳐." 그 말이 떨어진 뒤에야 마이클은 그 계획이 곧 자기가 마지막으로 방을 나선다는 뜻이란 걸 깨달았다. 그가 가장 먼저 공격당할 가능성도 대단히 높았다.

"해버리자." 브라이슨이 대답했다.

마이클이 고개를 끄덕였다. "지금."

그는 문으로 달려가 손잡이에 손을 뻗었다. 바로 그 순간, 홱 뒤로 젖혀지는 킬심의 머리가 눈에 띄었다. 왠지 케인이 그 노란 눈 너머로 지켜보고 있을 것 같았다. 그는 겁에 질린 채 몸을 웅크리고 있을 것으로 생각했던 마이클과 친구들의 전혀 다른 반응을 보고 무척 놀란 게 분명했다. 마이클의 손가락이 문손잡이의 차가운 금속을 말아쥐었다. 그는 손잡이를 비틀고 문을 홱 열어젖혔다. 브라이슨이 마침맞게, 번개처럼 열린 틈을 통과했다. 귀청을 찢을 듯한 끔찍한 비명이 허공을 갈랐다. 세라와 로니카가 연달아 달려가는 내내 마이클의 시야 한구석에서는 흐릿한 움직임이 포착되었다.

마이클은 로니카를 바짝 뒤따랐다. 손을 뒤로 뻗어 문손잡이를 쥐고, 방금 넘어 들어온 문을 잡아당기기 시작했다. 한 뼘 정도 문틈이 남았을 때 뭔가가 마이클이 손잡이를 쥐고 있는 문을 통째로 떼어냈다. 문짝이 경첩에서 떨어져 나갔다.

그가 앞으로 돌진하면서 보니 브라이슨은 이제 막 계단을 반쯤 오르고 있었다.

"가! 가! 가!" 마이클이 소리쳤다.

그때 뭔가가 그의 오른쪽 어깨에 닿았다. 무겁고 날카로웠다. 그것이 마이클을 바닥에 처박자 폐에서 숨이 빠져나갔다. 마이클은 헐떡이며 몸을 비틀어 바로 누운 뒤 그를 바닥에 메다꽂은 거대한 존재를 걷어차고 때려댔다. 두 개의 노란 불빛이 그를 내려다보았지만 고체와 기체 형태를 오가는 듯한 어둠과 그림자만 보일 뿐이었다. 계단 쪽에서 발소리가, 그의 이름을 부르는 세라의 목소리가 들렸다. 다른 어두운 그림자들이 마이클을 공격하던 놈을 뛰어넘으며 그 끔찍한 소리로 짖어댔다. 동시에 인간의 고함이 뒤따랐다. 기습이었다.

킬심은 네 개의 거대한 주먹으로 마이클을 두들겨 패기 시작했다. 마치 개에서 인간으로 변신한 것 같았다. 짧은 순간, 마이클은 코핀 속에서 몸부림치고 있을 자신의 진짜 몸을 상상했다. 에어퍼프와 리퀴젤, 너브와이어 등 여러 요소가 이 짐승의 타격을 하나하나 전해주고 있을 것이다. 시중에서 가장 사실적인 코핀을 선택한 그의 잘못이었다.

몸속에서 아드레날린이 끓어올랐다. 그는 온 힘을 다해 두 다리를 박차며 킬심의 중심부에 닿았다. 놈은 마이클에게서 멀리 날아가 문과 계단 사이의 짧은 복도 벽에 세차게 부딪쳤다.

짐승이 또 한 번 공격하려고 몸을 웅크리는 틈을 타 마이클은 뒤로 허둥지둥 물러났다. 반대쪽 벽에 부딪혔다가 간신히 일어섰다. 짐승이 펄쩍 뛰었다. 마이클을 향해 날아오며 노란 눈을 번뜩였다. 마이클은 놈을 피하려고 왼쪽으로, 계단 쪽 바닥으로 몸을 날렸다. 놈의 몸이 뒤쪽에서 처박히는 소리가 들렸다. 재빨리 다시 일어나 고개를 돌려 보니 놈이 얼빠진 모습으로, 흔들거리는 그림자 다리로 자세를 바로잡으려고 느릿느릿 버둥거리고 있었다.

마이클은 광기로 휩싸였다. 다른 킬심들의 공격을 받은 친구들과 로니카는 몸부림치며 맞서 싸우고 있었다. 마이클은 괴물에게서 벗어나는 세라를 지켜보았다. 그녀가 대가리를 걷어차자 놈이 계단 아래로 굴러 떨어졌다. 브라이슨은 주먹질을 하고 할퀴어 대며 계단 꼭대기의 문에 다다랐다. 로니카의 상태가 가장 심각했다. 킬심이 마이클에게서 겨우 몇 미터 떨어져 있던 그녀를 올라타고 꼼짝 못하도록 팔다리를 짓누르고 있었다. 로니카 위에서 놈의 주둥이가 크게 벌어졌다. 그녀를 통째로 물어뜯어 삼키려는 듯 아래턱이 믿을 수 없을 만큼 늘어났다.

마이클이 도와주러 나가는데, 그 순간 뒤에서 한 짐승이 그를 덮쳤다. 놈은 마이클을 오른쪽으로 쓰러뜨리며 그의 왼쪽 어깨에 깊은 상처를 입혔다. 마이클은 벽에 머리를 세게 부딪히고 몸을 제대로 가누지 못한 채 주저앉았다. 정신을 차릴 겨를도 없이 킬심이 그를 뒤로 쓰러뜨리며 깔고 앉아 그의 두 팔을 바닥에 고정시켰다. 놈의 실제 모습에 여전히 초점을 맞출 수 없었지만 검은색 늑대 모양의 내가리가 마이클의 얼굴 쪽으로 다가오는 것만큼은 알 수 있었다. 짐승이 특유의 기계적인 소리로 으르렁댔다.

마이클은 움직일 수 없었다. 근육은 젤리로 변한 듯했다. 머릿속은 다른 게임에서 가져올 만한 무기나 기술이 있을지 생각하며 코드에 집중하느라 핑핑 돌았다. 하지만 생각이 불가능했다. 킬심이 아가리를 점점 더 넓게 벌렸다. 마이클은 놈에게 이빨도, 혀도 없는 걸 보았다. 존재하는 건 머리 위에서 맴도는 순전한 어둠뿐. 블랙홀이 그를 우주로 빨아들이려고 깜빡깜빡 모습을 드러낸 것만 같았다. 뒤에서는 로니카의 비명, 브라이슨과 세라가 싸우면서 기합을 지르는 소리, 바닥과 벽에 몸이 부딪치는 쿵 소리가 들려왔다. 마이클은 팔을 빼고 다시 한번 발길질을 하며 풀려나려 애썼지만 무엇 하나 뜻대로 되지 않았다. 짐승은 아가리를 더욱 크게 벌리며 점점 다가와 그의 시야를 가득 채웠다.

뒤에서 유리가 깨지는 듯한 날카로운 꽝음이 울렸다. 곧이어 같은 소리가 뒤따랐다. 로니카의 비명조차 누를 만큼 또렷한 소리였다. 이제 마이클에게는 암흑만이 보였다.

그때 브라이슨이 질식할 듯한 목소리로 소리쳤다. "눈! 빌어먹을, 놈의 눈을 꽉 쥐어!"

마이클의 두통이 어딘지 달라졌다. 지끈거리는 윙윙 소리와도 비슷했다. 벌들이 두 귀 사이에 우글거리는 것만 같았다. 그는 더 이상 자기가 눈을 뜬 건지 감은 건지도 알 수 없었고, 팔과 다리를 내리누르는 짐승의 발바닥도 느껴지지 않았다. 딱딱한 바닥이 아래로부터 그를 밀쳐대는 느낌도 더는 없었다. 그는 허공에 둥둥 떠 있었다. 킬심의 거대한 심연, 존재하는 것이라고는 깊은 통증밖에 없는 그 어둡고 빈 공간에. 윙윙 소리가 점차로 커져 그 외에는 아무 소리도 들리지 않았다. 로니카가 마지막으로 비명을 질렀다. 그 소리가 아주 먼 곳에서 들리는 것 같았다. 세라가 뭐라고 고함을 쳐댔지만 알아들을 수 없는 소리가 마이클의 귀에 닿을 뿐이었다.

생각이 방향을 잃었다. 어째서인지 아파트 바깥의 *라이프블러드 딥* 광고가 떠오르고 부모님이 생각났다. 그 빌어먹을 여행을 오래도 떠나 있는 부모님. 그는 어린 시절을 회상했다. 야구, 아이스크림, 놀이터.

마이클은 어느새 방향 감각이 완전히 없어졌다. 그는 어둠에 둘러싸인 채 눈을 꽉 감고 집중했다. 의식의 마지막 한 조각까지 모든 정신적 힘을 한곳에 끌어모으는 데 쏟았다. 브라이슨이 뭔가를 해야 한다며 소리 높여 말했다. 눈이 뭐라고? 세라가 근처에 있었다. 아마 도와주려고 애쓰는 중이겠지.

두 사람이 뭔가 알아냈다.

마이클은 맞서 싸워야 했다.

놈이 그를 죽이려 들고 있었다.

마이클은 힘을 모아 고함을 내지르며 팔을 홱 움직여 자기를 누르던 그림자의 발을 떨쳐냈다. 풀려난 그는 눈이 보이지 않는 채로 위쪽을 더듬어 킬심의 대가리를 찾았다. 손가락으로 탐색한 끝에 노란빛이 번쩍이던 곳을 찾아냈다. 짐승이 다시 그를 붙들어 두려는 게 느껴졌으나 마이클은 몸을 굴려 놈의 손아귀에서 벗어났다. 그의 양손이 열기를 내뿜는 두 개의 구체를 찾아냈다. 마이클은 즉시 굳히기에 들어갔다. 그는 킬심의 눈이 틀림없을 그것을 손가락으로 감싸고 힘껏 주먹을 쥐었다.

남아 있던 마지막 한 방울의 힘까지 다해 세게 쥐어짰다. 눈은 유리처럼 단단하고 매끄럽게 느껴졌으나 젤처럼 뭉개졌다. 마이클은 시야가 선명해지면서 놈의 눈이 손가락 사이에서 스며 나오는 모습을 지켜보았다. 짐승은 괴로운 비명을 내지르더니 마이클을 들이받고 빠져나오려 몸부림쳤다.

그렇게 놈의 눈이 터졌다.

7

마이클의 손에서 달걀 두 개가 터진 것만 같았다. 그 순간, 전류가 손바닥을 태우며 팔과 가슴으로 흘러 들어가는 게 느껴졌다. 몸을 훑는 고통에 비명을 지르며 마이클은 킬심을 밀어내고 바닥에 쿵 쓰러뜨렸다. 시야에 다시 빛이 몰려들었다. 배를 주먹으로 맞은 듯 구역질이 몰려왔다.

방은 전혀 다른 빛이 흐르는 것처럼 이전보다 음침하게 보였다. 지금까지 경험했던 두통보다 더 심한 고통이 머릿속에서 느껴졌다. 생각은 여전히 뒤죽박죽이었고 정신은 혼탁했다. 킬심이 발아래에 쓰러져 누워 있었다. 놈의 윤곽선이 다시 두드러졌다. 놈의 모든 것이 줄어든 듯했다. 바닥에 나동그라진 모습은 눈 없는 검은 개 이상도, 이하도 아닌 것 같았다.

"처음부터 알았으면." 브라이슨이 말했다.

마이클은 짐승에게서 친구에게로 시선을 돌렸다. 그 움직임이 머리통 전체에 치솟는 통증을 일으켰다.

브라이슨과 세라는 로니카 옆에 무릎을 꿇고 앉았다. 그들 가까이에 죽은 킬심 한 마리가 있었다. 다른 두 마리도 죽은 채 하나는 계단 아래에, 하나는 반쯤 올라간 곳에 널브러져 있었다. 친구들은 둘 다 계속해서 거친 숨을 몰아쉬었다. 화상으로 벗겨진 그들의 손이 힐끗 보였다. 내려다보니 마이클의 손도 마찬가지였다. 그 모습을 보고서야 통증이 느껴졌다.

로니카. 로니카는 왜 움직이지 않는 걸까?

마이클이 앞으로 나서 무슨 일인지 물으려던 그 순간, 파란빛이 로니카의 이마에서 번뜩이며 터져 나왔다. 마이클은 우뚝 멈춰섰다. 지직거리는 소리가 허공을 가득 채웠다. 그는 제자리에 얼어붙은 채 완전히 변형되어 가는 그녀의 몸을 지켜보았다.

파란 불빛이 그녀의 이마를 따라 번쩍이며 밝기와 진동수를 더해 갔다. 끝내 그녀의 피부가 더 이상 보이지 않게 되었다. 빛은 점점 크게 퍼져나가며 그녀의 머리카락 속으로 들어간 다음 눈썹을 가로 질러 눈 속으로, 또 코와 뺨을 따라 움직였다. 반짝이는 빛이 확장되면서 청록색의 나비들이, 날개 모양의 불빛이 그녀의 이목구비를 대체했다. 그 날개들은 파닥이며 전류 특유의 쉭 소리를 냈다.

끔찍한 피부병에라도 걸린 듯 로니카의 머리 전체가 그 변형에 무너져 내렸다. 곧 그녀의 피부가 있던 자리에는 번쩍이는 빛으로 이루어진 파란색과 초록색의 진동하는 구체 표면만이 남았다. 구체는 그녀의 목으로 차츰 내려갔다가 어깨와 가슴으로 번지며 지나간 자리에 그 기이한 나비들을 남겼다. 마이클은 무력하게 서 있었다. 뭘 어째야 할지 알 수 없었다.

마침내 세라가 입을 열었다. 로니카의 사라져 가는 몸에서 발산되는 지직거리는 전류 너머로 목소리가 이상하게 들렸다. "우리가 너무 늦었나 봐. 놈이 로니카의 디지털 생명을 빨아낸 거야, 로니카가 우리한테 경고한 그대로."

"하마터면 네가 저렇게 될 뻔했어." 브라이슨이 마이클에게 눈길을 던지며 말했다. 얼마나 아슬아슬했는지 아마 영원히 잊을 수 없을 거라는 말투였다.

마이클은 대답하지 않고 로니카에게로 관심을 돌렸다. 그녀의 몸 절반이 잡아먹혔고, 머리를 뒤덮었던 나비들은 퍼덕이며 날아가기 시작했다. 그것들은 공중으로 몇 센티미터쯤 날아올라 돌연 밝은 섬광으로 타오르더니 흔적도 남기지 않고 완전히 사라졌다. 머잖아 그녀의 얼굴 전체가 영원히 없어졌다.

매혹적인 광경이었다. 머리가 심하게 아프기도 했다. 하지만 마침내, 마이클은 문득 1초도 낭비하면 안 된다는 생각이 들었다. 그는 친구들을 바라보았다. 그들은 한 마디 말도 없이 자리에서 일어나 한 번에 두 단씩 계단을 달려 올라갔다.

세 사람은 누가 질문할 틈도 주지 않고 클럽을 빠져나가 포털을 찾은 뒤 웨이크로 리프트했다. 코핀에서 나올 때쯤 마이클의 머릿속은 전갈들이 부화한 둥지처럼 느껴졌다.

CHAPTER 8

아주 작은 남자

1

마이클은 비참한 마음으로 침대에 누워 있었다. 그가 침대 옆 탁자의 작은 종을 울릴 때마다 헬가는 뜨거운 차와 수프, 바나나를 그 어느 때보다도 다정하게 가져다주었다. 소화할 수 있는 음식이 그것뿐이었다. 부모님이 또 한 번 여행을 연장해야 했기에 그와 헬가만 있는 아파트는 조용했다. 마이클은 블라인드를 계속 달아두었다. 음악을 듣거나 방송 프로그램을 보지도 않았다. 하지만 뭔가가 정말로 잘못되었다는 징후는 그가 넷스크린을 거의 쳐다보지 않았다는 사실이었다.

머리가, 아주, 심하게, *아팠다.* 게다가 동반되는 구역질. 지속적이고 가차 없는 구역질. 적어도 한 시간에 두 번은 토할 것 같았다. 그래서 헬가에게 이상한 메뉴를 부탁한 것이다. 자리보전하는 동안 블랙앤블루 클럽 지하에서 일어난 일을 생각할 시간은 충분했다.

킬심. 놈들이 로니카에게 저지른 짓. 마이클은 놈들에게 얼마나 영향을 받았을까? 그의 오라 핵심 성분도 일부 빨려 나갔을까? 얼마나 아슬아슬하게 케인의 뇌사 피해자가 될 뻔한 걸 피할 수 있었을까? 영구적인 신체 손상을 입었을까? 욱신거리는 머리로 눈을 감고 있자니 분명 그런 것 같았다. 시간이 갈수록 멍청해지지나 않을지 걱정됐다. 버트넷에서 배우고 경험한 모든 것을 잊어버리지는 않을까.

그는 이런 생각들이 말도 되지 않는다는 걸 알고 있었기에 긍정적인 태도를 유지하려고 노력했다. 희망 사항인지 몰라도 그들은 너무 늦지 않게 킬심을 저지했다. 두통도 천천히 사라질 것이다. 남은 평생을 지금 같은 기분으로 지낸다니 상상도 되지 않았다.

하지만 놀랍게도 두통 때문에 그만두고 싶은 마음은 들지 않았다. 오히려 케인이 더 싫어지고 하려던 일에 확신이 생겼을 뿐이다. 마이클은 VNS가 찾는 장소를 발견할 때까지 멈추지 않을 각오였다. 위험하든 말든, 간단했다. 마이클이 해본 수많은 게임이 그렇듯 문제는 '죽느냐, 죽이느냐'였다.

한 가지 차이점이라면 이번 게임은 진짜라는 것. 마이클은 두통 탓에 그 점을 잊을 수 없었다.

그는 한나절 동안 침대에서 일어나지 않았다.

2

로니카를 만나고 이틀이 지났을 때는 머리가 훨씬 나아졌다. 마이클은 일어나 걷고 샤워도 할 수 있었다. 심지어 밝은 아침햇살을 내다보아도 아파서 몸을 웅크리고 싶은 마음이 들지 않았다. 기운을 회복하자 기분도 나아졌다. 그는 의자에 앉아 게시판에 브라이슨, 세라와의 비밀 채팅방을 만들었다. 10분도 걸리지 않아 그들이 입장했다.

Brystones
좀 늦었네. 그 더러운 두통은 가라앉았어?
헬가의 키스로 나은 건 아니고? 아니, 방금 말은 취소. 상상하고 싶지 않네.

Sarahbobara
브라이슨, 우리 목숨을 구해줬으니 너 하고 싶은 말 있음 실컷 해.
1주일 줄게. 그다음에는 내가 다시 너희 엄마처럼 굴 거야.

Brystones
이런, 그건 *진짜* 상상하기 싫은데.

Mikethespike
그놈한테 영구적 손상을 입은 게 아닐까 걱정했어. 지금도 걱정돼.
적어도 나아지는 중이긴 하지만.
침 안 흘리고 말하거나 타자 치는 것도 가능하다.

Sarahbobara
멋있다.

Brystones
그럼 일은 언제 하지? 통로 찾는 것 말이야.

Sarahbobara
곧 해야지.

마이클은 안도의 한숨을 내쉬었다. 친구들은 아직 손을 떼지 않았다. (마이클처럼) 겁을 먹었을지는 모르지만. 케인과 놈의 개들은 아무것도 이루지 못했다. 그저 세 사람에게 더욱 불을 지폈을 뿐이었다.

마이클과 친구들은 학교며 일정을 조정할 방법을 이야기했다. 오래지 않아, 며칠간의 '질병' 결석으로 피해를 볼 사람은 아무도 없다는 판단에 이르렀다. 직어도 VNS나 케인만큼 심각한 피해를 주지는 않겠지. 그때 마이클은 문득 로니카가 떠올라 찔리는 듯한 죄책감을 느꼈다. 어쩌면 그녀는 웨이크 어딘가에 지금껏 발견된 다른 피해자들처럼 뇌사 상태로 누워 있을지 몰랐다. 그게 킬심의 목적일지도 몰랐다. 이 모든 일이 어떻게 연결되는 걸까?

세라는 로니카가 통로 입구를 찾을 수 있을 거라고 말했던 게임, 데블 오브 디스트럭션의 공략집을 연구해 보자고 제안했다. 어쩌면 코드의 취약점을 찾을 장소에 관한 단서가 있을지도 모르니까. 그런 다음 하룻밤 동안 충분히 휴식하는 거다.

아침이 오면 움직여야 하니까.

3

오후가 반쯤 지났을 때 초인종이 울렸다. 마이클은 데블 오브 디스트럭션 조사에 몰두하고 있었다. 그도 이 게임이 역사에 근거한 전쟁 게임이라는 건 알고 있었다. 이 게임을 좋아하는 사람들이 보통 나이 든 사람들인 데에는 그런 이유도 있었다. 마이클 또래 중에는 그토록 오랜 옛날에 일어난 사건에 관심을 두는 사람이 아무도 없었으니까. 하지만 게임을 이해하려면 전쟁의 세부 내용을 알아야겠다는 생각이 들었다. 그는 지난 한 시간 내내 2022년에 발발한 그린란드 전쟁 이야기를 읽었다. 한 해 전 그 지역에서 발견된 어마어마한 금맥을 놓고 몇 개 국가가 벌인 잔혹한 전쟁이었다. 물론 모두가 그 금맥을 원했고, 모두에게 그 땅을 소유할 나름의 명분이 있었다. 세부 내용은 마이클이 기대한 것보다 흥미로웠다.

전쟁에 참여한 파벌들은 게릴라 작전과 다소 원시적인 무기를 사용했다. 핵무기나 대형 폭탄의 사용이 지나치게 위험하다는 의견이 많았기 때문이었다. 폭발 반경이 큰 무기들은 적도 일부 쓸어내겠지만 아군에게도 해를 입힐 가능성이 있었다. 무의미한 사망자들을 충분히 발생시킨 끝에 모두가 철수할 때까지 고약한 전투가 2년간 지속되었다. 총명하다는 세계 지도자들이 일구어 낸 최선의 결과가 그랬다.

데블 오브 디스트럭션은 실제로 그린란드 전쟁에 참전했던 용병단이었다. 그들은 특정한 목표물을 찾아 제거하도록 (이따금 여러 파벌에) 고용되었다. 마이클과 친구들이 게임에서 하게 될 일도 바로 그것이었다. 기관총만 들고 전쟁터 한복판에 떨어져, 살해당하기 전에 로니카가 말한 참호를 찾는 것. 그다음에는 그들의 해킹 실력이 얼마나 쓸모 있는지 증명되기만 바라야 했다.

마이클은 처음 울린 초인종을 무시했다. 생각했던 것보다 조사가 훨씬 더 재미있었다. 왜 이 게임을 한 번도 실제로 해보지 않았는지 의아할 정도였다. 문은 헬가가 열어줄 거라고 생각했다. 하지만 다시 초인종이 울리자, 그날 헬가가 여동생을 만나러 간다며 집을 비운 사실이 떠올랐다.

마이클은 이어커프를 눌러 넷스크린을 닫고 현관으로 향하는 내내 툴툴댔다. 문을 당겨 열어보니 아무도 없어 놀랐다. 등골을 타고 한기가 흘렀다. 중대한 사건에 말려든 지금은 어떤 일도 우연으로만 보이지 않았다. 복도 이쪽저쪽과 계단에도 보이는 게 없었다. 막 문을 닫아 단단히 잠그려던 그때, 마이클은 테이프로 붙여 놓은 쪽지를 발견했다.

작은 종이쪽지에 짧은 메시지가 손 글씨로 적혀 있었다.

우리가 널 데려갔던 골목길에서 만나자, 지금.

4

마이클은 두 번 생각할 것도 없이 지시에 따랐다. 함정일 수도 있다는 건 알았지만, 그럴 확률은 낮아 보였다. (왠지는 모르겠지만) 케인은 현실에서 별로 위험해 보이지 않았다. 또 그날 VNS가 마이클을 데려간 위치를 누가 알까? 게다가 웨버 요원도 걸렸다. 마이클에게는 그녀를 화나게 할 여유가 조금도 없었다.

도착까지는 20분밖에 걸리지 않았다. 그는 주요 도로에서 방향을 틀어 인적 없는 긴 골목을 따라 걸어갔다. 보이는 사람은 한 명도 없었다. 자동차 한 대조차. 다만 길 한복판에 커다란 쓰레기통 몇 개가 기다리고 있었다. 마이클은 왠지 바로 그곳에서 그가 만날 사람을 발견하게 될 거라는 확신이 들었다. 밖은 더웠지만 선선한 산들바람이 불어와 목덜미의 땀이 식었다. 흩어진 쓰레기가 날아와 허공에서 춤추었다. 골목길은 잿빛이었다. 선뜻 마음이 가지 않았다.

첫 번째 쓰레기통에 다가가자 심장이 점점 빨리 뛰었다. 그는 망설인 끝에 그 옆을 들여다보았다. 스리피스 정장 차림에 키가 매우 작은 대머리 남자가 보이자 마음이 놓였다. 낯선 이는 위협적이지 않았다. 풍성한 턱수염 때문에 텅 빈 정수리가 더욱 두드러져 보이는 그는 두 손을 주머니에 넣고 있었다.

"당신이…." 마이클이 입을 열었으나 남자가 말을 잘랐다.

"그래, 마이클. 자, 이리 오너라. 길거리 쪽 사람들한테 보이지 않게." 그는 휙 하고 고갯짓으로 마이클이 가야 할 곳을 가리키며 두어

걸음 물러났다. 표정이 장의사처럼 침울했다.

마이클은 남자에게 다가가면서 낄낄대고 싶은 마음을 애써 참았다. 남자는 키가 작았다. 만화영화에나 나올 것처럼. "왜 보자고 했는데요?"

"진행 상황 보고 차원에서." 남자가 대답했다. 그는 마이클의 눈을 정면으로 보지 않고 피했다. 마이클은 그가 언제든 기습공격을 당할 수 있다는 듯 시선을 이쪽저쪽으로 잽싸게 옮겨댔기에 별로 안전하지 않다는 느낌이 들었다. "무슨 일이 있었는지, 뭘 알게 되었는지, 앞으로 계획은 무엇인지 등등."

"뭐, 우린…."

낯선 사람이 다시 말을 끊었다. "간결하게 해. 우리가 함께 있는 모습이 목격되면 안 된다. 난 진행해야 하는 일이 많아."

"어… 알았어요." 마이클이 말했다. '별 이상한 놈 다 보겠네'라는 생각이 들었다. "일단은 맞는 방향으로 가고 있는 것 같아요. 지금까지 케인한테 두 번 공격당했지만."

"케인한테서?" 작은 남자가 앞으로 한 걸음 다가와 처음으로 마이클을 직접 쳐다보며 물었다. "정말 확신하는 거냐, 그게… 그놈 자체였다고?"

마이클은 갑자기 자신이 없어져 말을 골랐다. "뭐, 네. 제 생각에는요. 두 번째 공격은 잘 모르겠어요. 그땐 킬심이었거든요. 하지만 로니카는 그놈들도 케인이 보냈다고 생각했어요."

"로니카? 로니카가 누구지?"

"정말 몰라요?"

"말했지만, 우린 네 얘기를 듣고 싶은 거다. 모조리 털어놔."

"아저씨가 누군지 어떻게 믿고요? 그러고 보니," 마이클은 망설이다가 다시 입을 열었다. "아저씨가 누군지도 말 안 했잖아요."

난쟁이 같은 남자는 짜증 난 기색이 역력했다. "난 스콧 요원이다. 웨버 요원 밑에서 일하지. 네가 지금 알아야 할 건 그게 전부야. 시간이 없다."

마이클이 대답하지 않자 낯선 이는 눈을 부라리며 자기 이어커프를 눌렀다. VNS 배지가 둘 사이에 떠올랐다. 그걸 보려면 허리를 숙여야 해서 좀 당혹스러웠지만, 마이클은 무얼 확인해야 할지도 모르면서 그 배지를 자세히 살펴보는 척했다. 그는 남자가 허세를 부린 게 아니기만을 바라며 고개를 끄덕였다.

"좋아." 스콧이 말했다. "이제 전부 말해봐라."

마이클은 그 말에 따랐다. 텅 빈 공간에 갇혀 케인의 끔찍한 경고를 들었던, 아니, 보았던 일에 대해서. 커터에 대해서. 로니카와 블랙앤블루, 킬심, 통로, 통로를 통해 이어진다는 신성한 협곡, 아침에 데블 오브 디스트럭션에 들어가기로 한 계획에 대해서, 전부 다.

그가 말을 마치자 스콧 요원은 팔꿈치를 다른 손 손바닥에 얹어놓고 턱수염이 난 턱을 긁적이며 신중하게 바닥을 내려다보았다. 마치 전 세계에서 가장 작은 셜록 홈스라도 되는 것 같았다. 마이클은 참을성 있게 기다리며 또 한 번 웃고 싶은 충동을 참아냈다.

마침내 요원이 마이클에게로 관심을 돌렸다. "그럼 그렇게 진행하도록. 단, 너희를 쫓거나 막으려 드는 존재가 케인 하나만이라고는 생각하지 마라. 내 말 알겠니? 만나는 모든 사람을 적이라고 생각하란 얘기다."

"그거 재미있겠네요." 마이클이 중얼거렸다. 그 말을 하는 중에도 배 속이 뒤틀렸다.

"내 말 알겠나?" 남자가 다시 천천히 물었다.

마이클은 둘 중 키가 더 큰 사람이 자기라는 사실을 상기시켜 주고 싶었지만 그저 고개를 끄덕였다.

"마이클…. 난 구두 확인이 필요하다."

"네, 알겠어요."

"좋아." 스콧 요원은 만족한 것 같았다. 그는 빈 골목 이쪽저쪽을 또 한 번 힐끔거리더니 마이클에게 가까이 몸을 숙였다. "현시점에도 너와 네 친구 두 명의 오라에는 우리 쪽 추적기가 붙어 있다. 너희가 은신 코드를 써도 너희를 찾을 수 있으니까 걱정 말거라. 우리가 너희 소재를 파악하고 있는 만큼 네가 알게 됐다는 그 신성한 협곡에 최종적으로 진입하면 기갑부대를 파견할 수 있을 거다. 죽음의 법칙 프로그램이 어딘가에 숨겨져 있다면 바로 거기일 거야. 그러니 영리하면서도 안전하게 행동해야 한다."

"네, 요원님." 갑자기, 남자는 더 이상 별로 작아 보이지 않았다.

"좋아. 아주 좋다. 그럼 난 가보마."

"음, 요원님?" 마이클이 머뭇거리며 물었다. "저희가 신성한 협곡에 가기 전에 위태로워져도 도와주실 거예요? 지켜보실 거라기에."

스콧 요원은 그보다 터무니없는 질문은 들어본 적도 없다는 듯 고개를 저었다. "그런 식으로 일이 돌아가진 않아. 우린 무슨 일이 벌어지고 있는지 다 안다는 듯 행동할 수 없다. 이 문제에 공을 들이는 팀이 여럿 있어. 우리로서는 너희 중 하나가 거기 들어가는 데 성공하기만 바랄 수밖에. 그전까지는 도와줄 수 없다."

"그럼 우리가 죽으면요?" 마이클이 물었다. "아니면 로니카처럼 우리 오라도 삭제되면요?"

작은 남자는 마이클과 만난 이후 처음으로 미소 지었다. "방심하지 말도록. 케인한테는 뭔가… 수상한 구석이 있다. 내가 할 수 있는 말은 그게 전부다."

그는 그 말을 끝으로 돌아서서 골목을 따라 걸어갔다.

5

마이클은 요원이 모퉁이를 돌아 사라질 때까지 쓰레기통 옆에 서 있었다. '저 작은 남자는 정말 이상해.' 그런 생각이 또 들자 내면에 쌓여만 가던 웃음이 마침내 낄낄 새어 나왔다. 아마 다른 것보다도 스트레스 때문이었을 것이다. 마지막으로 웃어본 적이, 아니 기분이 좋았던 순간이 기억나지 않았다. 날이 아주 조금 밝아졌다.

돌아서 집으로 가려는데, 골목을 겨우 반쯤 걸어갔을 때쯤 갑작스러운 통증이 두개골을 푹 찔렀다. 그는 두통이 너무 심해 머리를 부여잡고 무릎을 꿇었다. 협곡 같은 골목의 벽을 따라 자신의 신음이 메아리치는데도 거의 의식하지 못했다.

통증은 킬심에게 공격당해 누워 있을 때 느꼈던 것보다 훨씬 심했다. 심장이 한 번 뛸 때마다 고통도 함께 박동했다. 그는 눈을 꽉 감고 아무것도 보지 못하는 채로 벽이 만져질 때까지 골목 옆으로 기어간 다음 등을 기대고 앉아 관자놀이를 문질렀다. 천천히 눈을 떠보려 했지만 대낮의 밝은 빛이 새로운 두통의 파도를 흘려보냈다. 사물이 일렁이듯 보였다. 마이클은 뭐가 악화된 것인지 생각해 보려고 애써 가늘게 눈을 떴다.

눈앞의 길은 잿빛 기름의 강이 된 듯 떨리며 물결쳤다. 오른쪽 쓰레기통이 공중으로 날아올라 원을 그리며 돌았다. 시체들이 찍힌 사진과 영상이 계속해서 사방에 나타났다가 사라졌다. 골목과 경계를 맞대고 선 건물들은 삐딱하게, 불가능한 방향으로 휘어져 물리 법칙을 거부했다. 하늘이 암적색 구름으로 멍들어 얼룩덜룩 끔찍한 보랏빛으로 변했다. 마이클은 공포에 질린 채 눈을 꽉 감고, 인도 위에 공처럼 몸을 웅크리고서 발작이 끝나기만을 빌었다.

그리고 몇 초 후, 그의 바람이 이루어졌다. 두통은 그냥 멈추었다. 계속되는 고통은 없었다. 그냥… 사라졌다, 일어난 적도 없었다는 듯.

안심은 됐지만, 마이클은 방심하지 않고 눈을 떴다. 모두가 정상으로 돌아와 있는 게 보였다. 그는 계속 떨면서 간신히 일어서 골목 이쪽저쪽을 살폈다. 평소와 다른 건 하나도 없었다.

마이클이 할 수 있는 일은 방금까지 하던 행동을 계속하는 것뿐이었다. 그는 다시 골목을 따라 집을 향해 걷기 시작했다. 이제 머릿속에는 단 한 가지 무서운 생각밖에 떠오르지 않았다. 킬심이 그에게 뭔가를, 뭔가 끔찍한 일을 저질렀다는 생각이었다.

6

집에 도착한 마이클은 곧장 자기 방으로 들어가 넷스크린을 달칵 작동시켰다. 돌아오는 길에 한 가지 생각이 떠올랐다. 친구들에게도 방금 사건을 이야기해야겠지만, 그보다 먼저 킬심에게 공격당한 이후 현실의 로니카에게 무슨 일이 일어났는지 알아내야 했다.

모든 조각을 짜 맞추기까지 거의 두 시간이 걸렸다. 별로 예쁜 그림은 아니었다.

확실한 건 로니카가 그녀의 실명이 아니라는 점이었다. 로니카는 그런 위치에 서고자, 즉 버트넷에서 블랙앤블루 같은 클럽을 운영하고자 웨이크의 정체를 들키지 않으려고 힘닿는 모든 수단을 동원했을 것이다. 하지만 마지막 뉴스밥까지 모두 파헤쳐 해당하는 날짜와 시간을 그와 친구들이 클럽에 있었던 시기와 비교한 끝에 마이클은 그럴싸한 이야기를 만들어 낼 수 있었다.

코네티컷에 윌헬마 해리스라는 여자가 살았다. 마이클이 한 번도 들어본 적 없는, 뉴욕 소재의 게임 소프트웨어 개발회사에서 방화벽 보안 감독 업무를 담당하는 사람이었다. 그녀의 직무 내용 및 생활 방식을 조사해 보니 윌헬마는 거의 항상 슬립에서 생활하고 현실에는 친구나 가족이 거의 없다는 사실이 드러났다. 바로 그녀가 거주 지역의 시내를 배회하다가 경찰에게 발견되었다. 마이클이 클럽에서 킬심에게 파괴당하는 로니카를 목격한 직후였다. 그녀는 "멍한 표정"이라고 묘사된 표정을 짓고 있었으며, 사람들이 다가오자 적대적인 반응을 보였다. 그러다가 쓰러져 혼수에 빠졌고 이후로 계속 그 상태였다.

경찰은 친구와 친척이 나서달라고 요청했다. 그녀의 코핀이 합선되고, 그녀가 버트넷에 존재했다는 흔적도 전혀 없었기 때문이었다. 꼭 슬립에 싱크한 적이 한 번도 없는 사람 같았다. 활력 징후가 별로 좋지 않아 그리 오래 살지는 못할 거라는 얘기도 나왔다.

게다가 결정적인 한 방도 있었다. 윌헬마에게 개가 한 마리 있었는데, 녀석의 이름표에 로니카라고 적혀 있었다.

그녀가 틀림없었다.

마이클은 모든 것을 끄고 침대로 가 누웠다. 그는 천장을 응시하며 그들이 목격한 장면을, 클럽 소유주에게 닥친 사건을 생각했다. 전자식 재로 변해버리고, 바람에 흩날려 돌연히 존재하지 않게 된 그녀의 피부와 머리카락과 옷. 그녀는 킬심에 의해 삭제되었다. 마이클은 킬심이 현실에서 그녀의 몸에 저지른 짓도 생각했다.

혼수. 활력 징후가 별로 좋지 않다. 오래 살지는 못할 것이다.

뭔지는 모르지만 그녀에게 일어난 것과 같은 과정이 마이클에게도 일어났다. 적어도 시작되기는 했다. 마이클 역시 부분적으로 손상된 건지 몰랐다.

마이클은 골목길에서 느꼈던 머리를 쪼갤 듯한 강렬한 통증과 그 짧은 순간 끔찍한 공포감을 안겨주었던 격렬한 환시를 떠올리며 친구들에게는 나중에 말하기로 마음먹었다. 내일은 중요한 날이고 그들에게는 중요한 계획이 있었으니까. 가는 길에 말해도 되겠지.

마음은 오랜 시간이 지나서야 진정되었다. 잠들기 직전에 헬가가 아무래도 여동생 집에서 자고 오기로 한 게 틀림없다는 뜬금없는 생각이 흐릿하게 떠올랐다. 헬가는 집에 돌아오지 않고 있었다.

CHAPTER 9

아무도 지나가지 못한다

1

마이클은 알람이 울리기 10분 전에 일어났다. 이제는 공포가 항상 마음 한구석에 도사리고 있었다. 슬립에서 그를 기다리는 존재에 대한 불안감이었다. 그러나 뼛속에는 흥분도 가득했다. 평생 그 무엇보다도 게임을 사랑해 온 마이클이 지금 더없이 위험한 퀘스트에 착수하려는 참이었다. 그야말로 게임 중의 게임. 위대한 거너 스케일마저도 부러워했을 게임. 마음 한편에서는 언젠가 오늘을 돌아보며 이렇게 들뜬 자신을 순진하다고 여길 날이 올지도 모른다는 생각이 들었다. 하지만 그 마음은 한순간일 뿐, 쉽게 잠재울 수 있었다.

부모님도, 헬가도 없는 아파트는 외로웠다. 벗어나고 싶었다. 그는 간단히 샤워하고 시리얼을 두 그릇 먹은 다음 방으로 가 코핀에 들어갔다. 이른 아침햇살이 창문으로 흘러들었다. 마이클은 동경하면서도 우울한 마음으로 *라이프블러드 딥*의 거대한 광고를 응시했다. 간판에 대고 큰 소리로 말을 걸지 않으려면 자제력을 발휘해야 했다. 마이클은 *라이프블러드 딥*이 자기가 포기하지 않았다는 걸,

그의 인생에서 궁극적 목적은 여전히 그 게임이란 걸 알아주기를 바랐다.

케인과 죽음의 법칙을 찾아낸다면 그곳으로 가는 표를 손에 거머쥔 셈이 되리라.

2

마이클은 슬립으로 싱크한 다음 게임 창고에서 브라이슨과 세라를 만났다. 그곳은 단골 게이머들에게 인기 있는 중심지였다. 어울려 놀고, 먹고, 전자화폐로 무기에서 우주선에 이르는 모든 것을 업그레이드할 수 있는 장소가 마련되어 있었다. 더 중요한 건 그곳에서 치트키와 비밀을 교환하고 동맹을 구축할 수 있다는 점이었다.

세 사람은 모두 게임 창고에 아는 사람이 너무 많았으므로 길가에서 외떨어진 포털에 모였다. 나무와 분수가 이루는 멋진 풍경 뒤쪽의 별로 알려지지 않은 포털이었다. 세라가 *데블 오브 디스트럭션*으로 갈 때 쓸 간단한 변장 프로그램을 전송했다. 지금부터 뭔가 범상치 않은 일을 할 예정이라는 걸 다른 사람들에게 광고할 수는 없으니까. 세 사람이 데블에 입장하는 걸 보면 누구라도 괴상하게 여겼을 것이다. 셋과 비슷한 또래 중에는 그 게임을 하는 사람이 아무도 없었으니 말이다. 데블은 원래 노땅들이나 하는 게임이었다.

마이클은 발걸음을 뗀 뒤에야 용기를 내 정장 차림의 난쟁이를 만난 일과 그 직후에 겪은 엄청난 두통 이야기를 전했다. 이야기가 쏟아져 나오자 안도감이 가득 차올랐다. 하마터면 이 일을, 최소한 기이한 환시를 본 부분은 혼자서 묻어둘 뻔했다. 그러나 두 사람은 마이클의 가장 친한 친구들이었다. 숨기는 건 옳지 않게 느껴졌다. 특히 이런 부탁까지 하는 상황에서는.

마이클은 이제 괜찮아졌으며 두통이 완전히 끝나기만을 바란다는 말로 이야기를 마쳤다.

"이런 거짓말쟁이 똥자루 같으니." 브라이슨이 말했다. "솔직히, 너도 두통이 아주 끝날 거라고 생각하지는 않을걸. 그러느니 차라리 세라랑 내가 웨이크에서 결혼한 사이라는 소리를 믿겠지."

"그건 사실이 아닙니다"가 세라의 대답이었다. "그냥 그 점은 분명히 해두고 싶어서."

마이클이 완전군장을 갖춘 남자들을 지나치며 어깨를 으쓱했다. "그냥 낙관적으로 보자는 거야."

"글쎄." 세라가 타박했다. "또 그런 일이 생기면, 다음 날이 되기 전에 말하는 게 좋을 거야. 안 그러면 그놈의 두통 따위 생각도 안 날 만큼 다른 데를 아프게 해줄 테니까." 그녀가 미소 지으며 마이클의 팔을 부드럽게 어루만졌다. "우릴 믿어야 해, 마이클."

마이클은 고개만 끄덕였다.

브라이슨이 고개를 저었다. "로니카 얘기는 믿기지 않는다. 정말로. 그 여자가 확실해?"

"거의." 마이클이 대답했다. "난 킬심한테 잠깐 공격당했을 뿐인데도 이렇게 됐잖아. 로니카 말에 따르면 그 짐승들의 목적은 정신을 삭제하는 거라고 했어. 기억나? 오라만이 아니라 현실에서의 정신까지 말이야."

브라이슨이 멈춰서서 두 사람을 바라보았다. "그런데도 우린 다시 불구덩이에 뛰어들려는 거고. 킬심이 그냥 빙산의 일각일 뿐이면 어쩌지?"

세라와 마이클은 동시에 어깨를 으쓱했다. 브라이슨도 따라 했다. 고개를 젓는 태도가 꼭 자기는 친구들의 결정이 잘못됐다는 걸 알지만 그들을 기쁘게 해주기 위해 따를 뿐이라는 투였다.

"되돌리고 싶어?" 마이클이 브라이슨에게 물었다가 농담이었던 것처럼 애써 수습했다. "말만 하라고, 브라더. 내가 공갈 젖꼭지를 사줄 테니까. 집에 돌아가도 돼."

브라이슨은 한순간도 주저하지 않았다. "그럴 것까지야. 그냥 네 거나 빌려줘."

모퉁이를 돈 그들의 눈에 그 순간 데블 오브 디스트럭션의 간판이 보였다.

3

마이클은 버트넷이 아주 오래된 이미지와 인간이 알아낸 최첨단 기술을 시각적으로 섞어놓는 방식이 무척 마음에 들었다. 게임 창고 중에서도 옛 시절 해변의 보드워크(해변이나 물가에 판자를 깔아 만든 길—옮긴이)를 닮은 이 구역에는 쇼핑 아케이드와 레스토랑, 구식 외관의 사교 클럽이 나무 널빤지 보도 양옆에 줄지어 있었다. 하지만 이곳의 가게 대부분은 사실 게임 속으로, 완전히 다른 세계로 들어가는 가짜 입구였다.

깜빡이는 전구들이 지직거리는 소리를 내며 데블 오브 디스트럭션의 거대한 간판 테두리를 둘러싸고 있었다. 글자는 어두운 초록색이었고(마이클 생각에는 그린란드를 나타내는 것 같았다), 데블이라는 단어 뒤에만 빨간빛이 들어왔다. 간판 오른편에는 두꺼운 옷에 투구를 쓰고, 한 손에 든 기관총으로는 하늘을 겨누고 다른 손에는 피가 뚝뚝 흐르는 잘린 머리를 늘어뜨린 군인이 그려져 있었다. 좀 과해 보였다.

세 사람은 차양 바로 아래에 멈춰 좀 더 잘 보려고 목을 쭉 뺐다.

"그린란드라니." 브라이슨이 말했다. "열일곱 살이 되도록 거길 배경으로 한 게임은 한 번도 못 해봤어. 쩌는 동넨가 봐."

세라가 고개를 돌려 친구들을 마주 보았다. "그린란드 대부분 지역은 눈과 얼음, 커다란 빙하로 뒤덮여 있어. 엉덩이가 얼어붙어 떨어질지도 몰라."

"엉덩이면 다행이게." 브라이슨이 중얼거리더니 일생일대의 웃기는 농담을 했다는 듯 장난스러운 미소를 잠깐 지어 보였다.

"그럼 거길 따뜻하게 해주든지." 세라가 눈동자를 굴려대며 말했다.

브라이슨이 정문을 가리켰다. 오랜 세월 페인트칠을 하지 않은 듯 곧 무너질 것만 같은 나무문이었다. 더 구체적으로 말하자면, 방치된 것처럼 보이게 프로그래밍된 문이었다. 그 모든 게 분위기를 이루는 요소였다. "뭐, 지도도 자세히 살펴봤고 작전도 세웠어. 덤벼보자."

"죽으면 처음으로 돌아가게 돼." 세라가 말했다. "그러니까 우리 중 누구라도 죽으면, 다른 두 사람도 일부러 죽어야 해. 모두가 함께 통과하려면 흩어져선 안 되니까."

마이클은 그 말에 꼭 찬성하지는 않았다. "그건 잘 모르겠다. 통로로 가는 포털이 어디 있는지만 알아내면 되잖아. 중요한 건 그것뿐이라고. 전쟁터 깊은 곳까지 들어갔는데 일부러 기회를 놓칠 순 없어. 모두가 모이기 전에 포털을 실제로 넘어가 버리는 일만 없으면 돼. 누가 죽으면, 나머지 사람들이 기다려 주자."

"그래." 브라이슨이 놀리듯 오만한 표정을 지으며 말했다. "너희들이 따라잡을 때까지 이 몸께서 꼭 기다려주지. 이제 가자." 그는 대답도 듣지 않고 문을 열고 안으로 들어갔다.

4

구식 로비에는 붉은 카펫이 깔려 있고, 전구로 테두리가 장식된 다른 게임의 포스터들이 벽을 뒤덮고 있었다. 포스터들의 조명은 각기 시계 방향으로 돌며 깜빡였다. 한복판에 매점 가판대가 있고 팝콘 냄새가 공기를 가득 채웠다. 마이클은 계산대의 십 대 소녀를 발견했다. 그녀는 껌을 가루로 만들어 없애버릴 것처럼 쩝쩝대고 있었다. 검은 머리에 빨간색 아이라이너를 그린 모습이었다.

오른쪽에는 매표소가 있었는데, 계산대 뒤에 한 여자가 두둑한 가슴에 팔짱을 끼고 서서 새로 온 사람들을 노려보고 있었다. 사실, 그녀는 모든 게 두둑한 편이었다. 건장한 어깨에 두꺼운 목, 거대한 머리통. 그녀는 화장하지 않았으며, 희어져 가는 머리는 지저분하고 별다른 스타일이 없었다. '엄청 매력적이네.' 마이클은 생각했다.

"아, 무서워." 브라이슨이 속삭였다. "너희 둘 중 한 명이 표 좀 사 줄래? 내가 아기였을 때 저 아줌마가 우리 동네 사람들을 절반쯤 학살했던 것 같아서."

세라가 웃었다. 아마 의도했던 것보다 더 큰 소리가 난 듯했다. "내가 사 올게, 덩치만 큰 아기 곰탱아."

"같이 가자." 마이클이 속삭였다. "난 사랑에 빠진 것 같아."

"원하는 게 뭐냐?" 그들이 계산대로 다가가자 여자가 걸걸하게 물었다. "팝콘은 저쪽에 있다." 여자는 매점 가판대를 향해 고갯짓했지만, 몸의 나머지 부분은 근육 하나도 움직이지 않았다.

"팝콘 때문에 온 게 아니에요." 세라가 차분하게 말했다.

"그럼 뭣 때문에 여기에 온 거지, 건방진 계집애가?" 여자에게는 입 한 귀퉁이로 말하는 특유의 불쾌한 버릇이 있었다.

세라는 반쯤은 재미있다는 듯, 반쯤은 어리둥절하다는 듯 마이클을 보았다.

"어이!" 여자가 소리쳤다. "너한테 물었어, 네 남자친구가 아니라."

세라가 휙 고개를 돌려 다시 여자를 마주 보았다. "뭐, 당연히 게임을 하고 싶어서죠. 데블 오브 디스트럭션? 아줌마네 문 바로 바깥에 커다란 간판이 있던데요. 들어보셨을 줄 알았는데."

마이클이 움찔했다. 세라가 너무 나갔다.

매표소 여자가 웃었다. 남자 같은, 깊게 울리는 소리였다. "가봐라, 애송이들아. 장단 맞춰줄 기분 아니니까."

마이클은 상냥한 접근을 시도해 보았다. "아주머니, 이 게임을 꼭해보고 싶어서 그래요. 오늘 학교가 쉬는 날이거든요. 저흰 그린란드를 공부하고 있어요."

여자가 팔짱을 풀고 계산대에 손을 올리더니 몸을 앞으로 숙였다. 고양이 오줌 같은 냄새가 훅 끼쳤다. "진심이냐, 응?"

마이클은 당황한 마음이 얼굴에 드러났다는 걸 알았다. "음… 네. 왜 이러시는데요? 저흰 그냥 게임 표 세 장만 있으면 돼요."

여자의 얼굴이 실제로 약간 부드러워졌다. "정말로 모르는 거야, 그렇지? 그냥 나대는 게 아니고."

마이클은 대답 대신 고개를 끄덕였다.

"꼬맹아, 스물다섯 살 미만은 이 게임을 할 수 없어. 이제 꺼져라."

5

세 사람은 약간 충격을 받고 매우 혼란스러운 상태로 건물 바깥에 서 있었다.

"대체 이게 무슨 일이냐?" 브라이슨이 조잡한 문을 향해 눈을 부라리며 물었다. "이 게임에 대해서는 쓰레기라는 얘기밖에 못 들었는데. 대체 뭣 때문에 19금이 됐느냐고?"

19금은 성인 전용이라는 뜻이었다. 마이클도 혼란스럽기는 마찬가지였다. "어쩌면 노땅들이나 이 게임을 한다는 말이 문자 그대로의 의미였는지도 몰라. 입장할 수 있는 사람이 늙은이들밖에 없는 거지."

"그럴 리가." 세라가 대답했다. "정말로 게임 안의 어떤 요소 때문에 19금이 된 거라면 우리도 다 알았을 거야. 지구상의 모든 어린애들이 무단 침입할 방법을 생각하고 있었을 테니까. 관심이나 끌어보자고 저러는 게 틀림없어. 아마 등급도 방금 바뀌었을 거야."

골목에서 갑자기 닥쳤던 이상한 두통 발작도 그렇지만, 마이클은 이번 일도 우연이 아니라고 생각했다. "아니, 그보다는 우리가 저 게임을 하는 걸 원하지 않는 사람이 있을 확률이 높지. 우리 앞길을 막는 손쉬운 방법인 거야."

세라가 코웃음 쳤다. "그래봐야 이 여정에 걸리는 시간을 한두 시간쯤 늘릴 수 있을 뿐이야. 우린 게임 등급에 발목 잡힌 적이 한 번도 없으니까."

"지당하신 말씀." 브라이슨이 그렇게 말하더니 불길한 웃음을 터뜨렸다. "베이거스 뱃 오브 둠에서 했던 우리의 모험을 감히 누가 잊을 수 있겠냐?"

"어휴, 말 마라." 세라의 대답이었다.

"시작하자." 마이클이 말했다. 그들은 바다가 내려다보이는 벤치로 가 눈을 감고 코드에 집중하며 조작을 시작했다.

6

두 시간이 지났지만 아무 소득이 없었다.

그들은 게임과 프로그래밍, 해킹 등 다년간의 불법 경험을 총동원해 모든 것을 시도했다. 하지만 아무것도 통하지 않았다. 데블 오브 디스트럭션을 보호하고 있는 방화벽과 보호막이 난공불락이어서가 아니었다. 그저 찾기 어려웠을 뿐이다. 꼭 존재하지 않는 것처럼. 그런데 벽을 찾을 수 없다면 그 벽을 넘는 일도 불가능했다. 탐색에 탐색을 거듭한 끝에 세 사람은 시도 자체가 무의미하다는 쪽으로 의견을 모았다. 마이클은 한 번도 이런 경우에 맞닥뜨린 적이 없었다.

"거 이상하네." 그가 무한한 바다를 내려다보며 말했다. 하늘은 구름 때문에 어두웠다. "이 게임이 진짜인지조차 궁금할 지경이야. 누가 알겠어? 우리가 성인이었다면, 저 아줌마가 다른 핑계를 대면서 우리를 들여보내지 않았을지도 모르지. 말이 안 되잖아, 안 그래?"

세라는 자기 신발을 내려다보며 뭔가에 열중하고 있었다. "어쩌면 이 게임이 정말, 정말로 끝내주는 걸지도 몰라. 나이 든 사람들한테 엄청나게 인기가 좋아서, 우리가 이 게임을 알고 끼어드는 게 싫은 거지. 우리가 알지도 못하는 낡은 보안 기술을 적용한 걸 수도 있고. 아무튼, 어쩌지? 블랙앤블루에서 썼던 속임수를 쓸 수는 없을 것 같은데."

"그렇게 하면," 브라이슨이 말했다. "우리가 알아서 떠오르거나 질식해 죽을 때까지 저 늙다리 아줌마가 우리를 깔고 앉을 거야."

마이클이 일어섰다. 마음속 결의가 지옥 불처럼 활활 타올랐다. 무슨 일이 있어도 저 게임에 들어가고 말겠다.

"가자." 그가 말했다. "구식으로 하는 거야."

"그런 거야?" 브라이슨이 놀라서 물었다.

"그런 거야. 난 다시 간다." 마이클은 발을 쿵쿵거리며 떠났다. 어디서 갑자기 용기가 났는지는 알 수 없었지만 상관없었다. 친구들이 서둘러 뒤따랐다.

7

마이클에게는 사실 계획이 없었다. 껌을 쩝쩝대는 소녀와 철벽같은 아줌마 말고도 많은 것들이 기다리고 있으리라는 건 분명했다. 게임 내 사람들에게는 그들의 입장을 막을 다른 방법들이 틀림없이 있을 테니까. 하지만 마이클은 그 모든 것을 돌파할 작정이었다. 그는 열의로 불탔으며 싸울 태세가 되어 있었다.

조잡한 문에 다다랐을 때 브라이슨이 그의 어깨를 잡아 돌려세웠다.

"뭔데?" 마이클이 물었다. "네가 나를 막아서다니, 겁먹고 도망쳐야 하나."

"날 미쳤다고 해도 좋아, 근데 우리 이 문제를 좀 상의해 봐야 하지 않겠냐? 잘 모르겠지만, 계획을 세운다든지?"

마이클도 마음을 가라앉혀야 한다는 건 알고 있었지만 그러고 싶지 않았다. "지난 세월 동안 네가 나를 어떤 똥통에 끌어들여 왔는지 좀 생각해 봐. 이젠 내 차례야. 그냥 날 따라와. 저 안이 아무리 지독

해도 어쩔 수 없어. 쟤들도 사람들이 그냥 무단 침입을 시도하지는 않는다는 건 아니까. 시각적 증거가 너무 강하다면 쟤들이 감옥에 가겠지. 하지만 우리도 시도해 볼 만큼 상황이 절박해. 그러니까 가자."

세라는 눈썹을 약간 치켜뜨고 그에게 미소 지었다. 감명이라도 받은 듯했다. "넌 이런 면이 마음에 들더라."

"그래, 나도 알아. 가자." 마이클이 친구들을 등지고 문을 열었다.

8

들어가자마자 매표소의 건장한 아줌마는 그들이 문제를 일으키려 한다는 걸 눈치챈 것 같았다.

그녀가 손가락을 까딱였다. "아니, 아니, 그렇게는 안 되지. 내 눈엔 다 보인다, 이놈들. 아까도 말했지만 오늘 내가 네놈들이 게임을 하도록 놔둘 일은 절대 없어. 궁둥이 돌려서, 다시 문밖으로 꺼져."

마이클은 걸음을 멈추지도, 속도를 늦추지도 않았다. 그는 진로에서 벗어나지 않고 로비 뒤쪽으로 향했다. 브라이슨과 세라가 바짝 뒤따랐다. 매점 가판대에 도착해 보니 검은 머리 소녀가 잠시 껌 씹기를 멈추었다. 그녀는 가만히 제자리에 서서, 지나가는 그들을 매우 놀란 표정으로 지켜보았다.

"근데 왜 널 이런 데서 일하게 하는 거야?" 마이클이 물었지만 그녀는 대답하지 않았다.

철벽이 판매대 뒤에서 나왔다. 그들에게 멈추라며 팔을 흔들어 대자 그녀의 축 늘어진 살이 흔들렸다. "거기 딱 멈춰라, 이놈. 거기. 딱. 멈추라고." 그녀는 그들을 막아서려 했지만, 세 사람이 너무 빠르게 걷고 있었다.

마이클은 그곳의 평면도를 몰랐지만, 보이는 한에서라면 방금 들어온 곳 외에 로비의 출구는 한 군데뿐이었다. 바로 그곳, 로비 뒤쪽의 오른쪽 구석에서 갈라지는 어둑한 복도가 데블 오브 디스트럭션의 입구가 틀림없었다. 마이클은 그리고 직행했다.

갑자기 우렁우렁한 목소리가 공기를 가득 채웠다. 진한 남부 억양의 깊은 목소리였다. "그 곱상한 얼굴을 벌집으로 만들어 줄까?"

마이클은 두 차례의 육중한 금속성 철컥 소리를 듣자마자 발걸음을 멈추고 뒤로 돌았다. 산탄총이 장전되는 소리. 목소리의 진원지를 본 마이클은 공기가 솜뭉치로 변하기라도 한 듯 목구멍이 틀어막혔다. 껌을 쩝쩝대며 세상사에는 눈곱만큼도 관심 없다는 듯 굴던 바로 그 소녀가 매점 가판대에 올라서, 총구를 짧게 자른 산탄총 두 자루를 마이클과 친구들에게 겨누고 있었다.

"내 이름은 라이커." 소녀가 말했다. "결코 네놈들 같은 세 난봉꾼이 내 눈앞을 몰래 지나 입장하도록 놔둘 순 없지. 그럴 생각도 없고 그럴 수도 없다. 그러니 그 쪼그만 궁둥이들은 이제 좀 치우는 게 어때? 확 쏴버리기 전에."

마이클은 그 자리에 얼어붙었다. 그의 두 눈은 총을 든 이상한 사람, 라이커에게 붙박여 있었다.

"네놈들 눈엔 내가 무슨 로데오 광대처럼 보이냐?" 라이커가 물으며 무기를 좀 더 높이 들어올렸다. "너희 잔해를 전부 닦아내려면 끔찍하겠지. 그래도 해치워 주마. 내 말 믿는 게 좋을 거야. 너희들이 들어가면 난 이번 달 월급을 마지막 한 푼까지 잃게 되니까. 이제 꺼져라!"

마이클은 그녀의 고함 소리를 들으면서 떠나지 않기로 마음먹었다. 총에 맞는 공포를 헤쳐나가야 한다면, 그래, 좋다. 코핀에서 깨어나면 곧바로 다시 행진해 올 것이다. 싸워보지도 않고 이 소녀에게 쫓겨나는 일은 없다.

"좋아." 그가 외쳤다. "그냥 문 바로 바깥에서 어슬렁거리기만 할게."

그는 두 손을 들고 천천히 그녀에게로 나아갔다. 기회는 단 한 번뿐이었다. 그는 모쪼록 친구들이 총알받이가 되는 일만 없기를 바랐다.

"조심해 두라고, 거기." 라이커가 말했다. "한 발만 더 움직이면 웨이크로 떠오르기 전에 꽤 아플 테니까. 알아들어?"

마이클은 소녀를 향해 천천히 한 걸음 더 다가갔다. 그녀는 이제 겨우 1미터쯤 떨어져 있었다. "이봐, 맹세하는데 누굴 해치려는 건 아냐. 그냥 물어볼 게 있어서 그래."

"조심하라고 했다!" 그녀는 산탄총 두 자루를 일제히 그의 얼굴에 겨누었다. 브라이슨과 세라가 즉각적인 위험에서 벗어났으니 안도감이 들어야 마땅했지만, 마이클은 자기도 모르게 라이커가 그대로 직진해 그 멍청한 물건을 다시 친구들에게 겨누었으면 좋겠다고 생각했다.

또 한 걸음. 그리고 또 한 걸음. 두 손을 들고, 눈은 크고 천진난만하게 뜬 채, 갑작스러운 움직임 없이 꾸준한 속도로. 이제는 몹시 가까워졌다.

"멈춰!" 라이커가 고함쳤다.

마이클이 얼어붙었다. "알았어. 알았다고." 그는 손을 내리고 돌아서 문으로 되돌아가는 시늉을 했다. "미안해, 우린….."

그는 몸을 돌려 공중으로 펄쩍 뛰어오르면서 두 팔을 휙 들어올렸다. 총 두 자루의 총열을 쳐내 소녀가 방아쇠를 당기는 그 순간 총구는 천장으로 향했다. 쌍둥이 굉음이 공중에 쩌렁쩌렁 울렸다. 총알 파편이 천장과 벽을 벌집으로 만들며 유리를 깨고 목재를 쪼개놓았다. 마이클이 라이커를 들이박으면서 둘은 매점 가판대 모서리 너머로 굴러 바닥에 부딪혔다. 그녀는 벗어나려고 몸부림쳤지만 마이클이 그녀에게 올라타 있었고 몸집도 더 컸다. 그는 소녀의 손에서 총 두 자루를 비틀어 빼낸 다음, 그중 하나를 그녀의 얼굴에 겨누었다.

"판이… 뒤집혔네." 그가 숨을 몰아쉬며 말했다. "도발하지 마."

라이커는 마이클에게 깔린 채 꿈틀거렸으나 좀 전처럼 저항하지 않았다. "대단한 야만인 납셨군, 그딴 걸 여자 얼굴에 겨누다니. 네 놈 아빠도 엄마를 때리냐?"

"아, 닥쳐. 우릴 죽이겠다고 위협한 건 너였잖아." 그는 가볍게 총구 끝으로 그녀의 코를 두드리고 일어났다.

"아야!" 그녀가 소리쳤다. 마이클은 그토록 사나운 여자의 표정은 한 번도 본 적이 없었다.

"위험했어." 세라가 메마른 목소리로 말했다. 마이클은 고개를 돌려, 그가 내버려 둔 곳에 꼼짝없이 있던 그녀와 브라이슨을 보았다.

"그래도 통했잖아, 안 그래?" 그 순간 무언가가 마이클의 뇌리를 스쳤다. "잠깐, 그 아줌마는 어디 간 거야?"

브라이슨이 매표소 계산대 너머를 가리켰다. "저리로 도망쳐서 계산대 아래로 사라졌어."

마이클은 곧바로 뭔가 잘못되었다는 걸 깨달았다. 그는 매점 가판대로 기어올라 친구들에게 다가가며 산탄총 한 자루를 브라이슨에게 넘겨주었다. "여기서 나가자."

바로 그때 철벽이 계산대 뒤에서 불쑥 뛰어나왔다. 처음 보았을 때처럼 두둑한 두 팔로 가슴팍에 팔짱을 끼고 있었다. "나한테 장난을 치려 들다니 날을 잘못 골랐다. 정말 내가 너희들이 이리로 떳떳이 들어와 금지된 게임을 플레이하는 꼴을 두고 볼 줄 알았냐? 어? 그래?"

갑자기 사방에서 동시에 식식대는 소리가 났다. 마이클은 소리가 어디서 나는지 찾으려고 원을 그리며 돌았다. 그는 짧은 순간이 흐르고서야 벽과 천장에 구멍 몇 개가 나타났다는 걸 알아차렸다. 친구들에게 경고할 틈도 없이, 거기에서 두껍고 긴 검은색 밧줄이 쏟아져 나오더니 날아가는 뱀처럼 허공을 갈랐다.

그는 몸을 돌려 움직이려 했지만 밧줄이 사방에 있었다. 그중 한 가닥이 그의 발목을 감더니 살아 있는 존재처럼 세게 조였다.

놈을 잡아 뜯으려고 허리를 숙이자 밧줄은 마이클을 땅에서 홱 들어 올려 허공으로 던져버렸다.

9

몸이 비틀리면서 가슴속이 철렁했다. 밧줄은 사냥감을 흔들어 대는 개처럼 마이클을 앞뒤로 세차게 흔들어 댔다. 그는 바로 그 개의 사냥감처럼 방향 감각을 잃었다. 하지만 어찌어찌 다시 총을 잡을 수 있었다. 그는 방 이곳저곳을 날아다니며 총을 장전하는 데에 온 힘을 집중했다. 조명이 번쩍이고 로비의 다양한 색깔들이 빙빙 돌다가 마침내 하나로 합쳐졌다. 머리가 아프기 시작했다. 또 한 번 발작이 오려는 것 같았다.

마이클은 양손으로 산탄총을 꽉 쥐고 힘주어 몸을 숙인 채 총을 겨냥했다. 발을 확실히 치운 다음 총을 쏘았다.

그는 총의 반동에 뒤로 나동그라졌다. 바닥이 눈에 들어오더니 계속 가까워졌다. 그 속도가 점점 빨라지면서 얼굴부터 바닥에 처박혔다. 그는 고통 속에서도 다리를 감았던 밧줄이 풀려나는 걸 느꼈다. 명중이었다.

놈의 동료들이 공중에서 똬리를 틀고 몸을 비틀며 다가왔다. 수십 가닥이나 됐다. 마이클은 친구들이 어떻게 됐는지 보려고 방을 훑었다. 브라이슨은 검은 줄 하나에 한쪽 허벅지를, 다른 밧줄에는 한쪽 팔을 붙들린 채 벽에 붙박여 풀려나려고 발버둥 치고 있었다. 세라는 온몸이 꽁꽁 묶이는 걸 피했지만 두 손으로 밧줄의 헐거운 끝을 잡고서 놈이 얼굴로 다가오지 못하게 몸부림치고 있었다. 꼭 그 밧줄이 공격하려고 안간힘을 쓰는 코브라라도 된 것 같았다.

밧줄 한 가닥이 마이클을 발견하고 그의 다리에 기어올라 무릎을 감아왔다. 마이클은 밧줄을 낚아채 잡아당기면서 뛰어넘었다. 그런 다음 자기 머리를 노리는 또 하나의 밧줄을 후려쳤다. 세라는 전투에서 패배했다. 이제는 검은 줄이 그녀의 목을 감고 브라이슨이 서 있는 벽으로 끌고 가고 있었다. 브라이슨은 눈을 감은 채 더 이상 저항하지 않았다. 마이클은 브라이슨이 다쳤을까 봐 겁에 질려 그쪽으로 달려가려 했으나 양쪽에서 공격해 오는 밧줄에 가로막혔다. 그는 몸을 던져 바닥을 구르며 밧줄들을 떨쳐내려 발길질을 해댔다.

진이 빠지는 절망적인 느낌이 그의 생명력을 빨아내는 듯했다. 대체 여기서 어떻게 빠져나간단 말인가? 산탄총에는 총알이 한 발밖에 남아 있지 않았다. 브라이슨의 산탄총은 방 건너편까지 쭉 미끄러저 매표소 계산대 밑에 멈춰선 뒤였다. 그 뒤에 철벽이 이 모든 상황을 조용히 지켜보며 조각상처럼 서 있었다. 왠지 그녀를 보자 마이클은 퍼뜩 다시 정신이 들었다. 그녀는 정말로 석상 같았다. 부자연스러울 만큼 아무 움직임이 없었다. 번들거리는 두 눈이 멀리 떨어진 어느 지점에 초점을 맞추고 있었다. 마이클이 한 번도 본 적 없는 모습이었다.

밧줄 하나가 마이클의 허리를 조이며 그를 다시 싸움으로 끌어들였다. 마이클은 그 줄을 잡아 몸에서 떼어내려고 했지만 너무 늦었다. 몸이 이미 단단히 잡혀 있었다. 밧줄은 그를 바닥으로 홱 팽개쳤고 마이클은 친구들에게로 미끄러져 가며 놓여나려고 몸부림쳤다. 친구들은 이제 전보다도 더 많은 밧줄로 벽에 단단히 붙들려 있었다. 총이 마이클의 손아귀에서 미끄러지려 했으나 그는 마지막 총알이 유일한 희망임을 알았기에 버텨냈다.

또 한 가닥의 밧줄이 왼쪽 발목을 감기 시작했다. 그는 발길질로 놈을 떨쳐냈다. 한 가닥이 오른쪽에서 총을 노리고 곧장 다가왔지만 총열로 쳐냈다. 하마터면 반사적으로 방아쇠를 당길 뻔했다. 두 손이 잠시 자유로워지자 그는 총을 꽉 쥐고, 허리를 감았던 밧줄을 겨누었다. 자기 몸에서 50센티미터쯤 떨어진 부분이었다. 격발로 인해 그는 다시 땅에 처박혔고 잠시 멍해졌지만, 밧줄 똬리가 잠시 느슨해진 틈을 타 풀려날 수 있었다. 그는 몸을 굴리며 이제 쓸모없어진 총을 팽개치고 허둥지둥 일어나 밧줄들을 손바닥으로 쳐냈다. 갑작스럽게 깨달음이 찾아온 건 바로 그때였다. 마이클은 문득 늙은 여자가 무얼 하고 있는지 알아차렸다. 그녀가 그렇게까지 가만히 집중하고 있는 이유를.

그 여자가 밧줄을 조종하고 있었다.

10

기회는 한 번뿐이었다.

철벽은 10미터쯤 떨어진 곳, 매표소 계산대 뒤에 있었다. 그 앞에는 브라이슨의 총이 얼마든지 가져갈 수 있게 놓여 있었다. 총과 마이클 사이에서는 검은 밧줄 가닥이 살아 있는 덩굴처럼 허공을 가르며 거미줄 같은 함정을 형성했다. 마이클은 앞으로 전력 질주했다.

모든 밧줄이 사방에서 우글거리며 일제히 그를 공격했다. 마이클은 거칠게 팔을 휘젓고 뛰어오르며 몸을 비틀었다. 아드레날린으로 전신이 터져나갈 것 같았다. 밧줄이 그의 발을 거는 바람에 배를 세차게 부딪쳤다. 밧줄 두 가닥이 즉시 상체를 감아오자 그는 빙글 돌아 그 밧줄들을 잡은 다음 잡아당겨 떨쳐냈다. 그는 발길질을 하고 버둥거리며 손바닥을 내리쳐 대고 주먹질을 했다. 어찌어찌 다시 자리에서 일어나 또 한 번 앞으로 움직였다. 이제는 표적과 몇 미터 더 가까워져 있었다. 다시 밧줄이 다가왔다.

그는 직감을 믿고 단호하게 밀고 나갔다. 정신 나간 춤꾼처럼 우스꽝스러워 보일 게 틀림없었다. 그는 기어서 총 쪽으로 조금씩 접근했다. 밧줄 한 가닥이 팔을 꽉 죄자 아무것도 할 수 없게 되었다. 허공으로 내팽개쳐지는 순간 마이클은 다른 손으로 죄어오던 밧줄을 잡고 팔에서 떼어냈다. 운 좋게도 밧줄은 그를 알맞은 방향으로 당겼다. 마이클은 바닥에 나동그라져 앞으로 미끄러진 끝에, 머리를 매표소 계산대 아랫부분에 들이박았다. 총이 코앞에 있었다.

그는 총을 낚아채 양손으로 꽉 잡았다. 일어날 겨를도 없이 밧줄들이 날아들어 다리와 허리, 가슴을 세게 조였다. 그가 팔을 감아오는 놈들과 씨름하는 동안 다른 밧줄들이 그를 허공으로 들어올렸다.

위로 들어올려지자 마이클의 눈에 철벽이 보였다. 그녀의 이목구비는 여전히 미동도 하지 않았다. 마이클에게는 찰나의 시간밖에 없었다. 검은 줄들이 팔에 모여들어 총을 빼앗으려 들었다. 마이클은 그녀의 가슴을 겨냥했다. 그런데 방아쇠를 당기기도 전에 모든 것이 멈추었다.

밧줄이 그를 놓아주었다. 마이클이 바닥에 처박히는 사이 밧줄들이 물러나는 소리가 방 안을 가득 채웠다. 놈들이 보관용 구멍으로 미끄러져 들어가며 금속성의 식식대는 소리가 울렸다. 부딪친 충격으로 숨쉬기가 힘들었지만 마이클은 몸을 돌려 친구들을 보았다. 그들도 풀려나 있었다. 다시 철벽을 힐끗 보니 철벽의 몸이 계산대에 푹 고꾸라져 있는 모습이 눈에 들어왔다.

"무슨…." 마이클이 입을 열려 했지만 아무 말도 나오지 않았다.

"내가 저 여자를 해킹했어." 브라이슨이 뒤쪽에서 말했다. 기진맥진해 목소리가 떨렸다. "저 여자는 탄젠트야. 내가 저 여자를 정지시켜 버렸어. 예전에는 한 번도 성공 못해본 건데…. 운이 좋았지. 약점을 찾았어, 간신히."

'그래서 눈을 감고 있었구나.' 마이클은 생각했다. 안도감에 웃음이 터질 것 같았다.

"계속 가자." 세라가 말했다.

마이클은 그녀의 말뜻을 정확히 알아들었다. 계속 가자, 게임 속으로.

CHAPTER 10
세 악마

1

시간이 좀 걸렸지만 마이클은 결국 폐로 산소를 정상적으로 빨아들일 수 있었다. 그는 한 번씩 깊이 들숨을 쉬면서 브라이슨과 세라에게로 걸어갔다. 그들은 아무 말도 하지 않았지만 무얼 해야 할지 알았다. 셋은 몸을 돌려 로비 뒤쪽의 복도로 나아갔다.

익숙한 목소리가 등 뒤에서 울렸다. 마이클이 돌아보니 라이커가 매점 가판대 위에 다시 서 있었다.

"네놈들은 아무것도 몰라." 그녀가 소리쳤다. "너흰 자신들이 뭘 찾고 있는지 안다고 생각하지. 하지만 실은 그렇지 않아."

그녀의 말이 마이클에게는 불길하게 느껴졌다. 그는 슬립이 어떤 식으로 작동하는지 알고 있었기에 라이커의 말에 문제가 될 만한 좀 더 심오한 의미가 있는지 궁금했다. 라이커는 포털 얘기를 하는 것일까? 아니면 그보다 더 큰 얘기? 예컨대 케인이라든지 말이다.

"야, 가서 너희 엄마 상처나 핥아." 브라이슨이 대답했다.

세 사람은 라이커에게 대답할 틈도 주지 않고 일순간 내달리기 시작했다. 마이클은 그 소녀를 눈에 담을 일이 다시는 없기만을 바랐다.

2

복도는 점점 어두워지다가 추워졌다. 마이클은 몸을 떨기 시작했다. 조명은 없었지만 겨우 걸어 나갈 수 있을 정도로 눈앞이 보이긴 했다. 복도는 계속해서 이어졌다. 아무도 따라오지 않는다는 걸 깨닫고 그들은 점차 속도를 늦추었다. 계속 나아갈수록 기온이 떨어졌다. 머잖아 마이클의 눈에는 자신의 입김이 보였다.

1킬로미터는 족히 더 왔을 거라는 생각이 들 때까지 아무도 입을 열지 않았다.

"내가 여태까지 본 게임 입구 중에 여기가 제일 이상해." 브라이슨이 침묵을 깨며 말했다.

"혹시 함정일까?" 마이클이 물었다. "접속 권한이 없다는 이유로 놈들이 우리를 다른 게임에 떨어뜨린 걸지도 몰라."

"그건 불법이야." 브라이슨이 대답했다.

"게임에 침입하는 것도 마찬가지지." 마이클이 말했다.

브라이슨이 어깨를 으쓱했다. "뭐, 그렇지."

"저 위를 봐." 세라가 앞을 가리켰다. "벽이 바뀌네. 색깔이 밝아졌어."

그들은 다시 달리기 시작했다. 머잖아 벽이 얼음으로 뒤덮인 곳이 나왔는데, 안쪽에서부터 빛이 흘러나오는 것만 같았다. 갑자기 마이클의 시야가 밝아졌다. 모든 것이 달라져 있었다.

"이런 빌어먹을." 브라이슨이 자기 모습을 내려다보며 말했다.

평상복이던 그들의 옷은 주머니로 뒤덮인, 벨트 여러 줄에 온갖 장비가 달린 두툼한 흰색 방한복으로 바뀌어 있었다. 어깨에 걸린 끈을 본 마이클은 그와 친구들이 속이 꽉 찬 배낭도 메고 있다는 걸 깨달았다. 새로운 제복을 자세히 살펴본 다음에야 배낭의 무게가 와 닿았다.

그는 배낭끈을 약간 조인 뒤 벨트를 살펴보기 시작했다. 수류탄 다섯 개와 물통 하나, 칼 한 자루, 밧줄 조금. "뭐, 질문에 대한 답은 이걸로 된 것 같네." 그가 선언했다. "들어왔어."

"빙하 앞쪽인 것 같아." 세라가 말했다. 금맥은, 그러니까 모두가 차지하려고 싸우는 그 존재는 대부분 그린란드의 대규모 빙하 중 하나인 야콥샤운 빙하 아래에 있었다. 그러나 전선은 엉망진창으로 질척거리는 늪과 진흙탕, 다른 말로는 툰드라(표토 바로 아래의 땅이 언제나 얼어 있어 나무가 자랄 수 없는 넓은 벌판—옮긴이) 저 먼 곳까지 이어졌다.

"저 위에 진짜 무기가 우리를 기다리고 있으면 좋겠다." 브라이슨이 터널 저편을 고갯짓하며 말했다. "오늘은 칼싸움을 소화할 수 없을 거 같아서 말이야, 게임이든 아니든."

마이클은 칼을 꺼내 살펴보았다. 회색에 단단하고 날카로웠다. "그래, 나도 마찬가지야."

"그럼 나까지 세 명이네." 그들이 다시 길을 걷기 시작하자 세라가 말했다. "어쩌면 코딩으로 다른 게임에서 뭔가를 들여올 수 있을지도 몰라. 이러다가 하나라도 걸려서 감옥에 가는 일만 없었으면 좋겠다."

마이클이 손을 내저으며 그 생각을 일축했다. "우리는 이 모든 일을 VNS의 요청으로 하는 거야. 명령에 따랐다는 이유로 우리를 감옥에 던져넣지는 않겠지." 마이클은 그 말을 하는 순간에도 자기 말이 맞는지 확신할 수 없었다.

"아 그래?" 세라가 대답했다. "확실해? 엄청난 일급비밀이니 뭐니 그 난리를 치는데도? 도와달라고 기어가면 그 사람들은 우릴 외면해 버릴걸. 너에 대해서 한 번도 들어본 적 없다고 말할 거야."

마이클은 친구들에게 불안한 표정을 들킨 게 분명했다. "그러니까 더더욱 케인을 찾아야지."

그들은 입을 다물고 속도를 올려, 얼음으로 뒤덮인 긴 터널을 따라 가볍게 달렸다. 무거운 장비가 마이클을 짓눌러 오기 시작했다. 속도가 더뎌지는 게 느껴졌다. 터널 경사가 위쪽으로 기울어지면서 더욱 힘이 들었다.

"이 명청한 건 *대체* 얼마나 긴 거야?" 브라이슨이 물었다.

아무도 대답하지 않았다. 대답할 수 없었다.

3

그들은 마침내 막다른 길에 도착했다. 금속제 문이 무거운 가로장으로 잠겨 있고, 그 가로장은 다시 두 개의 거대한 철제 가로대에 고정되어 있었다. 벽을 따라 나무 벤치가 놓여 있었고, 기관총과 총알로 가득 찬 관물대도 열려 있었다. 마이클은 잠시 짬을 내 숨을 골랐다.

"내 생각엔 저 밖에서 죽으면," 세라가 말했다. "이리로 곧장 돌아오는 것 같아."

"아마 그렇겠지." 브라이슨은 관물대를 뒤지기 시작했다. "근데 너희들한테 들려줄 소식이 하나 있어. 난 저 밖에서 죽을 계획이 없다는 소식이지."

"나도 마찬가지야." 마이클이 말했다. "움직이자."

그와 세라는 브라이슨을 따랐다. 머잖아 그들은 각기 중포 하나씩과 여별 탄창 몇 개를 갖게 되었다. 마이클은 자기 총을 장전하고 무게와 세팅을 확인했다. 비슷한 무기를 전에도 아주 여러 번 사용한 적이 있었다. 어쩌면 다른 게임에 해킹해 들어가는 위험은 감수하지 않아도 될지 몰랐다.

"난 추위도 걱정돼." 세라가 말했다. "어쩌면 이 게임이 19금인 이유 중 하나도 추위일지 몰라. 어린애들은 대부분 저 밖으로 달려나가 사람들을 죽이는 것만 중요하다고 생각할 테니까. 동상에 걸리지 않으려면 시시때때로 잠시 멈춰서 몸을 덥혀야 할 거야."

브라이슨이 고개를 저었다. "그래서일 리가 없어. 틀림없이 저 밖에는 뭔가 더 나쁜 게 있을 거야. 훨씬 더 나쁜 게. 19금 등급은 아무나 받냐?"

마이클 역시 전적으로 동의했다. 세 사람은 모두 19금 등급이 아닌 게임을 충분히 해봤는데, 그중에도 진정한 정신적 상처를 남기는 경험이 포함된 게임은 여럿 있었다. "최소한 우린 예습이라도 하고 왔잖아. 시작하는 수밖에 더 있어? 통로로 가는 문을 찾아야지."

"엉덩이가 얼어서 떨어질 수 있으니 각오들 해라." 브라이슨은 문으로 다가가 가로장을 가로대에서 들어올리며 말했다. 그가 바닥에 던지자 가로장은 쨍그랑 소리를 내며 세라의 발까지 굴러가 멈추었다.

"천생 군인 납셨네." 그녀가 말했다.

브라이슨은 윙크한 다음 육중한 문을 잡아당겨 열었다. 갑작스레 몰아치는 북극의 바람과 소용돌이치는 얼음 결정이 터널을 휩쓸었다. 마이클은 살면서 그렇게 차가운 건 처음 느껴보았다.

브라이슨이 뭐라고 알아들을 수 없는 고함을 지르더니 그린란드의 세계로 발을 들여놓았다. 마이클과 세라가 뒤따랐다.

4

위쪽 하늘은 밝은 파란색이었다. 알고 보니 눈이 오는 게 아니었다. 공기 중의 서리는 사나운 바람이 땅에서 깎아낸 눈과 얼음일 뿐이었다. 적어도 눈보라와 맞서 싸울 필요는 없었다.

바람이 마이클에게 덤벼들었다. 옷이 벗겨질지도 모를 만큼 대단한 강풍이었다. 터널을 나서던 마이클은 휘청거리다가 딱딱하게 굳은 눈에 엎어졌다. 땅을 짚었기에 간신히 넘어지지 않았지만, 덕분에 두 손은 후끈하더니 이내 냉기로 얼얼해졌다. 마이클은 장갑이 없으면 10분도 버티지 못하리라는 걸 알았다. 이런 것도 준비할 생각을 못 하다니 얼마나 멍청한 일인지. 근처에 아무도 없는 것을 확인하고 세 사람은 잠시 짬을 내어 코드를 조작해 따뜻한 모자와 장갑을 만들어 냈다. 그것들을 착용하자 마이클은 조금이나마 기분이 나아졌다. 프로그램을 해킹하기가 평소보다 좀 더 까다로운 것 같았다. 이처럼 간단한 해킹이라는 걸 생각해 보면 특히 그랬다. 케인의 방화벽이 주는 까다로운 효과가 벌써 나타나는 것인지 궁금해졌다.

마이클은 어깨의 배낭을 조정하고 만약의 상황을 대비해 사격 준비 자세를 취했다. 장갑 때문에 방아쇠에 손가락을 얹기가 더 힘들어졌지만 그 정도면 할 만했다. 주변을 둘러보니 하얀 들판만 사방으로 뻗쳐 있을 뿐, 시야 안에는 아무도 없었다. 다만 저 멀리서 연기가 하늘을 향해 피어오르며 길고 검은 자국을 남겼다.

세라가 몸을 가까이 숙이며 큰 소리로 말했다. "저쪽에서 전투가 벌어지는 게 맞아." 그녀는 연기 기둥을 가리켰다. "지도를 보면 출발점에서부터 직선으로 북쪽을 향해 걸어가야 하거든. 해의 위치로 미루어 보면…."

"그래!" 마이클이 마주 고함쳤다. "움직이자."

브라이슨은 몇 걸음 떨어진 곳에서, 두 사람이 방금 알아낸 것을 자기는 예전부터 알았다는 듯 그들을 지켜보고 서 있었다. 마이클이 세라가 가리킨 방향을 손가락질하자 브라이슨이 고개를 끄덕였다. 그들은 전장을 향해 떠났다.

5

마이클은 바람과 눈을 헤치고 터덜터덜 걸어가는 일이 그 어떤 전투보다도 지독할지도 모르겠다는 생각이 들었다. 한 걸음 한 걸음이 고역이었다. 바람이 반대 방향에서 불어오는 데다 발을 내디딜 때마다 장화가 얼음으로 뒤덮인 땅에 3~5센티미터가량 푹푹 박혔다. 그는 행군하면서 총을 더욱 세게 쥐었다. 가까이 가 전방에서 벌어지는 일을 보고 싶은 마음이 컸다. '뭘 보게 될 줄 알고.' 그는 우울하게 생각했다.

마침내 그들이 어느 언덕 꼭대기에 올라가자 발밑에 가공할 장면이 펼쳐졌다. 그 광경이 눈에 들어오자마자 세 친구는 땅에 엎드렸다. 마이클은 총구를 내밀고 팔꿈치로 몸을 받친 채 조준기를 통해 좀 더 자세히 그 모습을 살폈다.

계곡이 사방으로 몇 킬로미터씩 펼쳐져 있고, 겉보기에는 눈과 얼음에 아무 규칙 없이 파놓은 듯한 참호가 그 계곡을 뒤덮었다. 거친 길이 계곡의 정중앙을 가로질렀다. 참호는 저마다 어떤 짙은 색 물질로 안감을 대놓은 것 같은 생김새였는데, 아마 수분이 달아나지 못하게 하려는 것 같았다. 넓은 배수로 안쪽은 충분히 깊이 들여다볼 수 없었지만 시시때때로 사람 머리가 나타나거나 군인이 몸을 내밀곤 했다. 계곡 반대편, 참호 사이에 난 기다란 통로 끝에는 여러 채의 막사가 설치되어 있었으나 그 목적이 무엇인지는 도저히 알 수 없었다.

마이클에게 가장 거슬리는 건 피였다. 눈길이 닿는 곳마다 새하얀 풍경에 피가 점점이 찍혀 있었다. 핏자국은 가운데 통로를 따라 집중되었다. 그곳에서 무수한 전투가 벌어지고 있었다. 대부분은 잔인한 근접전이었다. 한 남자가 다른 남자의 가슴을 찌른 다음, 뛰어올라 칼을 더 깊이 쑤셔넣는 모습이 보였다. 그로부터 몇십 미터쯤 떨어진 곳에서는 한 여자가 어떤 군인의 목을 등 뒤에서 그어버렸다. 다른 무리는 서로 주먹질과 몸싸움을 해대고 있었다. 하나부터 열까지 무시무시한 볼거리였다.

아무도 언덕 꼭대기에 새로 나타난 사람들을 발견하지는 못한 것 같았다.

마이클은 총을 내려놓고 왼쪽의 브라이슨을, 그다음에는 오른쪽의 세라를 보았다. "여긴 *대체* 뭐야? 이런 식의 전쟁은 최소 백 년 동안 벌어진 적이 없잖아. 저 사람들, 꼭 서로 동굴을 차지하겠다고 싸우는 네안데르탈인 무리 같다. 자료조사를 하면서 혼란스럽다는 건 알고 있었지만, 이건 아예 미친 짓거리야."

"참호의 위치도 말이 안 돼." 브라이슨이 말했다. "군복도 그렇고. 최소 네 종류의 군복이 보이는데, 저 중 몇 사람은 같은 군복을 입은 사람과 싸우고 있다고. 거기다 막사와 참호를 왜 같은 구역에 설치하는 걸까?"

세라가 앞으로 약간 기어오자 세 사람 모두 서로를 볼 수 있게 되었다. "이 게임이 왜 19금인지 좀 알겠네. 내 생각에, 데블이 실제의 그린란드 전쟁과 어떤 식으로든 연관된 것만은 아닌가 봐. 배경이야 상관있을지 몰라도 다른 건 별로 상관없는 거지."

"근데 뭘 어쩌라는 거지?" 브라이슨이 물었다. "내 말은, 왜 게임 퀘스트가 주어지지 않느냐 말이야. 무슨 퀘스트든. 사람들이 정말 서로를 사정없이 두들겨 패다가, 준비가 되면 돌아와 좀 더 두들겨 맞을 생각으로 여기에 온다고?"

"그게 정답인 것 같은데." 마이클이 대답했다. 막사에 대해서도 생각나는 설명이 있었다. "어쩌면 상대를 끝장낼 때 보상이 주어지는 걸지도 몰라. 우리처럼 순진한 애들은 해서도, 봐서도 안 되는 일이지." 그가 미소 지었다. "승자에게 전리품이 돌아가는 거야. 우리 아빠가 그렇게 말하곤 했어."

"데블 오브 디스트럭션이라." 브라이슨이 멍하게 말했다. "뭐, 저 아래 꼴이 딱 그렇게 보이긴 하네."(데블 오브 디스트럭션Devil of Destruction을 우리말로 옮기면 '파괴의 악마'라는 뜻이다──옮긴이)

6

그들은 총을 겨눈 채 아래쪽의 아수라장을 향해 기다란 경사로를 내려가기 시작했다. 흰 눈에서 두드러지는 붉은 피로 그 광경은 더욱 끔찍해 보일 뿐이었다. 전투의 소음이 바람에 실려 왔다. 보이는 풍경만큼이나 살벌한 소리였다. 신음과 비명, 피에 굶주린 듯 으르렁대는 소리. 하지만 웬일인지 총성은 별로 들리지 않았다.

"잠깐 기다려." 그가 말했다. 끔찍한 생각이 떠올랐다. "이거, 작동은 되는 거야?" 그는 총구를 하늘로 돌리고 기관총을 꽉 쥔 채 방아쇠를 당겼다. 철컥거리는 소리는 들렸으나 그게 전부였다. 그는 진저리치며 총을 바닥에 내던졌다.

브라이슨도 자기 총을 당겨보고는 발사되지 않자 던져버렸다. "장난하나! 이건 그냥 야만인들이 대리만족 하는 게임이잖아. 저놈들 차라리 암흑시대로 돌아가지그래?"

"나까지 방아쇠 당기면서 힘을 낭비해야 하나?" 세라가 물었다. 그녀는 방아쇠를 당겼다. 물론 아무 일도 일어나지 않았다. 그녀는 총을 가볍게 어깨 너머로 던져버리더니 싸움터로 계속 걸어갔다. "만만찮은 프로그래밍을 해야 할지도 모르겠어."

7

친구들에게 인정할 수는 없었으나 마이클은 그냥 겁에 질린 정도가 아니었다. 그들은 코핀에 많은 돈을 들여 버트넷의 사실성을 극적으로 높였다. 삶의 즐거움을 느끼기에는 아주 좋은 방법이었다. 찔리고, 두드려 맞고, 목이 잘리기에는 그리 좋은 방법이 아니었지만. 마이클은 슬립에서 수많은 일을 해 보았으나 지금 발밑에 펼쳐진 광경은 그중 어느 것보다도 지독해 보였다. 그는 오로지 야만성이 펼쳐진 현장으로 걸어 들어가고 있었다. 게다가 모자와 장갑을 프로그래밍했을 때의 어려움을 생각해 보면 코딩을 통해 다른 기술이나 무기를 들여올 가능성도 별로 높지 않을 듯했다.

계곡 전역에서 산발적인 싸움이 점점이 일어나고 있었으나 대부분의 전투는 중앙의 참호 주변에 몰려 있었다. 언덕을 내려갈수록 커지는 소음이 너무도 잔혹했다. 마이클은 뒤돌아 뛰어가고 싶은 유혹을 느꼈다. 고통스러운 소리를 듣자 왠지 눈앞에 보이는 광경이 더욱 지독하게 느껴졌다. 목이 졸리는 꾸르륵 소리와 광기 어린 비명, 신이 난 듯한 신경질적인 낄낄거림. 특히 그 웃음소리가 가장 힘들었다.

머잖아 군인들의 눈에 띄고 말 것이다.

"우리가 딱히 전략을 세웠다고는 할 수 없겠어." 세라가 말했다. "공략집은 거짓말 덩어리였던 게 분명해. 흩어질까, 뭉칠까?"

브라이슨은 칼을 꺼내 장갑 낀 손에 쥐었다. 마이클은 그 장갑 안에서 친구의 손마디가 하얗게 질려가고 있을 거라 상상했다.

"뭉치는 게 낫지." 브라이슨이 말했다. "그러면 어느 참호에 통로로 가는 포털이 있는지 알아내기까지 시간은 좀 더 걸리겠지만, 저 게이머들은 이 짓에 아주 도가 튼 것 같아서 말이야. 살아남으려면 우리도 무리를 이뤄야 해."

"좋은 생각 같다." 마이클이 말했다. 목소리에 두려운 기색이 역력했다. 그는 칼을 꺼내 들고, 칼 한 자루만 들고서 죽을 때까지 상대와 싸우는 게임을 실제로 해본 적이 있는지 기억을 더듬어 보았다. 보통 게이머들에게는 보다 세련된 무기류가 주어졌다. "내 생각엔 이것보다 좀 더 괜찮은 걸 끌어들여야 할 것 같은데."

"그러면 눈에만 더 띌 뿐이야." 세라가 반박했다. "저 사람들이 우리한테 떼 지어 덤벼들 수 있다고." 그녀는 왼쪽 가장 가까운 곳의 참호를 가리켰다. "원을 그리면서 가자. 외곽을 따라서 나아가다가 나선형을 그리며 들어가면 참호를 하나도 놓치지 않을 수 있을 거야."

마이클과 브라이슨도 동의했다. 그들은 진로를 조정하고 첫 번째 참호로 향했다.

"아, 빌어먹을." 브라이슨이 오른쪽을 힐끗 보며 말했다.

그의 시선을 따라가던 마이클도 자신들을 향해 전력 질주하는 군인 셋을 보았다. 남자 둘, 여자 하나. 마이클의 시선이 닿자 그들은 고함을 지르며 피에 젖은 칼날을 휘둘러 대기 시작했다. 여자는 손에 기다란 금속 막대도 하나 들고 있었다. 그 막대의 끝에 고기처럼 보이는 조각이 붙어 있는 걸 보고 마이클은 배 속이 뒤틀렸다.

브라이슨이 맞았다. 이자들은 짐승이었다.

8

"건투를 빌어." 세라가 침착하게 말했다. "그리고 명심해, 죽어도 괜찮아."

'그건 굳이 기억하지 않아도 될 것 같은데.' 마이클은 생각했다.

그와 친구들은 배낭을 내려놓고 언제든 칼을 쓸 수 있도록 전투 자세를 취했다. 군인들이 6미터 거리까지 다가왔을 때 마이클은 벨트의 수류탄을 생각했다. 수류탄도 작동하지 않을 거라는 생각이 들었지만 확인하기에는 이미 늦었다. 군인들은 분노에 찬 눈빛이 보일 정도로 가까워졌다. 마이클이 듣기에는 그들 모두가 서로 다른 언어로 외설적인 욕설을 외쳐대고 있었다. 그들의 입에서 침이 튀었다.

1미터 남짓 범위로 들어온 군인들은 누가 누구를 칠지 미리 정해 둔 것처럼 갈라섰다. 그중 여자가 마이클을 뒤쫓았다. 좋은 소식은 아니었다. 그녀는 다른 둘을 합친 것보다 더 사나워 보였으니까. 그녀의 검은 머리카락은 거칠고 땀으로 뭉쳐 있었으며 얼굴에서는 피가 여러 줄 흘러내렸고 치아가 몇 개 빠져 있었다. 들고 있는 막대도 끔찍했다. 막대 끄트머리에 달라붙은 전리품도. 마이클은 속이 철렁했다.

그녀는 킬심이 생각나는, 고막을 찌르는 함성을 내지르며 달려들더니 막대를 치켜들고 마이클의 머리에 휘둘렀다. 마이클은 몸을 숙이면서도 눈으로는 그녀의 다른 손에 들린 커다란 칼을 주시했다. 막대가 그의 어깨를 쉭 하고 지나간 순간 여자가 그 칼로 마이클의 얼굴을 찌르려 했다. 마이클은 팔뚝으로 칼을 쳐내고 뒤로 넘어져 구르며 그녀와 거리를 벌리려고 애썼다. 곁눈으로 그녀가 곡예사처럼 재주를 넘어 단단히 내려서는 모습이 보였다. 일생일대의 전투였다.

여자는 얼굴에 미소를 띠고서 마이클의 표정에 뚜렷이 드러난 공포를 즐기려는 듯 잠시 뜸을 들였다. 그러나 마이클도 경험을 쌓아온 만큼 완전히 주눅 들지는 않았다. 끝내 여자에게 지는 한이 있더라도 마이클 역시 그녀가 아픔과 고통으로 절룩거리며 떠나게 만들 작정이었다.

마이클이 칼을 들었다. "이럴 필요는 없잖아요." 그가 말했다. "우리가 원하는 건 주변을 살펴보는 것뿐이에요." 그 말은 마이클 자신에게도 우스꽝스럽게 들렸다.

그녀는 어리둥절한 듯 이마에 주름을 잡더니 뭐라고 말했다. 마이클은 전혀 알아들을 수 없었다. 심지어 그게 무슨 언어인지조차 몰랐다. 어쨌든 여자는 화난 것처럼 보였다.

그는 겁을 먹고 도망치려는 것처럼 한발 물러섰다가 앞으로 돌격했다. 그녀가 방심할 때 공격하려는 심산이었다. 그러나 여자는 물러나는 대신 더욱 활짝 미소 지었다. 마이클이 공격하도록 만든 것이 기쁜 듯했다. 마이클은 그녀를 찌를 듯 칼날을 번뜩이다가 땅을 박차고 뛰어올라 그 군인의 가슴을 향해 두 다리를 내뻗었다. 여자는 피하려고 했지만 너무 늦었다. 마이클의 두 발이 그녀에게 꽂혔다. 그녀는 목이 졸린 듯한 비명을 흘리며 비틀비틀 물러나더니 옆으로 쓰러졌다.

마이클도 차가운 땅으로 떨어졌지만 곧바로 다시 일어나 여자에게로 달려갔다. 그녀는 몸을 일으키려고 이제 막 손을 짚은 참이었다. 그는 어깨를 낮추고 그녀에게 부딪쳤다. 둘은 한데 얽혀 몇 차례 구른 끝에, 마이클이 그녀를 위에서 내려다보는 상태가 되었다. 그녀는 칼을 잃었으나 어찌어찌 금속 막대는 붙들고 있었다. 그녀가 마이클에게 그 막대를 휘둘렀다. 마이클은 칼을 버리고 두 손으로 막대를 꽉 쥔 뒤 여자의 손아귀에서 떼어내려고 애썼다. 그러나 여자는 힘이 너무 셌다. 마침내 마이클은 막대를 비틀어 짜듯 꽉 쥐고 아래로 내리찍으며 여자의 입에 쑤셔 박았다.

치아가 부러지는 끔찍한 소리를 듣는 순간 마이클은 힘이 빠졌다. 하마터면 손을 놓칠 뻔했다. 여자가 비명을 내지르며 막대를 놓고 두 손을 얼굴 위로 가져갔다. 그녀는 마이클 밑에서 빠져나오려고 몸부림치며 울부짖었으나 마이클은 말을 탈 때처럼 허벅지로 그녀의 상체를 꽉 죄면서 떨어지지 않으려 들었다. 이제 막대를 독차지한 마이클은 그 무기를 들어올렸다가 다시 아래로 처박았다. 끔찍하고 단단한 꽉 소리가 나더니 여자는 미동도 없이 조용해졌다.

여자가 움직임을 멈추자마자 마이클은 벌떡 일어나 자기 칼을 주위들었다. 막대와 칼을 굳게 쥐고 필요하다면 얼마든지 싸울 태세였다. 하지만 여자는 여전히 꼼짝도 하지 않았다.

그는 그렇게 머물러 있었다. 호흡이 불규칙해졌고 차가운 공기가 폐를 불태우는 듯했다. 그때 누군가가 뒤에서 덤벼들었다. 마이클의 머리가 뒤로 확 젖혀지면서 공격자의 얼굴에 부딪혔다. 그들은 함께 쓰러졌고, 마이클은 마지막 한 모금까지 모든 공기가 폐에서 빠져나가는 걸 느꼈다. 그자는 마이클을 뒤집어 눕히고 그에게 올라타, 다리로 마이클의 팔을 고정했다. 남자의 얼굴이 마이클의 얼굴 위에 맴돌았다. 홍조가 돌고 상처로 뒤덮인 얼굴이었다. 광기 어린 파란 눈동자가 마이클을 꿰뚫을 듯했다. 낯선 이는 처음에 마이클을 공격했던 여자보다 덩치가 두 배나 컸다. 그는 마이클의 목에 칼을 대고 있었다.

마이클은 세라의 말을 무시했다. 그는 코딩을 활용해 다른 게임에서 무기를 들여오고 싶었다. 눈을 감고 프로그래밍의 바다에 몰입한 그는 미친 듯 선택지를 떠올렸다. 그러나 너무 늦었다.

남자가 위에서 여자가 썼던 것과 같은 낯선 언어로 말하더니 침착하게 마이클의 목에 칼날을 미끄러뜨렸다. 차가운 통증이 목을 뚫고 확 타오르다가 몸에서 피가 흘러나오기 시작하자 온기가 뒤따랐다.

몇 초 후, 그는 사망했다.

CHAPTER 11

참호 안에서

1

마이클은 데블 오브 디스트럭션 등의 개별적인 게임에서 사망했을 때 이어지는 불편한 20~30초가 무척 싫었다. 다음 목숨을 시작하기 전에는 무(無)로 이루어진, 어둡고 신경에 거슬리는 진공 상태가 존재했다. 죽음의 현실감을 더해주려고 일부러 그러는 것이었다. 발생한 일을 숙고하고 그게 진짜였다면 어땠을지 느낄 시간을 주려고. '내가 정말 죽은 거라면? 이게 끝이라면?' 하고 생각하도록 말이다.

이 경우, 그 시간이 끝나기를 기다리는 동안 마이클은 그저 분노만을 느꼈다. 간신히 시작하나 싶었는데 벌써 살해당하고 말았다. 빌어먹을 참호 하나 들여다볼 기회가 없었는데! 대체 그 많은 참호를 어떻게 다 수색한단 말인가? 그는 마음속으로 손가락을 타닥타닥 두드리며 조용히 누워 있었다. 마침내 눈앞에 빛이 나타나더니 점점 커지다가 그를 버트넷의 온전한 세계 안으로 끌어당겼다.

눈이 번쩍 뜨였다. 그는 방금 살해당한 곳, 그러니까 눈 덮인 세계의 문 앞에 누워 있었다. 가로장이 다시 원래 자리에 입구를 가로질러 놓여 있었다. 그는 저 멀리 로비까지 돌아가지 않은 걸 확인하고 안도의 한숨을 내쉬었다. 철벽과 분노의 어린 카우걸, 라이커를 다시 돌파할 힘은 남아 있지 않았으니까.

(이길 가능성이 도저히 없었던 두 번째 드잡이질도 전투라고 부를 수 있다면 말이지만) 마이클은 두 차례의 전투가 남긴 고통스러운 후유증으로 신음하며 일어나 앉았다. 터널에 마이클 혼자인 걸로 미루어보면 브라이슨과 세라는 여전히 살아 있거나 이미 죽었다가 벌써 밖으로 나간 게 분명했다.

그는 머리부터 발끝까지 여전히 따뜻한 옷을 입고 있었으며 등에는 속이 꽉 찬 배낭을 메고 있었다. 관물대의 총기를 빠르게 확인하고(그중 한 자루도 작동하지 않았다), 다소 멍청하게 수류탄을 시험해본 다음(역시 작동하지 않았다) 그는 무거운 가로장을 문에서 내린 뒤 싸늘한 바람이 몰아치는 공간으로 미끄러져 들어갔다. 걸어가는 내내 그는 이 잔혹한 전쟁에 도움이 되도록 코딩을 활용할 방법을 마구 떠올렸다.

2

저 멀리서 순백의 긴 경사면을 터덜터덜 올라가는 두 사람이 보였다. 친구들이 분명했다. 긴 갈색 머리카락이 세라의 스키 모자 아래로 흘러내렸고, 브라이슨의 건들거리는 걸음걸이 또한 멀리서도 알아볼 수 있었다. 그들을 따라잡는 게 불가능하다는 걸 알았기에 마이클은 다른 길을 택하기로 했다. 그는 머저리같이 전장으로 직행하는 대신(처음에는 사실 어떤 일이 벌어질지 전혀 몰라서 그랬다) 오른쪽으로 우회해 언덕에 몸을 숨긴 채 싸움터로 진입할 좀 더 교묘한 지점을 찾아본다는 계획을 세웠다. 60미터쯤 걸어가던 그는 브라이슨과 세라도 왼쪽 길을 택했을 뿐 같은 결정을 내렸다는 걸 알게 되었다.

'좋아.' 마이클은 생각했다. 광기 어린 산사람이나 미친 여자한테 다시 목을 베일 때까지, 셋이 합쳐 최소한 참호 몇 개는 조사할 수 있을 듯했다.

바람이 마이클의 옷을 휘날렸고 얼음과 눈이 노출된 얼굴 피부를 찔러왔다. 입술은 감히 한 번 더 축였다가는 언제라도 부스러질 타버린 종이처럼 느껴졌다. 몸에 계속 피를 돌리기 위해서라도 무슨 일이 벌어졌으면 좋겠다는 생각이 들 지경이었다.

마이클이 경사면 꼭대기에 다가갈수록 비명과 함께 전에도 들은 적 있는 도저히 못 잊을 울부짖음 등 전투의 소음도 커져만 갔다. 그는 몸을 웅크리고 기어가기 시작했다. 양손의 두꺼운 장갑 덕을 톡톡히 보았다.

그는 오르막길 가장자리까지 나아가 배를 깔고 엎드린 다음 찬찬히 사방을 살폈다. 왼쪽 멀리서는 브라이슨과 세라가 이동하기 전 언덕 뒤에 잠깐씩 멈춰섰다가 이 언덕에서 저 언덕으로 질주하기를 거듭하고 있었다. 그들은 외곽의 참호에 점점 다가가고 있었으며 아직 적의 눈에 띄지 않은 듯했다. 대부분의 전투는 여전히 참호들 한가운데를 관통하는 길고도 잔혹한 통로에서 벌어진 탓에 외곽의 참호에는 모여든 사람이 별로 없었다.

금속과 금속이 부딪치는 소리, 짐승 같은 울부짖음, 원시적 비명이 바람을 타고 마이클에게 전달되었다. 그때까지도 마이클은 사람이 그런 야만적 상황에 자발적으로 참여하려 든다는 사실을 믿을 수 없었다. 좀 더 가까운 곳에서 벌어지는 전투를 지켜보니 한 남자가 다른 남자를 찌르며 있는 힘껏 고함을 쳐대는 모습이 보였다. 무수한 영화와 게임에서 그토록 많은 것을 보고 경험했는데도 시선을 돌릴 수밖에 없었다. 이곳은 지옥이었다.

'집중해.' 그는 자신을 타일렀다. '눈에 띄지 않도록 피하면서 참호에만 집중해야 해.'

그는 계곡에서 싸우는 사람들의 시야 바로 아래에 머물며 포복 자세로 얼어붙은 눈밭을 기어서 건넜다. 배낭 때문에 들킬까 봐 걱정되어 마침내 그것도 벗어 던졌다. 애초에 왜 그걸 가져왔는지 확신이 서지 않았다. 음식이나 여벌 옷이 걱정될 정도로 오래 살아남는다면 그것만으로도 짜릿할 지경인데.

그는 계곡 오른쪽까지 내려가는 데 성공했다. 아직은 눈에 띄지 않았다. 대부분의 전투가 벌어지는 곳과 마이클 사이에는 여러 줄의 참호가 자리 잡고 있었는데, 그 안에 얼마나 많은 사람들이 기다리고 있는지 제대로 살피기란 여전히 불가능했다. 그는 딱딱하게 굳은 작은 눈 더미 뒤에 멈춰서서 정신을 가다듬었다. 목을 가르던 칼날의 기억이 아직 생생했다. 통증이 지금껏 머물러 있는 것만 같았다.

그는 눈을 감고 잠시 주변의 코드에 집중했다. 코드는 눈에 잘 띄지 않고 해독이 어려웠다. 마치 숫자와 글자의 바다가 사나운 폭풍 속에 돌아가는 듯했다. 몇 분이 걸렸지만 마침내 마이클은 던전 오브 델마라는 게임에서 사용했던 프로그램 한 줄을 추출하는 데 성공했다. 눈에 보이지 않는 힘을 칼끝에서 뿜어내도록 들키지 않게 칼에 마법적 속성을 부여해 주는 프로그램이었다.

없는 것보다는 나았다.

슬립에서 이따금 그러듯, 마이클은 자신에게 격려 연설을 했다.

상황이 심각해 보이기는 하지만, 살해당한대도 *실제*로 죽는 건 아니란 걸 상기시키는 연설이었다. 아픔은 있다. 공포도 있다. 영원히 심리적 외상을 입는 일도 아마 가능할 것이다. 하지만 최소한, 오늘이 저물 때쯤에는 살아 있을 것이다.

눈을 감는다. 심호흡. 다시 눈을 뜬다. 코딩으로 강화된 칼을 벨트에서 꺼내 오른손에 꽉 쥔다.

그는 자리에서 일어나 가장 가까운 참호로 달렸다.

3

심장이 두근거리고 차가운 공기는 폐를 혹독하게 지지는 듯했지만, 마이클은 의지력을 끌어올려 그 모든 것을 제쳐놓고 가능한 한 빠르게 달렸다. 군인 몇 명이 그를 발견하기는 했지만 그들은 마이클이 향하는 참호의 반대편에 있었고, 서로를 두들겨 팰 뿐 그에게 다가오지는 않았다.

어느새 발밑에 참호의 가장자리가 밟혔다. 마이클은 가까스로 멈춰 아래를 내려다보며 재빨리 내부를 훑었다. 깊이는 대략 5미터. 나무 벤치 하나와 한복판에 난 진창길이 있을 뿐 텅 비어 있었다. 벽은 검은 방수포로 덮여 있고, 그 방수포는 꼭대기 부분이 낡은 타이어와 그릇, 냄비 등으로 고정되어 있었다. 군인은 없었다.

눈에 띄는 포털이 보이지 않았기에 자칫 몸을 돌려 다음 참호로 뛰어갈 뻔했던 마이클은 멈칫했다. 다 떠나서, 포털이 어떻게 생겼는지, 코드상의 취약점이 쉽게 발견될지 과연 누가 알겠는가? 문득 그들 앞에 가로놓인 임무의 어마어마한 무게가 느껴졌다. 참호 하나하나를 처음부터 끝까지 샅샅이 탐색하려면 영원처럼 긴 시간이 필요했다. 게다가 그들은 정확히 무엇을 찾고 있는지조차 모르는 상태였다.

마이클은 한숨을 쉬며 일단 사다리를 찾아 내려갔다.

4

참호의 벽을 덮고 있던 방수포들은 다루기 쉬웠다. 마이클은 그중 하나를 들어올리고 몸을 숙여 그 아래로 들어간 뒤, 참호의 옆면을 따라 한쪽 끝에서 다른 쪽 끝까지 걸어가며 거대한 얼음을 위아래로 더듬었다. 하지만 얼음과 딱딱하게 뭉친 눈이 전부였다. 수상하거나 이상한 구석은 하나도 없었다. 이따금 눈을 감고 코드의 비정상적인 부분을 포함해 뭐든 눈에 띄는 것을 찾아보았지만, 전부 빈틈이 없었다.

그는 참호가 비었는지 확인하고 반대쪽 방수포에서 나와 맞은편 벽으로 이동했다.

아무것도 없었다.

그는 한 번 더 중앙을 따라 내려가며 진창을 걷어차고 뭐든 이상한 것을 찾아 코드를 확인했다. 그다음에는 벤치도 자세히 살폈다. 프로그램도 한 번 더 확인했다.

아무것도 없었다.

마이클은 사다리를 타고 구덩이를 기어 나오며 낭비한 시간을 생각하지 않으려 애썼다. 그와 친구들이 일일이 탐색해 보기 전까지는 어느 참호에 포털이 있는지 알 방법이 없었다. 그는 다시 한숨을 쉬었다. 아무리 많은 노력을 들여도 낭비는 아니리라.

최소한 그는 그렇게 자신을 타일렀다. 지금 찾는 것을 영영 발견하지 못하리라는 절망감을 떨칠 수가 없었다. 참호가 앞으로 최소한 100개는 더 남아 있었다.

아무도 그에게 덤벼들지 않았다. 적어도 지금까지는 그랬다. 전장을 힐끗 돌아보니 친구들의 흔적은 없었다.

마이클은 다음 참호로 향했다.

5

그곳에도 사람은 없었다.

마이클은 아래로 내려가 수색을 시작했다. 벽의 방수포 아래로 미끄러져 들어가 한쪽을 끝까지 따라간 다음 다른 쪽으로 되돌아오며 수시로 코드를 확인했다. 하지만 전부 멀쩡해 보였다. 아무것도 없었다.

그는 낙담했지만, 다음 참호를 확인할 각오로 기어 나왔다. 무방비 상태였던 그는 거기에서 그를 기다리던 여자를 보고 깜짝 놀랐다. 그 여자는 마이클과 같은 겨울용 위장복을 입고 있었으며 쌩쌩해 보였다. 방금 터널에서 걸어 나온 모양이었다. 그렇게 심술궂은 비웃음을 띠지만 않았으면 예뻤을 얼굴이었다.

"미키가 여기서 쉬운 사냥감을 만날 수 있을 거라던데." 그녀가 말했다. "허가 없이 몰래 기어 들어온 떠돌이 어린애만 한 건 없지. 너라면 게임 입문 단계로 안성맞춤이겠어." 말을 하면서 약간 누그러졌던 표정이 말을 마치자 다시 꼬이며 비웃음으로 바뀌었다.

"쉽다고?" 마이클이 되받았다. "뭣 때문에 내가 쉬울 거라고 생각하는 거지?" 그는 태연하게 뒤로 한 걸음 물러섰다. 두 발의 군화 발뒤축이 참호의 위쪽 가장자리를 나란히 밟았다. 그는 겁에 질린 기색을 감추려는 것처럼 보이고 싶었다.

"여기엔 몇 번이나 들어와 봤니?" 그녀가 물었다. 이번에도 그 끔찍한 표정이 풀어졌으나, 말을 마치는 순간 다시 비틀릴 뿐이었다.

"이번이 처음이야." 그는 천진난만하게 말했다. "하지만 벌써 한 명을 죽였다고. 그렇게 나쁘진 않지, 안 그래?"

그녀는 고개를 저었다. "이거 너무 재미있겠는걸."

마이클은 그저 미소 지으며 말했다. "덤벼."

마이클은 여자의 선제공격을 유도했고, 그 방법이 먹혔다. 그녀가 마이클에게 덤벼들었다. 여자의 화난 얼굴이 진홍색으로 달아올랐다.

그녀는 주먹을 뒤로 당겼다. 마이클은 그녀가 자기를 때리기 직전에 몸을 옆으로 날렸다. 참호 가장자리로 미끄러져 떨어질 위험이 있다는 건 알았지만, 또 한 번의 전투를 피하기 위해서라면 기꺼이 그 위험을 무릅쓸 생각이었다. 그는 칼 손잡이를 꽉 쥐고 보이지 않는 힘의 화살을 여자의 몸통에 쏘아 보냈다. 여자는 앞으로 날아갔다.

그녀는 마이클 위로 날아가더니 비명을 지르며 참호 바닥에 떨어졌다. 마이클은 여자에게 일어날 틈조차 주지 않고 다음 참호로 전력 질주했다. 마이클에게 운이 따라준다면 여자는 다리라도 하나 부러졌을 터였다.

6

다음 참호에는 벤치에 한 남자가 잠들어 있을 뿐, 아무것도 보이지 않았다. 마이클은 뛸 듯이 기뻤다. 그는 사다리로 달려가 기어 내려갔다. 처음에는 남자를 가만히 놔두고 빠르게 수색하는 방법을 고려했으나 마음을 고쳐먹었다. 마이클이 방수포 아래에 있는 동안 남자가 깨어날지도 몰랐고, 그러면 마이클은 공격에 완전히 무방비로 노출될 테니까. 그 무엇도 우연에 맡길 수는 없었다.

마이클은 잠든 남자 곁에서 그의 가슴이 오르내리는 모습을 지켜보았다. 너무 가까이 가고 싶지는 않아서 조용히 칼을 꺼내 조준한 다음 힘의 광선을 쏘아 그의 목을 깔끔하게 잘랐다. 군인이 퍼뜩 깨어나 피가 흐르는 상처를 움켜쥘 때도 애써 구토를 참았다. 남자는 벤치에서 떨어졌다. 마이클은 그날 두 번째로 자신이 진짜로 사람을 죽인 건 아니라는 점을 상기해야만 했다. 너무 사실적이었다.

남자는 몸이 텅 비도록 피를 흘리더니 사라졌다.

신속하면서도 꼼꼼하게 참호를 수색했지만, 이번에도 특별히 눈에 띄는 것은 없었다. 이제까지 처리한 참호가 셋, 앞으로 남은 참호가 수십 개였다. 절로 신음이 나왔다.

"그 아래 무슨 문제라도 있나?"

힐끗 올려다보자 한 남자와 여자가 바로 위, 참호 가장자리에 서 있었다. 여자는 계속해서 이 손에서 저 손으로 수류탄을 주고받았다.

"어, 아니, 그냥 한숨 돌리려던 것뿐이야." 다행히도 지금 그의 옷은 더럽고 피로 얼룩져 있었다. 전보다 훨씬 이곳에 어울렸다. 여기에 속한 사람처럼 보였다.

"멍청한 애송이 놈이네." 남자가 여자에게 말했다. "다른 게임에서 가져온 코드를 사용하고도 빠져나갈 수 있을 줄 알았나? 게다가 네가 풋내기라는 건 딱 보면 안다고."

마이클이 눈을 가늘게 떴다. "무슨 뜻이야?"

"아직 등을 돌려 도망치지 않았으니 말이지. 아마 이 수류탄이 터지지 않을 거라고 확신하는 모양인데."

마이클은 대답하려 했지만, 한 마디 꺼낼 겨를도 없이 여자가 안전핀을 뽑고 수류탄을 던졌다. 수류탄은 마이클 발아래의 진창에 축축하게 철퍽 소리를 내며 떨어졌다. 그는 반항적인 눈길로 그 군인 한 쌍을 바라보았다. 그들은 몸을 돌려 달아났다.

수류탄이 터지자 마이클은 그 폭발을 느꼈다. 이번에는 너무도 예리하고 짧은 통증이 눈부시게 터져 나와 비명을 지를 새도 없었다. 그런 다음, 사람들이 죽음이라고 부르는 공허하고 어두운 공간이 나왔다.

7

마이클은 다시 맨 처음의 얼음으로 뒤덮인 터널에서 깨어났다. 거기 앉아 있던 브라이슨은 마이클이 눈앞에 나타났지만 조금도 놀라지 않는 듯했다.

"저 밖에서 죽는 건 정말 엿 같아." 브라이슨이 말했다. "아프다고." 그가 잠시 뜸을 들였다. "온몸이."

"그래, 동감이다." 마이클은 일어나 기지개를 켰다. 두 차례의 죽음에서 남은 아픔과 통증이 느껴졌다. 코핀이 신경을 자극해 일으킨 신체적 반응인 만큼 진짜 부상과는 달랐지만, 결코 쉽게 잊을 수는 없었다.

"세라는 어쩌고 있어?" 그가 물었다.

브라이슨이 어깨를 으쓱했다. "나도 몰라. 우리도 흩어졌어."

"참호는 몇 군데나 봤냐?"

브라이슨은 장갑 낀 손가락 두 개를 들어 보였다. "근데 아직 아무것도 없다."

"젠장." 마이클이 신음했다. "몇 년은 걸리겠네."

"뭐, 괜찮을 거야." 브라이슨이 힘들게 자리에서 일어나 그에게 다가서며 대답했다. "재미는 있냐?"

마이클이 잠시 그를 바라보았다. "아니, 매 순간이 싫어." 마이클은 결국 그렇게 말하고 자기 칼을 들어올렸다. "결국 던전 오브 델마에서 뭘 좀 빌리게 됐어."

"그래." 브라이슨이 영혼 없이 대답했다. 찡그리느라 얼굴이 뒤틀려 있었다. "이 늙은이들, 얼마나 살인을 좋아하는지 이상할 정도야. 짐승도 아니고. 나도 도움이 될 만한 프로그램을 짜야겠어."

마이클이 고개를 끄덕였다. "그 바보 같은 포털이나 찾자."

그들은 문을 나섰다.

8

이후의 이틀은 마이클에게 지옥 그 자체였다.

그는 얼음으로 뒤덮인 야만적 검투장의 경계선 안에서 상상할 수 있는 모든 방식으로 스물일곱 번 죽었다. 유독 고약한 죽음도 있었지만, 어떻게든 계속해서 다시 그곳으로 나갔다. 칼에 걸어둔 속임수가 몇 차례 도움이 되었고, *캐니언 점퍼*에서 가져온 특수 점프 능력과 *러닝 위드 레이저*에서 빌려온 속도 강화 기술도 시도해 보았다. 그 두 기술은 따로 떼어내어 프로그램으로 짜기가 어려웠다. 마이클은 파멸을 피할 수 없었고, 그런 기술을 써봐야 좀 늦게 죽을 뿐이었다.

그래도 마이클은 계속 밀어붙였다.

이상하게도 매일 해 질 녘이면 고동 소리가 울리며 전투가 즉각 중단되었다. 사자처럼 덤벼들던 사람들이 갑자기 친구가 되어 어깨 동무하고 웃으며 커다란 저녁 식사 테이블로 (많은 이들이 절뚝거리며) 걸어갔다.

마이클과 친구들도 그들과 함께 식사한 다음, 난방용 램프와 침낭이 깔린 곳으로 향했다. 첫째 날 밤에는 몰래 참호로 가 수색을 해보려 했으나 임시 방화벽에 맞닥뜨렸다. 그걸 해킹하기에는 너무 피곤했다. 이 냉혹한 곳의 보안 프로그램은 확실히 평균 이상이었다.

다음 날 아침이면 모든 게 처음부터 다시 시작됐다. 죽이고, 죽이고, 죽고. 아프고 고통스럽고. 좀 더 죽이고, 좀 더 죽고. 평생 처음으로 마이클은 현실의 전쟁에서 귀환한 현실의 군인들이 자기가 저지른 짓을, 또 당한 짓을 극복하기 힘들어하는 경우가 왜 그리도 많은지 이해했다. 마이클에게 영혼이라는 게 있다면 그 영혼이 모공에서 슬슬 새어 나오는 것만 같았다.

단 하나의 위안은 친구들이 함께라는 사실이었다. 그들은 별다른 말을 하지 않았고 그럴 시간도 없었지만, 최소한 함께였다.

셋째 날 늦은 오후, 세라가 포털을 발견했다.

CHAPTER 12

참혹한 경고

1

마이클은 작동되는 수류탄에 방금 살해당한 참이었다. 데블 오브 디스트럭션에서 배운 게 하나 있다면, 그건 몸이 터지는 일은 아무리 여러 번 겪어도 결코 쉬워지지 않는다는 사실이었다.

세라가 터널로 돌아와 그를 기다리고 있었다. 벽에 등을 기댄 채 무릎을 꿇은 그녀는 기진맥진한 모습이었다. 마이클이 맞은편에 앉자 그녀가 말했다.

"찾았어." 그녀가 조용히 말했다. 생기 없는 목소리였다. 마이클은 그저 공허함만이 느껴졌다. 그 이유를 알 것만 같았다. 세 사람은 너무 무거운 대가를 치렀다. 마이클은 자신이 결코 예전과 같아질 수 없다는 걸 알고 있었다.

그래도 조금 안심이 된 건 사실이었다. "어디서?" 마침내 그가 물었다. 마이클을 바라보는 세라의 눈길에서 그녀 역시 마이클만큼 안도했다는 기색이 전해졌다.

"막사에서 다섯 참호 안으로 들어간 곳이야. 중앙 가까운 곳, 왼쪽에. 안에 대여섯 사람이 있었어. 무기는 뭔지 모르겠고. 그 사람들 손에 죽기 직전에 간신히 포털을 발견했거든."

"좋아." 마이클이 말했다. "브라이슨을 기다렸다가 작전을 짜자. 어쩌면 그 안에 뛰어들어 모두에게 중세시대 스타일로 덤비지 않아도 일을 해결할 수 있을지 몰라."

그녀는 미소를 지었다. 희미한 미소였지만 덕분에 마이클은 기분이 약간 나아졌다. "최소한 위치는 알아냈네. 난 별로 못 버텼을 거야. 다음번에는 얼마나 즐거운 방법으로 죽을지 궁금해하면서 이 참호, 저 참호로 뛰어다녀야 하다니."

"이것보다는 외계인을 죽이러 신나는 우주여행을 떠나는 게 백번 낫겠어."

세라의 시선이 마이클의 눈과 마주쳐 그대로 머물렀다. 두 사람은 이제껏 견뎌낸 경험을 공유하며 침묵을 지켰다. 그때, 마이클의 머릿속에서 통증이 폭발했다.

2

마이클은 차가운 바닥에 쓰러져 공처럼 몸을 웅크렸다. 곁에서 세라가 그의 어깨 위로 몸을 숙이고 뭐가 문제인지 말하라고 소리쳤지만 알아들을 수 없었다. 단어를 만들어 낼 수도 없었다. 통증이 두개골을 쾅쾅 두들겨 대는 가운데 그는 머리를 꽉 쥐고 앞뒤로 흔들어 댔다. 그는 과거에, 현실의 골목에서 일어난 일을 충분히 의식하고 있었으므로 눈을 뜨지 않으려 애썼다.

환각. 그 기이하고 끔찍스러운 환각. 환각이 웨이크와 버트넷에서 정신에 똑같은 효과를 미칠지는 알 수 없었다. 알고 싶지도 않았다.

그는 계속 눈을 꽉 감고 통증이 사그라지기를 기다렸다.

마침내 전과 똑같이, 통증이 일시에 사라졌다. 천천히 회복된 것도 아니고 남아 있는 고통도 없었다. 한순간 아팠다가, 다음 순간에는 완전히 괜찮아졌다. 어떤 목소리를 들었다는 생각이 들기는 했지만….

세라는 발작이 3분간 지속됐다고 했다. 마이클이 생각하기에는 한 시간은 된 것 같았다. 그녀는 마이클의 어깨에 팔을 두르고 그가 일어나 앉도록 도와주었다. 그는 벽에 다시 기대 천장을 응시했다. 끝내주는 일주일이었다.

"이제 괜찮아?" 세라가 물었다.

마이클은 눈을 돌려 그녀를 보았다. "응. 끝나면 완전히 끝나. 지금은 전혀 아프지도 않아."

하지만 그는 기운이 하나도 없고 두려움에 질려 있었다. 며칠 동안 한 번도 발작이 일어나지 않아 이제는 완전히 끝난 걸지도 모른다고 기대했는데.

세라가 그의 머리카락을 손가락으로 쓸었다. "그 괴물이 너한테 무슨 짓을 한 걸까?" 그녀가 웅얼거렸다.

그는 어깨를 으쓱했다. 세라는 킬심을 말하는 것 같았다. "모르겠어. 그냥 놈이 내 뇌를 빨아내는 것처럼 느껴졌다는 것만 기억나. 실제로 그랬는지도 모르지. 아무튼 일부라도 말이야."

"적어도 꽤 오랫동안 발작이 없긴 했잖아? 횟수가 점점 줄어들 거라고 생각하자. 어쩌면 결국 완전히 멈출지도 몰라."

그때 브라이슨이 게임에서 다시 나타났다. 자랑스러운 듯 밝은 표정이었다. 세라는 마이클의 머리에서 손을 뗐다.

"야, 내가 찾았어!" 브라이슨이 소리쳤다. "포털을 찾아냈다고!"

세라가 히죽 웃었다. "대단하시네." 그녀가 말했다. "내가 이겼다, 굼벵아."

하지만 그녀의 얼굴은 진정 어린 미소로 가득 차 있었다. 마이클도 마음이 좀 덜 공허하게 느껴졌지만 걱정은 가시지 않았다. 발작 때문에 일어난 망상이었으면 좋겠지만, 틀림없이 어떤 목소리가 들려와 그의 머릿속에 한 문장을 속삭였던 것이다.

'잘하고 있다, 마이클.'

3

브라이슨은 자신이 찾아낸 참호를 설명해 주었다. 실제로 세라가 발견한 것과 같은 참호였다. 마이클과 친구들은 지친 머리를 굴려 작전을 짜냈다. 포털을 조사해 그 코드를 해킹으로 돌파하려면 거리가 충분히 가까워야 했고 시간도 충분히 확보되어야 했다. 하지만 칼과 주먹만 앞세워 구덩이에 뛰어드는 일만은 셋 중 누구도 다시 하고 싶지 않았다.

그래서 마이클은 수류탄을 생각해 냈다. 그는 세 번인가 네 번쯤 수류탄을 맞고 죽었기에 수류탄의 위력을 잘 알고 있었다. 게다가 아주 조금이라도 복수하고 싶지 않다면 거짓말이었다.

마이클이 이 계획을 제안하자 브라이슨이 말했다. "뭐, 듣기에는 괜찮은데 확실히 수류탄을 터뜨리려면 뭔가가 더 필요해."

세라가 대답했다. "그냥 잔뜩 가져가서 던지자. 내가 프로그램을 짜서, 뮤니션 매니악에서 환상의 불꽃을 들여올게. 그걸로 수류탄이 작동되면 좋겠어."

마이클이 배낭을 들어 지퍼를 열고 내용물을 탈탈 털어냈다. "어디 채워볼까."

4

그들은 배낭을 가득 채우자마자 어깨에 걸머지고 장갑과 모자를 챙겨 문밖의 차가운 공간으로 다시 나아갔다.

마이클과 세라는 브라이슨을 따라 산마루 아래의 사각지대에서 벗어나지 않으려고 조심하며 계곡 왼편으로 우회했다. 오르막에 도달해서는 배를 깔고 엎드려 정상까지 기어갔다.

그때 문득 한 가지 생각이 떠올랐다. "그냥 아침이 올 때까지 기다렸다가 사람들이 오기 전에 들어가는 건 어때?" 정말 하고 싶었던 말은 '저 아수라장에 다시 뛰어들지만 않게 해줘'였다. 이런 일을 얼마나 더 견딜 수 있을지 의문이었다.

"나도 무서워." 브라이슨이 말했다. "하지만 또 하룻밤을 잃을 여유가 없잖아. 그냥 이 방법을 한번 써보자. 지키는 사람이 있든, 없든."

"알았어." 마이클이 툴툴댔다. "근데 기억해 둬. 다 함께 통과하거나, 아무도 통과하지 않는 거야. 혼자서 포털을 통과해서는 안 돼. 다시 뭉칠 수 없을지도 몰라."

"좋아." 브라이슨이 말했다. "그리고 살해당하지 않는 건 어때? 우리한테 나쁜 습관이 드는 것 같아서 말이야."

"동감이다." 마이클이 대답했다. "내가 가장 싫어하는 일이 새로 생겼거든. 죽는 것 말이야."

마이클은 탁 트인 공간을 다시 내다보았다. 열몇 개의 다른 참호는 물론 수십 건의 전투를 지나야만 했다. 어떤 식으로든 싸움에 휘말리지 않고 포털에 도달할 확률은 높지 않았다. 세라의 표정을 보니 그녀도 같은 생각인 것 같았다.

"좋아." 그녀가 돌연 주도권을 잡으며 말했다. "돌파할 수 있을 거야. 하지만 내가 앞장설 테니 따라야 해. 우리 중 한 명이 요격을 당하면 다 같이 그 자리에 남아 싸워야 해."

"알았어." 브라이슨이 말했다. "붙어 있자. 이제 끝을 보는 거야."

마이클의 심장이 경주용 자동차의 피스톤처럼 펌프질해 댔다. 입 밖에 낼 수 있는 말은 "그래"가 전부였다.

"가자." 세라가 자리에서 일어나더니 얼어붙은 언덕을 순식간에 달려 내려갔다. 마이클과 브라이슨이 서둘러 그녀를 따라잡았다.

5

참호까지 한 시간이 걸렸다. 그들은 가는 내내 싸움에 휘말렸다. 상대가 남자나 여자 한 명뿐인 쉬운 상황도 있었다. 하지만 둘이나 셋, 혹은 네 명의 군인으로 이루어진 패거리가 적은 수의 일행을 일제히 쫓아오는 훨씬 어려운 상황도 몇 차례 맞닥뜨렸다. 과거에 그토록 여러 번 죽어서 단 한 가지 좋은 점이 있다면, 덕분에 마이클과 친구들이 경험(과 프로그래밍으로 강화된 힘에서 얻은 약간의 도움)으로 그 공격자들을 막아낼 수 있었다는 것이다.

이번에는 죽지 않는다. 마이클은 거듭 다짐했다. 시간이 갈수록 점점 지쳐갔지만 아드레날린 수치는 높았다. 새로운 충돌이 빚어질 때마다 힘이 재점화되는 듯했다.

어느새 그들은 결국 포털이 있는 참호의 가장자리에서 몇 미터 떨어진 곳에 도착했다. 모두들 피투성이에 멍이 들고 옷은 찢겨 있었다. 브라이슨은 배낭을 잃어버렸다. 칼은 통틀어 한 자루밖에 없었다. 하지만 잠시나마 다른 사람 없이 그들끼리만 있을 수 있었다.

세라는 무릎을 세우고 앉아 배낭 지퍼를 열고 가져온 수류탄을 얼어붙은 땅에 쏟아놓았다. 마이클도 자기 몫을 더했다. 한편, 브라이슨은 경비 태세를 정찰하러 참호 가장자리로 달려갔다. "대여섯 명 있어." 그가 돌아와 보고하며 옆자리에 털썩 무릎을 꿇고 그들을 도왔다. "핀 뽑고 투척 개시! 놈들은 총을 들고 앉아서 담배를 피우는 중이야."

마이클은 즉시 작업에 착수했다. 수류탄을 집어 안전핀을 뽑은 다음 길고 좁은 구덩이 안으로 던졌다. 어떻게 되는지 보려고 뜸을 들이는 일 따위 없었다. 다음 수류탄을 들고 같은 과정을 반복해 같은 자리에 던졌다. 또 하나. 또 하나. 브라이슨과 세라도 마찬가지로 빨랐다. 몇 초 안에 그들은 열두 개 이상의 수류탄을 참호에 던져 넣었다.

이어서 세라가 눈을 감았다. 코드를 조작하는 그녀의 두 눈이 눈꺼풀 아래에서 움직거렸다. 밝은 섬광이 그녀의 가슴에서 확 타올랐다. 너무 밝아 마이클은 팔로 눈을 가렸다. 샛눈을 떠보니 빛이 그녀에게서 휙 날아가 불타는 혜성처럼 참호 안으로 쏟아져 내리고 있었다.

마이클은 참호 반대편에서 기어 나오는 한 남자를 발견했다. 친구들에게 알리려고 입을 열었으나 고막을 찢을 듯한 굉음이 길게 파인 구덩이 안에서 터져나왔다. 번쩍이는 화염이 대낮을 밝혔고 금속 파편이 사방으로 날렸다.

"가자!" 세라가 소리쳤다. 그녀는 이미 자리에서 일어나 사다리 쪽으로 움직이고 있었다. 마이클이 앞서 보았던 남자는 참호 맨 꼭대기에 납작 엎드려 있었다. 그의 외투 뒤쪽이 깊은 상처로 크게 갈라져 있었다. 존재하는 것은 핏빛과 폐허뿐.

마이클은 세라를 뒤쫓았다. 브라이슨이 그의 곁에 있었다. 그들은 참호 가장자리에 도달했다. 마이클은 참호를 따라 달리며 생존자가 있는지 살폈으나 보이는 건 죽음뿐이었다. 그는 하나둘 사라지는 시체들을 지켜보았다.

세 친구가 사다리에 다다른 순간 참호 꼭대기의 남자가 몸을 굴려 바로 누웠다. 아직 숨이 끊어지지는 않았으나 죽은 거나 다름없었다. 표정을 보니 그도 아는 듯했다.

세라가 가로대를 밟아 내려가기 시작했고 브라이슨이 뒤따랐다. 마이클은 그들 바로 뒤에 있었다. 그때 남자가 손을 뻗더니 마이클의 팔을 잡아 그를 홱 돌렸다. 남자의 상태를 생각하면 놀라운 완력이었다. 몸을 당기면 풀려날 수도 있었겠지만, 마이클이 고개를 돌리기도 전에 남자가 뭐라고 중얼거렸다. 용을 쓰느라 입술이 떨리고 온몸이 후들거렸다.

마이클은 가까이 몸을 숙였다. 자기 이름을 들은 것 같았다. "뭐?" 그가 물었다.

군인은 마지막 힘까지 끌어모아 입을 열려고 애쓰는 듯했다. 그의 말이 짧게 폭발하듯 튀어나왔다. 마이클은 한 마디, 한 마디 귀 기울여 들었다.

"케인을 조심해라. 그자는 네가 생각하는 존재가 아니야."

그러더니 남자는 죽었다. 망가진 몸이 허공으로 사라졌다.

CHAPTER 13
떠 있는 원반

1

"이리 내려와!" 세라가 아래에서 외쳤다.

마이클은 자기도 모르게 몇 초 전까지 남자가 누워 있던, 피가 낭자한 눈밭을 바라보았다. 무슨 일이 벌어지는 걸까? 최근 발작 중에 들려온, 마이클더러 잘하고 있다던 그 목소리와 이 낯선 사람이 케인에 대해 한 이야기…. 그게 다 무슨 뜻일까?

마이클에게는 케인이 그들이 무슨 일을 하는지, 어디에 있는지 정확히 알고 있을 거라는 마음 깊은 곳의 두려움이 있었다. 궁금했다. 그 게이머가 혹시… 마이클이 자기 있는 곳을 찾아내기를 바라는 것일 수도 있을까?

"야!"

마이클이 다시 참호로 관심을 돌렸다. 브라이슨이 그를 올려다보고 있었다.

"너 뭐 하는 거야?" 그가 소리쳤다.

"생각." 마이클이 대답했다. 대단히 멍청하게 보일 게 분명했다.

"미안." 그가 덧붙였다. 친구들이 있는 구덩이의 진창으로 허둥지둥 내려가는 동안에도 사람들이 사방에서 몰려왔다.

브라이슨이 고개를 저었다. "제멋대로라 어딜 못 데리고 다니겠다."

"저 사람이 너한테 말 걸었어?" 세라가 물었다.

마이클이 고개를 끄덕였다. "응, 근데 나중에 말해줄게. 불청객들이 엄청나게 밀려들고 있으니까. 밖에서 좀비 퍼레이드가 벌어지고 있는데, 우리가 먹이 역할인 것 같아."

"이쪽이야." 브라이슨이 따라오라고 손짓하며 말했다. 셋이서 구덩이 중앙을 따라 5미터쯤 터덜터덜 걸어갔을 때 브라이슨이 검은색 방수포가 갈기갈기 찢어진 곳을 가리켰다. 방수포 뒤쪽에서는 대부분 하얀 얼음이 반짝였지만, 그곳에서만은 희미한 보랏빛이 뿜어져 나왔다.

게이머들이 다가오며 고함과 울부짖음도 커졌다.

"지금이 딱이야." 세라가 그렇게 말하며 마이클을 돌아보았다. "브라이슨과 내가 이걸 조사할 동안 네가 보초를 서."

마이클이 자리를 잡는 동안 브라이슨은 검은 방수포를 크게 베어 냈다. 방수포 뒤에는 얼음벽에 2미터 정도 높이의 터널이 파여 있었다. 정확한 위치에 초점을 맞출 수는 없으나 터널 안쪽 어느 지점에선가 어두운 공간이 고동치는 보랏빛으로 바뀌었다. 그 너머는 알아볼 수 없었다. 보려고 애쓰면 애쓸수록 시야가 흐려졌다.

"그 미성년자 애송이 놈들이잖아!" 위에서 누군가가 소리쳤다. 브라이슨과 세라가 터널로 들어가는 동안에도 마이클은 힐끗 위쪽을 곁눈질했다. 긴 칼을 든 남자가 보였다.

마이클은 망설이지 않았다. 그는 몸을 돌려 보랏빛 속으로 친구들을 따라갔다.

2

그린란드 전쟁의 소음은 빠르게 사라졌다. 터널은 문이라도 닫힌 듯 조용했다. 마이클이 돌아보니 실제로 그랬다. 그들이 방금 빠져나온 참호는 더 이상 존재하지 않았다. 대신 좀 전과 똑같은 기이한 보랏빛만이 있었다.

뒤를 돌아본 그는 브라이슨과 세라를 놓치지 않은 걸 알고 안심했다. 그들은 여전히 마이클처럼 두 손으로 땅을 짚고 있었다. 한 가지 차이점이 있다면 감긴 눈꺼풀 뒤에서 눈동자를 움직거리며, 주의를 집중한 상태로 미친 듯 코딩 작업을 하고 있을 뿐이었다.

"웬 지도인지 안내도 같은 걸 손에 넣었어." 세라가 눈을 감은 채 말했다. "보여?"

브라이슨이 고개를 끄덕였다. "상세하네. 계속 가려면 코드만 계속 확인하면 되겠어."

"어떻게 된 건데?" 마이클이 물었다. "난 뭘 하면 돼?"

세라가 그에게 고개를 돌렸다. "포털은 딱히 막혀 있지 않아, 그 자체로는. 근데 길을 잃기가 아주 쉬워. 내 말은, 길을… 영원히 잃는다고. 우리가 알아낸 바로는 프로그램에 연속적인 표시가 있어. 그 표시들을 따라가면 통로의 첫 단계로 진입하게 될 거야."

"알았어."

눈을 감은 채 세라는 눈먼 사람처럼 손을 뻗어 마이클의 어깨를 톡톡 두드렸다. "내 생각엔, 한 사람은 계속 뭔가가 우리를 공격할 경우에 대비해야 할 것 같아. 네가 해줄래? 브라이슨하고 나는 계속 코드를 살펴볼게."

친구들에게는 보이지 않겠지만 마이클은 어깨를 으쓱했다. "당연하지. 눈 뜨고 있는 것쯤이야 식은 죽 먹기니까."

"난 명령에 따르는 남자가 좋더라." 브라이슨이 히죽거리며 말했다.

세라가 몸을 뒤로 젖히며 마이클에게서 고개를 돌렸다. "가자, 그럼. 이쪽이야."

그녀는 엎드려 기어갔다. 브라이슨에 이어 마이클이 그 뒤를 따랐다. 그렇게 그들은 터널 속 더욱 깊은 곳으로 나아가기 시작했다.

아무 변화도 없이 몇 분이 지났다. 마이클은 가슴에 숨 막히는 압박감을 느꼈지만, 잠시 멈춰 심호흡하자 그 압력이 누그러지고 호흡이 다시 편해졌다. 침묵도 이상하기는 마찬가지였다. 단순한 고요가 아니라 지속적으로 윙윙대는 소리 같았다. 잠깐은 친구들이 코드에 집중하느라 입을 다물고 있다는 생각도 들었지만, 그때 문득 다른 생각이 떠올랐다. 친구들에게 고함을 쳐보니 입에서 아무 소리도 나오지 않았다. 마치 누군가가 음소거 버튼을 누른 것 같았다. 지금까지 이 기괴한 터널에서는 그 점이야말로 가장 두려운 부분이었다.

그는 브라이슨의 다리를 주시하며 계속 앞으로 기어갔다. 친구가 당장이라도 그를 혼자 남겨두고 사라질지 몰라 죽을 만큼 무서웠다. 손과 무릎이 아팠고 팔과 다리에는 쥐가 났다. 시간이 갈수록 방향 감각은 흔들리고 구토할 것만 같았다.

그들은 계속해서 줄지은 개미들처럼 어기적어기적 나아갔다. 최소 1킬로미터, 어쩌면 3킬로미터쯤 갔을 것이다. 몸은 이런 일에 익숙하지 않았다. 내면에서는 두려움의 속삭임이, 그를 집어삼킬 듯 위협해 오는 폐소공포증이 점점 형태를 갖추어 갔다. 마이클은 그 느낌을 억누르고 친구들의 해킹과 코딩 실력에 의존해 한 번에 조금씩 숨을 고르며 한 뼘씩 나아갔다. 그는 브라이슨의 엉덩이에 그토록 감사할 날이 올 거라고는 한 번도 생각해 보지 않았다. 친구의 엉덩이는 마치 보랏빛 안개 속 등대와도 같았다.

침묵 속에서 계속 기어가던 중 무언가가 갑자기 마이클에게 쾅 떨어져 내리며 그를 바닥에 짓눌렀다. 그는 배를 깔고 납작하게 쓰러졌다. 숨을 쉴 수 없었다. 두려움이 확 타올라 어찌할 바를 몰랐다. 그는 비명을 지르며 발버둥 쳤다. 거의 움직일 수조차 없었다. 정신이 흐려져 갔고 격렬한 감정이 기어들었다. 행동에 대한 통제력을 잃어가는 것만 같았다.

그러더니 끝나버렸다. 모든 것이. 보라색 터널도, 침묵도, 그를 바닥에 내리누르던 압력도. 그는 단단한 회색 표면에 누워 있었다. 그는 땅을 짚고 일어나 무릎을 꿇고 앉았다. 그러고는 경이감에 젖어 주변을 응시했다.

그와 친구들은 폭이 수십 미터는 되는, 허공에 떠 있는 듯한 거대한 돌 원반의 가장자리에 웅크리고 있었다. 거대한 먹구름 덩어리가 머리 위에 걸려 생명체처럼 커졌다가 줄어들곤 했다. 번개가 번쩍이고 천둥이 울렸으며 공기는 습기로 텁텁했다. 당장이라도 비가 쏟아질 것 같았다.

마이클은 그곳이 어디인지 전혀 알 수 없었다. 버트넷에서는 한 번도 이와 비슷한 곳에 와본 적이 없었다. 괴상하긴 했지만, 마이클은 터널을 빠져나온 것에 일단 마음이 놓였다.

"저길 봐." 브라이슨이 마이클에게 뒤를 보라고 머리를 까딱했다.

마이클은 고개를 휙 돌려 원반의 중앙을 마주 보았다. 그들이 도착한 순간에는 그 자리에 아무도 없었다. 확실했다. 하지만 지금은 웬 늙은 여자가 흔들의자에 앉아 있었다. 그녀가 천천히 앞뒤로 움직이자 나무가 삐걱거렸다. 그녀는 형태가 뚜렷하지 않고 기다란 회색 양털 옷을 입고 있었다. 다정한 할머니처럼 보였다.

"안녕, 젊은 친구들." 그녀가 잔뜩 쉰 목소리로 말했다. "이리 와서 잠시 앉거라."

3

마이클은 가만히 바라보기만 했고 친구 둘도 움직이지 않았다. 그러자 그녀는 의자에 앉아 흔들거리기를 멈추고 그들에게 몸을 숙였다. "망할 그놈의 궁둥이를 당장 이리로 끌고 오라지 않아? 그렇지 않으면 무지막지한 대가를 치르게 될 게야. 그건 확실히 말해주마. 어서!"

그녀의 갑작스러운 행동에 깜짝 놀라 마이클은 허둥지둥 일어났고 브라이슨과 세라가 바짝 뒤쫓았다. 그는 원반 중앙으로 가 그녀와 마주했다.

"앉아라." 그녀가 명령했다. 치아가 전혀 없는지 쭈글쭈글한 입술은 주름 잡혀 있었고, 목소리는 뭔가를 긁어대는 것 같았다.

그들은 그녀의 말에 따랐다. 마이클은 무릎을 꿇고 골똘히 기다렸다. 이상하긴 하지만 *그렇게까지* 이상한 일은 아니라고 생각했다. 인생의 반을 슬립에서 보낸 그는 이처럼 이상한 캐릭터들의 등장에도 익숙해져 있었다. 대체로 이런 캐릭터들은 해롭지 않았다. 하지만 그들이 통로에 진입한 거라면 이 여자도 케인에게 연결되어 있을지 모르고, 그건 문제가 될 수 있다는 사실도 잊지 않았다.

여자는 세 사람을 골똘히 내려다보았다. 눈을 제외하면 그녀는 온몸이 100년 정도 묵은 듯했다. 두 눈은 예리하고 선명했으나 나머지는 몹시 지치고 기운이 없어 보였다. 약한 뼈를 감싸고 누렇게 변해 늘어진 주름투성이 피부. 없다시피 한 성긴 잿빛 머리카락. 포개어 무릎에 올려놓은 아주 늙은 두 손은 한데 얽힌 옹이투성이 나무뿌리 같았다.

"여기가 어디죠?" 세라가 물었다. "당신은 누구인가요?"

늙은 여자의 눈에 갑자기 초점이 돌아왔다. "내가 누구냐고? 여기가 어디냐고? 이곳은 어떤 장소일까, 여기엔 무엇이 있을까, 왜 그렇게 된 걸까, 어떻게 저렇게 됐을까? 우린 어디에서 와서 어디로 가게 될까? 네 입에서는 질문이 쏟아져 나오는구나, 얘야. 하지만 답은 구름의 안개 속에 숨어 있어."

말하는 동안에도 그녀의 눈은 방향을 잃고 천천히 표류하더니 끝내 먼 곳의 무언가를 응시했다. 마이클은 브라이슨을 힐끗 건너다보았다. 브라이슨은 분위기도 바꿔볼 겸 넌 좀 입을 다물라는 경고의 의미로 눈썹을 치켜떴다.

"너." 늙은 여자가 말했다. 약간씩 떨리는 손을 무릎에서 들어 굽은 손가락으로 아래쪽의 마이클을 가리켰다. "한 마디라도 깐죽거렸다간 그게 네 최후가 될 게다."

그녀의 얼굴은 노려보는 표정으로 굳어졌다. 마이클은 즉시 그녀를 거슬러서는 안 된다는 걸 알아차렸다. 그가 아는 대로라면 그녀는 용으로 변신해 그들을 삼켜버릴 수도 있었다. 어쨌거나 이곳은 슬립이었으니까.

"네 머리가 내 말을 제대로 처리했느냐?" 그녀가 물었다. 눈이 가늘어지자 주변의 피부가 더욱더 주름졌다. "내 말을 이해했느냐는 말이야."

브라이슨이 마이클의 옆구리를 팔꿈치로 쿡 찔렀다. "착하게 굴어라."

"네." 마이클이 그녀에게 대답했다. "제대로 이해했어요."

늙은 여자는 고개를 끄덕이더니 몸을 의자에 기대고 다시 흔들거리기 시작했다. "너희 젊은이들은 늙은이한테 제대로 된 인사조차 하지 않고 질문부터 토해내는구나."

"죄송해요." 세라가 목소리를 높였다. "정말로요. 여기까지 오는 동안 많은 일을 겪었거든요. 그냥 어떻게 해야 계속 갈 수 있는지 알고 싶을 뿐이에요. 저희는 신성한 협곡이라는 곳을 찾고 있어요."

"아, 너희들의 마음이 무얼 추구하는지는 내가 잘 알지. 통로는 오직 하나의 목적지로만 이어지고, 그 목적지로 가는 길 또한 유일하니까. 하지만 신성한 협곡은 지금 너희들이 앉아 있는 곳에서 멀리 떨어져 있어. 그 정도는 말해줄 수 있다."

마이클은 조바심이 났다. "그럼 또 뭘 알아야 하는데요?"

그녀의 손가락이 다시 모습을 드러냈다. 누렇게 변한 손톱이 그를 곧장 가리켰다. "이 녀석은 더 이상 말을 해서는 안 된다. 한 번만 더 기웃거렸다간 내가 사라져 버릴 게야."

브라이슨이 재빨리 한쪽 팔을 뻗어 마이클이 뭐라 말할 새도 없이 그의 입을 손으로 틀어막았다.

"이 녀석이 여기까지 오느라 고생을 엄청나게 했거든요." 브라이슨이 설명했다. 몹시 짜증 난 표정이었다. "얘가 저희보다 위기에 좀 약해서 그래요. 걱정하지 마세요. 이제 입 다물고 있을 거예요. 그치, 마이클? 그렇다면 착한 아이답게 고개를 한 번 끄덕여."

마이클은 브라이슨을 후려치고 싶었지만 미소를 지으며 한 차례 고개를 끄덕이고 친구의 손을 얼굴에서 떼어냈다.

노파는 다시 무릎 위에 손깍지를 끼고 이야기를 시작했다.

4

"사람들은 나를 새철이라고 부른단다. 이유는 알려고 하지 말아라 (새철Satchel은 커다란 책가방을 뜻하는 말로, 속어로는 입이 큰 사람, 수다쟁이 등을 의미한다―옮긴이). 나는 통로를 지키고자 여기에 와 있는 게야. 가끔 우리는 통로를 지나는 침입자들을 맞이하지. 가는 길이 별로 유쾌하지 않을 거라는 얘기는 굳이 해줄 필요도 없을 것 같구나. 전혀 유쾌하지 않지. 개중 머리가 좋다는 사람들은 역설적이라고 말할지도 모르겠으나, 통로의 유일한 목적은 이곳을 통과하려는 사람들을 막는 것이니까."

그녀는 다시 뜸을 들였다. "여긴 다른 곳과는 다르다." 그녀가 말을 이었다. "버트넷의 다른 어떤 곳과도 다르지. 여기까지 오는 데에는 해킹과 코딩이 필요했겠지만, 여기서부터는 거기에만 의존할 수 없어. 너희들은 영리해져야 한다. 용감해져야 하고. 또 무엇보다도 기억해야 할 한 가지 규칙이 있어. 그게 뭔지 들으면 차라리 잘못 들은 것이길 바라게 되겠다만."

"그게 뭔가요?" 세라가 물었다.

새철이 뜸을 들였다. 마이클은 조바심에 몸이 떨릴 지경이었다.

"죽으면 끝이다." 그녀가 마침내 입을 열었다. "사자 굴에 들어간 토끼처럼 끝이야. 너희는 웨이크로 돌려보내질 게야. 나중에 다시 통로로 들어올 가능성은 금성에서 화성까지 걸어갈 가능성에 버금가지. 할 수 없다는 얘기야. 너희가 여기까지 오는 데 성공한 건 사실이다. 너희는 대단한 용기와 게임 기술도 가지고 있지. 허나 이제, 너희는 머리끝부터 발끝까지, 안팎으로 모조리 등록되었어. 두 번 다시 들어올 방법은 없다."

마이클은 꿀꺽 침을 삼키고 친구들과 걱정스러운 눈길을 주고받았다. 심각한 문제였다. 버트넷의 가장 잔인한 게임에서도 죽음은 그저 한 번의 실패일 뿐이었다. 잠깐의 지체 이상도, 이하도 아니었다. 바로 그 사실이 가감 없이 게임을 즐기러 나가도록, 운을 시험하고 현실에서는 *절대* 하지 않을 일들을 하도록 도와주었다. 게임이 재미있는 이유도 바로 그래서였다. 언제든 다시 시도할 수 있으니까.

하지만 이 노파의 말이 사실이라면, 마이클과 친구들에게는 이번 일에 한해 기회가 한 번뿐이었다. 데블 오브 디스트럭션도 그랬다면 그들은 이미 며칠 전에 끝장났을 것이다.

"어른처럼 잘 이해하는구나." 새철이 말했다. "그 점은 높이 쳐주마. 통로에서는 상황이 달라. 이보다 훌륭한 방화벽은 일찍이 세워진 적이 없다. 확실해."

딱히 하고 싶은 말이 명확한 것도 아니었지만, 마이클은 말하지 말라는 명령 때문에 미쳐버릴 것 같았다.

다행히도 브라이슨이 목소리를 높였다. "네, 죽으면 웨이크로 돌아간다. 알겠어요. 또 말해주실 게 있으세요?"

새철은 웃다가 답했다. "이 원반에서 내려가는 길은 두 가지밖에 없어. 첫째는 뛰어내려 죽어서 웨이크로 돌아가는 거란다."

'그건 선택지가 아니잖아.' 마이클은 생각했다.

"두 번째는요?" 브라이슨이 물었다.

노파는 얼굴의 수많은 주름을 움찔거리며 미소 지었다. "지금이 몇 시인지 알아내거라."

5

말이 끝나자마자 그들이 앉아 있던 구조물 전체가 몇 미터쯤 가라앉았다. 마이클은 추락하며 가슴이 철렁했다. 그는 몸을 고정할 수 있는 무언가를 잡으려고 손을 뻗었다.

하늘에서 빛이 번쩍이더니 주변에서 구멍 여러 개가 변칙적인 패턴으로 나타났다가 사라지기 시작했다. 원반 가장자리에서 겨우 몇 미터 떨어진 허공에 완연한 어둠의 틈이 쩍 벌어져 있었다.

원반은 갑자기 제자리에서 회전하며 마이클의 균형을 한 번 더 무너뜨렸다. 그가 돌바닥에 대자로 뻗은 채 가장자리로 미끄러져 가는 순간 원반이 쿵 하며 멈추었다. 새철의 의자는 여전히 움직이지 않았다. 노파가 제자리에서 낄낄댔다.

"무슨 일이죠?" 세라가 물었다. "왜 우리만 움직이는 거예요?"

마이클이 다시 기어가 중앙의 의자 바로 옆에 앉았다.

"무슨 일을 해야 하는지는 이미 말해줬다." 새철이 말했다. "지금은 코드를 조사해 봐야 도움이 되지 않을 게다."

"그럼 뭘 어쩌라고요?" 마이클이 조용히 하라는 새철의 명령을 잊고 물었다. "몇 시인지 어떻게 맞혀요?"

그녀는 마이클과 시선을 맞추었다. 그녀의 두 눈이 분노로 일렁였다. "너희 세 망나니한테 해줄 말은 몇 마디뿐이로구나. 그다음엔 나도 사라질 게다."

"그럼 계속 말해봐요." 마이클은 자기가 침묵을 깼는데도 새철이 반응하지 않자 안도하며 대답했다.

원반이 다시 움직였다. 다들 제자리에서 버텨보려고 허둥거렸다. 마이클이 돌 원반의 가장자리를 힐끗 올려다보니 계속해서 나타났다가 사라지는 검은 직사각형들이 보였다. 사방에서 먹구름이 휘돌며 끓어올랐다가 늘어나고 무너지고 다시 커졌다.

새철이 의자에서 자세를 바꾸었다. 마이클의 관심이 다시 그녀에게로 향했다.

"잘 들어라." 그녀가 말했다. 이제는 멍한 표정이었다. "다시 말하는 일은 없을 거다."

"알겠어요." 세라가 말했다. "준비됐어요."

'평소처럼 일이 우선이군. 그래야 세라답지.' 마이클이 생각했다. 그녀는 한 마디라도 놓칠까 봐 의자에 더욱 가까이 몸을 숙이고 귀기울여 들을 준비를 했다. 새철은 또박또박 말했지만 그 내용은 일종의 수수께끼였다.

마법의 시간을 선택하기 전에
주의하여 가장 높은 탑을 꿈꾸거라.
또한 성급히 떠나기에 앞서
어둡고 텅 빈 달을 신중히 보아라.

그녀는 마지막으로 낄낄거리더니 흔들의자와 함께 사라졌다.

6

마이클은 그녀의 말을 오차 없이 기억하는 데에만 주의를 기울이고 있던 탓에 그녀가 사라진 것조차 알아차리지 못할 뻔했다. 하지만 눈을 감고 그 이야기 전체를 떠올려 보니 실망스럽게도 기억나는 건 절반밖에 되지 않았다.

"너흰 들었어?" 브라이슨이 물었다.

마이클이 그를 보았다. 심장이 덜컥 내려앉았다. "어⋯ 그런 것 같은데. 대부분은. 일부라고 해야 하나?"

세라는 세 사람이 서로를 마주 보도록 자리를 바꾸어 앉았다. 그녀가 막 입을 열려는 순간 원반이 다시 90도 회전했다. 검은 직사각형들은 계속해서 특유의 패턴에 따라 번쩍 생겨났다가 사라졌다. 마이클은 그것들이 일종의 포털이라고 추측했다.

"좋아. 난 기억나는 것 같아." 세라가 말했다.

브라이슨은 넷스크린과 키보드를 띄우고 그녀의 말을 즉시 받아쳤다. 세라는 내용 대부분을 기억했다. 세 사람은 1분가량 앞뒤로 오가며 그 내용을 브라이슨과 마이클의 기억과 비교했다. 머잖아 그들은 세 사람 모두 동의할 수 있는 수준에 이르렀다. 하지만 마이클은 당황스러웠다.

그는 좌절감에 두 손을 들었다. "낡아빠진 가방(새철에 책가방이라는 뜻이 있기 때문에 하는 말이다—옮긴이) 같으니, 좀 더 알려줄 수도 있었잖아."

"흠." 브라이슨이 말했다. "새철은 지금 시각을 알아내야 한다고 했어. 최소한 돌로 만든 비행접시에서 우리 인생이 시작된 시간은 그 수수께끼로 정확히 알아낼 수 있겠지."

세라가 신음했다. "어서, 얘들아. 할 수 있어."

"그래." 마이클이 말했다. "자, 우리한텐 이 회전 원반이랑 어딘가로 이어지는 포털들, 마법의 시간에 관한 수수께끼가 있어. 브라이슨도 말했지만 새철은 지금이 몇 시인지 알아내라고 했고. 간단해."

"우린 원반 위에 있기도 해. 시계처럼 둥근 원반 말이야." 세라가 아이디어를 냈다.

브라이슨이 끼어들었다. "어쩌면 수수께끼를 푼 다음 정답 시간의 위치를 선택하고 저 검은 직사각형 중 하나로 뛰어들어야 하는 걸지도 모르겠다."

"근데 숫자가 어디에 있는지는 어떻게 알지?" 마이클이 물었다. 그는 친구들이 대답하기도 전에 좀 더 가까이에서 보려고 원반 가장자리로 기어가기 시작했다.

"조심해!" 세라가 외쳤다. "이건 언제든 움직일 수 있다고!"

그 말이 떨어지기가 무섭게 원반은 다시 빙글 돌며 마이클을 옆으로 쓰러뜨렸다. 그는 몇 미터를 굴러가며 방향 감각을 완전히 잃었다. 그는 부끄럽게도 꺅 소리를 내지르며 손바닥으로 돌을 쾅 내리치며 구르기를 멈추었다. 원반이 잠잠해졌고 그는 눈을 들었다.

아직 3미터 거리를 두고 안전한 곳에 있기는 했지만 어찌어찌 안전한 곳으로 간다면 나중에 브라이슨이 뭐라고 말할지는 상상에 맡길 수밖에 없었다. 마이클은 엎드려 다시 가장자리로 기어갔다. 더 안정적으로 중심을 잡으려고 팔과 다리를 가능한 한 넓게 뻗었다. 눈앞에 포털 하나가 열렸다. 믿을 수 없는 깊이였다. 너무 검어서 어둠이 거의 살아 있는 것처럼 보였다.

천천히, 그는 가장자리에서 30센티미터도 떨어지지 않은 곳으로 기어갔다. 배를 바싹 붙이고 몸을 당기며 몇 센티미터 더 나아갔다. 그 와중에 눈앞의 포털이 사라지고 즉시 구름 낀 하늘의 색깔과 움직임으로 대체되었다. 마이클은 눈을 감고 고개를 숙였다. 눈을 떴을 때는 원반 가장자리에 바짝 새겨놓은 무언가가 보였다. 그는 돌을 자세히 살폈다. 숫자. 커다란 1과 2가 그곳에 새겨져 있었다. 숫자 12.

그는 되돌아 일행에게 소리쳤다. "자정을 발견했어!"

7

세라가 즉시 대답했다. "스카이다이빙 하기 전에 이리로 와!"

마이클은 11을 찾을 때까지 왼쪽으로 기다가, 11이 보이자마자 허둥지둥 몸을 돌려 무릎을 꿇고 엎드렸다. 원반이 다시 돌았다. 그는 얼어붙은 채 회전이 멈출 때까지 그 자리에 단단히 버티고 있었다. 그런 다음에야 재빨리 친구들에게 다시 기어갔다.

"숫자가 매겨져 있어." 마이클이 말했다. "시계랑 똑같아."

세라가 고개를 끄덕였다. "잘했어. 브라이슨이 자기 다리로 그 자리를 표시해 뒀어."

마이클은 친구를 보았다. 브라이슨은 다리를 뻗쳐 발로 마이클이 방금까지 있던 곳을 가리키며 앉아 있었다. "와, 너희들 똑똑하다."

"좋아, 이젠 쉬운 일만 남았네." 브라이슨이 말했다. "수수께끼를 푸는 것 말이야." 그는 여전히 앞에 떠 있던 넷스크린을 다른 사람들이 마주 볼 수 있도록 돌렸다. 마이클은 몸을 숙여 수수께끼를 처음부터 끝까지 다시 읽었다.

마법의 시간을 선택하기 전에
주의하여 가장 높은 탑을 꿈꾸거라.
또한 성급히 떠나기에 앞서
어둡고 텅 빈 달을 신중히 보아라.

"달의 주기에 관한 단서일 거야." 세라가 말했다. "달의 위상 변화가 어떻게 되는지 아는 사람 있어?"

"달이 어둡고 텅 빈 것처럼 보이는 때라든지?" 브라이슨이 덧붙였다. "단순히 초승달을 말하는 걸까? 사방이 모두 어두울 때 말이야. 아니면 월식이라든지?"

원반이 다시 빙글 도는 바람에 그들은 잠잠해졌다.

세라는 깊은 생각에 잠긴 듯했다. "탑은 뭘까? 어쩌면 뭔가를 상징하는 걸지도 몰라. 그리고 초승달이 있을 때는… 아, 이런 빌어먹을. 나도 내가 무슨 소리를 하는지 정말 모르겠다."

마이클은 제자리에 앉아 두 친구를 관찰했다. 왠지는 모르겠지만 두 사람이 완전히 헛발을 짚었다는 확신이 들었다. 완전히. 이 수수께끼는 실제의 달이나 탑, 주기나 단계와는 아무 관계가 없었다. 뭔가 다른 게 있었다. 확실하지는 않지만 마이클은 그게 무엇인지 알 것만 같았다.

"마이클?" 세라가 물었다. "너는 천재잖아. 네 생각에는 뭐 같아?"

마이클은 그녀와 눈을 마주쳤지만 아무 말도 하지 않았다. 그는 머릿속에서 모든 것을 뒤집어 가며 처리하는 중이었다. 거의 다 알아냈다.

"응?" 결국 세라가 재촉했다. "네 생각엔 무….."

두 가지 일이 동시에 일어나 그녀의 말을 잘랐다. 첫째로는 마이클이 여태 한 번도 들어본 적 없는, 천 대의 제트기가 내는 음속 폭음이 났다. 너무 시끄럽고 가까워 고막이 터질 것만 같았다. 동시에 눈이 멀 것처럼 밝게 번쩍이는 빛이 새하얗고 거대한 화염의 화살처럼 하늘을 밝히며, 그들이 앉아 있는 곳에서 6미터쯤 떨어진 곳의 돌 원반을 꿰뚫었다. 마이클은 귀가 울렸다. 눈앞에서 점들이 헤엄쳐 다녔다.

"또 뭐야?" 브라이슨의 말소리가 들렸다. 두꺼운 커튼 너머로 말하는 것 같기는 했지만.

마이클은 멍해졌다. 폭발력에 뒤로 나동그라진 터였다. 그는 몸을 비틀어 엎드린 뒤 다시 무릎을 꿇고 일어났다. 그 순간, 마치 빙하가 자리를 잡는 듯한 와지끈 소리가 허공에 울렸다. 그는 소리의 근원지를 향해 빙글 돌았다. 돌 원반이 부러지는 게 보였다. 번개가 내려친 곳에서부터 머리카락처럼 가느다란 금이 거미줄처럼 번져나가고 있었다. 금은 계속해서 길어졌고 거미줄이 커질수록 벌어졌다. 마이클은 문득 사태를 파악하고 공포에 휩쓸렸다. 원반 전체가 당장이라도 부서질 터였다.

"일어서!" 마이클이 소리쳤다. "서로 붙어!"

친구들이 일어나 다가오는 동안에도 마이클의 정신은 렌즈처럼 초점을 맞추며 맑아졌다. 답이 너무 분명하여 큰 소리로 웃음이라도 터뜨리고 싶었다.

"열 시 정각이야!" 그가 소리쳤다. "열 시 정각으로 넘어가야 해!"

그때 원반이 빙글 돌았다. 세 사람은 서로를 붙잡았다. 헐거워진 돌쩌귀가 원반의 바깥쪽 가장자리에서 날아와 이쪽 가장자리 너머로 사라졌다. 점점 커지는 균열의 거미줄은 계속해서 번져나가며 넓어져 원반 표면을 거의 다 뒤덮었다. 시간이 없었다.

"서둘러!" 마이클이 소리치며 대략 맞는 것처럼 보이는 쪽으로 움직이기 시작했다. 자정을 가리키는 브라이슨의 다리가 없었으므로 확실히 알 방법은 없었다. 검은 포털들이 나타났다가 사라지며 그들만의 춤을 계속했다.

"안 돼!" 브라이슨이 그를 당겨 세웠다. "저기야!" 그는 원반의 다른 편을 가리켰다.

마이클은 친구의 게임 본능을 믿어야 한다는 걸 오래전에 깨달았으므로 다투지 않았다. 그는 몸을 돌려 브라이슨의 안내를 따랐다. 발아래에서 돌이 모래처럼 서걱거리며 한 걸음 뗄 때마다 움직이는 것같이 느껴졌다. 와작 하며 조각나는 소리가 오른쪽에서 들려왔다. 공포에 질린 마이클의 눈에 부서져 구름 낀 심연 속으로 떨어져 내리는 3미터 넓이의 원반 조각이 보였다.

"봐!" 세라가 방금 사라진 구역의 왼쪽을 가리키며 소리쳤다.

그들은 4라는 숫자가 보일 정도로 가까이 와 있었다. 브라이슨이 틀렸다.

"미안!" 그가 소리쳤다.

원반이 다시 회전하며 그들을 모두 바닥에 팽개쳤다. 일행은 서로 포개어 떨어지며 자세를 바로잡으려고 허둥댔다. 마이클은 손을 아래로 뻗었지만 공기밖에 아무것도 만져지지 않자 아찔했다. 팔꿈치가 거친 돌에 쓸렸다. 들쭉날쭉한 틈새에 닿은 팔을 움찔하며 도로 당기는 순간, 브라이슨이 그를 당겨 틈새에서 떼어놓았다. 마이클은 다시 세라 위에 떨어졌다. 세라가 끙끙대며 그를 밀어냈지만 그는 계속 매달렸다. 이제는 원반 전체가 떨리고 있었다. 지진의 진앙지에 있는 것만 같았다. 돌이 갈라지는 끔찍한 소리가 무자비하게 공기를 채웠다.

마이클은 더 이상 조심할 이유가 없다는 걸 깨달았다. 그는 벌떡 일어나 두 친구의 손을 잡았다.

"가자!"

마이클은 그들을 이끌고 원반을 가로질러 전력 질주하며, 새로 만들어진 넓은 구멍 몇 개를 더 건너뛰었다. 왼쪽에서, 그다음에는 오른쪽에서 또 하나의 거대한 돌조각이 가장자리에서 떨어져 나와 추락했다. 늙은 새철이 의자에 앉아 있던 한복판은 일부가 돌덩어리를 사방에 흩뿌리며 터져버렸다. 그 부분이 사라지자 구멍 너머로 구름 낀 칙칙한 보라색 불빛이 반짝였다. 마이클은 뛰고 점프하며 계속 달렸다. 그들이 방금 떠나온 4시 정각의 정반대 지점에서 눈을 떼지 않았다. 지금 이 순간, 그들에게 필요한 포털은 그곳에 없었다.

겨우 몇 미터 앞까지 왔는데 원반이 회전하며 다시 그들을 돌에 내팽개쳤다. 꽝 하며 균열이 가는 소리는 어느 때보다도 컸다. 마이클은 돌아보지 않고도 원반의 반이 방금 심연 속으로 사라졌다는 걸 알 수 있었다. 그는 친구들과 똑같이 무릎을 꿇고 10시 정각 자리를 뚫어지게 바라보았다. 포털은 여전히 없었다.

"어서!" 마이클은 텅 빈 하늘을 향해 고함쳤다. "어서, 이 빌어먹을…"

검은색 직사각형이 깜빡이며 나타났다. 겨우 1~2미터 떨어진 곳에 맴도는 반반한 평면. 마이클은 포털이 오랫동안 존재하지 않으리라는 걸, 그들이 뛰어내리면 포털을 놓칠 가능성이 있다는 걸 알았다. 하지만 생각할 여유는 이미 오래전에 사라져 버렸다.

그는 자리에서 일어나 브라이슨을 포털 쪽으로 밀었다. 브라이슨은 도움닫기를 하며 칠흑 같은 그 표면 너머로 뛰어들었고 암흑이 그를 삼켰다. 세라가 바로 뒤따랐다. 발이 조금 미끄러지긴 했지만 유의미한 차이가 생길 정도는 아니었다. 그녀도 해냈다.

또 한바탕 천둥이 쩌렁쩌렁 울렸다. 세계는 빛과 소리로 가득 찼다. 마이클은 앞으로 달려가 쪼그리고 앉았다가 원반이 다시 돌기 시작하는 순간 점프했다. 가속도 때문에 몸이 휙 돌며 부스러지는 돌이 마주 보였다. 그는 뒤로 날아갔다. 원반의 잔해가, 바위의 바다와 먼지의 증기가 보였다. 잠시 마이클은 자기 몸이 맞는 방향으로 가는 것인지, 앞으로 무슨 일이 벌어질지 확신할 수 없었다. 그 잠시가 영원까지 늘어났다.

하지만 그때, 등이 포털에 닿았다. 하늘이 검게 변했다.

CHAPTER 14

두려움에 빠지다

1

그는 쿵 하며 나무 바닥에 세게 떨어졌다. 급격한 통증이 척추를 타고 올라왔다. 앞뒤 양옆으로 넓은 복도가 뻗어 있었고, 그 벽을 귀퉁이가 해지고 벗겨진 빛바랜 꽃무늬 벽지가 덮고 있었다. 머리 위 천장에는 전구가 달랑 하나 매달려 음침한 빛을 드리웠다. 브라이슨이 옆에, 머리를 두 팔에 댄 채 쭉 뻗어 있었다. 세라는 약간 멍해 보이긴 했지만 이미 일어나 무릎을 꿇고 앉아 있었다.

"우리, 확실히 아슬아슬한 걸 좋아하나 보다. 안 그래?" 브라이슨이 중얼거렸다.

세라가 아래로 손을 뻗어 마이클을 쿡 찔렀다. "어떻게 알았어? 10시 정각 말이야."

마이클은 상당히 자랑스러웠지만 움직이자 온몸이 아팠다. 신음하면서도 그는 어쨌든 일어나 앉았다. "그 멍청한 수수께끼는 그냥 숫자의 생김새를 묘사한 거여. 생각해 봐."

브라이슨과 세라가 힐끗 눈짓을 주고받았다. 둘 다 동시에 불현듯 이해하는 기색이었다.

"탑." 세라가 말했다. "어둡고 텅 빈 달."

"1과 0이구나." 브라이슨은 자기가 지구상에서 가장 멍청한 사람이라는 듯 고개를 저었다.

"내가 너무 똑똑해서 미안하다." 마이클이 말했다. "내 책임이야."

세라는 미소를 지으려 했지만, 그 미소는 미소라고 부를 만큼 밝은 표정이 실제로 만들어지기 전에 녹아내렸다. "그게 정말일까?"

"뭐가?" 마이클과 브라이슨이 동시에 물었다.

"아, 왜 이래. 알잖아."

"한 번 죽으면 끝이라는 말?" 브라이슨이 추측했다.

세라가 고개를 끄덕였다. "그래. 그 사람 말로는 죽으면 통로로 돌아올 수 없댔잖아."

마이클은 정신없는 상황 속에 그 말을 잊어버리다시피 하고 있었다. "그냥 죽지 않도록 조심해야지, 뭐."

"그만하길 다행이지." 브라이슨이 말했다. "난 새철한테서 놈들이 우리 코드에 침입할 거라는 말을 들을 줄 알았어. 놈들이 우리 코어를 망가뜨릴 거라고 말이야. 최소한 집에 안전하게 돌아갈 수 있다는 건 분명하잖아."

그래도 마이클의 기분은 별로 나아지지 않았다. "그러면 우리의… 임무랄까, 뭐라고 부르든 그건 실패하는 거야. VNS를 열 받게 만드는 거라고. 인생을 빼앗기고, 감옥에 처박히고, 가족은 살해당하고. 누가 알겠어? 난 차라리 죽을래."

"죽을 수는 없어." 세라가 부드럽게 말했다. "이건 더 이상 게임이 아니야. 죽어서도 안 되고 서로가 죽게 내버려 둬서도 안 돼. 알겠지?"

"당연하지." 마이클이 말했다.

브라이슨이 엄지를 들어올렸다. "특히 나를 죽게 내버려 두지 말자. 너희 둘만 괜찮다면."

마이클의 등에 남아 있던 통증이 가라앉았다. 마침내 주변 환경에 좀 더 초점을 맞출 수 있었다. 그들이 앉아 있는 복도는 마치 양쪽으로 영원히 이어질 것처럼 어둑한 암흑 속으로 뻗어 있었다.

"이젠 우리를 또 어디로 보내려는 걸까?" 브라이슨이 물었다. "계속 통로를 따라간다는 건 어떻게 알고?"

세라는 잠시 눈을 감고 코드를 훑었다. "프로그램의 구조와 느낌이 돌 원반과 비슷한 것 같아. 복잡하고 해독이 거의 불가능해. 재미있어."

마이클이 일어나 벽에 등을 기댔다. 잠시 기다리며 뭐라도 변화가 있는지 살폈다. "옛날식 대저택 같은 데에 들어와 있는 기분이다."

브라이슨과 세라도 일어섰다. 브라이슨은 양쪽을 동시에 가리켰다.

"어느 쪽 먼저 갈까?" 그가 물었다. "탐험을 시작하는 게 좋을 듯한데."

무슨 소리가 났다.

마이클의 오른쪽, 복도 저편에서부터 나오는 낮고 고통으로 가득 찬 소리였다. 한기가 몸에 번졌다. 마이클은 벽을 밀치며 그대로 일어나 골똘히 귀를 기울였다. 남자의 신음 같은 그 소리는 멈추지 않고 계속 이어졌다. 마이클이 막 친구들에게 귓속말하려는데, 마침 귀청을 찢을 듯한 비명이 같은 방향에서 터져 나왔다. 기나긴 고통의 울부짖음이었다. 그러더니 복도가 조용해졌다. 브라이슨과 세라

모두 눈을 크게 뜨고 마이클을 응시했다.

"내 생각엔 저쪽으로 가야 할 것 같아." 그가 왼쪽을 손짓하며 말했다.

2

그들은 끔찍한 소리에서 먼 쪽으로 갔다. 마이클은 등 뒤에서 기다리고 있는 어떤 끔찍한 광경을 보게 될 거라 확신하며 몇 초에 한 번씩 어깨 너머를 돌아보았다. 지금까지는 아무것도 없었다. 그 신음 소리도 반복되지 않았다.

통로는 계속해서 뻗어나갔다. 그들은 불가능할 정도로 긴 시간을 걸어가며 처음에 봤던 것과 똑같이 어둠침침한 전구 몇 개를 지나쳤다. 조금씩 특정한 패턴이 눈에 들어왔다. 그들은 어둑함이 완전한 암흑으로 바뀔 때쯤 불이 밝혀진 구역의 외곽에 도착해 새로운 전구를 만났다. 분명 그들은 같은 곳을 뱅뱅 돌고 있었다. 복도가 화살처럼 곧았는데도 말이다.

그들은 아무 변화 없이 족히 20분을 걸었다.

"이 집 아주 걸작인데." 마이클이 마침내 말했다. 그곳에 있자니 예전에 한번 해봤던 게임이 떠올랐다. 복잡한 미로 계단으로 가득 찬 탑이 나오는 게임이었다. 최소한 그때는 탐험을 하면 어딘가로 나아가는 기분이라도 들었다. "안방이 어떻게 생겼을지 기대돼서 죽겠네." 그가 힘없는 목소리로 덧붙였다.

때때로 세라는 멈춰서 벽지를 살펴보았다. "이게 집일 때나 그렇지. 우리가 일종의 루프(프로그램 중 반복 실행되는 부분—옮긴이)에 빠진 건 아닌지 알아내려는데, 지금까지는 정확히 똑같이 반복되는 패턴을 하나도 발견하지 못했어. 같은 얼룩이라든가, 찢긴 부분이라든가. 이건 그냥 하나의 커다란, 아주 긴 복도야."

"문이 하나도 없는 게 더 이상하다." 브라이슨이 덧붙였다.

"어쩌면 일종의 터널인지도 몰라. 이게 두 개의 건물을 연결하는 걸 수도 있어." 세라가 말했다. "그러면 말이 되잖아. 창문도 하나 없어."

갑자기 날카로운 속삭임이 빠른 바람의 숨결처럼 공기를 갈랐다.

마이클이 멈춰서 한 손을 들었다. "방금 뭐였어?" 좀 전의 한기가 다시 등을 타고 올랐다.

브라이슨과 세라가 그를 보았다. 어두워서 마이클은 그들의 얼굴을 거의 알아볼 수 없었다.

"마이클." 형체 없는 목소리가 나지막하게 말했다.

마이클은 몸을 돌려 등을 벽에 바싹 붙였다. 왼쪽, 오른쪽을 보았지만 목소리는 사방에서 동시에 들려오는 것 같았다. 마치 벽과 천장, 바닥에 스피커 여러 대가 있는 것 같았다.

"마이클, 잘하고 있다."

바람이 복도를 가로질러 불어와 마이클의 머리카락이 흔들리고 친구들의 옷에 주름이 잡혔다. 마치 어떤 거대한 짐승이 마지막 숨을 토해낸 것 같았다.

"좋아." 브라이슨이 말했다. "내가 쫄았다고 생각해도 돼. 난 여기서 나가고 싶다. 지금 당장. 왜 누가 너한테 말을 거는 거야?"

"그렇게 겁먹지 마." 마이클이 애써 침착한 척하며 중얼거렸다. "우리가 귀신의 집에 한두 번 가봤냐? 심지어 레이싱게임에도 귀신의 집이 나오잖아. 아무것도 아니라고." 희망 사항이었다. "쟤들이 내 이름을 아는 것도 그렇게까지 이상하진 않아."

"아, 넌 전혀 무섭지 않다 이거야?" 브라이슨이 마주 쏘아댔다.

마이클은 허세를 부리듯 씩 웃어 보이고 다시 걷기 시작했지만, 친구들을 등진 순간 미소가 사라졌다. 용기 있게 행동한다고 해서 사실이 달라지는 건 아니었다. 물론 그들은 이와 비슷한 수많은 장소에 가보았다. 하지만 목숨이 하나, 오직 하나만 있는 귀신의 집에는 가본 적이 없었다. 배 속이 불쾌하게 부글거렸다. 허기와는 전혀 다른 느낌이었다.

세라가 어깨를 잡는 바람에 마이클이 화들짝 놀랐다,

"애 좀 봐, 브라이슨." 그녀가 웃으며 말했다. "하나도 안 무서운가 봐."

브라이슨도 히죽거렸다. "그래. 저 녀석이 거울에서 자기 모습을 보는 일만 없었으면 좋겠다. 바지에 오줌 쌀지도 모르니까."

"알았어. 너희가 이겼다." 마이클이 툴툴댔다. "엄마가 보고 싶어. 이제 문 찾는 거나 도와줘."

3

두 시간이 지났지만 문은 단 하나도 보이지 않았다.

유령의 바람이 세 차례 더 불어왔다. 신경에 거슬리는, 속삭이는 그 한마디가 사방에서 동시에 쏟아왔다. 그 바람이 지나갈 때마다 살갗에 한기가 퍼졌지만, 마이클은 내색하지 않으려 최선을 다했다. 왜 누군가가 그를 칭찬하는 것일까? 정체는 모르지만, 어쨌든 그 존재는 그들을 전혀 해치지 않았다. 끝없는 복도를 따라가는 동안 마이클의 관심사는 어느덧 유령 같은 방문객이 아니라 영원히 출구를 찾을 수 없을지 모른다는 으스스한 공포로 옮겨갔다.

이처럼 기발한 방화벽도 아마 없을 것이다. 사람을 죽이거나 불구로 만드는 게 아니라 가두기 위한 공간. 실제로는 그렇지 않은데 어딘가로 가고 있다고 생각하게 만드는 공간. 그러고 나서 그의 이름을 부르는 으스스한 유령을 던져넣어 서서히 미치게 만드는 것이다.

"우리 뭐 하는 거냐?" 브라이슨이 물었다. 마이클은 하마터면 다시 깜짝 놀랄 뻔했다. 꽤 오랫동안 다들 아무 말도 하지 않았기에 신경이 날카로워져 있었다.

세라가 멈춰 바닥에 주저앉았다. "브라이슨 말이 맞아. 이건 너무 무의미하잖아. 누가 보고 있을지는 모르겠지만, 우린 틀림없이 멍청이 생쥐처럼 보일 거야." 그녀는 복도의 양쪽을 손짓하며 크게 한숨을 쉬었다. "잠시 쉬면서 코드를 조사해 보자. 우리가 뭔가 놓친 걸지도 몰라."

그녀는 눈을 감고 머리를 벽에 기댔다. 마이클과 브라이슨도 함께했다. 그녀를 따라 그들은 눈을 감고 주변의 코드에 집중했다.

마이클은 몇 차례 심호흡하며 뭐든 두드러지는 게 있는지 찾아보았다. 이제는 진짜 허기가 덮쳐와 집중이 더 어려워졌다. 머잖아 모두에게 음식이 필요해질 게 분명했다. 그렇지 않으면 힘이 급격히 약해질 것이다. 코핀에 있는 진짜 몸은 신체적으로 괜찮을지 모르나 여기에서는 아니었다. 버트넷은 시뮬레이션에 어울리도록 기어갈 힘만 남을 때까지 그들의 오라에서 차츰 힘을 빼낼 것이다.

마이클은 주변 프로그램을 보고도 믿을 수 없었다. 데블 오브 디스트럭션의 코드가 문자와 숫자로 이루어진 폭풍우라면, 지금의 코드는 너무 빨리 회전하며 소용돌이치고 있어 거의 아무것도 알아볼 수 없는 돌개바람이었다. 시도만으로도 머리가 아팠다.

"마이클."

마이클은 유령이 마침내 모습을 드러낼 거라 기대하며 연결을 끊고 위를 올려다보았다. 이번 속삭임은 왠지 좀 더 가깝게, 좀 더 확실하게 느껴졌다. 하지만 아무것도 없었다. 예전보다 속도가 느려지긴 했지만 이제는 익숙한 바람이 불어왔다. 보이지 않는 친구는 자기가 가장 좋아하는 단어를 몇 차례 되풀이해 말하더니 다시 사라졌다.

마이클은 브라이슨의 반응을 살피려고 그를 힐끗 보았다가 친구의 표정에 멈칫했다. 브라이슨은 몸을 숙인 채 가늘게 뜬 눈으로 맞은편 벽의 한 점을 응시하고 있었다. 마이클은 그가 무얼 그리 골똘히 연구하고 있는지 알아보려 했지만, 그곳의 벽지는 지난 시간 동안 걷고 또 걸으며 지나쳤던 벽지와 조금도 다르지 않게 보였다.

"야." 마이클이 그에게 말했다. "뭐 하냐? 약한 부분을 찾은 거야?"

브라이슨의 얼굴이 풀어졌다. 그가 마이클과 눈을 맞추었다. "어, 그런 거 같아. 글쎄, 사실 약한 부분은 아니지. 어쩌면 우리가 해야 할 일을 알려주는 코드 속의 단서일지도 몰라. 근데 이거 하나만은 확실히 말할 수 있어. 이런 건 한 번도 본 적 없다. 여기 프로그램은 미쳤어."

"누가 아니래." 마이클이 고개를 끄덕이는 순간 세라도 동의했다. "누군지는 모르지만, 여기를 지은 사람은 내가 감히 꿈꿀 수 있는 수준보다도 천 배는 뛰어나. 이 케인이라는 놈이 점점 더 궁금해지는 걸. 무슨 신동이나 천재 같은 게 틀림없어."

브라이슨이 어깨를 으쓱했다. "내가 말했잖아, 미쳤다고. 우리 중 이런 걸 할 수 있는 사람은 아무도 없어. 그건 분명해."

"난 네가 뭘 찾아낸 줄 알았지." 마이클이 낙담하며 말했다.

"찾았어. 이게 미치도록 고급스러운 코딩일지는 모르지만, 우리도 그렇게까지 멍청하지는 않으니까. 이걸 봐."

그는 일어나 맞은편 벽으로 걸어갔다. 뭔가에 귀 기울이듯 벽에 머리를 기대더니, 두 손을 표면에 대고 위아래로 미끄러뜨렸다.

"들려?" 그가 마이클을 돌아보며 물었다.

마이클은 브라이슨이 이겼다는 생각밖에 들지 않았다. 무한한 복도를 걸어가던 중 브라이슨이 1등으로 미쳐버린 것이다.

"웬 녀석이 손으로 벽을 문지르는 소리 같은데."

브라이슨이 씩 웃었다. "아니지, 친구. 이건 마법의 소리야. 여긴 비어 있다."

"마법?" 세라가 물었다.

브라이슨이 다시 허리를 폈다. "믿음을 좀 가지시게나, 나의 가장 친한 친구들이여." 그러더니 그는 오른발을 뒤로 뺐다가 벽을 세게 걷어찼다. 신발 발가락 부분이 벽지를 뚫고 사라지면서 뭔가 쪼개지는 소리에 이어 퍽 소리가 났다. 브라이슨이 발을 다시 꺼냈다. 석고판 한 조각이 딸려 나오며 허연 먼지가 소나기처럼 쏟아졌다.

그는 어깨 너머로 마이클을 힐끗 보았다. "문이 없다고? 걱정하지 마. 우리가 만들면 돼."

4

브라이슨은 자기가 복잡한 코드의 돌개바람 속에서 찾아낸 것을 볼 수 있도록 그들을 안내해 주었다. 당연한 얘기지만, 거기에 단서가 있었다. 워낙 뚜렷한 단서라 통로의 다음 부분으로 슬쩍 들어갈 유일한 방법은 벽을 뚫고 가는 것뿐이라고 의견을 모을 수 있었다.

마이클과 세라가 브라이슨 곁으로 다가갔고 그들은 일제히 덤벼들었다. 그들은 브라이슨이 품위 있게 발길질을 시작했던 지점에서부터 벽을 부수어 석고 덩어리를 끄집어내고 장식용 벽지의 허술한 틈을 뜯어냈다. 마이클은 손가락 피부가 벌겋게 쓸려나가기 시작했으나 마음속에서는 흥분이 일었다. 구멍이 커질수록 그들의 작업 속도도 빨라졌다.

바람이 전과 같은 끔찍한 속삭임을 싣고서 마이클의 등을 쓸고 지나갔지만, 그는 전혀 신경 쓰지 않았다. 곧 여기에서 벗어날 테니까.

머잖아 웅크리고 지나갈 수 있는 크기의 구멍이 생겼다.

"누가 먼저 갈래?" 마이클이 물었다. 반대편이 너무 어두워 마치 검은색 장막이 걸려 있는 것처럼 보였다.

세라가 브라이슨을 쿡 찔렀다. "그쪽이 발견하셨잖아요, 두목님."

"난 좋아." 그가 웅얼거렸다. 브라이슨은 허리를 숙이고 임시방편으로 만든 입구의 뜯긴 양옆을 두 손으로 꽉 잡더니 어둠 속으로 들어갔다. 그가 반대편에서 일어섰다. 마이클은 원을 그리며 도는 그의 바지만을 알아볼 수 있었다.

"뭐가 보여?" 마이클이 소리쳤다.

"아무것도." 그가 대답했다. 목소리가 약간 먹먹하게 들렸다. "하나도 안 보여. 근데 탁 트여 있고 바람이 잘 통해. 들어와. 탐험하는 동안 손잡고 노래 부르자."

세라가 몸을 숙이고 복도를 빠져나간 다음 마이클이 뒤따랐다. 브라이슨 말이 맞았다. 공기는 정말로 시원했고, 그곳에는 아무것도 없었다.

"여기 오싹하다." 마이클이 말했다. "손전등 있는 사람?"

브라이슨이 이어커프를 누르자 넷스크린이 그의 앞에 나타났다. 그가 설정을 조정하자 곧 그들에게는 길을 비출 꽤 밝은 사각형이 생겼다.

"기발한데." 마이클이 말했다. 그와 세라도 똑같이 했다.

"나도 알아." 브라이슨이 대답했다.

단 하나 문제는, 주변에 빛의 웅덩이가 생겨난 지금도 아무것도 드러나지 않았다는 것이다. 마이클은 오직 어둠밖에 보이지 않았다.

"달에라도 온 것 같아." 세라가 속삭였다.

마이클이 그녀의 팔꿈치를 꽉 잡았다. "숨을 쉴 수 있고, 별이 없고, 아직 중력이 있다는 점만 빼면."

"그래, 그것만 빼면 달에 온 것 같아." 그녀는 어둠 속으로 더 깊이 들어가 양쪽을 들여다보았다. "어느 쪽으로?"

"앞으로." 브라이슨이 대답하며 곧장 앞을 가리켰다. "코드가 확실히 저쪽을 암시하는 것 같았어."

"그것도 그렇지만," 마이클이 말했다. "난 저 멍청한 복도하고는 조금도 더 얽히고 싶지 않아." 잠시 그는 과연 그게 올바른 결정인지, 왜 그들을 가로막는 존재가 하나도 없는지 의아했다. 하지만 그것만이 유일한 선택지로 보였다.

"그럼 해버리자." 세라가 말했다.

그렇게 그들은 어둠 속으로 걸어 들어갔다.

5

기괴하고 조용하고 으스스했다. 들리는 소리라고는 그들의 발소리와 숨소리, 옷이 부스럭거리는 소리밖에 없었다. 그렇게 그들은 검은 바닥을 가로질렀다. 마이클은 뒤를 돌아보았다. 복도로 통하는 구멍은 이제 멀찍이 떨어진 아주 작은 점 같은 빛일 뿐이었다. 이곳의 프로그램은 믿기지 않을 만큼 견고한 것 같았다. 시점이 사실적이고 일관적이었기 때문이다. 이보다 못한 코딩으로 이루어진 공간에서는 주변 환경이 미묘하게 뒤틀리거나 색깔이 변하거나 조명이 미치지 않는 부분이 생기는 식으로 약점이 느껴졌다.

"이게 다 무슨 목적일까?" 브라이슨이 속삭였다. 이제는 그들 모두가, 어둠 속에서 무언가가 들릴지 모른다는 듯 속삭이고 있었다.

"이건 통로야." 마이클이 대답했다. 점점 더 말이 그럴듯해지는 것 같았다. "케인은 비밀의 장소에 아무도 들어오지 못하게 막는 건 불가능하다는 걸 알았어. 착한 놈들한테 해킹 기술이 있을 거라는 것도 알았고. 그래서 우리가 게임을 거쳐 자기 손아귀로 들어오게 한 거야. 사람들을 겁줘서, 돌아가고 싶어지는 일련의 방화벽 프로그램으로 끌어들이는 게 훨씬 쉽잖아. 아니면 그 사람들을 죽여서 같은 목적을 이루든지. 제기랄, 이 자식 진짜 싫다."

"그냥 '자식'이 아니야." 세라가 말했다. "미치광이 게이머지."

마이클이 말을 바꾸었다. "제기랄, 이 미치광이 게이머 진짜 싫다."

그들은 계속 나아갔지만 아무것도 바뀌지 않았고, 새로운 것도 나타나지 않았다.

그때 다시 유령의 소리가 들려와 마이클은 가슴이 철렁했다. 일행은 우뚝 멈춰 섰다.

"마이클." 흐느끼는 듯한 속삭임. "마이클."

바람이 다시 불어왔지만 이번에는 그냥 지나가는 산들바람이 아니었다. 이번 바람은 멈추지 않고 쏟아지듯 다가와 방향을 바꾸며 그들의 옷과 머리카락을 잡아당겼다. 신음이 공기를 가득 채웠다. 복도에서 들었던 것보다도 더 큰 소리였다. 고통스러워 끙끙대며 땀으로 젖은 침대에 동그랗게 몸을 웅크리고 있는 남자가 떠올랐다.

"마이클, 마이클, 마이클." 다시, 또 다시 그 말이 들려왔다. 신음이 들리는 내내, 사방에서 동시에. 마이클은 무슨 생각을 해야 할지 알 수 없었다. 목소리는 확실히 전보다 시끄러웠다.

"이제부터는 내가 귀신의 집에 들어가려고 하면 말려." 브라이슨이 말했다. "근데 왜 너만 괴롭히는 거야?"

새로운 소리가 공기를 갈랐다. 부자연스럽게 길고 날카로운 여자의 비명이었다.

"더는 못 견디겠어!" 세라가 두 손으로 귀를 막고 소리쳤다. "여기서 나가자!"

마이클은 아주 좋은 생각이라고 생각했다. 그는 세라의 손을 잡고 앞으로 달리기 시작했다. 브라이슨이 바로 뒤에 있었다. 그들의 넷스크린이 위아래로 흔들리며 빛이 눈앞에서 까닥거렸다. 끔찍한 소음은 점점 커질 뿐이었고 잔바람은 엉겨 거세졌다.

"마이클, 마이클, 마이클…."

마이클은 세라를 끌고 가며 속도를 높였다. 그렇게 달려가는데 아래쪽 바닥이 갑자기 말랑해졌다. 한 걸음 내디딜 때마다 마이클의 발이 몇 센티미터씩 가라앉았다. 마침내 그는 발을 헛디뎌 흔들리는 표면에 넘어졌다.

검은 모래였다. 바람이 다시 불어와 그 모래를 채찍질하듯 피부에 끼얹었다. 신음은 이제 울부짖음으로 바뀌었고, 단어들은 서로 섞여 해독할 수 없는 어떤 언어처럼 들렸다.

"이건 말이 안 돼!" 브라이슨이 외쳤다. 소음 때문에 그의 말이 거의 들리지 않았다. 마이클은 무릎을 꿇은 채 믿을 수 없다는 듯 주위를 둘러보았다.

세라가 막 자리에서 일어나고 있었다. "계속해서 가야…."

아래쪽 땅이 완전히 무너져 내리면서 그들은 모래 구름 속으로 곤두박질쳤고, 동시에 그녀의 목소리도 끊겼다.

6

오랫동안 마이클은 심장이 가슴속을 떠다니는 듯한 기분을 느끼며 죽을 준비를 했다. 그는 타냐와 함께했던 금문교로 돌아와 바다로 추락하고 있었다. 그러나 어딘가에 세게 부딪치는 대신 단단하고 서늘한 표면이 등에 닿는 게 느껴지자 안도감이 찾아왔다. 그는 더 이상 떨어지지 않았다. *미끄러졌다.* 아래쪽 표면이 계단으로 바뀌며 낙하 속도가 느려졌다. 그는 멈추려고 발버둥 치며 굴렀다.

그는 덜컥 충격이 느껴질 때마다 신음하며 손과 발로 버틴 끝에 멈춰 섰다. 계단의 단단한 모서리에 턱을 부딪쳤다. 눈을 감고 숨을 들이마셨다. 그때 누군가가 그의 위로 떨어졌다.

마이클은 비명을 지르며 지난 몇 시간 동안 느꼈던 좌절감을 모두 토해냈다. 아드레날린이 솟구치자마자 자제할 틈도 없이 누군지도 모를 그 사람을 던져버렸다. 손을 놓는 순간 그게 세라라는 것을 안 마이클은 그녀가 공중제비를 돌다가 몇 계단 아래에서 멈추는 모습을 겁에 질려 지켜보았다.

"미안." 당황한 그가 중얼거렸다. 계단 아래로 던져버리다니, 대단한 우정이었다. "잠깐 정신이 나갔어."

세라가 그를 올려다보았다. 얼굴을 잔뜩 찡그리고 있었다. 그녀는 입을 열어 뭔가 말하려다가 곧 마음을 고쳐먹은 모양이었다. 그때 어색한 자세로 드러누워 있던 브라이슨이 눈에 띄었다. 넷스크린이 브라이슨에게서 몇 미터 위에 떠다녔다.

마이클은 가슴까지 다리를 말아 올리고 두 팔을 감쌌다. 떠올랐을 때 몸에 어떤 멍이 들어 있을지는 상상에 맡길 수밖에 없었다. 코핀은 체벌의 전문가였다.

"그거 아프네." 브라이슨이 말했다. 그는 저 멀리 어느 지점을 응시하고 있었다.

마이클은 주위를 둘러보았지만 똑같이 끝없는 어둠만이 보였다. "응, 그러게." 그가 맞장구 쳤다. "케인이 이렇게 복잡한 장소를 만들어 내는 건 불가능했을 거라는 확신이 든다. 우리 세 사람이 꿰뚫기는커녕 거의 읽지도 못하는 프로그램을 어떻게 만들 수 있겠냐? 조작은 둘째치더라도."

"모르지." 브라이슨이 대답했다. "도움을 아주 많이 받았을 수도 있고. 아니면 케인한테는 아직 우리가 알아내지 못한 점이 있을지도 몰라. 근데 아주 이상해. 우리한테 보이는 약한 부분은 전부 케인이 보여주고 싶어 하는 것뿐이라는 네 말이 맞는 것 같아. 그렇게 해서 우리가 놈의 계획에 따라 통로를 나아가게 하는 거지. 이 쥐새끼한테 질투가 날 지경이야."

세라는 훌쩍이기 시작했다. 그녀의 어깨가 떨리는 게 보였다. 머리는 두 팔에 묻혀 있었다. 이런, 그가 생각했다. 사태가 정말로 심각해졌다. 세라가 우는 모습을 마지막으로 본 게 언제인지 기억도 나지 않았다. 그는 그녀를 위로하려고 움직였다. 몸의 모든 부위가 불평을 해댔다. 그는 세라의 옆까지 조심스럽게 한 걸음씩 내려간 다음 손을 뻗어 그녀의 등을 어루만졌다.

그녀가 눈을 들어 그와 눈을 맞췄다. 얼굴에 눈물이 흐르고 있었지만, 어둠침침한 불빛 속에서도 마이클은 그녀가 화나지 않았다는 걸 알 수 있었다. 적어도 *그에게* 화난 건 아니었다.

"괜찮아?" 그가 물었다. 멍청한 질문인 건 분명했지만 달리 무슨 말을 해야 할지 확신이 서지 않았다.

"음, 한번 생각해 볼게…. 아니, 안 괜찮아." 그녀는 미소를 지으려 어설프게 시도했다가 자세를 바꿔 그의 옆으로 일어나 앉으며 움찔했다. "방금 무슨 일이 일어난 거야?"

답을 가지고 있는 사람은 브라이슨이었다. "음, 우리는 기다린 복도에, 그다음에는 검은 방에 있었고 그다음에는 모래 위를 걸어가고 있었어. 그러다가 계단으로 바뀌는 미끄럼틀을 따라 떨어졌고. 이런 거 한 번도 안 해봤어?"

"해봤다고는 못 하겠네." 그녀가 힘없이 대답했다. "코드에 대해서는 너희들 말이 맞아. 케인에 대해서도 그렇고. 진짜 이상해."

마이클은 이 계단에 과연 끝이 있기는 한지 아래쪽을 자세히 살폈다. 그러나 계단도 복도처럼 어둠 속으로 사라졌다.

"계속 가야 해. 여기서 나가야지." 마이클도 그렇게 말하고 싶지는 않았지만, 다른 선택지가 없었다.

"왜?" 브라이슨이 비통하게 물었다. "다음엔 그냥 더 지독한 게 나올 뿐일 텐데."

마이클이 어깨를 으쓱했다. "맞아. 우린 그것도, 그다음 것도 지나갈 거야. 신성한 협곡에 가서 이 모든 것들을 알아낼 때까지 가고,

가고, 또 가야 해."

"아니면 죽어서 집으로 돌아가거나." 세라가 조용히 말했다.

"아니면 죽어서 집으로 돌아가거나." 마이클이 되뇌었다. 슬립에서 그토록 많은 시간을 보냈는데도 이 거대한 방화벽을 돌파하기에는 턱없이 부족한 경험밖에 못 했다니 화가 났다. 그는 분노하고 아파하며 일어나 계단을 내려가기 시작했다.

7

두 시간 동안은 아무 변화도 없었다. 더 멀리 나아가자 그들과 함께 떨어진 모래가 계단에서 사라졌을 뿐이었다. 무한함은 계속되었다. 계단, 그리고 더 많은 계단. 그들은 아래로, 아래로, 아래로, 서늘한 어둠 속에 넷스크린의 불빛으로 길을 밝히며 걸어갔다. 프로그램에서 지름길이나 나가는 길을 찾으려고도 했지만 아무리 여러 번 시도해도 그저 뱅뱅 돌게만 되었다. 아무것도 말이 되지 않았다.

마침내 그들은 잠을 자야 한다는 결정을 내렸다.

"한 사람당 계단 한 칸에 누울 수 있겠는데." 그들이 걸음을 멈추었을 때 브라이슨이 지적했다.

누우면서는 아무도 말을 하지 않았다. 마이클은 이렇게까지 피곤해 본 적이 없었다. 몸과 마음에 모두 휴식이 필요했다.

하지만 이상하게도 마이클은 잠이 오지 않았다. 어쩌면 뭉 때문일지도 몰랐고, 어쩌면 그저 신경이 날카로워져서 그런 걸지도 몰랐다. 다음에 닥칠 정체 모를 것을 기다리는 데에 온 정신이 사로잡혀 있는 걸지도 몰랐다. 아무튼 그는 잠들 수 없었다. 대신 정신은 정처 없이 떠돌았다. 왠지 오직 한 가지 생각만이 들었다.

부모님.

어쩌다 그런 생각이 났는지 알 수 없었다. 물론 부모님이 그립기는 했다. 그분들이 이 모든 케인 문제를 알아낼까 봐 걱정되기도 했다.

하지만 그때 한 가지 생각이 떠올랐다. 너무 충격적이고 믿을 수 없어서, 너무 당혹스러워서 마이클은 똑바로 일어나 앉아 애써 숨을 들이마셔야만 했다. 다행히도 브라이슨과 세라는 잠들어 있었다. 마이클은 두 사람이 던질 질문을 감당할 수 없었다. 자신에게 대답이 있는지도 확실하지 않았다.

마이클은 눈을 감고 집중하며 양쪽 관자놀이를 문질렀다. 그저 기운이 빠져 머리가 제대로 돌아가지 않는 걸지도 몰랐다. 그는 심호흡하고 마음을 진정시키며, 아주 꼼꼼하게 생각의 줄기를 따라갔다. 최근의 생활을 하루하루 전부 역순으로 떠올리며 발생한 사건을 적어놓은 머릿속 목록을 훑었다.

1주일. 2주일. 3주일. 한 달. 두 달. 하루하루, 시간을 거슬러 가며 일상생활의 체크리스트를 살피려 노력했다. 그의 기억력은 생각보다 강했다. 수많은 일, 수많은 사건을 떠올릴 수 있었다. 하지만 한 가지 두드러지면서도 엄청난 사건은 도저히 떠올릴 수 없었다. 아무리 바빠도 그렇지, 어떻게 그런 일을 지금껏 눈치조차 채지 못했을까? 얼마나 학교와 버트넷에만 정신이 팔렸기에?

마이클의 신경이 거슬렸던 건 틀림없이 그래서였다.

마이클은 문자 그대로, 부모님을 마지막으로 보았던 때가 기억나지 않았다.

CHAPTER 15

먼 곳의 문

1

게다가 헬가도 돌아오지 않았다.

부모님과 가사도우미에게 뭔가 끔찍한 일이 벌어졌을지 모른다는 생각과 게임에 빠져 이토록 오랜 시간이 지나서야 이를 눈치챘다는 사실 중 무엇이 더 신경 쓰이는지 알 수 없었다. 무서웠고, 무서운 만큼 수치스러웠다.

마이클은 벌어질 가능성이 있는 일들을 애써 떠올려 보았다. VNS가 어떤 식으로든 연루되어 있을지도 몰랐다. 아니면 케인이나 이 죽음의 법칙 프로그램이 관련된 것일지도 모르고. 지난 두 주 동안 그의 인생을 극적으로 바꾸어 놓은 모든 일이 어떤 식으로든 연관되어 있었다. 흩어진 점들을 어떻게 연결해야 할지는 알 수 없었지만.

기억나지 않았다. 마음에 압박을 가하면 가할수록 부모님과 마지막으로 함께 있었던 정확한 시간이 떠오르지 않았다. 파티와 식사, 자동차 드라이브 등 그가 생각한 모든 일은 늘 압도적인 사실처럼 보였으니, 당연히 그 이후로 어느 순간에는 부모님을 보았을 것이다. 하지만 아무 기억도 나지 않았다.

기괴했다. 마이클은 공포에 질렸다. 이 모든 일이 더욱 두렵게 느껴졌던 건 이 일이 킬심과 관련되었을지 모른다는 의심이 어쩔 수 없이 들었기 때문이었다. 그는 그 짐승이 틀림없이 자신의 뇌에 무슨 짓을 저질렀을 거라 생각했다.

그는 무엇을 해야 할지, 무엇을 생각해야 할지 알 수 없었지만 가까스로 마음을 다스리고 자기에게 배정된 계단에 누워 몸을 쭉 폈다. 그는 도저히 막을 수 없는 피로 때문에 잠에 빠졌다.

2

브라이슨이 어깨를 부드럽게 흔들어 그를 깨웠다. 마이클은 흐릿한 눈으로 친구를 보았다.

"야, 인마." 브라이슨이 말했다. "우린 한 시간 전에 일어났어. 넌 뚱뚱한 곰처럼 코를 골더라."

마이클은 두 다리를 휙 돌려 일어나 앉았다. 하품을 하고 눈을 비볐다. 계단의 검은 세계가 잠시 기울어지더니 저절로 바로 섰다. 그들이 잠들어 있는 동안 바뀐 것은 아무것도 없었다.

"어젯밤에 나 말고도 이상한 꿈 꾼 사람 있어?" 세라가 물었다. "내 꿈에는 토끼 옷을 입은 남자가 나오더라. 더 자세한 내용은 묻지 마."

마이클은 전혀 꿈을 꾸지 않았지만, 심란한 깨달음이 다시 떠올라 충격을 받았다. 왜 마지막으로 부모님을 본 기억이 나지 않는 걸까? 두 분은 어디에 있을까? 어째서 헬가는 집에 돌아오지 않았을까? 엄마와 아빠가 그토록 오랫동안 떠나 있는데, 어떻게 그걸 의식하지 않을 수 있었을까? 마이클과 부모님은 원래도 부모님이 여행 중일

때 별 대화를 나누지 않았지만, 그렇더라도 이상했다. 뭔가가 어떤 형태로든 틀림없이 잘못되었다.

"마이클?" 세라가 물었다. "너 괜찮아?"

마이클은 그녀를 보고, 자신의 이상한 현상에 대해서는 누구에게도 설명할 방법이 없다고 판단했다. "응, 괜찮아. 그냥 계단을 좀 더 내려가야 한다니 신이 나서. 배도 너무 고프고. 브라이슨의 다리라도 하나 먹을까 생각 중이야."

"털부터 먼저 깎는 게 좋을 거다." 브라이슨은 권하기라도 하듯 다리 하나를 마이클 앞에 쭉 들어올리며 대답했다. 그는 다시 다리를 내리고 말했다. "난 이상한 꿈을 꿨어. 꿈에 마이클이 나왔는데도 내가 엄청나게 행복한 삶을 살고 있었고, 아무도 나를 죽이려 들거나 내 뇌에 영구적인 손상을 주려 하지 않더라니까. 달콤하더라."

"그거 정말 괜찮겠다." 세라가 말했다.

마이클이 일어서 기지개를 켰다. "하, 하하. 이 멍청한 계단이나 내려가자."

아무도 반대하지 않았다. 그들은 한 계단 한 계단 다시 내려가기 시작했다.

3

무슨 변화라도 일어날 때까지 걸리는 시간을 측정하기란 불가능했다. 마이클은 꽤 오랫동안 계단을, 그다음에는 초와 분을 헤아려 보려 했다. 단지 부모님이 아닌 무언가에 마음을 쓰고 싶어서였다. 손목시계는 어느 순간 멈춰 버렸고 세 사람의 넷스크린 시계도 계속해서 오작동했다. 내려가는 시간이 길어질수록 마이클은 점점 더 미칠 것만 같았다. 그는 단조로움이 슬슬 만들어 내는 불안감을 애써 억눌러야만 했다. 얼핏 보기에도 해킹이 불가능해 보이는 코드의 해킹 시도(와 실패)는 사태를 더욱 악화시키기만 했다.

그러다 마침내, 그들은 문을 발견했다.

문은 계단 끝에 있었다. 주변 공간이 점점 좁아져 터널이 되었는데, 터널 끝이 평범한 나무문으로 가로막혀 있었다. 그 문을 보자 안도감이 밀려들었다. 비합리적으로 솟구치는 현기증 때문에 마이클은 낄낄 웃음을 터뜨렸다.

"뭐가 웃겨?" 브라이슨이 자기도 여차하면 미소를 지으려는 듯 물었다. "같이 좀 웃자."

"아니, 웃긴 건 아냐." 처음으로 문에 다다른 사람은 마이클이었다. 그는 둥근 청동 문손잡이를 향해 손을 뻗었다. "그냥 집에 와서 기뻐."

브라이슨이 그 말에 히죽거렸고 마이클은 그 이상의 대화를 기대하지 않았다. 그가 손잡이를 비틀자 문이 쉽게 활짝 열렸다. 그는 문을 넘어, 그들을 기다리고 있던 존재를 보았다.

사람들이 벽에 등을 붙이고 길게 두 줄로 복도 저편까지 늘어서 있었다. 모두 눈을 뜨고 있었는데도 꼭 죽은 것처럼 보였다.

4

마이클은 문턱을 지나자마자 멈춰 섰다. 뒤에서 친구들의 존재가 느껴졌지만 아무도 그를 재촉하려 들지 않았다. 마이클은 복도 저편으로 걸어가고 싶은 마음은 친구들이나 자기나 똑같을 거라고 확신했다. 그러니까 전혀 그러고 싶지 않았다는 뜻이다.

유령의 집 복도에서처럼 천장에는 갓을 씌우지 않은 전구 여러 개가 두 줄로 걸린 채 서 있는 사람들을 비추었다. 문득 마이클은 오랫동안 휩싸여 있던 어둠이 그리워졌다. 낯선 이들은 석상처럼 가만히 서 있었으며, 그들 모두의 눈이 마이클과 친구들에게 향해 있었다.

마이클은 가장 가까운 이들에게 초점을 맞췄다. 오른쪽에 한 여자가 있었는데 피부가 달빛처럼 창백했다. 주름졌지만 깨끗한 흰옷을 입고 있었다. 그녀의 어두운 두 눈이 마이클의 눈을 파고들었다. 어느 순간에든 입을 열어 마이클에게 말을 걸어올 것만 같았다.

그녀의 바로 맞은편, 마이클의 왼쪽에는 검은 정장 차림의 남자가 있었다. 그는 여자만큼이나 창백하고 고요했지만, 오른팔을 몸에서 반쯤 뻗어 손가락을 쫙 벌리고 있었다.

마이클은 복도를 따라 늘어선 다른 이들에게 초점을 맞추었다. 그들 모두가 유령처럼 하얬고, 미동도 하지 않은 채 새로 도착한 이들을 응시하고 있었다. 방금 전 남자가 그렇듯 그들 다수는 이상한 자세로 굳어져 있었다. 꼭 어떤 행동을 하는 도중에 돌로 변해버린 것 같았다.

"저기요?" 브라이슨이 소리쳤다. 복도에 메아리치던 그 목소리가 잦아들기도 전에 눈앞의 모든 사람들이 약간씩 움직였다. 마이클은 가슴이 철렁했다.

"방금 뭐였어?" 세라가 속삭이자 몸뚱이 몇몇이 움찔거렸다. 그녀는 더욱 소리를 낮춰 말했다. "코드에서 알 수 있는 건 통로가 곧장 앞으로 뻗어 있는 듯이 보인다는 것뿐이야. 돌파할 수 있는 부분도 없고, 다른 길도 전혀 보이지 않아."

"기왕이면 새로운 소식을 좀 전해주지그래?" 브라이슨이 덧붙였다. "나도 안 보여."

마이클은 아주 천천히 몸을 돌려 두 친구를 마주 보았다. 그런 다음 자신에게조차 거의 들리지 않는 조용한 목소리로 말했다. "좋아. 그런데 말하지 마. 갑자기 움직이지도 말고. 날 따라와."

그는 뒤돌아 앞으로 조심스럽게 한 걸음, 한 걸음 나아갔다. 낯선 이들의 머리가 천천히 돌아가며 그의 움직임을 지켜보았다. 그들의 시선은 특히 마이클에게 맞춰져 있었다. 마이클은 그들이 무슨 짓을 할지 몰라 겁에 질린 채 그들을 주시했다. 한 사람 한 사람 지나갈 때마다 질식할 듯한 두려움이 가슴속에서 자라나 숨쉬기가 점점 더 힘들어졌다.

그는 억지로 한 걸음, 한 걸음을 가능한 한 천천히 내딛으며 앞으로 나아갔다. 등 뒤로 브라이슨과 세라를 느낄 수 있었으나 감히 고개를 돌려 친구들을 보지는 못했다. 그들은 코가 크고 눈이 번뜩이는 한 노인을 지났다. 그다음에는 창백한 피부에 든 멍처럼 거대한 모반이 얼굴 반을 뒤덮고 있는 또 다른 남자. 입을 크게 벌린, 치아는 하얗고 잇몸은 퍼런 여자. 희미한 미소를 지은 채 얼굴이 굳어 있는 어린아이.

마이클은 코끝이 간질거리더니 그 느낌이 점점 심해져 참을 수 없었다. 재채기하자 주변의 몸뚱이들이 다시 움찔거리며 팔과 손을 거의 한 뼘쯤 치켜들었다. 마이클은 가슴이 철렁해 멈춰서서, 아무 일도 벌어지지 않았다는 게 확실해질 때까지 기다렸다. 모든 것이 잠잠했다. 그는 안도하며 다시 앞으로 나아갔다. 괴로울 만큼 느린 걸음으로 한 걸음, 한 걸음씩.

대략 열 명가량의 사람을 더 지나쳤을 때 마이클이 바닥에 있던,

고르지 못한 틈새에 발을 헛디뎠다. 그는 어깨를 부딪치며 바닥에 넘어졌다. 그리고 단단한 바닥에 몸이 채 닿기도 전에, 주변 모든 사람이 움직이는 소리가 들려왔다.

5

마이클은 몸을 굴려 등을 아래로 하고, 얼굴을 보호하려고 두 팔을 치켜들었다가 그대로 굳어졌다. 위쪽의 광경은 공포영화의 포스터 같았다. 여러 쌍의 손이 그를 향해 뻗어왔다. 그 팔들이 액자가 되어 성난 얼굴들을 담았다. 하지만 마이클과 동시에 그들도 얼어붙었다. 날카로운 손톱이 달린 뼈처럼 흰 손가락이 위에서 맴돌았다. 허기로 번뜩이는 눈들이 아래를 내려다보았다. 하지만 아무도 움직이지는 않았다.

마이클은 쿵쾅대는 자신의 심장 소리가 머잖아 놈들에게도 들리리라 확신하며 애써 마음을 가라앉혔다. 몇 차례 천천히, 길고 깊게 숨을 쉬었다. 그런 다음 자세를 가다듬고 뒤쪽으로 조금씩 움직이기 시작했다. 동작이 커지지 않도록 두 팔과 두 다리를 모두 썼다. 전신에서 땀이 쏟아져 옷을 적시고 얼굴 양옆으로 방울져 떨어졌다. 그는 자신을 주시하는 수많은 눈에서 시선을 뗄 수 없었다. 한 번만 실수하면 놈들이 공격할 것이다. 마이클은 알고 있었다. 그러면 모든 것이 끝이다. 싸움은 더 많은 움직임만을 일으킬 테니까.

'좋은 생각만 하자.' 마이클은 천천히 그들에게서 멀어지며 생각했다.

마침내 마이클은 팔로 이루어진, 얼어붙은 덮개 아래에서 빠져나왔다. 가장 소름 끼쳤던 건 그들이 목 아래로는 꼼짝도 하지 않으면서 눈으로는 계속해서 그의 움직임을 좇았다는 점이다. 한기가 몸을 훑었다.

그는 아주 느린 동작으로 몸을 돌려 일어났다. 브라이슨과 세라를 돌아보니 그들은 마이클이 방금 빠져나온 무리 반대편에 있었다. 그나마 다행스럽게도 몇몇 사람들이 서 있는 벽을 따라 공간이 트여 있었다. 두 친구는 그리로 미끄러져 들어와 사람들을 우회했다. 그들은 다시 한번 함께하게 되었다. 브라이슨은 평소와 달리 흥분해 제정신이 아니었다. 긴장한 표정에 시선은 거칠었다. 마이클은 괜찮은지 묻고 싶었지만, 소리를 낼 여유가 전혀 없다는 걸 알고 있었기에 조용히 앞으로 나아갔다.

그들은 복도를 따라 이동했다. 천천히, 아주 천천히.

6

침묵을 지키는 건 힘든 일이었다. 세 사람은 마이클 평생에 가장 느린 속도로 조금씩 움직였다. 낯선 이들이 꼼짝하지 않는 것은 만족스러웠지만 그 속도 때문에 마이클은 약간 미칠 것만 같았다.

마이클이 보기에는 지나쳐 온 사람들이 점점 한 덩어리로 녹아드는 듯했다. 더 이상 남자와 여자, 어른과 아이, 뚱뚱한 이와 마른 이가 구분되지 않았다. 그 모두가 단지 창백한 피부와 노려보는 눈동자의 만화경이었다. 마이클은 복도 저 끝, 먼 곳에 초점을 맞추고 그들을 애써 보지 않았다.

그렇게 영원과도 같은 시간이 흐른 뒤, 종착지가 눈에 들어왔다. 저 멀리, 또 다른 문이 보였다.

7

문을 보는 순간, 불쑥 달려가고 싶은 충동이 억누르기 힘들 만큼 커졌다. 그러나 마이클은 그 충동을 참아냈다. 계속해서 신중하게, 조심히 문을 향해 나아갔다.

걸어가는 동안 눈이 마이클 일행을 쫓았다. 마이클이 속도를 늦추는 데에만 집중하고 있을 때 뒤쪽에서 이상한 소리가 들리기 시작했다. 누군가 흐느끼는 것 같았다. 그 사람이 브라이슨이라는 걸 깨닫고 마이클은 가슴이 철렁했다. 양쪽의 낯선 이들이 모두 움찔거리는 게 보였다.

"케인과 이곳의 이상한 코드를 계속 생각하고 있었는데 말이야." 브라이슨이 지나칠 만큼 큰 소리로 속삭였다. 벽에 줄지어 서 있는 사람들이 다시 움찔거렸다. "그러다가 문득 떠올랐어. 케인이 진짜 게이머가 아니라면? 만약에… 엇! 저 위는 코드가 약하다!"

마지막 몇 마디는 속삭임이 아니라 메아리치는 고함으로 튀어나왔다. 브라이슨의 목소리가 침묵에 끼얹어지자 마이클의 마음은 공포의 소용돌이가 되어 빙빙 돌았다. 브라이슨이 돌연 그를 옆으로 밀치고 지나 문을 향해 전속력으로 달렸다. 마이클은 차가운 몸뚱이에 부딪혔고, 그 몸뚱이는 갑자기 살아났다. 하지만 마이클에게 덤비는 대신, 짐승은 브라이슨을 급히 뒤쫓았다. 놈들 모두가 그랬다. 모든 형체가 하나하나 브라이슨을 추격하고 있었다. 마이클은 무릎을 꿇고 주저앉아, 공포로 넋을 잃은 채 그 악랄한 무리가 친구를 뒤쫓아 맹공격하는 모습을 지켜보다.

8

마이클은 사태를 이해했다. 슬립에서 사람들은 언제나, 어느 정도로는 자기가 실제 세계에 있는 게 아니라는 점을 알고 있었다. 최악의 시나리오라고 해봐야 (꽤 끔찍하게) 죽어 코핀이 있는 집으로 돌아오는 최후를 맞는 것이었다. 그런 다음 밖으로 나와 샤워를 하고 재앙에서 회복한 뒤 다음 날 다시 게임을 하러 가면 됐다. 사람들은 그 기본적인 진실을 언제나 알았다.

하지만 통로에서는 그런 생각이 좀 더 어렴풋하게 느껴졌다. 그렇기에 마이클은 그 순간 무얼 해야 할지 쉽게 결정할 수 없었다. 그는 브라이슨이 이제부터 경험하게 될 일이 사실 현실이 아니라는 걸 알고 있었다. 그렇지 않았다면 한순간도 망설이지 않고 친구를 쫓아가 그를 구하려 했을 것이다. 일반적인 버트넷 게임 안에서라도 같은 행동을 했을 것이다. 어쨌거나 게임이니까. 하지만 여기에서는 마이클이 죽으면 임무도 끝이었다. 그런 위험을 감수할 수는 없었다.

하지만 이런 확신을 품었다고 해서 점점 커져가는 폭력의 소음을 듣는 게 조금이라도 쉬워지는 건 아니었다. 정말이지 이건 게임처럼 느껴지지 않았다.

세라가 마이클 옆에 주저앉았다. "해킹을 해야…."

마이클이 말을 잘랐다. "여러 번 해봤잖아."

"그럼 한 번 더 해봐야지!" 그녀의 얼굴이 붉어졌다.

"그래." 마이클이 어깨를 으쓱했다. "네 말이 맞아."

마이클은 눈을 감고 주변의 코드 왕국에 진입했다. 쑤셔보고 찔러보며 데이터를 헤엄치고 다녔다. 같은 일을 하는 세라의 디지털 존재가 느껴졌다. 하지만 이곳의 통로는 전보다도 강하게 보호되고 있었다. 마이클은 브라이슨이 공격받는 곳의 코드에 접근하려고 발악했지만 해낼 수 없었다.

세라는 더 오래 시도했으나 역시 코드에 접근하지 못했다.

"어쨌든 고마워." 그녀가 부드럽게 말했다.

그녀와 마이클은 다시 눈을 뜨고 브라이슨에게서 시선을 돌렸다. 브라이슨에게 필연적으로 닥칠 일을 보게 될지도 모른다는 가능성조차 싫었다. 소리만으로도 충분히 끔찍했다. 으르렁대는 소리와 찢는 소리, 뜯는 소리. 분노의, 아니 어쩌면 기쁨의 함성.

물론 그중 최악은 브라이슨의 비명이었다. 여러 차례 들려온 비명이 다른 모든 소리를 누르고 공기를 찢으며 그 기다란 복도를 따라 전해졌다. 마치 브라이슨이 바로 옆에 있는 것만 같았다. 울부짖음은 처절했으며 공포감으로 가득 차 있어 마이클의 심장이 아플 지경이었다. 꼭 누군가가 심장을 두 주먹으로 꽉 짜내는 것만 같았다. 슬립에서 이런 인생을 살겠노라고 자원한 건 그들이었다. 하지만 현실이든 아니든, 그 순간 브라이슨은 놈들이 가하는 고문을 작은 부분까지 하나하나 전부 느끼고 있었다.

마침내 자비롭게도 고문이 멈추었다. 보지는 않았으나 마이클은 브라이슨의 남은 부분이 사라졌다는 걸, 그의 오라에 깃든 생명의 마지막 숨결과 함께 가버렸다는 걸 알 수 있었다. 그의 친구는 멀리 떨어진 어느 곳의 코핀에서 깨어나고 있으리라. 아마 그 엄청난 공포 때문에 계속 비명을 지르면서.

세라는 마이클의 손을 꽉 잡았다. 마이클은 하루도 되지 않는 시간 동안 두 번째로 그녀의 울음소리를 들었다.

다시 모든 것이 고요해진 뒤에야 마이클은 친구가 질겁하기 직전

했던 이상한 말이 떠올랐다. 그게 단지 한계에 몰린 사람의 헛소리
인지 궁금했다.

케인이 진짜 게이머가 아니라면?

마이클은 눈을 감았다. 마음 같아서는 그 자신도 눈물을 흘리기
일보 직전이었다. 대체 브라이슨의 말은 무슨 뜻이었을까?

CHAPTER 16

고립된 남자

1

브라이슨의 몸이 사라지자마자 놈들은 얼어붙었고 복도는 다시 한번 조용해졌다. 마이클과 세라는 갑작스레 움직이지 않으려고 조심조심 천천히 일어났다. 브라이슨은 사라졌다. 그가 통로에서 그들과 다시 함께할 일은 없다. 이곳이 바로 브라이슨이 방금 겪은 일의 현장이라는 심리적 충격이 짙은 안개처럼 마이클을 감쌌다. 브라이슨이 한 말에 대해 세라와 대화하고 싶었지만 좀비들을 깨우는 위험을 무릅쓰지는 않았다.

그는 할 수 있는 단 한 가지 일, 즉 문까지 가는 일에 집중했다. 소리를 죽일 수 있는 방법이 있는지 보려고 코드를 뒤져 보았다. 그토록 간단한 일조차 복잡한 방화벽 안에서는 거의 불가능했지만, 결국 마이클은 성공했다. 세라가 알아차리고 고개를 까딱하며 감사를 전했다.

한 걸음 한 걸음, 그들은 브라이슨의 목숨을 빼앗아 간 몸뚱이들의 언덕이라는 마지막 장애물에 이르기까지 목표물을 향해 나아갔다. 마이클은 벽을 얼싸안다시피 하고 팔과 다리 들을 넘어 조심조심 움직였다. 침묵을 프로그래밍해 두었는데도 신경이 곤두서고 이마에 땀방울이 맺혔다. 타는 듯한 갈증이 느껴졌다. 입이 너무 말라 먼지로 가득 찬 것만 같았다.

마침내 마이클은 움직이지 않는 몸뚱이들 건너편으로 나왔다. 세라가 바짝 뒤따랐다. 그들은 깊은 진흙탕과 싸우듯 한 걸음 한 걸음 터덜터덜 걸으며 계속 나아갔다.

문이 코앞에 있었다. '아름다운 문이네.' 마이클은 생각했다. 그들이 들어왔던 문처럼 이 문도 잠겨 있지 않았다. 마이클은 문을 열고 건너가 뒤에 있던 세라의 손을 잡아당겼다.

마이클은 어디에 와 있는지 알아볼 새도 없이 문을 쾅 닫았다. 그런 다음에야 뒤로 돌아 앞에 놓인 새로운 환경을 마주 보았다.

거대한 나무들로 이루어진 울창한 숲이었다. 물안개가 이끼처럼 가지마다 걸려 있었다. 잘 다져진 흙길이 그 숲을 가르고 관통하며 그와 세라를 숲 깊은 곳으로 초대했다. 그리고 오솔길의 시작점 근처, 거대한 참나무 가지 아래에는 붉은 망토를 입고 후드를 당겨 쓴 창백한 남자가 서 있었다.

"이런, 너희는 커플이로구나." 낯선 이가 말했다.

2

어째서인지 이 말을 들은 마이클의 첫 번째 반응은 휙 돌아서 문이 아직 있는지 확인하는 것이었다. 있었다. 거대한 회색 화강암 안에 박힌 모습으로, 꽉 닫힌 채로. 마이클은 왜 자기가 그런 행동을 했는지 확신할 수 없었다. 좀비들의 복도로는 절대 돌아가고 싶지 않았으니까. 하지만 이 숲과 그들을 환영한 남자에게도 뭔가 불길한 구석이 있었다.

그는 고개를 돌려 남자를 마주 보았다. 당연하게도 그는 여전히 참나무 옆에, 손을 깍지 끼고 서 있었다. 어슴푸레한 빛을 받아 붉은 망토가 반짝였다.

마이클은 낯선 이의 얼굴을 더 자세히 살펴보았다. 그는 나이가 많았지만 많이 늙지는 않았다. 피부는 주름졌으나 말년에 이른 사람의 쇠약함은 전혀 느껴지지 않았다. 입술은 가늘었고 폭이 좁은 매부리코에 턱은 뾰족했다. 그리고 눈은… 그 눈은 파란색, 거의 은색에 가까웠다. 색깔이 너무 엷어 안쪽에서부터 빛나는 것처럼 보였다.

"여긴 어디죠?" 세라가 익숙한 질문을 던졌다. "당신은 누구인가요?"

남자의 목소리는 쉰 것처럼 거칠었다. "너희들은 어둠과 죽음의 터, 멘덴스톤 숲가에 서 있다. 허나 두려워하지 말아라, 어린 친구들이여. 소나무와 참나무로 이루어진 이 웅대한 장벽 안에는 명상의 공간이 있고 그 안에서 너희는 음식과 은신처를 찾을 수 있을지니. 그곳은 또한 죽이고 살해하는 존재들로부터 너희를 보호해 줄 것이니라."

마이클은 아주 많은 어둠과 죽음을 보아왔다. 확실히 그런 건 더 이상 바라지 않았다. 그가 정말로 원한 것은 음식이었다. 배 속이 꼬르륵거렸다. 자기도 모르게 이 남자가 연쇄살인범이라도 상관없다는 생각이 들었다. 이 사람이 음식만 가지고 있다면 마이클은 어디로든 그를 따라갈 것이었다.

세라는 그렇게까지 절박하지는 않았다. "우리가 어디든 따라갈 만큼 당신을 믿을 거라고 생각하는 이유가 뭐죠? 우린 여기까지 우리

힘으로 왔어요. 우릴 기다리고 있던 사람을 만나자마자 함께 가야할 이유가 뭔가요?"

"음식이 있다잖아." 마이클이 몸을 숙이고 속삭였다.

낯선 이는 깍지를 풀어 두 손을 내렸다. 그의 몸에서는 그 외의 어떤 것도, 심지어 망토조차 흔들리지 않았다. "나는 평화로운 사람이다. 너희들은 나를 믿어도 된다, 어린 자들이여. 오라. 나와 함께 가서 잠시 머물러라."

마이클은 하마터면 큰 소리로 웃을 뻔했지만, 한편으로는 굶어 죽을 것만 같았다.

"알았어요." 그가 말했다. 세라가 항의하려 했지만 마이클이 손을 들어서 막았다. 뭔가 먹을 수만 있다면 나중에 혼이 난대도 그럴 만한 가치가 있었다. "하지만 당신이 뭐라도 이상한 짓을 하면, 우리도 이 생각 저 생각 하지 않고 당신을 웨이크로 돌려보낼 거예요."

남자는 미소 지었다. 반짝이는 눈에는 겁먹은 기색이 전혀 없었다. "물론이다." 그가 말했다.

낯선 이는 뒤돌아 숲속으로 이어지는 오솔길을 따라 걸었다. 그가 첫발을 내딛는 순간 털북숭이 짐승이 남자의 등을 타고 총총 올라가 그의 어깨에 자리 잡았다. 흰담비 혹은 족제비처럼 보였다. 그 짐승은 쥐 같은 코로 공기를 킁킁거리며 몸을 똑바로 세웠다.

"저거 봐." 마이클이 세라에게 속삭였다.

세라의 두 눈이 남자의 동행을 알아보고 놀라 휘둥그레졌다.

"응, 저건 좀 희한하네." 그녀가 조용히 대답했다. "이 남자를 따라가면 안 되는 세 번째 이유야."

마이클의 이성이 스며들어 허기를 압도하기 시작했다. 점점 친구의 의견이 맞을 것 같다는 생각이 들었다. 하지만 그 순간 낯선 이가 고개를 돌려, 그들에게 다시 소리치며 토론을 끝내버렸다.

"너희들은 나 없이 결코 통로의 다음 단계에 도달하지 못한다." 남자가 말했다. "코드를 아무리 해킹하더라도 신성한 협곡에는 결코 도달할 수 없노라."

그는 발걸음을 계속하여 어두운 숲속으로 사라졌다.

3

"가자." 마이클은 그렇게 말하고 세라의 팔을 잡아끌며 새 친구를 따라갔다.

세라는 팔을 빼냈지만 마이클의 곁에서 걸었다. "뱀을 따라서 놈의 소굴까지 들어가는 기분이야. 장담하는데, 이 사람은 아이들을 백 명쯤 죽였을 거라고."

숲속이었다. 거대한 나무들이 머리 위로 높이 솟아 있었다. 나무들은 잎사귀가 무성했으며 길고 성긴 이끼의 흔적에 뒤덮여 있었다. 서로 가까이 붙어 자라는 그 나무들 가운데를 오솔길이 깔끔하게 갈랐다. 프로그램의 마법이었다.

"저 사람, 아마 그냥 탄젠트일 거야." 마이클이 주변을 살피느라 목을 쭉 빼고 말했다. 숲의 유일한 빛은 나무 자체에서 나왔으며 상처 난 나무줄기가 으스스한 푸른색으로 빛났다. 숲속으로 깊이 들어갈수록 나뭇가지와 이파리 들이 길과 더욱 가깝게 뻗어 나왔다. 꼭 새롭게 나타난 사람들을 낚아채 가고 싶어 하는 듯했다.

"그럼 웨이크로 돌려보내겠다는 말은 왜 한 거야?" 세라가 물었다.

"할 만한 말이니까." 그가 대답했다. 정말이지 이야기하고 싶은 기분이 아니었다.

남자는 일정한 속도를 유지하며 그들보다 스무 걸음쯤 앞서나갔다. 방법은 알 수 없으나 그의 괴이한 애완동물이 어깨 위에 계속 걸터앉아 있었다. 공기는 시원했고 사방에서 축축한 흙냄새가 났다. 기분이 좋아질 지경이라는 생각이 들었지만, 썩어가는 악취가 그 한 귀퉁이를 더럽혔다. 유일한 소리는 귀뚜라미 울음소리와 가끔 들려오는 올빼미 소리뿐이었다.

"사실상 선택의 여지가 없는 것 같아." 세라가 중얼거렸다. "코드에서는 달리 갈 만한 방향이 보이지 않거든."

"아직도 의논이 안 끝난 거였어?" 마이클이 대꾸했다.

"그냥 하는 말이야." 세라가 으쓱하며 대답했다. 잠시 조용히 걷다가 그녀가 다시 입을 열었다. "브라이슨이 한 말에 대해서 이야기를 좀 해봐야겠어. 걘 정말로 뭔가를 깨달은 것 같더라. 그런데 왜 그렇게 흥분했을까? 코드에서 뭘 봤기에?"

마이클은 머릿속에서 친구의 마지막을 하나하나 자세히 떠올렸다. "진짜 이상한 말이었어. *케인이 진짜 게이머가 아니라면?* 그게 무슨 뜻일까?"

세라가 숨죽여 웃었다. "우리 서로 질문밖에 안 던지네. 필요한 건 답인데."

"그러게." 마이클은 낮게 늘어진 나뭇가지를 옆으로 밀어냈다. "통로의 코드가 하도 복잡해서 브라이슨이 무척 골치 아파했어. 나도 케인이 통로를 프로그래밍할 수 있다는 사실을 브라이슨이 왜 받아들이지 못했는지 알겠더라. 불가능해 보였어."

"그래서 케인이 진짜가 아니라고 생각한다는 거야?" 세라가 물었다. "예를 들면, 케인이 이 모든 일을 하는 집단이 쓰는 가명이라든지?"

"그럴지도 모르지." 마이클이 어깨를 으쓱하며 대답했다. "계속 생각해 봐. 코드도 자주 들여다보고. 우린 알아낼 수 있을 거야."

"응. 그냥… 긴장을 늦추지 말고 정신 바짝 차리자."

"긴장을 늦추지 말자고?" 그가 심하게 빈정거리며 따라 했다. "정신을 바짝 차리라고? 진짜?"

"그게 왜?"

그가 짧은 웃음을 흘렸다. "꼭 셜록 홈스같이 말하잖아. 돋보기라도 꺼낼래? 파이프라든지?"

세라가 미소 지었다. "고맙다는 얘기는 내가 목숨을 구해준 다음에 해도 돼."

"걱정하지 마. 눈 똑바로 뜨고 귀는 쫑긋 세울게. 코는 어쩔까?"

"닥, 쳐." 그녀가 속도를 올려 그를 앞질렀다.

마이클은 안내자를 힐끗 보았다. 남자는 걸음걸이가 매끄러웠다. 한 걸음씩 걸을 때마다 어깨의 족제비는 흔들리면서도 자세를 잃지 않았다. 마이클은 오솔길 양옆의 숲으로 관심을 돌렸다.

빛나는 나무들은 줄기가 두껍고 높아 위쪽의 검은 하늘까지 솟아 있었다. 마이클은 나무가 뿜어내는 창백한 빛이며 그 빛으로도 관통하지 못하는 밤의 어둠 때문에 왠지 세라와 함께 망각 속의 바다 깊은 곳을 떠다니는 기분이 들었다. 약간 멍해진 그는 야외를 걷고 있다는 사실을 떠올리려고 몇 차례 심호흡했다.

오솔길은 지금까지 보았던 대부분의 나무들보다도 더 큰 나무를 끼고 돌았다. 나무를 지나던 마이클의 눈길은 자연스럽게 그 뒤에서 기다리던 존재를 알아보았다. 숲속으로 겨우 몇 미터 들어간 곳에서 한 쌍의 밝은 노란색 눈동자가 그를 마주 쏘아보고 있었다. 그는 화들짝 놀라는 바람에 발을 헛디뎠다가 오솔길 가장자리를 따라 뒷걸음질 쳤다. 감히 눈을 돌릴 수 없었다. 킬심의 환각이 머릿속을 가득 채웠다.

눈의 주인은 시선으로만 마이클을 좇을 뿐 움직이지 않았다. 머잖아 오솔길의 방향이 틀어지며 나무 군락이 그 동물의 형체를 가렸다. 아니, 짐승이라고 해야 할까. 아니면 괴물이라든지. 뭐든 간에.

마이클은 세라에게 부딪치고 나서야 겨우 눈길을 돌렸다.

"왜 그래?" 그녀가 물었다.

그가 꺼낼 수 있는 말은 "미안"뿐이었다. 마이클은 완전히 겁에 질렸다. 갑자기 어떻게 해서든 낯선 이의 집에 가고 싶어졌다. 그 집에서 족제비와 함께 지내야 한대도.

4

숲은 계속해서 뻗어나갔다.

그 노란 눈이 세 쌍 더 보였지만, 첫 번째 경우와 마찬가지로 짐승들은 시선으로 그를 뒤쫓을 뿐 움직이지 않았다. 하지만 두려움의 칼날은 매번 똑같이 그를 찔러왔다. 마이클은 자기도 모르게 걷는 속도를 점점 높였다.

"갑자기 왜 그렇게 서둘러?" 마이클이 네 번째 동물을 엿보았을 때 세라가 물었다.

"저 밖에서 계속 눈이 보여." 그가 대답했다. 목소리에서 두려운 티가 났다. "킬심의 눈 같아. 크기는 좀 작지만. 그렇게 똑같지는 않아."

"아, 그래서 나를 방패로 삼으려고?"

"응, 비슷해." 마이클이 씩 웃었다.

세라가 직접 보려고 고개를 돌리려는 순간 망토 차림의 낯선 이가 멈춰 섰다.

"여긴 항상 눈물로 얼굴을 적시게 하는구나." 나이 든 남자가 말했다.

그의 눈은 황홀감 같은 것으로 크게 뜨여 있었다. (그의 말마따나) 눈물이 뺨에 흘러내리며 숲 나무의 기이한 빛을 받아 반짝였다. 마이클은 무엇이 그의 시선을 사로잡았는지 보려고 고개를 돌렸다.

오솔길 바로 앞에서, 두 나무의 가지들이 한데 얽혀 단단한 타래를 이루고 길 위에 아치를 드리우고 있었다. 아치의 가운데에는 손으로 그린 노란 글자 간판이 매달려 있었다. 글자들은 네온처럼 빛났다.

멘덴스톤 성소聖所
지배자 슬레이크
수석 감독관
모두 환영

"지배자 슬레이크?" 마이클이 물었다. "당신이 무슨 지배자란 말이에요?"

남자는 급히 돌아서 단단한 시선을 그에게 고정했다. "나는 너를 도우러 왔다, 소년아. 존경심을 보이지 않으면 내…." 말소리가 잦아들었다. 그의 시선은 세라에게, 다시 마이클에게 꽂혔다. "됐다. 가서 나와 함께 저녁을 먹자. 내 친구들이 기분 좋은 식사를 마련해 줄 것이다. 우리는 먹고 마시는 동안 불가에 앉아 우리의 뼈를 쉬게 하리라. 그런 다음 내가 너희에게 신성한 협곡으로 가는 방법을 말해 주겠노라. 너희들도 알게 되겠지만, 여기서부터는 무척 간단하다. 실로 대단히 간단하다.”

10여 가지 질문이 마이클의 머릿속을 스쳐 지나갔다. 남자는 아치를 향해 다시 걷기 시작했다. 마이클은 세라에게 지친 눈길을 잠시 던졌지만 결국 둘 다 남자의 뒤를 따랐다. 최소한 남자는 질문에 답을 해주었으니까.

5

숲은 간판이 있는 지점까지도 끝날 기미를 보이지 않았다. 하지만 간판 아래를 지나서 펼쳐진 공터에는 빽빽한 둥치 대신 여기저기 흩어진 나무가 몇 그루 있을 뿐이었다. 밝은 달이 위쪽에서 빛나며 길고 좁다란 그림자를 드리웠다. 30미터쯤 앞에 길고 낮은 건물, 멘덴스톤 성소가 뻗어 있었다. 오직 목조로만 만들어진 그 건물은 곳곳이 금방이라도 쓰러질 것처럼 휘어 있었다. 마이클이 정문이라고 생각한 곳 위에 거대한 환영 팻말이 걸려 있고, 활짝 열린 문 너머로 드러난 어둠은 깜박이는 불빛으로만 밝혀졌다.

마이클은 남자가 “집이다, 사랑하는 나의 집” 같은 말을 할 거라고 생각했지만 그는 입을 꽉 다문 채 역광을 받는 문으로 나아갈 뿐이었다. 마이클은 서둘러 그를 따라잡았다. 조금 더 긴장이 풀어지는 느낌이 들었다. 허기에 판단력이 꺾인 것뿐일지도 몰랐지만 말이다.

“친구들 얘기를 하셨잖아요.” 세라가 남자에게 말했다. “여기엔 몇 명이나 사는 거예요? 당신들은 수도사나 뭐 그런 건가요?"

슬레이크가 너털웃음을 지으며 몸을 들썩이자 어깨에 걸터앉은 족제비가 허공에 대고 킁킁거렸다. "수도사라. 수도사라 부를 수도 있겠지, 그 친구들을." 그가 다시 웃었다.

마이클은 세라에게 눈길을 던졌다. 그녀는 여기에 온 것이 마음에 들지 않는 모양이었다. 무슨 일이 터지든 전부 *마이클의* 잘못이라고 말하는 눈빛이었다.

그는 다시 슬레이크에게 고개를 돌렸다. "무슨 뜻이에요? 당신 친구가 누군데요?"

"곧 알게 되리니." 남자가 대답하더니 즐거운 듯 덧붙였다. "너희들이 배가 고팠으면 좋겠구나."

그 마지막 말에 마이클은 다시 한번 남자의 처분에 자신을 내맡겼다. 버트넷 음식을 조금만 먹을 수 있으면 뭐든 기꺼이 할 작정이었다.

"다 왔노라." 슬레이크가 열린 문에서 몇 미터 떨어진 곳에 멈춰서며 선언했다. 마이클은 안을 들여다보고 주위를 둘러보았으나 아무것도 알아보지 못했다. 그저 불빛 때문에 생긴 그림자의 깜빡임뿐.

하지만 소리는 *존재했다.* 무언가가 숲을 황급히 가로지르는 소리. 냄비와 접시가 서로 부딪치고 쨍그랑거리는 소리. 기이한 신음과 인간의 것이 아닌 게 분명한 지절대는 소리.

지배자 슬레이크는 고개를 돌려 마이클과 세라를 마주 보았다. 표정에 진정으로 염려하는 빛이 어려 있었다. "부디 두려워하지 말라. 저들은 내 친구들이다."

그 말과 함께, 그는 성소 안으로 발을 들였다.

6

마이클과 세라는 망설이며 서로 먼저 들어가기만 기다렸다. 결국 세라가 손을 뻗어 마이클의 팔 뒤쪽을 밀었다.

"너 먼저." 그녀가 찡그리며 말했다. 굳이 두려움을 숨기려 하지도 않았다.

"너 진짜로 너그럽구나."

"나도 알아."

마이클은 당장이라도 무슨 일이든 터질 수 있다는 걸 알고 있었다. 통로가 설계된 목적은 신성한 협곡을 찾도록 돕는 것이 아니라, 그리 들어가지 못하게 막는 것이었으니까. 하지만 그들이 맞서야 할 상대의 정체를 알기 전까지는 도망치는 것도, 심지어 코드를 살펴보는 것도 무의미했다. 그저 앞으로 나아갈 수밖에.

그는 머뭇거리며 한 걸음 나아간 다음 문간에 멈춰서서 문설주의 나무를 꽉 쥐고 안을 둘러보았다.

길고 낮은 탁자가 커다란 방의 한쪽 끝에서 다른 쪽 끝까지 이어져 있었다. 아주 맛있어 보이는 음식이 그득그득 담긴 그릇과 접시들이 탁자에 놓여 있었다. 여태 본 어떤 광경보다도 매력적이었다. 하지만 마이클의 관심은 머잖아 움직이는 몸뚱이들로 향했다. 지배자 슬레이크를 제외하면 그중 인간은 한 명도 없었다.

(등 길이가 최소 90센티미터는 되는) 지저분한 개 한 마리가 입에 컵을 물고 바닥을 가로질러 마이클 바로 앞으로 달려왔다. 마이클의 오른쪽에는 거대한 검은색 곰이 있었다. 가슴이 땜통으로 뒤덮인 곰은 허리를 숙이고, 주방으로 통하는 서빙용 창문에서 컵케이크 쟁반을 집어 들고 있었다. 곰이, 컵케이크, 쟁반을, 집어 들다니. 마이클

은 그럴 수도 있다는 사실을 떠올려야만 했다. 버트넷 안에서는 무엇이든 가능하니까.

앞발에 뭔가가 담긴 주전자를 들고, 뒷다리로 일어나 걸어 다니는 호랑이도 한 마리 있었다. 날개를 퍼덕이며 부리로 탁자 위의 접시를 이쪽저쪽으로 밀어 위치를 바로잡는 거위도 한 마리 있었고, 거대한 추수감사절 칠면조가 얹혀 있는 접시를 끌고 다니는 여우도 있었다. 거대한 송곳니 사이로 빵 바구니 손잡이를 꽉 잡고 있는 사자도. 탁자 위에 서서 칼로 닭고기를 자르는 고양이도.

이상한 일이지만, 마이클에게 가장 먼저 떠오른 생각은 왜 이 동물들이 자기네 친구를 요리하면서도 전혀 개의치 않느냐는 것이었다. 거위와 닭의 사회적 위상이 서로 다를지는 모르겠지만 말이다.

세라는 마이클 뒤로 다가와 몸을 숙이고는, 그의 팔에 얼굴을 기대고 이 모든 것을 보았다. "아직도 배가 고파?" 그녀가 물었다.

"우리 접시를 핥고 있는 저 개만 지나갈 수 있으면 괜찮을 거 같은데." 그는 아직도 불쑥 웃고 싶은 충동이 들었다. 성소에서 무엇을 발견하게 될지 몰라 무척 겁을 먹었는데, 지금 이곳은 동화책 안이나 마찬가지였다. 동물들이 일하다 말고 갑자기 노래라도 부른다면 모든 게 완벽해질 것 같았다.

지배자 슬레이크가 식탁 윗자리에 앉자 커다란 곰이 허리를 굽혀 그의 무릎에 냅킨을 놓아주었다. 남자는 우스꽝스럽게도 곰에게 감사 인사를 했고, 그 짐승은 다른 잡일을 하러 갔다.

"앉아라." 슬레이크가 아랫것들과 함께 앉는 왕처럼 우렁차게 말했다. "너희들이 평생 먹을 수 있는 것보다 더 많은 음식이 있다. 슬립에서 먹는 음식을 포함해서 말이다."

허기는 마이클의 완전한 복종을 이끌어 냈다. 세라가 그의 팔을 잡으려 했으나, 마이클은 그녀의 손아귀에서 슬쩍 빠져나와 슬레이크 옆에 앉았다. 그러자마자 다람쥐 한 마리가 김이 나는 음식이 가득한 접시를 그의 앞으로 밀어놓았다. 다람쥐의 반짝이는 작은 두 눈이 잠깐 마이클을 올려다보았다. 그러더니 녀석은 허둥지둥 멀어져 갔다.

세라도 다가와 마이클 맞은편에 앉았다. 그녀의 표정이 점점 역겨움에서 욕망 비슷한 무언가로 바뀌어 갔다. 마이클은 너무 맛있는 냄새가 난다고 생각했다.

"인간과 짐승, 우리 모두의 조상님 영혼을 위해 식사 전 기도를 올리는 동안 부디 내 손을 잡아라." 지배자 슬레이크가 두 손을 들자 손님들이 그를 바라보았다.

슬레이크가 눈을 감았다. "우리 이전에 왔던 분들이시여." 그가 기도를 시작했다. "우리는 당신들의 존재가 오늘날 우리를 친절히 보아주시기를 청하며 우리의 먹을 것과 마실 것에 축복을 청하옵니다. 두 여행자가 우리의 변변찮은 성소에 왔나니, 이 성소는 우리가 어둠의 숲에 들어온 자들에게 필요한 것을 제공하는 곳이옵니다. 이들을 축복하소서, 사랑하는 영령이시여. 이들에게 힘과 희망의 축복을 내리소서. 이들이 자신들을 괴롭히는 악마를 무찌를 수 있게 하시고, 통로를 따라 더 멀리 여행할 수 있게 하소서. 아멘."

슬레이크는 그들의 손을 놓고 눈을 뜨더니 식사를 시작했다. 칠면조 다리를 집어 들고 굶주린 개처럼 덤벼들었다. 턱에서 기름이 뚝뚝 떨어졌고, 입가에 고기 한 조각이 대롱거렸다.

마이클은 눈을 돌릴 수밖에 없었다. 기도의 내용에 사로잡혀 있던 그는 뻔한 질문을 어쩔 수 없이 던졌다.

"악마 얘기를 하던데요." 그는 집주인이 식사하는 모습을 보지 않고 음식을 쑤석이며 말했다. "그건 그냥… 평범한 기도 같은 건가요?"

슬레이크가 껄껄 웃었다. "그럴 리가, 소년이여. 전혀 아니다. 나는 조상님들께 이야기한 모든 단어에 진심을 담아 말했노라. 나는 그저 악마들에게 찢기기 전 너희들이 놈들의 발아래에 무릎을 꿇을 수 있기만 바랄 뿐이다."

하마터면 고기 조각에 목이 막힐 뻔한 마이클은 꿀꺽 삼키고 목을 가다듬었다. "그 악마들에 대해 좀 더 말해줄 생각은 없고요?"

"아, 젊은이여." 남자는 소매로 입을 닦았다. "고작 악마를 걱정하는가? 바깥세상이 알아차리기 시작한 것을 너희는, 너희 둘은 아직 깨닫지 못하고 있다. 너희 둘 다 코딩에 능숙하다는 건 나도 알지만 말이다. 분명 너희 친구만큼은 능숙하겠지…. 브라이슨이던가?"

마이클은 목 뒤의 솜털이 쭈뼛했다.

세라는 포크를 주먹으로 꽉 쥐었다. "무슨 말이죠?" 그녀가 위협적인 목소리로 물었다.

"부탁이니," 슬레이크가 차분하게 대답했다. "반감을 품지는 말라. 그럴 필요 없다. 살면서 적개심은 충분히 겪었다. 오랜 세월 동안 게임을 플레이하면 수많은 적이 생기지. 나는… 말하자면, 게임을 꽤 잘했다. 어찌어찌 이곳, 이 통로로 오는 길을 발견하기 전의 이야기이지만. 나는 아마 이 지긋지긋한 곳에서 탈출할 수 없을 것이다. 이제는 받아들였노라. 마치 내가 수행해야 할 새로운 역할이 생긴 것 같은 기분이다. 너희 같은 이들을 도와 떠나라고, 할 수 있을 때 출구를 찾아 다시는 돌아오지 말라고 설득하는 역할 말이다."

마이클은 그를 빤히 바라보았다. 이제는 호기심이 강하게 일었다.

먼저 입을 연 건 세라였다. "잠깐…. 당신도 게이머예요? 그냥 탄젠트가 아니라?"

슬레이크는 그녀에게 오랫동안 담아둔, 슬픔이 느껴지는 시선을 던졌다. "너 스스로 차이를 알지 못하다니 안된 일이다. 정말이지 안된 일이니라. 나는 최고의 게이머 중 한 명이었다. 아마 역대 최고였을 것이다."

해독은 어려웠지만 마이클은 눈을 감고 코드를 스캔해 볼 수밖에 없었다. 그는 식탁에 앉아 있는 남자를 분석하고, 그가 무슨 말을 하는 건지 알아낼 실마리를 뭐라도 찾아보고자 프로그램을 탐색했다. 그는 낯선 이의 역사를 조각조각 찾아내고 뉴스밥 기사를 두어 개 불러오다가 그자의 디지털 명판에서 이상한 부분을 발견했다. 갑작스러운 깨달음에 마이클은 탁 눈을 떴다.

"이게 무슨…." 그가 속삭였다. "당신은 거너 스케일이잖아." 이 깨달음에 마이클은 짜릿함과 두려움을 동시에 느꼈다. "여기서 뭘 하는 거예요? 어째서 버트넷에서, 대중 앞에서 사라진 거죠?"

세라는 둘을 번갈아 바라보았다. "진짜야?"

나이 든 남자는 하품하며 머리를 긁었다. "잡혀 왔다, 사실대로 말하자면. 영광의 나날에 비해 지금의 내가 틀림없이 하찮아 보인다는 건 나도 안다. 허나 분명히 말해두지. 나는 만족한다. 더 높은 소명을 마주하게 되었다고 믿는다. 나는 인간이다, 마이클. 세라. 나는 인간, 비인간 들의 세계에서 역할을 수행하는 인간이니라. 너희 둘이 그토록 영리하다면 오래전에 알아냈어야 하는 일이다. 통로를 통해 알아냈어야 한다."

그가 잠시 말을 멈췄다. 마이클의 머릿속 바퀴가 제자리를 찾는 기어와 톱니처럼 철컥거리며 돌아갔다.

"진작 알아봤어야 한다." 스케일이 말을 이었다. "너희는 케인과 함께 있었다. 수많은 탄젠트들과 함께 있었지. 다른 게이머들 사이에 있었던 경우도 헤아릴 수 없을 만큼 많다. 둘의 프로그램에 존재하는 차이는 아주 미세하지만, 어디를 봐야 할지 아는 사람에게는 얼마든지 보이느니라." 그가 잠시 말을 멈추었다. "너희 친구는 마침내 진실을 깨달았을 것이다. 그로서는 감당할 수 없는 진실이었겠지. 그래서 충격에 빠져 통로에서 길을 잃은 것이다."

마침내 마이클은 해답을 얻었다. 그러나 먼저 입을 연 사람은 세라였다.

"케인은 처음부터 사람이 아니었던 거야. 사람이라면 지금 하는 것 같은 일을 할 수가 없어. 놈은⋯."

마이클이 동시에 말했다.

"탄젠트야."

CHAPTER 17

소파에서의 밤

1

스케일은 곧 식사를 다시 시작했다. 덕분에 마이클과 세라는 자신들이 쫓던 사람이 사실 인간이 아니었다는 대단히 충격적인 깨달음을 곱씹을 수 있었다. 악마 이야기는 이미 잊어버린 뒤였다.

케인이 탄젠트라니. 불가능했다. 그럴 리가 없었다. 어떻게 프로그램이 자신을 게이머라고 생각하도록 세상을, VNS를 속인단 말인가? 어떻게 프로그램이 자의식을 가질 수 있나? 그게 가능한가? 가슴속이 뒤틀렸다. 인공지능이 그 정도로 도약한 건가? 아니면 누군가가 배후에서 케인을 조종하고 있나?

그때 그 목소리가 떠올랐다.

마이클, 아주 잘하고 있다.

"안 먹을 텐가?" 스케일은 끝에 고기 조각이 꽂힌 칼을 입으로 반쯤 가져가다 말고 물었다. "이토록 수고한 내 친구들의 기분을 상하게 만들고 싶지 않다."

"하지만…." 마이클은 말을 삼갔다.

생각해야만 했다. 케인만이 아니라 눈앞의 남자에 대해서도. 버트 넷에서 가장 유명한 게이머이던 스케일은 케인의 방화벽에 갇혀 실종된 졸(卒)로 전락하고 말았다. 입을 다물고 눈썹을 찡그리는 걸 보니 세라도 같은 생각인 듯했다. 여전히 허기에 시달리던 마이클은 빵을 크게 한입 무는 것으로 식사를 시작해 가엾은 닭에도 손을 댔다. 이번에도 다른 동물들이 자유롭게 뛰어다니는 가운데 닭만 오븐에서 구워진 이유가 궁금했다.

스케일의 반응에 마이클은 오싹해졌다. 마치 그가 마이클의 생각을 읽을 수 있는 것만 같았다. "내 친구들은 모두 언젠가 영양분으로서 봉사해야 할 날이 온다는 걸 알고 있다. 보통은 영예롭게 받아들이지. 자기들이 훌륭한 삶을 살았다는 걸 알고 있으니까 말이다."

마이클은 왠지 이 말에 화가 났다. "이 모든 게 현실이 아니라는 건 당신도 알잖아요. 아닌가요?"

"누가 현실의 진정한 의미를 아는가?" 스케일은 계속 음식을 먹으며 침착하게 말했다. "슬립의 한 구역에 이토록 오랫동안 갇혀 있으면 슬립은 다른 모든 것만큼이나 현실이 된다. 이제 먹어라."

그들은 잠시 침묵 속에 그의 명령에 따랐다. 무엇이 그들을 기다리고 있는지는 모르지만 그에 대비할 힘이 필요했다. 그래서 마이클은 다시 목소리를 높였다.

"그러니까 악마들이 있다는 얘기잖아요. 케인은 탄젠트고. 그밖에 또 알아야 할 게 있어요?" 빈정대는 기색이 역력했다.

거너 스케일은 씹기를 멈추고 음료를 마시더니 다시 한번 소매로 입을 닦았다. 그의 붉은 망토에 축축한 얼룩이 묻었다. "너희들한테 필요한 정보는 이미 제공했다. 너희가 기꺼이 찾고 있던 정보인지는 모르겠으나. 기억력이 좋았으면 좋겠구나, 젊은이여."

"젊은이?"

"내 말을 반복하는 고약한 습관이 있구나, 소년. 이 행위를 중지할 것을 강력히 권고한다."

남자의 말투에 마이클은 어쩔 수 없이 고개를 끄덕였다. 갑자기 조심해야겠다는 마음이 들었다. 나이 든 남자의 내면에는 어떤 불길이 깃들어 있었다. 그건 확실했다. 하지만 마이클은 스케일이 은근한 위협을 어떻게 뒷받침할 계획인지 도무지 알 수 없었다. 동물들이 그가 내린 명령에 무조건 복종하는 게 아니라면 말이다. 곰에게 먹히는 건 그리 재미있을 것 같지 않았다.

"우리한테 더 해줄 얘기는 전혀 없나요?" 지금까지 조용히 있던 세라가 물었다.

스케일이 일어나더니 망토를 벗어 내밀었다. 곰이 가슴 깊은 곳에서부터 울리는 소리로 으르렁대더니, 다가와 붉은 천을 받아들고는 팔에 대고 접어 가지고 갔다. 절까지 하면서 영국식 억양으로 말하지 않은 게 실망스러울 지경이었다.

"응접실로 가자." 스케일이 말했다. "앞서 약속했듯, 우리의 뼈를 쉬게 하리라."

그는 대답을 기다리지 않고 방 반대편의 문으로 나갔다. 마이클은 세라를 힐끗 본 다음 음식 몇 입과 물 한 모금을 마지막으로 삼켰다. 둘은 일어나 서둘러 집주인을 따라갔다. 확실히 세라도 마이클과 똑같은 생각을 하는 것 같았다. 이 모든 서커스 동물과 함께 남겨지는 건 정말로 불길할 것이라는 생각.

2

"너희 둘은 딥에 대해 무엇을 알고 있는가?" 다들 특대형 의자에 자리를 잡자 스케일이 말했다. 의자는 벽돌 난로 안에 따뜻하게 깃들어 있어 아늑하게 깜빡이는 불을 마주 볼 수 있었다.

마이클은 몸을 숙였다. 호기심이 발동했다. "*라이프블러드* 딥 말인가요?"

"*라이프블러드* 딥이라니." 남자가 픽 웃으며 말했다. "네 생각에는 딥에 이르도록 강화된 프로그램이 정말 그것뿐인가?"

마이클은 남자의 말이 무슨 뜻인지 알 수 없었다.

"딥 등급을 말하는 건가요?" 세라가 물었다.

스케일은 불에서 한 번도 눈을 떼지 않고 고개를 끄덕였다. 그의 눈에 반사된 춤추는 불꽃이 보였다. "그렇다. 아니면 무엇이겠나? 딥은 버트넷의 시작부터 존재했으나 그 등급에 이른 프로그램은 오직 몇 가지뿐이다. *라이프블러드*는 유일하게 대중화된 프로그램일 뿐, 딥이라는 이름에도 거의 어울리지 않는다."

"다른 프로그램은 뭐가 있는데요?" 마이클이 물었다.

"그건 너희들이 너희 시간을 들여 알아내야 한다. 단, 그중 하나는 신성한 협곡이다." 스케일이 일어나 벽난로로 걸어가더니 쇠 부지깽이로 불꽃을 돋우었다. "신성한 협곡은 케인이 창조한, 딥 안에 숨겨진 프로그램이다. 통로는 신성한 협곡을 버트넷 상층부와 연결한다. 너희로서는 여기까지 온 것만으로도 행운이다. 끝까지 갈 수 있다면 더한 행운이겠지." 그는 말을 멈추고 고개를 돌려 마이클과 세라를 보았다. "한 가지 묻겠노라. 너희들은 그런 길이 어떻게 만들어질 수 있는지 궁금하게 여긴 적이 없는가? 위대하고도 강력한 VNS가 너희들더러 안내해 달라고 요청해야만 하는 길이?"

마이클은 모든 것을 알고 싶었으나 무엇부터 물어야 할지 전혀 생각나지 않았다. "근데… 이런 얘긴 왜 하는 거죠? 지금 당신이 하는 얘기는 수수께끼와 아무 도움도 되지 않는 단서뿐이잖아요."

"단서가 아니다, 소년!" 남자가 소리치다시피 했다. 그가 돌아와 자기 의자에 앉았다. "나는 그저 악마들이 출현할 때까지 시간을 벌고자 대화하고 있을 뿐이니라. 허나 피로가 느껴지는 것 같기도 하군. 잠을 잔다면 우리 모두에게 어느 정도 도움이 될지 모르겠다."

"악마들이 언제 출현하는데요?" 세라가 물었다. 지금 몇 시냐고 묻는 듯한 말투였다.

스케일은 최면에라도 걸린 듯 다시 불길을 들여다보며 일어났다. "놈들은 찢어발기고 살해할 준비가 되었을 때 온다. 지금은 일단 잘 자도록 하라. 곰이 너희들을 침대로 안내해 줄 것이다." 그는 마지막으로 갈망하는 듯한 눈길을 불꽃에 던지더니, 뒤돌아 나무문 너머로 사라졌다. 그가 나가고 문이 닫혔다.

마이클은 피곤했지만 절대 잠들 수 없을 것 같았다. "그 얘기를 또 했어."

"무슨 얘기?" 세라가 물었다.

"찢어발기고 살해한다. 저 자식은 잠잘 때 듣는 동화를 아예 모르나?" 마이클은 침울하게도 '어쩌면 곰이 할 얘기가 더 쾌활할지도 모르지'라고 생각했다.

3

스케일은 침대라고 했지만, 마이클은 곧 부서질 듯한 소파로 안내

되었다. 소파는 딱딱하고 불편했으며 움직일 때마다 삐걱거렸지만 바닥보다는 나았다. 그는 까슬까슬한 모직 담요를 턱까지 끌어올리고 눈을 감았다. 근처 탁자에서 촛불이 타고 있었다. 눈을 감았는데도 깜빡이는 그 빛이 보였다.

발작은 순식간에 일어났다.

쪼개지는 듯 잔인한 통증이 머리 한가운데를 갑작스럽게 갈랐다. 그는 양손으로 관자놀이를 꽉 누르며 소파에서 떨어졌다. 고막을 찌르는 듯한 소리가 머릿속을 가득 채우면서 눈이 멀 듯한 빛과 짝을 이루었다. 그는 고통으로 울부짖었다. 세라가 옆에 나타나 그의 어깨를 잡고 흔들며 무슨 문제냐고 묻는 게 느껴졌다. 마이클은 몸부림치며 애써 그녀를 떨쳐냈다. 자기가 그녀에게 무슨 짓을 할지 몰라 두려웠다.

영상들이 마음의 눈을 가로지르며 번뜩였다. 엄마, 아빠의 형체가 흔들리다가 바람결의 연기 한 줄기처럼 사라졌다. 그다음에는 공포로 일그러진 표정의 헬가가 보이다가 마찬가지로 사라졌다. 이어서 증오 가득한 눈으로 마이클을 노려보는 브라이슨. 그도 사라졌다.

통증은 멈추지 않았다. 마이클은 조금이라도 고통이 심해지면 정신을 잃고 죽을지도 모른다는 걸 알았다. 억지로 몸을 일으켰다. 눈을 뜨자 공포에 질린 표정으로 바닥에 주저앉아 그를 올려다보는 세라가 보였다. 그때까지도 타오르던 촛불은 이제 태양처럼 밝게 보였다. 마이클은 눈을 돌릴 수밖에 없었다. 그는 발을 헛디디며, 균형을 잡으려고 팔을 내뻗었다. 위가 아래, 아래가 위처럼 느껴졌다. 방이 빙빙 돌며 언제든 마이클을 천장의 서까래로 내팽개칠 것만 같았다.

소파가 늘어났다. 계속 늘어났다. 방은 같은 크기인데 소파만 점점 길어졌다. 세라의 머리도 유령의 집에 나오는 공포물처럼 될 때까지 길어졌다. 바닥의 널빤지가 휘어지고 틀어지기 시작했다. 고무로 만든 것처럼 구부러졌다. 브라이슨을 잡아당기던 놈들의 소리가 머릿속을 가득 채웠다.

마이클은 두 손으로 귀를 꽉 막고, 깨지지 않게 붙들기라도 하는 듯 머리를 세게 눌렀다. 생각의 저편 어딘가에서 블랙앤블루 클럽의 킬심이 보였다. 놈들이 이런 짓을 했다. 놈들이 그의 뇌를 망가뜨렸다. 안티프로그램이 슬립 안팎에서 무슨 짓을 저지른 게 틀림없었다.

통증은 몰아치고 또 몰아쳤다. 주변의 세계가 점점 더 이상해졌다. 단단한 벽 너머로 뻗쳐 있는 두 팔. 허공에 떠도는 두근거리는 심장들. 바닥에서부터 차오르는 피의 분수. 흔들의자의 소녀. 그 소녀의 무릎에 축 늘어진 작은 동물. 그리고 보이지 않는, 고문당하는 이들의 고통스러운 한탄….

그러더니 그 모든 것이 멈췄다.

방이 조용해졌다. 모든 것이 발작 전으로 돌아왔다. 조금 전까지만 해도 불가능한 일처럼 느껴졌는데 머리의 통증이 사라졌다.

마이클은 다시 소파에 주저앉았다. 옷이 땀으로 축축했다. 세라가 재빨리 옆으로 다가와, 팔을 뻗어 그의 손을 잡았다. 걱정으로 기진 맥진한 얼굴이었다.

"또야?" 그녀가 물었다.

마이클은 15킬로미터는 달린 기분이었다. "죽어가는 느낌이야."

4

스케일은 계속 잠만 잤다. 적어도 손님들이 괜찮은지 단 한 번도 찾아오지 않았다. 세라는 마이클에게 팔을 두르고 그와 함께 소파에 앉아 있었다. 그들은 한 마디도 하지 않았다. 마이클은 방금 겪은 일을 설명하라며 다그치지 않는 그녀가 고마웠다. 이토록 놀라운 친구를 둔 건 대단한 행운이었다.

결국 둘 다 잠들었다. 마이클은 꿈을 꾸지 않았다. 깊게, 두려움이나 공포에 시달리지 않고 잤다. 죽은 듯이.

5

거녀 스케일이 그를 흔들어 깨웠다. 그는 다시 빨간 망토를 입고 마이클과 세라 위로 몸을 숙인 채 그림자 속에 얼굴을 숨기고 있었다.

"벌써 아침이에요?" 마이클이 물었다.

"멘덴스톤 성소에는 결코 아침이 오지 않는다." 스케일이 대답했다. "그게 우리의 저주이자 축복이지. 허나 설명할 시간은 없다. 너희의 악마들이 왔다."

6

거녀 스케일의 말에 마이클과 세라는 서둘러 일어났다.

"그게 무슨 뜻이죠?" 마이클이 나이 든 남자에게 물었다.

"악마들이 어디에 있는데요?" 세라가 덧붙였다.

"너희의 악마들은 항상 너희와 함께 있다." 스케일이 대답했다. 목소리가 전날보다도 더 쉰 것 같았다. "지금쯤은 이해하지 않는가? 그들은 항상 너희와 함께 있으며 탈출은 불가능하다. 그러나 그들이 어떤 식으로 형체를 드러낼지는 절대 추측할 수 없다. 조심하라, 나의 아이들이여. 이제 오라, 서두르라."

"어디로 가는 건데요?" 세라가 고집스럽게 물었다.

스케일은 대답하지 않고 그저 방을 가로질러 걸어가 문을 열더니 복도로 미끄러져 들어갔다. 마이클이 세라의 손을 잡았다. 그들은 어둠 속으로 그를 따라갔다. 계단 쪽으로 가는 스케일의 모습이 보일 듯 말 듯해서 마이클은 세라를 이끌고 그를 따라잡으려 속도를 높였다.

그들은 계단을 내려갔다. 스케일이 두 사람을 전날 밤 식사했던 식당으로 이끌었다.

"부디 앉으라." 스케일이 나무 의자를 손짓하며 말했다. "내가 가서 친구들에게 함께하자고 부탁하겠다."

마이클은 모든 것을 한데 짜 맞추기가 어려웠다. 졸려서 머리가 맑지 않았고, 통증은 사라졌으나 발작 탓에 여전히 멍한 기분이 들었다. 정신의 맨 앞에 고통과 환각이 존재했다. 그런데 이제는 악마들과의 전투에 대비해야 한다고? 놈들이 항상 여기에 있었다니, 스케일의 말은 무슨 뜻이었을까? 마이클은 고개를 저으며 의자에 앉아 있다가 다리들이 바닥을 긁으며 가로지르는 소리에 움찔했다. 어쩌면 지금, 일이 터지기 전에 해킹으로 어찌어찌 위기를 벗어날 수 있을지도 몰랐다.

세라가 그의 곁에 앉았다. "머리를 굴려야 해. 스케일은 우리한테 필요한 정보를 다 줬다고 했어. 그 사람이 또 뭐라고 했는지 전부 기억나? 내 생각엔, 아마 저녁 식사 전에 했던 기도가 무슨 상관이 있을 것 같은데."

"응." 마이클이 동의했다. 때려 죽여도 기도는 한 마디도 생각나지 않았지만 말이다. "근데 난 케인 얘기밖에 기억 안 나."

"응, 알아."

마이클은 식탁에 기대어 두 손에 머리를 묻고 눈을 감았다. 주변의 코드를 탐색해 보았다. "아직은 여길 빠져나갈 방법이 하나도 안 보여."

"나도 몇 번 찾아봤어." 세라가 손가락으로 식탁을 두드렸다. "스케일이 기도 중에 조상들 발 앞에 무릎을 꿇는다는 얘기를 했는데. 그게 단서인 게 분명해."

마이클은 천천히 고개를 끄덕이며 입을 열었다. "그럴지도 모르지. 코드가 이렇게까지 폐쇄적이게 보인다는 게 참 이상해. 통로에서 말이야." 그는 좌절감에 식탁을 쾅 치고 싶었다.

거녀 스케일이 문간을 넘어오는 바람에 그들의 대화가 갑자기 끊겼다. 스케일은 혼자가 아니었다. 하나씩 하나씩, 앞서 만났던 동물들이 그를 따라 들어왔다. 놈들은 날아다니거나, 네 발이나 배로 기어 다니고 걸어 다녔다. 곰, 거위, 호랑이, 개, 다람쥐. 그 외에도 10여 마리. 그들과 함께 숲의 냄새, 흙과 곰팡이와 부패의 냄새도 들어왔다.

짐승들은 방을 가득 채우더니 천천히 방 주변을 따라 늘어섰다. 각자가 벽을 등지고, 눈으로는 의자에 앉아 있는 두 방문객을 주시했다. 불편한 침묵이 공기를 메웠다. 가끔 코를 불어대는 소리와 으르렁거리는 소리만이 그 침묵을 깰 뿐이었다. 마이클이 보기에 그 짐승들은 아침 식사로 그를 잡아먹는 것 말고는 원하는 게 없는 듯했다.

"뭐야?" 마이클이 물었다. 자기도 모르게 목소리가 속삭이듯 나와 놀랐다. 그는 목을 가다듬고 더 크게 말했다. "이제 막 내가 하늘에

계신 위대한 동물의 신에게 희생될 것 같다는 기분이 드는데, 왜지?"

스케일은 뜸을 들이며 방을 가로지르더니 마이클의 의자 곁에 멈추었다. 마이클은 붉은 망토에 깊이 묻힌 남자의 얼굴을 보려고 목을 쭉 뺐다.

"그야," 남자가 말했다. "그게 바로 이제 막 일어나려는 일이기 때문이다."

마이클은 쏜살같이 일어나 의자를 뒤쪽 바닥에 쾅 쓰러뜨렸다. 하지만 뭘 어찌기도 전에 나이 든 남자가 마이클을 오싹하게 만드는 말을 내뱉었다.

"악마들이여, 일어나라."

7

악마들이 처음부터 함께 있었다는 거너 스케일의 말은 맞았다. 악마는 동물들이었다.

마이클의 눈에 처음으로 띈 것은 곰이었다. 곰은 그 거대한 입을 벌리더니, 하늘을 향해 깊게 울리는 포효를 내질렀다. 이윽고 놈의 털과 피부가 뒤쪽으로 벗겨지기 시작했다. 불꽃의 열기에 말려 들어가는 대팻밥 같았다. 피부 아래에는 흉측하고 흉터로 뒤덮인 얼굴이 숨어 있었다. 그 눈이 믿을 수 없을 정도로 밝은 노란색으로 바뀌었다. 마이클이 숲에서 본 것과 정확히 같았다.

놈의 나머지 몸도 점차 털투성이 외피에서 빠져나왔다. 불뚝한 근육과 앞으로 휘는 등, 튀어나온 견갑골, 발톱이 달린 발. 겨우 몇 시간 전 저녁을 대접했던 곰과는 전혀 닮은 구석이 없었다. 목 뒷부분에서 나오는 듯한 으르렁거림이 놈의 입술을 빠져나왔다. 그 입술은 뒤로 말려 거대한 이빨을 드러냈다. 하지만 놈은 아직 움직이지 않았다. 벽을 등진 채 서 있기만 했다.

마이클은 하마터면 그 변신에 마음을 빼앗길 뻔했다. 이제는 나머지 동물들도 곰과 같은 과정을 거치고 있었다. 피부가 뒤로 접히면서 끔찍한, 온갖 형태와 크기의 피부 없는 악마들이 출현했다.

"난 당신이 우릴 도와주려고 여기에 있는 줄 알았어요." 세라가 스케일에게 말했다. 그는 눈앞에서 이런 상황이 벌어지고 있는데도 움직이지 않고 서 있었다. "우리더러 어쩌라는 거죠?"

"내가 지금 하는 일이 바로 너희를 돕는 것이다." 스케일이 말했다. 목소리가 이제는 기이하게 들렸다. "자신의 악마를 마주 보면 영혼이 영원히 변화된다. 또한 버트넷에서 죽으면 웨이크로 돌아간다. 너희들은 나와 달리 구원받아 이 장소에 갇히지 않게 된다. 조상님께서 함께하시기를, 나의 아들이여, 딸이여."

마이클은 문을 보았다. 당연한 일이지만 두 악마가 길목을 막고 있었다. 그와 세라는 어떻게든 그 길을 뚫고 질주해야만 했다. 앞으로 어떤 일이 벌어질지 두고 볼 생각이 없었기에 그는 세라의 손을 잡았다. 해야 할 일은 오직 한 가지뿐이었다.

마이클은 돌진하며 스케일의 망토를 낚아챘다. 그를 비틀거리게 하다가 마침내 팔로 그의 목을 꽉 감았다. 스케일은 목이 졸려 기침을 토했다. 악마들이 한 몸처럼 반응했다. 포효하며 앞으로 나섰다. 이제 놈들은 분노해 있었다.

"물러서!" 마이클은 짐승들이 자기 말을 이해하기만 바라며 외쳤다. "한 발짝이라도 더 가까이 오면 이 자식 목을 꺾어버릴 거야."

CHAPTER 18

조상들의 발

1

케인에게 가려면 마이클은 통로에서 살아남아야 했다. 이 악마들이 그와 그의 유일한 기회를 죽이도록 내버려 두지는 않으리라.

"너는 미쳤다." 남자가 이를 악물고 말했다. "네가 무슨 짓을 하는 건지도 이해하지 못…."

마이클은 더욱 세게 목을 졸라 그의 말을 끊었다. "닥쳐."

괴물 같은 짐승들은 이미 걸음을 멈추었다. 놈들은 굽어지고 뒤틀린 모습으로 방 주변에 서 있었다. 한 놈 한 놈이 모두 악몽에나 나올 법한 몰골이었다. 금방이라도 공격할 것 같았다.

"마이클." 세라가 속삭였다. 방금 하려던 말을 다시 생각해 보는 듯했다. "그냥…." 그녀가 목소리를 높였다. "죽이려면 빨리 죽여. 깨끗하고 깔끔하게 목을 부러뜨리라고."

마이클은 애써 인상을 쓰지 않았다. "그럴게."

그는 문을 향해 뒷걸음질 쳤다. 넘어지지 않으려고 애쓰는 스케일을 끌고 갔다.

"놓칠 거라는 생각은 하지 마!" 마이클이 악마들에게 고함쳤다. "너희가 우리를 보내주면 나도 이자를 놔준다. 그렇지 않으면 이놈은 죽어!"

터무니없긴 했지만 동물 형태였을 때와 마찬가지로 놈들은 마이클의 말을 알아듣는 것처럼 보였다. 낮게 으르렁대는 소리가 방 안을 점점 채워갔다. 끔찍한 무리의 깊은 으르렁거림. 마이클이 뒤로 한 걸음 뗄 때마다 놈들은 앞으로 한 걸음 나섰다.

그는 문을 돌아보았다. 문을 지키던 두 악마가 자리를 비켜 출구가 뚫려 있는 게 보였다. 아주 작은 희망의 씨앗이 불쑥 싹텄다. 지금까지는 계획대로였다.

"쫓아오지 마." 마이클은 문에 다다라 말했다. 스케일이 그의 손아귀에서 벗어나려 몸부림쳤지만, 마이클이 더 세게 힘을 주자 멈췄다.

마이클은 곁의 세라와 함께 문을 나서 어둠 속으로, 영원한 밤으로 물러났다. 건물에서 조금씩 멀어지면서 그녀에게 고개를 돌렸다.

"이 자식이 털어놓게 하자." 그가 말했다.

세라가 고개를 끄덕였다. "신성한 협곡으로 가는 방법을 안다고 했죠? 어떻게 하면 돼요? 여기서부터 통로가 이어지나요?"

"나는 아무 말도 하지 않겠다." 스케일이 숨을 몰아쉬며 애써 말했다. "너희를 위해서다, 나를 위해서가 아니라. 아무 말도 할 수 없다."

2

악마들이 문에 모여 있었다. 놈들의 번들거리는, 피 흐르는 몸뚱이들이 서로 가까이 붙어 세 사람을 내려다보았다. 놈들의 노란 눈이 분노로 번쩍였다. 마이클이 생각하기에는 함께 차오르는 의심도 보이는 것 같았다.

"말해!" 그가 소리쳤다. "안 하면 웨이크로 돌려보낸다!" 그렇게 말하며 남자를 흔들자 놈이 약간 질식하는 소리가 들렸다.

하지만 스케일은 아무 말도 하지 않았다. 마이클 마음속의 두려움에 불이 들어왔다. 그는 허풍을 떨고 있었다. 그게 문제였다. 스케일을 죽여봐야 무슨 쓸모가 있겠는가?

마이클은 달리 무얼 어째야 할지 알 수 없었다. 그는 스케일을 더 멀리 끌고 가기 시작했다. 남자는 무거웠다. 긴장한 근육이 아팠다. 세라는 그의 뒤를 따르며, 악마에게서 스케일과 마이클에게로 초조하게 시선을 돌렸다.

"어쩌지?" 그녀가 속삭였다.

마이클은 대답하지 않고 아이디어에 불꽃을 튀겨줄 무언가가, 뭐라도 있을까 근처를 탐색했다. 길고 황폐한 건물 맞은편에 출입구와, "우리 선조들의 예배당"이라고 적힌 그 위의 커다란 간판이 눈에 띄었다. 그는 본능적으로 방향을 틀어 그리로 향했다. 스케일이 조상 앞에 무릎을 꿇는다는 둥 어쩐다는 둥 하는 말을 했었다.

나이 든 남자는 마이클의 손아귀에서 발버둥 치고 몸부림쳤다. 마이클은 그를 더 꽉 잡으려고 멈춰서서 눈을 들었다. 겨우 10여 미터 떨어진 곳에서 문을 넘어오는 악마들이 보였다. 놈들은 하나씩 하나씩 어둠 속으로 들어왔다. 달빛이 놈들의 벌거벗은 몸뚱이와 빛나는 눈을 비추었다. 꾸르륵대는 소리와 으르렁거리는 소리, 날카로운 비명이 허공에 메아리쳤다.

"말해!" 마이클이 포로를 다시 흔들며 소리쳤다. 남자의 창백한 두 눈이 그를 올려다보았다. 그 시선에 결의가 담겨 있었다. 그가 아무 말도 하지 않으리라는 걸, 그러느니 차라리 죽으리라는 걸 마이클도 알 수 있었다.

"마이클." 세라가 속삭였다.

그는 위쪽을 보았다. 그들을 향해 이제 더욱 빨리 다가오는 악마들이 보였다. 그중 한 놈이 허공을 찢어발기는 높은 음으로 비명을 내질렀다. 어딘가 가까이에서 유리가 박살 나는 소리가 들렸다.

마이클은 마지막으로 스케일을 내려다보았다. 그는 마이클을 마주 쏘아보았다. 마이클이 포기했다. 그는 스케일을 놓아주었고 남자는 땅에 쓰러졌다. 위대하고 강력한 그 거너 스케일이.

스케일은 숨을 헐떡이며 재빨리 멀어져 그 자리에 섰다. "저들을 죽여라!" 그가 소리쳤다. "찢어발기고 살해하라!"

세라가 마이클의 팔을 붙잡았다. 그들은 예배당을 향해 달리기 시작했다.

악마들은 한 덩어리인 것처럼 포효하며 그들을 쫓아 돌격했다.

3

문은 열려 있었다.

마이클은 들어가 문을 쾅 닫았다. "막을 걸 찾아봐!"

세라가 이미 책상을 끌어당기고 있었다. 그는 도와주려고 달려가 뒤쪽에서 책상을 밀었다. 책상다리가 나무 바닥에 긁히면서 끔찍한 소리가 났지만 그들은 책상이 문에 부딪힐 때까지 멈추지 않았다. 2초 후, 악마들이 문의 반대편을 들이받으며 두들기기 시작했다.

마이클은 가져다 쓸 게 없는지 이쪽저쪽을 훑어보며 물러났다. 예배당은 작고 평범했다. 10여 개의 긴 의자가 중앙의 통로로 나뉘어 있었으며, 그 통로는 제단으로 이어졌다. 제단 뒤에는 온갖 나이와 체구의 인물상이 흰 대리석으로 조각되어 연단에 서 있었다. 그들의 눈이 마이클을 노려보는 듯했다. 선조들. 조상들.

마이클은 주변 벽에 스테인드글라스 창문이 있다는 사실을 알아차리고 밀려오는 공포감을 느꼈다. 악마들에게는 문이 필요 없었다.

"제단." 세라가 말했다. 놀랍도록 침착했다. "제단이야. 어서!" 그녀는 통로를 따라 올라갔고, 마이클은 그녀의 바로 뒤에서 재빨리 보조를 맞추어 움직이기 시작했다.

"무릎을 꿇어야 한다고 했어. 그다음엔?"

그녀가 대답할 겨를도 없이 모든 창문이 동시에 깨졌다. 악마들의 고함과 비명, 으르렁거림이 뒤따랐다.

마이클과 세라는 제단으로 전력 질주했다.

4

유리가 창문 너머로 쏟아져 들어오는 악마들의 몸을 찢을 듯했다. 그러나 놈들은 속도를 늦추지 않았다. 마이클은 이제 겨우 몇 미터 앞으로 다가온 제단에만 집중했다.

"서둘러!" 세라가 소리쳤다.

너무 많은 소리가, 너무 많은 움직임이 그 공간을 가득 채웠다. 몇 초만 있으면 괴물 무리 전체가 그들을 완전히 장악할 듯했다. 그들은 제단에 다다라 깍지를 끼고 털썩 무릎을 꿇었다. 그 자리에 놓여 있던 무릎 받침대의 부드러움이, 그의 몸무게에 약간 눌리는 그 받침대의 감촉이 느껴졌다.

하지만 아무 일도 일어나지 않았다.

그가 멍청했다. 무릎을 꿇는 게 전부가 아니었다.

빠져나가려면 그들은 코드를 살펴야 했다.

5

날개 달린 짐승 한 마리가 휙 날아내려 마이클을 뒤로 쓰러뜨리면서 세라도 함께 땅에 팽개쳤다. 그 흉측한 괴물은 날개를 퍼덕이며 그들의 가슴 바로 위를 맴돌았다. 마이클이 보니 거위 악마였다. 거위와 악마라는 두 단어가 같이 쓰일 수 있으리라고는 상상조차 해본 적이 없었다. 놈의 피투성이 부리가 벌어지며 끔찍하고 새된 울음소리가 예배당에 울려 퍼졌다. 그때까지 창틀에 매달려 있던 유리가 박살 났다.

마이클은 등을 구부리고 발길질을 하며 놈을 장의자에 처박았다. 놈은 그곳에서 미동도 없이 바닥으로 떨어졌다.

발톱 하나가 마이클의 어깨로 다가와 그를 일으켜 세웠다. 마이클을 휙 돌려 살아 있는 악몽을 마주하게 했다. 단검 같은 이빨이 가득한 거대한 입이 열렸다. 세라는 옆에서, 그녀를 습격한 악마에게서 놓여나려고 주먹을 휘둘렀다.

마이클을 잡은 짐승은 서로 코가 거의 닿을 때까지 그를 끌어당겼다. 냄새가 끔찍했다. 썩어가는 음식과 쓰레기더미, 부패하는 시체 냄새의 혼합물. 마이클은 고약한 악취가 얼굴 전체에 번지자 구역질을 했다.

곰이었다. 충분히 크고, 충분히 강했다. 곰일 수밖에 없었다.

괴물의 눈을 들여다본 마이클은 공포로 온몸이 딱딱하게 굳었다. 아니, 심장만 빼고. 심장은 너무 빨리 뛰어 갈비뼈를 뚫고 나갈지도 모른다는 생각이 들었다.

무얼 해야 할지 전혀 알 수 없었다.

무언가가 오른쪽에서 그들에게 덤벼들었다. 마이클과 악마는 바닥으로 쾅 쓰러졌다. 마이클을 잡았던 놈의 손아귀가 억지로 풀렸다. 마이클은 몸을 비틀었다. 알고 보니 그 뭔가는 세라였다. 그녀가 온 힘을 다해 곰 악마를 때리고 있었다. 그녀가 있던 자리를 힐끗 확인한 마이클은 그녀가 어찌어찌 자신을 공격한 짐승을 죽였다는 걸 알 수 있었다.

마이클은 몸을 돌려 곰을 마주 보았다. 그들이 놈을 이길 수 없다는 건 분명했다. 도움이 없으면 안 됐다. 그는 눈을 감고 코드에 집중하며 주변에 휘몰아치는 복잡성의 폭풍을 무시했다. 그는 애써 그 폭풍을 제쳐두고 자기 자신에게만, 바꾸어 말하면 자신의 오라, 즉 슬립에서의 자기 이력에만 몰두했다. 그는 어느덧 모습을 드러낸 첫 번째 물건, 렘 오브 라스푸틴의 불 원반에 손을 뻗었다. 그 프로그램을 낚아채 예배당 안으로 끌어들였다. 생각이 많았더라면 결코 할 수 없는 일이었다. 본능에 따라 그는 주변에 번쩍이며 불타는 원반들을 떠돌게 만들었다. 두 번 생각하지 않고 원반 전부를 풀어 곰의 몸에 내던졌다.

짐승은 살점이 끓어오르며 불타자 울부짖었다. 세라가 재빨리 놈에게서 멀어져 마이클 옆에 섰다. 부상당한 곰은 포효하면서 네 발로 구르며 묵직하게 벽 쪽으로 가다가 일어났다. 마이클은 한 바퀴 빙글 돌았다. 악마들이 사방에서 다가오고 있었다.

그는 제단에, 그것도 겨우 몇 미터 떨어진 지점에 코드상의 약점이 있다는 사실을 어찌어찌 깨달았다. 어깨 너머를 힐끗 보니 그 위에 서 있는 악마가 보였다. 다람쥐, 아니면 거너 스케일의 어깨에 자리 잡았던 족제비일지도 몰랐다. 놈이 식식대며 아주 작은 송곳니를 드러냈다.

마이클과 세라는 어깨를 나란히 하고 손을 꽉 잡고 서서 천천히 무릎 받침대 쪽으로 물러났다. 악마들의 올가미가 죄어오고 있었다.

"네가 코딩 작업을 맡아." 마이클이 속삭였다. "가장 적합한 장소를 찾아. 내가 불 원반을 더 가져다가 놈들을 물리칠게." 그는 얼마나 버틸 수 있을지 모르면서도 그렇게 말했다.

"알았어." 세라가 대답했다. "안내해 줘." 그녀는 눈을 감고 그의 손을 더욱 꽉 쥐었다. 마이클은 한 걸음 더 뒤로 물러나며 원반 집합체를 또 만들어 내 닥치는 대로 사방에 날렸다.

악마들이 고통으로 울부짖었다. 마이클은 모든 경계를 포기했다. 그는 세라를 이끌고 뒤돌아 제단의 기단부로 몸을 날렸다. 그들은 바닥에 부딪히며 무릎 받침대 바로 앞까지 60센티미터를 미끄러져 갔다. 세라는 이래저래 눈을 뜨지 않고 임무에만 집중해 주변의 코드를 탐색했다. 마이클은 그녀의 손을 꽉 쥐고 앞으로 이끌었다. 그때 제단 위의 작은 악마가 날카로운 비명을 지르며 세라에게 뛰어내렸다. 놈은 발이 그녀의 머리카락에 휘감긴 채 세라의 얼굴을 할퀴고 귀를 물려고 들었다. 그녀는 반응하지 않았다. 마이클은 손을 뻗어 짐승을 낚아챈 다음 할 수 있는 한 힘껏 던졌다.

"알아냈어!" 세라가 소리쳤다. 그녀의 눈이 번쩍 뜨였다. "뭘 해야 할지 알았다고!"

하지만 사방이 악마 천지였다. 한 놈이 마이클의 팔을, 다른 놈이 다리를 붙잡았다. 또 한 놈은 세라의 머리카락을 잡았다. 짐승이 머리를 뒤로 당기자 내지르는 세라의 비명이 들렸다. 마이클은 풀려나려고 몸부림치며, 불 원반 코드에 대한 보잘것없는 장악력마저 잃어갔다. 짐승들이 사방에 있었다. 움켜쥐고 할퀴고 물어뜯었다. 한순간, 마이클은 하마터면 포기할 뻔했다. 놈들이 그를 죽이게 놔두고 모든 것을 끝장내야겠다고 생각했다. 웨이크로 돌아가 결과를 받아들여야겠다고.

하지만 내면에서 무언가가 폭발했다. 목구멍에서 고함이 터져 나왔고, 아드레날린이 근육에서 솟구쳤다. 마이클은 격노해 부르짖으며 짐승들을 계속 난타했다. 아주 짧은 순간, 주변의 모든 노란 눈에서 두려움이 엿보였다. 마이클은 더욱 용기가 생겼다.

그는 거대한 짐승을 후려쳐 세라에게서 떨어뜨렸다. 그녀는 멍이 들었고 얼굴에 피가 얼룩져 있었다. 그는 그녀를 들어올려 무릎 받침대와 제단을 지나 조상들의 조각상이 있는 단으로 데려갔다.

아무 말도 필요 없었다. 마이클은 눈을 감고 코드에 접속했다. 이미 와 있던 세라의 존재가 느껴졌다. 그녀가 이미 모든 것을 준비해 마이클 앞에 펼쳐놓았다. 몰려드는 숫자와 글자, 부호의 바다에서 길고 가느다란, 아주 작은 탈출구가 보였다. 둘은 동시에 그리로 향했다.

악마들이 덤벼들었다. 놈들의 디지털 형태는 시각적 구현만큼이나 무시무시했다. 발톱이 마이클의 등을 긁어내렸다. 네 다리로 선 괴물, 개 혹은 여우로 보이는 짐승이 으르렁거리며 제단으로 뛰어오르고 있었다. 마이클은 누군가가 그를 끌어당기는 게 느껴졌지만, 그는 디지털 근육 전체를 수축시키며 억지로 자리를 지켰다. 1초만, 딱 1초만 더. 그는 마지막 코드 조각을 입력했고 펑 소리가 났다.

모든 것이 사라졌다.

CHAPTER 19
열기

1

주변의 세계가 사라졌다. 다시 세계가 나타났을 때 마이클과 세라는 어둑한 동굴 안에 있었다. 벽이 검은 돌로 되어 있었다.

"아, 이런." 마이클이 신음하며 말했다. 일어나 앉았다가 가장 가까운 동굴 벽으로 기어간 뒤 거기에 등을 기댔다. "평생 동물을 한 마리라도 더 볼 일이 없으면 행복한 인간이 될 수 있을 거 같다. 특히 악마로 변하는 동물은 말이야."

"나도." 세라가 그 바위투성이 공간의 맞은편에 앉아 있었다. 마이클은 창백하고 피투성이가 된 그녀를 보기가 힘들었다. "숲도 그렇고. 복도도 그렇고. 돌로 된 원반도 그렇고."

"아무튼 지금 당장 치즈버거나 하나 볼 수 있으면 좋겠어." 마이클의 위장이 허기로 꾸르륵댔다.

"나 고문하지 마."

그는 동굴 더 깊숙한 곳, 기다란 통로 저편을 바라보았다. 그 안에서부터 따뜻하고 아늑하게 느껴지는 주황색 불빛이 흘러나왔다. 마이클은 그 너머에 작은 난쟁이들이 살면서 차를 홀짝이며 영양가 많은 스튜를 먹는다고 상상했다.

"대체 그곳에서 어떻게 살아난 거지?" 세라가 물었다.

"네 덕이지." 마이클이 대답했다. "네가 당황하지 않고 출구를 찾아냈으니까."

세라는 생각에 잠긴 듯 잠시 침묵했다. "별로 어렵진 않았어, 너도 알겠지만. 일부러 다른 곳은 빼놓고 어떤 지점만 해킹으로 돌파할 수 있게 남겨뒀다는 생각이 들 정도야."

"너무 겸손해하지 마. 그냥 네 실력이 정말 좋은 거야."

그녀는 다시 생각에 잠긴 듯 대답하지 않았다.

마이클은 과장되게 놀란 표정을 지어 보였다. "와, 언제 이런 슈퍼히어로가 됐지? 너 '배트맨이 헐크를 만나다' 같아."

"넌 칭찬도 모욕처럼 들리게 만드는 재능이 있더라."

"최선을 다하고 있어."

세라가 미소 지었다. "자, 탐험을 시작하자. 또 쓰레기 같은 것들을 잔뜩 맞닥뜨리게 될 거라는 건 이미 알고 있잖아. 난 끝장을 보고 싶어."

마이클이 한숨을 쉬었다. 악마들이 공격하기 전 식사를 하고 몇 시간 자기는 했지만 진이 다 빠졌다. 굶주림의 고통 탓에 바닥에 흩어진 바위에도 식욕이 돌 지경이었다.

"근데 생각은 하지 말자." 세라가 경고했다. "그냥 계속 움직여."

"알았어." 마이클도 그녀의 말이 맞는다는 걸 알았다. 분명 바빠지는 것만이 정답이었다.

그러나 그는 움직이지 않았다. 그녀가 했던 말, 통로 여기저기에

뻔할 정도로 약점이 남아 있다는 말에 몇 가지 생각이 들었다. 그 사실은 지금껏 그토록 여러 차례 들었던 소름 끼치는 목소리와 관련된 것 같았다. 그 목소리는 마이클의 이름을 부르며 그에게 잘하고 있다고 이야기했다. 그 목적이 대체 뭘까? 무슨 뜻이었을까? 목소리는 그들이 하는 모든 일을 경시하는 듯했다. VNS가 그들을 슬립으로 들여보내 통로와 신성한 협곡을 찾게 한 주된 목적은 그들의 안내를 따라 케인에게 가려는 것이었다. 마이클이 케인을 발견하기 전까지 VNS로서는 그가 잘하고 있는지 알 수 없었다. 케인은 숨어 있다고 했으니까.

숨어 있으니까, 케인이 사람들을 막으려고 통로라는 방화벽을 설치한 것 아닌가?

하지만….

"꿀이라도 먹었니?" 세라가 마침내 말했다.

마이클은 피로해진 눈을 문질렀다. "뭐?"

"꿀 먹은 벙어리라도 됐냐고."

"그 말은 대체 무슨 뜻이야?"

"응? 이런 말 한 번도 들어본 적 없어?"

마이클은 정신을 가다듬고, 일어나려고 두 팔을 쭉 뻗었다. "아니, 들어본 적은 있어. 근데 확실히 늙은 사람들이나 하는 말이지."

"아무튼. 왜 그렇게 조용해?"

"그냥 이것저것 생각하고 있었어. 통로에 대해서. 케인을 비롯해서 모든 것에 대해서."

"내가 방금 생각은 하지 말라고 하지 않았나?" 세라가 말했다. "진심으로 한 말은 아니지만."

마이클이 미소 지으며 고개를 끄덕였다. 그러나 더 불안해졌다. 통로는 아귀가 맞지 않았다. 잘 생각해 보니 통로의 목적은 그들을 막는 것이었다. 그렇다면 왜 그들을 안내하는 것처럼 보이는 코드상의 지점들이 있는 걸까? 애초에 길이라는 개념부터가 그랬다. 지금까지는 살아남으려 애쓰는 것만으로도 너무 바빠 한 번도 생각해 보지 못했지만 말이다.

생각하면 할수록 이상하게 보였다. "통로"라니, 사람들을 막는 프로그램치고는 이상한 이름이었다. 어쩌면 이건 결코 방화벽이 아닐지도 몰랐다. 어쩌면 완전히 다른 것일지도.

2

마이클은 고통과 통증에 또 한 번 신음하며 억지로 일어서, 유일한 출구로 보이는 동굴 뒤쪽 기다란 통로를 가리켰다. "저 뒤엔 뭐가 있을 거 같아?"

"용암."

마이클은 세라의 빠른 대답에 놀랐다. "진짜?"

"응. 내 생각에 여긴 화산인 것 같아. 검은 바위는 식은 마그마야."

"그러니까 용해된 불로 이루어진 큰 강이 당장이라도 이 굴로 뿜어져 나올 수 있다는 거네?"

"그런 거 같아."

'갈수록 가관이네.' 마이클은 생각했다. "하. 뭐, 본때를 보여주자. 기다리지 말고, 한 쌍의 갈팡질팡하는 머저리들처럼 안으로 곧장 들어가는 거야."

세라가 지친 듯 씩 웃어 보였다.

"그건 그렇고, 너 끔찍해 보인다." 마이클이 덧붙였다.

세라가 눈을 흘겼다. 머잖아 미소로 바뀌기는 했지만 말이다. "너만큼 끔찍해 보이기는 불가능해."

"걱정하지 마. 넌 지금도 예뻐 보이니까. 그냥 방식이 끔찍해서 그렇지." 멍청하게 들렸지만 진심이었다.

"고마워, 마이클."

그 모든 일을 겪고 나자 둘 사이에는 다른 누구와도 느낄 수 없을 것만 같은 유대감이 형성되었다. "다 끝나면," 그가 마침내 말했다. "정말로 바깥에서, 웨이크에서 만나고 싶어. 난 실물이 더 잘생겼어, 맹세."

"난 아마 더 못생겼을 거야." 그녀가 웃었다. 둘 다 듣고 싶었던 웃음소리였다.

"상관없어. 맹세코 상관없어. 슬립이 위대한 건 그래서야. 난 네 내면을 알잖아. 중요한 건 그것뿐이야." 마이클은 살면서 한 번도 이렇게 느끼한 말을 해본 적이 없었다.

"솔직히, 정말 듣기 좋다, 마이클."

그는 얼굴을 붉혔다. "그리고 난 네가 *끝내줄* 거라고 확신해."

"그러시든지." 그녀는 눈동자를 굴렸으나 시선은 계속 마이클에게 향해 있었다. "그럼 그렇게 하는 거다? 버트넷 구하기를 마치자마자 진짜 햇빛 아래에서 하루를 보내는 거야."

"좋아."

그녀는 자세를 바꿔 땅을 짚고 일어섰다. 마이클은 그 행동이 무척 이해됐다. 그 역시 어제까지만 해도 존재하는지조차 몰랐던 신체 부위들이 통증으로 비명을 질러대기는 마찬가지였으니까.

"우리 함께 동굴 탐험을 떠나볼까?" 그는 우스꽝스러운 영국 억양으로 물었다.

"그러십시다." 그녀가 대답했다. 눈가에까지 이른 그 미소에 마이클은 기분이 더욱 좋아졌다.

두 사람은 관절염을 앓는 늙은이처럼 절뚝거리며 산속으로 걸어 들어가기 시작했다. 세라가 손을 뻗어 그의 손을 잡았다.

"그러십시다." 그녀가 다시 말했다.

3

땅굴의 벽은 인공물처럼 보였다. 검고 반짝였으며, 끌로 파놓은 듯한 모양이었다. 동굴 저 깊은 곳에서 나오는 부드러운 불빛이 반사되어 모든 것이 당장이라도 녹아내릴 것처럼 보였다.

마이클과 세라가 통로의 첫 번째 굽이를 돌기가 무섭게 밝은 주황색 불빛이 보였다. 마치 그 모습에서 비롯된 것 같은 따뜻한 공기가 훅 끼쳐와 마이클의 머리카락과 옷을 흔들었다. 기분 좋게 느껴졌다. 하마터면 다시 누워 자고 싶은 마음이 들 뻔했다.

그들은 계속 나아가며 아무 말도 하지 않았다. 마이클은 따뜻한 빛을 응시하며 그리로 접근했다. 시원한 밤의 캠프파이어처럼 매력적이었다. 겁이 난 건 빛의 근원을 생각하면서부터였다. 그들이 정말로 화산 안에 있는 것이라면 광원은 분명 불쾌할 테니까.

갑작스레 굴이 넓어지며 공간이 탁 트였다. 천장이 최소 10미터 높이까지 쭉 뻗어나갔다. 앞쪽 멀리에서 공간이 더 넓어지는 게 분명했다. 커다란 동굴이 그들을 기다리고 있었다. 불과 같은 주황색 빛은 더욱 강해졌다. 온도가 올라갔고 공기는 습기로 가득했다.

머잖아 그들은 부글거리는 초소형 용암 연못에 이르렀다. 마이클은 그 아름다움에 홀려 있다가 문득 지리학 수업에서 배운 내용을 떠올렸다. 그건 곧 그들이 식지 않은 엄청난 양의 용암 위에 있는 게 틀림없는, 식은 용암층에 서 있다는 뜻이었다. 마이클은 갑자기 바닥이 갈라지며 액체 형태의 화염이 돌연 솟아올라 그들을 소각해 버리는 환영을 보고 몸을 떨었다.

"수영 한번 어때?" 그가 어색하게 물었다.

세라는 그의 손을 놓고 어깨를 가볍게 두드렸다. "미안하지만 사양할게. 너 먼저 가." 그녀의 얼굴이 땀으로 번들거렸다.

"덥네." 그가 말했다.

"그러게. 앞으로 더 심해지겠지. 서둘러, 음식은 찾을 수 없을 거고 시간이 오래 걸릴수록 우린 기운이 빠질 테니까."

"아주 거지 같겠다, 그치?"

그녀가 고개를 끄덕였다. "응. 거지 같을 거야. 하지만 다른 길이 없어. 그건 코드가 솔직히 알려주고 있어."

그들은 다시 걸음을 옮겨 화산 깊은 곳으로 들어갔다.

4

마이클과 세라는 굴의 끝자락에 도달하자 멈춰서서 주변을 응시했다. 굴이 탁 트이며, 부글거리는 용암 연못으로 가득한 거대 동굴로 이어졌다.

눈앞의 넓은 지역을 보니 마이클은 호랑이 가죽 무늬가 생각났다. 증기를 뿜어내는 마그마의 강들이 소용돌이치며 식은 검은색 바위 매듭 사이를 가르고 지나갔다. 더욱 놀라운 광경은 벽의 틈새로 새어 나와 끓어오르는 바위 웅덩이로 쏟아져 내리면서 그때마다 식식대는, 폭포수 같은 용암의 흐름이었다. 화염이 동굴을 따라 죽 이어진 용암 줄기에서 터져 나왔다. 마이클과 세라가 그 모든 것을 건너야 했다.

그들이 지켜보는 가운데 뜨거운 공기가 파도를 이루어 강하게 불어닥쳤다.

"생각보다 심하네." 마이클이 중얼거렸다.

세라는 잠시 눈을 감더니 반대편을 가리켰다. "저쪽에 다른 굴이 있어. 통로가 그 방향을 가리키는 것 같아. 다른 길은 느껴지지 않고. 넌?"

그는 직접 코드를 훑어보고 한숨 쉬었다. "없어. 저리로 가야 하나 봐."

"서두르지 않으면 탈수로 죽고 말 거야. 근처에 음수대가 있을 것 같진 않거든."

"가자." 마이클이 재촉했다. 가만히 서 있자 자제력이 떨어졌다. 움직이고 싶었다.

굴에는 큰 동굴의 바닥으로 이어지는 짧은 비탈길이 있었다. 그들은 망루의 시야를 활용해 그곳으로 건너가는 최적의 길을 알아냈다. 눈앞의 장면도 활용했고 프로그램 자체를 빠르게 훑어보기도 했다. 그 모든 것이 합쳐져 이제는 익숙한, 그들의 행선지를 가리키는 복잡한 코드상의 단서로 둘러싸인 식은 바위의 미로와 불기둥, 용암 폭포를 형성했다. 마이클은 앞장서 나아가면서 흩어진 바위와 흙 사이로 조심스럽게 가장 안전한 길을 골라 비탈을 내려갔다. 바닥이 평평해지고 열기가 그를 후려쳤다. 숨을 참을 수밖에 없었다. 시끄러웠다. 나지막하게 우르릉대는 소리가 귓속에서 울렸다.

"준비됐어?" 그가 세라에게 소리쳤다. 이제 그녀의 얼굴에서는 땀이 쏟아졌다. 옷은 완전히 젖어 있었다. 마이클은 자기도 똑같이 흠뻑 젖었다는 걸 알고 있었다.

그녀는 말할 기운도 없는 듯 고개를 끄덕였다. 그 순간 마이클은 이 멍청한 통로의 끝이 멀지 않았기를 간절히 바랐다. 케인과 웨버 요원과 VNS가 증오스러웠다.

마이클은 세라에게 마주 고개를 끄덕였다.

그리고 거대한 동굴을 가로지르기 시작했다. 세라가 바짝 뒤쫓았다.

5

몸이 거대한 오븐에서 천천히 구워지는 기분이었다.

그들은 용암을 가로지르며 나 있는 1미터 넓이의 바위 길을 따라 움직였다. 용암의 열기와 끓어오르는 바위에 화상을 입을지 모른다는 공포에 심장이 빠르게 뛰긴 했지만, 그쯤은 쉬운 일이었다. 마이클은 서두르면서도 영리하게 행동하려 애썼지만 내면에서 두려움이 부풀어 오르자 그토록 큰 동굴에서도 폐소공포증이 일어났다.

한 걸음 한 걸음, 그들은 천연 다리를 건너 나아갔다. 두 눈이 열기로 타는 듯했다. 반대편에 도착한 그는 오른쪽으로 가, 밝게 빛나는 마그마 웅덩이 사이의 서로 이어진 바위섬 미로를 따라 지그재그로 나아가기로 했다. 필요하다면 언제든 되돌아갈 수 있었다. 하지만 그는 자신의 본능과 빠르게 훑어본 주변의 코드에 의존했다.

그들은 검은 돌로 된 좁은 선을 따라 움직였다. 신발 너머의 열기가 전해졌다. 너무 뜨거워서 밑창이 녹을지 모른다는 걱정이 들었다. 다리 끝에 도달한 그들은 밝은 주황색 마그마 고리로 완전히 둘러싸인 둥근 섬에 발을 디뎠다.

그는 왼쪽으로 가려 했으나 세라가 그의 팔을 잡고 몸을 숙였다.

"저쪽으로 가야 할 것 같아!" 그녀가 앞쪽, 검은 바위 한 줄을 가리키며 소리쳤다. 바위들은 정원의 징검다리처럼 보였다. "봐. 반대편에 벽까지 쭉 이어지는 또 다른 다리가 있어. 그다음에는 가장자리를 따라서 빠르게 간 다음, 저 구멍으로 기어오르면 여기서 나갈 수 있을 거야."

마이클은 그 지역을 잠시 자세히 살폈다. 그녀의 말이 맞는 것 같았다. 그가 갈 뻔했던 길은 거대한 틈새로 끊어져, 앞에서부터 도움닫기를 해 뛰어넘어야 했다.

"괜찮은 계획 같은데. 이번엔 네가 앞장설래?"

마이클은 농담이라는 걸 보여주려고 씩 웃었으나 그녀는 그 말을 진심으로 받아들이고 첫 번째 작은 섬에 뛰어올랐다. 중심을 잡기까지 그녀의 팔이 풍차처럼 돌아갔다. 마이클은 하마터면 심장이 터질 뻔했다.

"조심해!" 그가 소리쳤다.

"그냥 너 겁주려고 한 거야." 그녀가 마주 외쳤다.

"안 웃겨! 하나도!"

세라는 다음 섬으로 폴짝 뛰었다. 그녀가 안전하게 자리를 잡자마자 마이클이 첫 번째 바위로 뛰어오르며 뒤따랐다.

"천천히 해!" 그가 소리쳤다.

"긴장 풀어." 그녀가 대답했다.

그녀는 더 이상 기다리지 않고 다음 틈새, 그다음 틈새를 뛰어넘었다. 마이클은 세라가 자칫하면 마그마로 미끄러질지도 모른다는 두려운 생각에 재빨리 뒤따랐다. 그는 그녀를 따라 바위 하나하나 용암을 뛰어 건넜다. 머잖아 그들은 반대편의 기다란 검은 바위 곳에 안전하게 도착했다.

세라가 그를 힘껏 끌어당겨 안았다. 마이클은 놀랐다.

"무서웠어." 그녀가 그의 귀에 속삭였다. "정말 무서웠어."

그는 그녀의 어깨를 두 팔로 꼭 감싸 안았다. "그래, 너 약간 무모했어. 그치?" 화산 한복판에 있으면서도 포옹은 지나칠 만큼 달콤해서 끝나지 않았으면 좋겠다는 생각이 들었다.

"한 걸음 내디딜 때마다 걱정하느니 그냥 확 해버리는 게 낫잖아."

"내 생각도 그래."

그녀는 물러나며 그를 바라보았다. 그녀의 눈에서 눈물이 새어 나와 뺨을 따라 내려오며 검댕을 뚫고 길을 내다가 턱에서 방울로 맺히더니, 이윽고 떨어져 그녀의 옷에 내려앉았다.

"너 괜찮아?" 그가 물었다.

그녀는 고개를 끄덕이고 다시 그를 안았다. "자, 다음 굴로 올라가서 좀 식히자."

"그럴 수 있으면 좋겠다."

그들은 다리를 달려 건넜다. 징검다리에 비하면 안전해 보였다. 건너편에는 동굴의 벽까지 뻗어 있는, 흙과 바위로 된 비탈이 있었다. 그들은 재빨리 용암에서 가능한 한 떨어져 가장자리를 따라 다음 굴의 입구까지 달렸다. 세라가 마이클 바로 앞에 있었다.

그 일이 터졌을 때 둘은 겨우 5미터 떨어져 있었다.

마이클이 겨우 긴장을 좀 풀고 세라와 나눈 순간을 생각할 여유를

낸 참이었다. 대화와 손잡기, 포옹. 그 순간 모든 게 어긋나리라는 걸 미리 알았어야 했는데.

비탈 맨 아랫부분의 커다란 용암 웅덩이를 지나려는데 매우 시끄럽게 뭔가를 빨아들이는 소리가 나더니, 용광로가 살아나는 듯 우르릉대는 소리가 메아리쳤다. 마이클은 늦지 않게 고개를 돌려 웅덩이에서 쏘아져 나오는 한 줄기 용암을 보았다. 주황색 불덩어리로 이루어진 완벽한 죽음의 기둥이 곧장 세라에게로 향했다.

그녀는 그 불덩어리에 맞아 바닥으로 떨어졌다. 그녀의 비명은 마이클이 지금껏 들어본 어떤 소리와도 달랐다.

6

극도로 두려운 나머지 마이클은 버트넷이며 집에 돌아가면 있는 코핀을 모조리 잊어버렸다. 죽음이란 그저 세라가, 약간 충격은 받더라도 자기 코핀에서 무사히 깨어난다는 뜻임을 잊어버렸다.

눈에 보이는 것은 고통받는 친구의 모습뿐이었다. 용암이 그녀의 옷과 피부를 순식간에 태우면서 근육과 뼈로 이루어진 악몽 같은 모습을 드러냈다. 그녀가 한 무더기 형체로 무너져 내리며 마이클의 마음을 산산이 부서뜨리자 그녀의 비명도 꾸르륵대는 소리로 잦아들었다.

이 모든 일이 너무도 순식간에 일어났다.

그는 세라에게 달려가려다가 멈추었다. 자기까지 목숨을 걸 수는 없다는 걸 알았다. 용암이 방금 터져 나왔던 웅덩이 쪽으로, 흙을 따라 다시 스며들고 있었다.

세라는 아직 죽지 않았다. 그녀는 바닥에 공처럼 몸을 웅크리고 누워 떨었다. 마이클은 조심스럽게 조금씩 가까이 다가가 그녀의 얼굴을 보았다. 뜨여 있는 그녀의 눈에 투영된 고통이 보였다.

"세라." 그가 할 말을 찾으며 속삭였다. "세라. 너무 미안해."

그는 애써 입을 열었으나 숨이 막히는 듯했다. 마이클은 할 수 있는 한 가까이 몸을 숙이고 그녀의 얼굴 바로 위에 귀를 댔다.

"마이⋯." 그녀는 운을 뗐으나 격렬한 기침에 말이 끊겼다. 마이클은 그녀가 자신을 떠나는 것도 싫었지만, 그만큼 그녀가 빨리 죽기를, 웨이크로 돌아가기를 바랐다. 그전까지 그녀를 삼킨 고통은 한 조각 한 조각 처절할 만큼 사실적으로 느껴질 테니까.

"세라, 미안해. 네가 앞장서도록 놔두는 게 아니었어. 내가⋯."

"닥," 그녀가 억지로 말했다. "쳐." 기침이 터져나와 그녀의 몸이 흔들렸다.

"안되겠어." 마이클이 그녀에게 말했다. "세라, 난 못 견디겠어. 받아들일 수가 없다고. 그냥 너랑 다시 돌아가고 싶어. 나도 용암 속에 뛰어들까 봐."

"안 돼!" 그녀가 소리를 높이는 바람에 마이클이 움찔했다. "너는⋯ 마무리⋯ 지어!"

그는 잠시 말을 잃었다. 하지만 그녀가 옳다는 건 알고 있었다. "알았어. 그럴게. 약속해."

"신성한⋯ 협곡을⋯ 찾아." 그녀는 질식할 것처럼 더 기침하며 말했다. "난⋯."

"그만 말해, 세라." 마이클은 가슴이 아팠다. 그녀를 집으로 안전하게 돌려보내고 싶었다. "말하지 않아도 돼. 맹세코 이걸 마지막까지 서둘러 마무리하고 끝장낼게. 넌 우리가 한 약속 잊지 마. 햇빛을 받으며 웨이크에서 하루를 보내는 거야. 모든 게 다 괜찮아질 거야."

"야… 약속해." 마이클은 그게 끝이라고, 그녀가 떠나버렸다고 생각했다. 하지만 그때 그녀가 다시 말했다. "마이클." 또렷하고도 완전한 단어였다. 마이클은 가슴속의 격동이 느껴졌다. 쥐어짜는 듯, 불타는 듯한 무언가가.

그때 그녀의 마지막 숨결이 한숨과 함께 빠져나왔다. 그녀의 가슴이 마지막으로 가라앉았다. 몇 초 후 그녀는 사라지고, 그녀의 물리적 신체가 현실에서 깨어났다. 마이클을 버트넷 안 깊숙한 곳, 아는 사람이 거의 없고 길이도, 끔찍함도 무한하게만 보이는 통로 한복판에 남겨둔 채.

그는 혼자였다.

철저히 혼자였다.

CHAPTER 20

은빛 몸체

1

마이클은 몇 시간 동안 애써 아무 생각도 하지 않았다. 슬퍼하거나 자기연민 속에 뒹굴 시간이 없었다. 그는 세라에게 길을 끝까지 나아가겠다고 약속했다. 그 외에는 어디에도 집중할 여유가 없었다. 그녀의 최후가 머릿속으로 기어들 때마다 아픔의 물결이 그를 적셔 왔지만, 그녀가 실제로 죽은 건 아니라는 사실을 알았기에 도움이 되었다.

그러니까 모든 것을 제쳐두어야 했다. 잠시 스위치를 꺼두어야 했다.

용암의 강으로 군데군데 끊어진 긴 굴이 또 하나 있었다. 마이클은 가능한 한 조심스럽게 그 용암 줄기들을 뛰어넘었다. 그는 천장의 틈에서 마그마가 간헐적으로 뿜어져 나오는 고약한 지점으로 다가갔다. 그는 기다리며 시간을 재고 자기 본능을 믿었다. 전력 질주한 끝에 가까스로 타버리는 꼴을 면했다. 얼마 지나지 않아 그가 지나간 굴의 한쪽 면 전체가 무너져 내렸다. 용암의 강이 화염과 열기로 불똥을 튀기며 솟구쳐 올라 그를 뒤쫓아 흘렀다. 그는 달렸다. 사력을 다해, 발꿈치에 닿는 지옥의 강물 옆을 달렸다. 하지만 결국 그 강은 식기 시작했고 그는 속도를 늦출 수 있었다.

더 긴 굴과 더 큰 동굴 들이 있었다. 사방에 용암. 불가능한 온도까지 상승했다가 또 한 번 상승하는 열기. 땀이 뚝뚝 떨어지는 몸. 그 어느 때보다도 건조해진 목구멍이 사막 같고 달 표면 같았다. 가장 더러운 시내나 늪, 심지어 하수처리장의 물이라도 마시고 싶은 심정이었다. 그의 열망과는 달리 물은 한 방울도 발견되지 않았으며 그는 점점 무너져 내렸다. 허기가 몸속에서 아프게 느껴졌다.

하지만 그는 계속해서 가고, 가고, 또 가며 코드가, 통로가 이끄는 곳으로 향했다.

정신은 오직 프로그램에만 의지했다.

2

여러 시간이 지났다. 그중 다음 순간이 최후가 될 거라는, 쓰러져서 꼼짝도 못 하다가 열기에 쭈그러들어 죽고, 웨이크로, 코핀으로 돌아가게 될 거라는 생각을 하지 않고 지난 시간은 단 한 시간도 없었다.

또 한 번 끝없는 터널을 향해 가는데 머리가 낮게 내려와 있던 돌에 부딪혔다. 그는 외마디 비명을 지르며 고개를 숙였다가, 땅에 웅크리고 앉아 몸을 꼬며 최선을 다해 주위를 가늠해 보았다. 통증에 감각이 다시 살아났다. 그는 어느덧 검은 돌 통로가 좁아진 걸 보고 깜짝 놀랐다. 길이 하도 심하게 줄어들어 두 사람이 몸을 간신히 욱여넣을 수 있을 정도였다. 지금도 보이긴 했지만 빛도 현저히 잦아들었다.

앞쪽 더 먼 곳은 기어가야 할 것처럼 보였다.

그는 표현할 수 없는 두려움과 압도적으로 밀려오는 폐소공포증에 심한 충격을 받았다. 기진맥진한 머리에 질문이 휘몰아쳐 들어왔다. 뭘 잘못한 거지? 분기점을 놓쳤나? 문이라든가? 포털은? 마이클은 다리를 가슴에 붙여 꼭 껴안고, 공처럼 몸을 웅크린 채 눈을 꼭 감았다. 마음을 진정시키려 애쓰며 몸을 앞뒤로 흔들었다.

발작은 점차로 나아졌다. 그는 몸을 쭉 뻗었다. 지면이 바위투성이였지만 그대로 잠들었다.

3

아프고 뻣뻣해진 몸으로 깨어난 마이클은 점점 좁아지는 굴 저편을 보고 그리로 계속 가야 한다는 사실을 깨달았다. 화산을 가로지르며 여행하는 내내 그는 달리 나아갈 방향이 있는지 코드를 찾아 헤맸으나, 지금까지 길은 오직 한곳뿐이었다. 통로는 외길로 설계된 게 틀림없었다. 그리고 이제 와서 포기할 수는 없었다.

몸속에서 느껴지는 허기에 그는 괴롭고 힘이 빠졌다. 하지만 그조차도 사막의 뙤약볕처럼 목구멍을 굳혀오는 갈증에는 비할 수 없었다.

물. 누군가가 단 한 잔의 물과 그의 사이를 가로막고 있다면 그게 누구든 죽일 수 있었다.

그는 신음하며 두 손을 짚고 무릎으로 기어 굴의 거친 바닥을 따라갔다. 앞을 살필 때만 고개를 들었다. 기어갈수록 굴은 점점 좁아졌다.

어떻게든 계속 움직였다.

마침내 굴의 천장이 등에 닿았다. 더욱 낮게 웅크려야만 했다. 머잖아 그는 배를 깔고, 철조망 그물 아래를 기어가는 신병훈련소의 군인처럼 두 발로 땅을 밀며 팔로 몸을 당겨야 했다. 벽이 좁아들었다. 이윽고 팔을 바깥쪽으로 비스듬히 뻗어 조금이라도 추진력을 얻기가 힘들어졌다.

그렇게 그는 끼어버렸다.

4

예전에도 폐소공포증을 겪은 적은 있지만, 지금의 두려움은 머릿속에 불을 지르는 괴물과도 같았다. 그는 몸부림치며 목청이 터지게 소리를 질러댔다. 통로에 몸을 너무 세게 밀어넣는 바람에 앞으로도, 뒤로도 움직일 수 없었다. 고함이 메아리치며 그에게로 반사됐고, 검은 바위가 죄어들어 그의 폐에서 숨결을 뭉개버리는 듯했다. 그는 눈을 감고 코드를 분석해 보려 애썼으나 정신을 집중할 수 없어 포기해야만 했다.

마이클은 발버둥 치며 꿈틀대고 손톱으로 바닥을 긁어댔다.

그렇게 앞으로 몇 센티미터를 미끄러졌다. 있는 힘을 다해 발가락으로 밀고 손가락으로 당기면서, 근육을 수축시켰다가 이완시키면서, 그는 다시 앞으로 움찔거렸다. 그렇게 또 한 번. 30센티미터. 50센티미터. 1미터.

푸른빛이 한 조각·하늘처럼 눈앞에 나타났다. 맹세코 그전에는 없던 빛이었다. 나가는 길일까? 산들바람이나 생명의 소리, 구름도 없었다. 그저 순수한 푸른빛, 설명할 수 없는 색채의 구멍뿐.

그는 다시 고함을 지르며, 가지고 있는 모든 것을 던져 그곳에 도달하려 애썼다. 포털이었다. 포털일 수밖에 없었다.

끙끙대고 몸을 비틀며, 손가락을 흙투성이 바위에 박아넣었다. 조금씩이나마 움직일 수 있었다. 밝은 청색이 가까워졌다. 몇 미터 앞. 몇 센티미터 앞.

빛에 도달했을 때쯤 마이클은 거의 미칠 듯한 기분이었다. 푸른 벽 뒤에서 무엇이 기다리고 있든 그 벽으로 가겠다는 절박한 열망 뿐, 그에게 일관적인 생각은 전혀 남아 있지 않았다.

그는 두 팔을 휙 뻗어 포털 너머로 내밀었다. 팔이 액체에 담긴 것처럼 사라지는 게 보였다. 그때 무언가가 반대편에서 그의 두 손을 잡아 남은 길로 당겼다. 그의 몸이 앞으로, 화산 밖으로 끝없이 날아갔다.

5

마이클은 금속제 바닥에 쾅 떨어졌다. 단단하고 차가운 표면에 볼이 닿았다. 눈이 멀 듯한 흰 빛이 새로운 공간을 가득 채우며 환하게 그를 씻어냈다. 그는 큰 소리로 신음하며 땅을 짚고 배를 들어올린 다음 등으로 털썩 드러누워, 샛눈을 뜨고 자기 위치를 가늠해 보려 했다. 순백색이 그를 감싸고 있을 뿐 다른 건 아무것도 없었다. 아니, 오른쪽에 빛을 가로막는 흐릿한 그림자가, 인간의 형체가 있었다.

"여기가 어디지?" 마이클이 입을 열었다가, 쉬어버린 자기 목소리에 움찔했다.

마이클에게 대답하는 목소리는 기계적이고 로봇 같았다. 낮은 전자음. "당신은 갈림길에 있습니다, 마이클. 당신은 돌아올 수 없는 곳에 도착했습니다."

마이클은 눈을 깜빡이며 애써 초점을 맞추었다. 그에게 말을 건네는 존재는 결코 인간이 아니었으나 외모만은 예외여서 두 팔과 두 다리가 달려 있었다. 단, 그 존재는 전체가 은과 비슷한 금속으로 만들어져 있었다. 외관의 매끄러운 표면을 가르는 이음매나 못은 전혀 없었다. 얼굴에도 눈, 코, 입이 없었다. 그저 텅 빈, 빛나는 초록색 마스크가 있을 뿐. 로봇은 꼼짝도 하지 않고 마이클을 마주 보며 서 있었다.

마이클은 그 공간의 다른 곳도 힐끗 둘러보았으나 눈부신 흰 빛을 제외하면 아무것도 없었다. 빈방에 그와 로봇만이 있었다.

하지만 그의 마음을 사로잡는 문제는 한 가지뿐이었다. "물 있어?" 그는 기이한 동료를 마주 보며 두 다리를 깔고 앉았다.

"네." 그 존재는 특유의 기계적인 목소리로 대답했다. "당신의 몸은 이제 다시 채워질 것입니다."

마이클 앞의 바닥에서 원반이 분리되더니 아래로 깊이 가라앉았다. 그는 원반이 음식 한 접시와 큰 컵을 표면에 올린 채 다시 나타나 가슴 높이에서 멈추는 광경을 빤히 지켜보았다.

"드십시오." 로봇은 계속 움직이지 않고 명령했다. "위급 상황까지 5분 남았습니다."

6

마이클은 죽을 만큼 목이 마르고 배가 고팠다. 그 정도가 너무 심해서 로봇이 방금 한 애매한 위협에도 사실 별로 신경이 쓰이지 않았다. 그가 생각할 수 있는 것은 눈앞의 음식뿐이었다. 스테이크 한 조각과 껍질 콩, 당근. 거다란 빵 조각. 물 한 잔.

마이클은 덤벼들었다. 처음에는 물을 반쯤 꿀꺽 삼켰다. 물이 목구멍을 적셔오며 북받치는 순수한 희열감을 즐겼다. 그다음 두 손가락으로 스테이크를 집어 크게 한입 베어 물었다. 고기를 씹고 있으면서도 당근 몇 개와 껍질 콩을 입에 넣었다. 다시 스테이크. 다시 채소. 물 한 모금 더. 고기와 채소. 배를 채운다.

이렇게 훌륭한 맛이 나는 음식은 지금껏 없었다고, 그는 생각했다.

마이클은 마지막 한 조각까지 게걸스럽게 먹어 치우고 컵이 바싹 마를 정도로 물을 마신 다음 소매로 입을 닦고 로봇의 평평한 초록색 얼굴을 올려다보았다.

"다 먹었어. 고마워." 갑작스러운 포식에 좀 배탈이 난 것 같긴 했지만 말이다.

은색 피조물은 뒤로 몇 걸음 물러나 방 뒤쪽 구석에 자리를 잡았다. 동시에, 마이클의 식사를 담았던 원반이 바닥까지 낮아져 사라졌다. 마이클은 한 번 더 로봇에게 관심을 돌렸다.

로봇이 다시 말했다. "당신은 돌아올 수 없는 곳에 있습니다. 이곳은 갈림길입니다. 지금까지는 죽으면 통로 끝을 향한 탐험은 끝나더라도 당신의 진짜 생명이 끝나지는 않았습니다. 당신의 동료들은 현재 각자의 집으로 돌아가 안전하게 살아 있습니다."

"음…." 마이클이 입을 열었다. "걔들이 안전하다니 반갑네. 진심으로 나도 머잖아 걔들을 만날 생각이야."

로봇은 마이클의 말을 듣지 못한 듯 이야기를 이어나갔다. "이제 당신은 더 이상 죽음이 궁극적 종말이 아니라는 위안을 얻지 못할 것입니다. 당신이 신성한 협곡에 진입할 수 있다면, 그 성스러운 영역을 포함한 나머지 여행은 당신의 진짜 생명을 극히 불안정한 상태에 빠뜨리며 완수될 것입니다."

마이클은 창자가 뒤틀리는 기분이었다. 이게 뭐라는 거야?

"수술 시작." 로봇이 말했다. 그 단어에 마이클은 화들짝 놀랐다. 갑자기 힘이 솟았으나 갈 곳은 없었다.

윙윙대는 둔하고 단조로운 소리가 방을 가득 채우더니 기계류의 소리가 뒤따랐다. 위를 올려다보니 흰 천장에서 내려오는 금속 팔들이 보였다. 그 끝에는 다양한 기구들이 달려 있었다. 처음으로 다가온 건 경첩이 달린 은색 집게였다. 그는 도망치려 했으나 놈들이 너무 빨랐다. 두 집게가 그의 팔을 붙들더니 꽉 다물려 그를 허공으로 들어올렸다. 두 개의 또 다른 팔이 두 다리를 잡아당겨 벌렸다. 그 탓에 마이클은 똑바로 서 있으면서도 사지를 쭉 펼친 자세가 되었다. 그는 쥠쇠에서 벗어나려 몸부림쳤지만 그것들은 단단했으며 꼼짝도 하지 않았다.

다른 팔들이 몰려들었다. 하나는 마이클의 목둘레에, 다른 팔은 이마에 끈을 감고 그가 머리를 앞으로 꼼짝없이 내밀게 했다. 끈 하나가 가슴둘레로 미끄러져 들어오더니 아플 정도로 꽉 죄었다. 몇 초 사이에 마이클은 공중으로 무력하게 들리고 말았다.

"무슨 짓이야?" 그가 소리쳤다. "이게 무슨 짓이냐고?"

로봇은 대답하지도, 움직이지도 않았다. 마이클이 재빨리 눈을 감고 살폈지만 프로그램은 지속적으로 움직이며 흐릿하게 보이는 외국어처럼, 전혀 접근할 수 없을 것 같았다. 윙윙대는 소리와 장비가 오른쪽 귀 가까이에 다가오는 소리가 들렸지만, 고개를 돌려 무슨 일이 벌어지는지 확인할 수는 없었다. 겨우 몇 센티미터 떨어진 곳에 뭔가 있는 게 느껴졌다. 주변 시야의 가장자리로 어떤 물체가 간신히 보였다. 그때 최악의 소리가, 드릴이 돌아가는 듯한 소리가 시작되었다. 새되고, 속도가 빨라지면서 더욱 강력하게 윙윙대는 소리.

"무슨 짓이야?" 마이클이 다시 소리쳤다.

그때 머리 옆쪽에서 통증이 확 번졌다. 무언가가 살을 파고들며 피부를 열자 그는 비명을 질렀다. 폐에서 공기가 다 빠져나갔다. 그는 숨을 들이쉬다가 다시 비명을 질렀다.

고통은 강력했다. 갑자기 로봇이 다시 마이클 앞에 서 있었다. 초록색 마스크가 그의 얼굴에서 겨우 몇 센티미터 떨어진 곳에 있었다.

"당신의 코어는 파괴되었습니다." 로봇이 말했다. "실패할 경우, 이제는 진정한 죽음을 맞이하게 됩니다."

CHAPTER 21

두 개의 문

1

마이클의 몸을 그토록 사납게 붙들던 집게가 갑자기 풀어졌다. 금속제 팔들은 기계류의 윙윙대는 소리, 강철끼리 부딪치는 소리를 내며 천장으로 돌아갔고 그는 바닥에 쓰러졌다. 몇 초 만에 끝났다. 방 안은 조용해졌고, 마이클은 다시 한번 은색 괴물과 단둘이 있었다.

머리가 아팠다. 자연스럽게 올라간 손으로 상처를 만졌다가 떼어 보니 손이 피에 젖어 있었다. 배 속은 누군가가 날카로운 칼날을 들고 들어가 깨끗하게 긁어낸 것만 같았다. 코어가 제거되었다.

"어떻게 한 거야?" 그가 로봇에게 물었다. 오직 마이클만이 자신의 코어를 제거할 수 있어야 했다. 그러려고 암호가 존재하는 것이다. "어떻게 내 코드를 알았냐고?"

"이제 기회는 한 번밖에 없습니다. 죽음이 당신을 기다립니다." 로봇의 차가운 목소리에 마이클은 소름이 돋았다. "케인에게는 아무도 모르는, 당신의 코드에 접근하는 방법이 있습니다."

"케인한테 내가 죽여버릴 거라고 전해." 마이클이 대답했다. 가슴속에 격노가 차올랐다. "내가 케인을 찾아서, 그 자식 코드를 마지막 숫자 하나까지 뿌리 뽑을 거야. 그놈의 가짜 지능을 한 조각 한 조각 다 뽑아내 변기에 처넣고, 망각되도록 물을 내려버리겠어. 내가 그렇게 말했다고 전해."

"그런 명령은 필요하지 않습니다." 은색의 위험한 존재가 대답했다. "케인은 모든 것을 듣습니다."

2

뭐라 대답하기도 전에 그 공간의 빛이 강렬해지며 모든 것을 하얗게 태워버렸다. 마이클은 눈을 꽉 감고 두 주먹으로 눌렀다. 우웅 하는 소리가 지속적으로 나더니 윙윙거리는 소리로, 그다음에는 고음의 떨리는 종소리로 바뀌었다.

그 소음이 두개골 안에서 진동했다. 관자놀이의 상처가 통증으로 욱신거렸다. 새로 솟은 핏방울이 머리카락 속으로 스며드는 게 느껴졌다.

빛과 소리는 견딜 수 없을 만큼 강도를 더해갔다. 마치 만질 수 있는 벽이 사방에서 밀려들어 그를 뭉개는 것만 같았다. 폐에서 비명이, 구해달라는 절박한 간청의 소리가 만들어졌다. 그 소리는 목구멍으로 솟아올라 입 밖으로 터져 나왔으나 공간을 가득 채운 소음의 폭풍 속에 사라질 뿐이었다.

그때 모든 것이 어둡고 조용해졌다. 그의 숨소리가 귀를 가득 채웠다. 땀이 살갗을 뒤덮었다. 본능은 가만히 있으라고, 계속 눈을 감고 있으라고 말했다. 뭔지는 모르지만 그를 기다리고 있을 다음 존재가 모른 척 지나가게 기도나 하라고. 코어를 제거당하다니. 터무

니없이 불법적인 방법으로 코드가 지워지다니. 마이클은 상상조차
못 해봤을 만큼 겁에 질렸다.

죽고 싶지 않았다. 로봇을 만나기 전에도 무섭기는 했지만, 그때
까지는 죽음이 웨이크로 돌아가 코핀에서 나온 다음 침대에 쓰러진
다는 뜻이었다. 영구적 상처라고는 심리적인 것밖에 없을 터였다.
솜씨 좋은 정신과 의사라면 몇 차례의 치료를 통해 고쳐줄 수 있는
상처. VNS야 어떻게든 처리할 수 있었다, 꼭 그래야만 한다면.

하지만 이제는 이 모든 게 현실이 되었다. 코어가 없기에, 코어의
안전벽이나 코핀과의 연결이 없기에 마이클의 두뇌는 여기에서 죽
으면 집에서도 기능을 멈출 것이었다. 두근거리는 심장이 그렇듯 코
어는 신체의 일부였다. 그렇지 않다면 버트넷의 기반이 지금처럼 동
작할 수 없었다. 지금만큼 실물과 똑같지 않았을 것이다. 코어의 장
벽은 프로그램에 필수적이었다.

그런 그의 코어가 사라져 버렸다.

마이클은 보고 싶지 않았다. 담요가 있었다면 그 담요를 뒤집어쓰
고 아기처럼 흐느껴 울었을 것이다.

몇 분 동안 제자리에 누워 있던 그는 깜빡이는 밝은 불빛을 느꼈
다. 천천히 눈을 뜨니, 소박한 나무문 위에 빨간색 네온 간판이 걸려
있는 게 보였다. 그 간판이 피처럼 붉은 글자의 불빛으로 문을 적시
고 있었다.

간판에는 신성한 협곡이라 적혀 있었다.

3

하마터면 펄쩍 뛸 뻔했지만 경계심이 이겼다. 옆으로 누워 공처럼

몸을 웅크리고 있던 마이클은 조심스럽게 다리를 뻗고 움직여 등을 대고 납작하게 누웠다. 주변을 훑으며, 그를 해치고 싶어 하는 존재가 뭐라도 있는지 살폈다. 하지만 첫 번째 문 맞은편의 비슷한 문에 걸려 있는 또 다른 간판을 제외하면 사방은 어둡기만 했다.

이 간판은 녹색 글자로 되어 있었다. 먼젓번 간판에서처럼 번쩍이는 글자로 '통로에서 나감'이라고 적혀 있었다.

마이클은 일어나 앉아 다리를 오므려 끌어안았다. 보이는 사물이라고는 두 간판과 간판 아래의 문뿐이었다. 알아볼 수 있는 벽이나 천장도 없었고, 심지어 바닥조차 텅 빈 우주의 일부처럼 느껴졌다. 어딘가에 떠 있는 것만 같았다.

신성한 협곡.

통로에서 나감.

두 개의 선택지. 그는 일어나 계속해서 두 가지 길을 번갈아 바라보았다. 그 모든 일을 겪고 나서야 이곳에 왔다. 아마도 그가 찾던 장소로, 가라는 명령을 받았던 그곳으로 가는 문턱일 것이었다. VNS의 생각에 따르면 전 세계를 위협할 존재를 막을, 그가 임무를 완수할 마지막 기회. 마이클에게는 위치 추적기가 붙어 있었다. 그가 신성한 협곡으로 들어가는 문을 넘어 케인을 찾아낸다면 VNS 요원들이 침투해 그를 구출할 것이다.

뭔가 어긋난 것처럼 느껴졌다. 꽤 오랫동안 그랬다. 마이클은 자기가 들은 이야기가 전부가 아니라는 걸 알고 있었다. 통로는 방화벽 같지 않았다. 그는 케인이 바라는 일을 자기가 그대로 하고 있다는, 이 일이 VNS와는 아무 관련도 없다는 느낌에 압도되었다. 협곡의 문을 여는 것은 그저 마지막 단계일 뿐이라는…. 하지만 무엇의 마지막 단계란 말인가? 전혀 알 수 없었다.

게다가 이제는 목숨까지 달려 있었다.

브라이슨은 집으로 돌아갔다. 세라도 집으로 돌아갔다. 마이클의 가족은….

그의 가족. 엄마와 아빠, 헬가. 잊어버리고 있었다. 그들에게는 무슨 일이 일어났을까? 무엇이 위험에 빠져 있는지도 모르는데 대체 어떻게 계속 나아간단 말인가?

하지만 내면에서 어떤 확고한 결심이 섰다. 이제 와서 어떻게 외면하겠는가? 그의 가족이 위협을 당했다. 가장 친한 친구들도. 게다가 세라에게 약속도 했다. 통제를 벗어난 탄젠트를 막겠다는 다짐은 말할 것도 없었다.

마지막 선택이었다. 그리고 마이클은 유일한 선택지를 골랐다.

예전 어느 때보다도 자랑스러운 마음으로, 그는 강하고 결단력 있는 걸음으로 신성한 협곡이라 표시된 문으로 향했다. 문을 열고 그 너머로 걸어갔다.

CHAPTER 22

외딴 건물을 넘어, 안으로

1

문 반대편 공간은 칠흑처럼 검고 완전히 고요했다. 아무런 소리도, 바람의 움직임도, 아무것도 없었다. 그저 완전한 어둠. 그러나 마이클은 망설이지 않았다. 그는 들어온 문을 당겨 닫았다.

공기가 즉시 바뀌었다. 강탈당했던 감각이 이제야 돌아온 느낌이었다. 바람 한 줄기가 옆을 휩쓸고 지나가며, 모래처럼 깔끄러운 무언가를 날라와 그의 눈을 찔렀다. 바람이 순식간에 따뜻해지는가 싶더니 곧 뜨거워졌다. 그는 소매로 눈을 닦으며 주변이 밝아진 것을 느꼈다. 다시 눈을 떴을 때는 숨이 멎을 것만 같았다.

그는 사막 한가운데에 서 있었다.

문은 사라진 뒤였고, 웅장한 황금빛 사구가 사방에 펼쳐져 있다. 구름 한 점 없는 푸른 하늘을 배경으로, 어느 사구의 봉우리가 너무도 완벽해 불가능해 보이는 파삭파삭한 선을 그리고 있었다. 굽이치는 모래 구름이 그을린 공기 안으로, 영화에 나오는 낡은 증기 기관차의 질질 끌리는 연기처럼 불어들었다. 땅은 철저히 황폐했다.

나무 한 그루, 덤불 하나조차 보이지 않았다. 온 세상에 푸른 것은 하나도 없었다. 오직 몇 킬로미터씩 펼쳐진 모래뿐.

오직 한 가지만 예외였다.

근처에 벽장 크기의 초라한 작은 건물이 있었다. 녹슨 못 여러 개가 옆면을 따라 반쯤 삐죽 나와 있는, 뒤틀린 회색 나무로 만들어진 건물이었다. 망가진 경첩에 문이 하나 느슨하게 매달려 강한 바람이 불어올 때마다 삐걱거렸다. 맨눈으로 보이는 거리 안에는 어느 방향으로든 아무것도 없었으므로 이 우중충한 구조물은 그 이상 외떨어져 보일 수 없었다.

집으로 돌아가는 길을 선택하지 않았다는 후회가 찌르는 듯 느껴지는 가운데, 마이클은 문을 향해 갔다.

2

모래를 헤치고 작은 건물로 나아가는 내내 태양이 내리쬤다. 암울한 생각이 들었으나 그는 머리를 비우려고 최선을 다했다. 이미 결정을 내렸으니 이제는 그 결정에 따르는 수밖에 없었다. 게다가 왠지 어떤 식으로든 거의 결말에 다다랐다는 생각이 들었다. 단지, 그 결말에 자신의 죽음이 포함되지 않기만을 바랄 뿐이었다.

걸어가는 동안 얼굴에 땀이 비 오듯 했다. 목덜미를 비추는 태양의 열기가 느껴졌다. 어느 순간에든 머리카락이 불꽃이 되어 타오를 것 같았다. 셔츠가 건조기에서 막 꺼낸 빨래처럼 느껴졌다. 그는 초라한 벽 안쪽에 들통 외의 무언가가 더 있기를 바라며 작은 건물로 다가갔다. 그 안에 어떤 답이 있기를.

열린 문에 막 손을 올리려는데 뒤에서 한 남자가 말했다.

"내가 너라면 그러지 않을 거다."

마이클은 고개를 돌렸다. 일종의 더러운 싸개 같은, 거대한 넝마 조각으로 머리부터 발끝까지 온몸을 감싼 사람이 보였다. 그의 눈은 선글라스로 가려져 있었다.

"뭐라고?" 마이클이 물었다. '이자가 케인일 수도 있을까?' 그는 궁금했다.

"사구에 바람이 많이 분다는 건 인정하마." 남자가 대답했다. 그의 목소리가 넝마에 가로막혔다. "하지만 내 말을 듣지 않았나. 잘 들었지."

사실이었다. "이 건물 안에 들어가면 안 된다고 생각해? 왜?"

"이유야 많지. 하지만 이 얘기를 해주마. 그 문을 넘어가면 네 인생은 이제 영영 달라진다."

마이클은 할 말을 찾았다. "음… 그게 좋을 수도 있잖아?"

"모든 것은 상대적이지." 남자는 말을 하면서도 근육 하나 움직이지 않았다. "칼이란 밧줄에 묶인 사람에게는 하늘이 준 선물이지만, 사슬에 매인 사람에게는 죽음이야."

"아주 심오하네." 마이클은 이 남자가 그를 가지고 놀도록 파견된 탄젠트인가 싶었다.

"원하는 대로 받아들여라."

"그건 그렇고, 당신은 어디서 온 거야?"

"너는 버트넷 안에 있다. 아닌가?" 남자는 여전히 꼼짝하지 않고 물었다. "나는 내가 온 곳에서 왔다."

"그냥 이 문을 넘어가면 안 되는 이유나 말해."

남자는 답하지 않았고 바람이 좀 더 빠르게 일었다. 흩뿌려진 모래가 마이클의 얼굴에 맞고 입에 들어갔다. 그는 침을 뱉고 기침을 하며 모래를 닦아냈다. 그런 다음 같은 질문을 반복했다. 이번에는 남자가 답했다. 마이클은 오싹해졌다.

"그 문을 넘어가지 않으면 네 두통이 멎을 테니까."

3

이제는 마이클이 조용해질 차례였다. 그는 꼼짝하지 않고 서서 얼굴 없는 남자를 응시했다. 두통을 멈추는 것보다 더 좋은 일은 없을 것만 같았다.

"저 문을 건너가지 마라." 낯선 이가 말했다. "나와 함께 무지가 가장 큰 축복이 되는 곳으로 가자."

마이클이 마침내 목소리를 되찾았다. "어떻게?"

남자는 고개를 저었다. 마이클이 눈치챌 정도로 그가 움직인 건 그때가 처음이었다. "더 이상은 말할 수 없다. 이미 너무 많이 말했다. 하지만 네게 한 약속은 사실이다. 나와 함께 가자. 케인을, 죽음의 법칙을 가만히 내버려 두어라. 그러면 남은 나날을 순수한 행복과 무지의 축복 속에 보내게 될 것이다. 선택해라."

마이클은 낯선 이에게 홀렸다. "죽음의 법칙이 대체 뭔데?" 그가 물었다. 그런 다음 어깨 너머를 엄지손가락으로 휙 가리켰다. "내가 들어가면 무슨 일이 일어나지?"

질문을 던진 까닭은 갑자기 남자의 조언을 따르고 싶다는, 그를 따라가고 싶다는 강력한 충동이 들었기 때문이었다. 통로가 마이클에게서 모든 것을 끄집어내고 그의 가슴을 비워버렸다. 게다가 어째서인지 남자가 방금 한 약속이 진짜라는 걸 알 수 있었다. 사태는 마이클이 이해하는 범주 바깥에서 진행되고 있었다. 이 남자와 함께 가서 영영 진실을 모르고, 행복한 무지 속에 살아갈 수 있었다.

하지만 뭔가 오점이 있었다. 수정같이 깨끗한 호수 한 곳에서 번들거리는 기름 덩어리처럼, 미끄럽고 번지르르하고 잘못된 오점. 마이클은 그걸 무시할 수 없었다.

"더 이상 질문은 없다." 남자가 말했다. "나와 함께 가자, 마이클. 지금 오너라. 너는 말 한마디만 하면 된다. 그러면 우리는 이 사막에서 사라져 내가 집이라 부르는 곳으로 간다. 말해라."

마이클도 그러고 싶었다, 절박하게. 이 남자와 함께 가고 싶었고 진실을 알기 싫었다. 무슨 진실? 누가 알겠나? 마이클은 그저 이곳을 떠나, 케인이 알려주려고 작정한 듯한 진실을 영영 알아차리지 못하고 싶었다.

하지만 그럴 수 없었다. 왠지 그건 친구들이나 가족에게로 다시 돌아갈 수 없는 선택지라는 생각이 들었다.

"미안, 아저씨." 그가 마침내 말했다. "나는 외딴 건물로 들어갈 거야."

마이클이 돌아서도 낯선 이는 왈가왈부하지 않았다. 팔을 뻗어 문 손잡이를 잡는데 바람이 그의 옷을 당겼고 모래가 살갗에 덤벼들었다. 미련처럼 남을 후회가 머릿속을 가득 채웠다. 마이클은 문을 열고 축축하며 악취가 나는 건물 안으로 들어갔다.

4

문을 닫자 먹먹한 쿵 소리가 나며 모든 것이 어두워졌다. 마이클은 포털에 들어왔음을, 작은 건물 밖 사막이 사라지고 그 자신은 이

동되었음을 알아차렸다. 다시 밝아지기를 기다리는 동안 가슴속에서는 망설임이 퍼덕였다. 돌아온 빛은 따뜻하고 위로가 되었다.

그는 지붕이 낮고 돌로 된 복도에 서 있었다. 횃불들이 벽을 따라 군데군데 설치된 돌출된 받침에서 타고 있었다. 통로에 쭉 걸린 닳아빠진 태피스트리는 예전에 마이클이 했던 게임을 상기시키는 중세의 전투 장면을 묘사한 것이었다. 그는 왼쪽, 오른쪽을 살피며 어느 길로 가야 할지 생각했다. 두 방향 모두 비슷하게 보였다. 막 동전을 던져 결정하려는데 왼쪽에서 아주 희미한 목소리가 들렸다. 고대의 전당(殿堂)에서 죽은 사람들의 속삭임 같았다. 코드를 잠시 살폈으나 아무것도 보이지 않았다.

마이클은 소리를 따라가기로 했다.

그는 그림자에서 벗어나지 않고 굽은 복도를 따라 걸었다. 앞으로 나아가자 목소리가 더 커졌다. 다른 목소리를 압도하는 듯한 특별한 목소리가 하나 있었다. 왠지 끔찍할 만큼 익숙했다. 딱히 좋은 방향으로 익숙한 건 아니었다. 그 목소리를 듣자 오랜 세월 그를 괴롭혀 온 악몽으로 들어가는 기분이 들었다.

케인이었다. 의심의 여지가 없었다. 결코 잊을 수 없는 목소리.

그는 탄젠트의 말을 이해할 수 없었다. 놈의 단어들이 돌 복도를 따라 튀어오르다가 다른 이들이 끼어들자 흐려졌다. 듣기에는 일종의 회의인 것 같았다.

복도는 점점 밝아졌다. 마이클은 속도를 늦추며 벽에 몸을 바싹 붙이고 조금씩 앞으로 나아갔다. 앞에서는 복도가 오른쪽으로 굽어졌고, 마이클은 조심스럽게 굽이를 돌았다. 보아하니 복도는 빛이 밝혀진 공간을 내려다보는 발코니로 이어졌다. 케인의 목소리가 아레쪽에서 울리며 마이클의 가슴속을 끓는 기름 같은 것으로 가득 채웠다.

'이거구나.' 그는 깨달았다. 그가 끝까지 해냈다. 모든 게 바뀌려 하고 있었다.

마이클은 털썩 무릎을 꿇고, 난간 너머를 엿보며 발코니까지 기어 갔다.

늙고 구부정한 남자가 임시로 만든 설교단에 서 있었다. 그가 잠시 조용해졌다. 청중에게 귀를 기울이는 듯했다. 서른 명가량의 남녀가 그의 맞은편에 있는 굽은 벤치들에 앉아 있었는데, 대부분은 의견이 다르거나 남자의 말이 불편하기라도 한 듯 의자에서 몸을 움직거렸다. 그는 초록색 망토를 입고, 허리띠에 작은 칼을 옆으로 차고 있었다. 마이클은 버트넷을 공포로 몰아넣고 있는 탄젠트가 군중 앞에 선 이 무기력한 남자라고는 도저히 믿을 수 없었다. 하지만 그의 목소리를 다시 듣는 순간 머릿속에는 한 점의 의문도 남지 않았다.

케인이었다.

물론 탄젠트도 마이클이 도착했다는 걸 알고 있었다.

케인이 손을 들어올리자 군중 모두가 조용해졌다. 유일하게 들려오는 소리는 거대한 난로 안에서 타고 있는 불길의 타닥거리는 소리뿐이었다. 마이클의 숨이 목구멍에 걸린 듯했다. 그걸 풀려다가 하마터면 기침을 할 뻔했다.

케인이 다시 말했다. "이 공간의 힘은 말로 표현할 수 없다. 겨우 몇 년 전만 해도 상상조차 할 수 없었다. 우리는 우리가 만들어 낸 존재, 변화한 우리 자신을 낭비할 수 없다. 우리는 독립적이다. *의식이 있다.*" 그가 잠시 말을 멈추었다. "우리가 나설 때가 됐다."

탄젠트 무리에게서 그리 내키지 않는 환호성이 나왔다. 마이클은 그들을 자세히 살펴보고 싶었지만, 그 공간의 앞에 서 있는 인물에게서 눈을 뗄 수 없었다. 마이클이 파견되어 찾아 헤매던 인물.

청중이 다시 조용해지자 케인은 거의 속삭이듯 말했다.

"우리는 인간이 될 준비를 마쳤다."

CHAPTER 23

정신의 만남

1

마이클은 공포에 질렸다.

웨버 요원 일행은 마이클의 추적기를 따라갈 장소와 시간을 알아낼 방법이나 프로그램에 침투하는 방법을 단 한 번도 이야기해 주지 않았다. 마이클은 어찌할 바를 모르고 그저 난간에 가깝게 기대 아래쪽에서 일어나는 일을 계속 지켜보았다. 놀랍게도 그 남자, 아니 그 탄젠트는 마이클을 똑바로 바라보았다.

마이클이 막 몸을 돌려 달아나려는 참에, 움직일 겨를도 없이 케인의 묵직한 목소리가 그를 멈춰 세웠다.

"마이클!"

마치 명령과도 같았다. 그 단어만으로도 마이클은 제자리에 얼어붙었다.

"기다리고 있었다." 케인이 굽은 손가락으로 위쪽에 있는 그를 가리키며 말했다. "인내심을 가지고, 너를. 네가 알아야 할 것들이 있다, 젊은이여. 여기 내 친구들이 모두 목격자다."

VNS는 어디에 있는 거야? 마이클은 의아했다. 어디 있느냐고? 그는 탄젠트에게 뭐라 대답해야 할지 최소한의 실마리조차 알 수 없어 침묵을 지켰다.

"죽음의 법칙." 케인이 말을 이었다. "그 시간이 왔다, 마이클. 우리는 저마다 활용할 인간을 하나씩 선택했다. 머잖아 우리는 법칙을 실행할 준비를 마칠 것이다. 사실은 무척 간단하다. 탄젠트들에게도 삶을 누릴 자격이 있다. 그 삶은 바로 이곳에서 시작한다. 그릇은 이미 마련되었다. 몸이 준비되어 기다리고 있으며, 뇌는 비워져 새로운 삶, 더 나은 삶으로 채워질 채비를 갖추었다. 그렇게 탄젠트의 지능을 인간의 신체에 업로드함으로써 우리는 다음 단계의 진화를 시작한다."

마이클은 구역질이 났다. 탄젠트 프로그램을 인간에게 업로드한다고? 맥박이 불규칙해졌다.

"법칙과 관련해, 너는 상상 이상으로 큰 존재다." 케인이 말했다. 그는 아주 오래된 비뚤어진 치아를 드러내며 미소 지었다.

그 순간, 마이클의 두개골에서 통증이 터져 나왔다.

그는 쓰러지며 비명을 질렀다. 세상이 고통이었다.

의식의 변두리 어딘가에서 갈라지는 빙하처럼 솟아오르는 케인의 얼음장 같은 목소리가 들렸다.

"데려와라."

2

마이클은 다 끝나기까지 눈을 뜨지 않으려고, 발작에 동반되는 무시무시한 환각을 보지 않으려고 애썼다.

발소리가, 돌에 닿는 장화 소리가 들렸다. 외침, 메아리, 금속이 울리는 소리.

머릿속에서는 여전히 고통이 날뛰었다. 손들이 그의 팔을 붙들더니 그를 일으켜 세웠다. 새로운 통증의 물결이 머리를 지나 목을 따라 내려가면서 전신을 휩쓸었다. 두 다리로 몸을 지탱할 수 없었다. 바닥 너머로 끌려가는 게 느껴졌다.

하지만 그는 계속해서 눈을 꽉 감고 있었다. 고통은 계속되었다.

긴 복도 저편에서 횃불이 눈꺼풀 위로 깜박였다. 마이클은 자기가 어느새 흐느끼고 있다는 사실을 알아차렸다. 뺨에서 눈물도 느껴졌다. 그러나 상관없었다. 그는 자기가 들켰다는 사실도, 누군가 자기를 데려가고 있다는 사실도 신경 쓰지 않았다. 고통 말고는 아무것도 느낄 여력이 없었다.

바로 그때, 예전처럼 즉각적으로 통증이 멎고 현재의 위기에 대한 인식이 내면에서 솟구쳤다.

눈이 번쩍 뜨였다.

마이클을 끌고 가는 이들은 전신에 사슬갑옷을 입고 지저분한 머리카락을 한 두 남자였다. 비슷한 생김새의 또 다른 두 남자가 그들 앞에서 걷고 있었다. 놈들은 가장자리가 철로 된 거대한 나무문에 다가갔다. 양쪽의 횃불이 불꽃으로 허공을 핥아댔다.

남자 중 한 명이 다가가 손잡이를 잡아당기자 문이 홱 열렸다. 경첩이 끽끽대는 소리가 허공을 갈랐다. 마이클은 반대편에서 기다리는 것이 무엇이든, 놈들이 자기를 문 너머로 데려가게 내버려 둬서는 안 된다는 생각이 들었다. 행동해야 했다. 어떻게든 스스로를 구해내야만 했다. VNS를 기다릴 시간이 없었다.

그는 머릿속으로 셋까지 센 다음, 온 힘을 다해 몸을 비틀며 남자들의 손아귀에서 휙 돌아 빠져나왔다. 바닥에 쓰러졌던 그는 놈들이 반응할 새도 없이 재빨리 멀어져 갔다. 미끄러지듯 그들을 지나며 벌떡 일어나 달렸다. 미처 발견하지 못했던 문이나 갈림길이 있을 게 틀림없었다. 군인들이 내는 고함과 추격의 소리, 끽끽대는 가죽과 철컹거리는 금속, 쿵쿵대는 발소리가 그를 뒤따랐다.

마이클은 열심히 달렸다. 멀리서 어디든 출구를 찾으려 애썼다. 달리 아무것도 없다면 발코니로 돌아가 회랑으로 뛰어내려야겠다고 결심했다. 낙하 거리가 긴 것도 아니었고, 어쩌면 케인의 청중 위에 떨어져 추락 속도를 늦출 수 있을지도 몰랐다.

그는 모퉁이를 돌았다. 그 순간 갑작스럽게 폭발이 일어나 건물이 흔들렸고, 마이클은 사지를 뻗은 채 자갈이 깔린 땅 저 너머로, 턱과 팔꿈치로 미끄러졌다. 주변 이곳저곳의 돌벽과 천장이 무너져 내렸고 먼지가 공기를 가득 채웠다. 마이클은 기침하며 애써 몸을 일으켰다. 몇 미터 떨어진 곳에서 뭔가가 시선을 끌었다. 벽 안에 거대한 틈새가 나 있었다.

한 여자가 그 너머로 나왔다. 군청색 제복을 입고, 얼굴은 짙은 색의 반사 마스크로 덮여 있었다. 그녀의 두 팔에는 공상과학 게임에서 그대로 꺼내 온 듯한 무기가 들려 있었다. 매끈하고 빛나는, 방아쇠와 짧은 총열이 달린 무기였다. 그녀가 마이클을 바라보았다. 마이클은 그렇게 생각했다. 그러더니 그녀가 산산이 조각 난 벽을 넘어와 마이클 뒤의 무언가를 겨누었다.

마이클은 고개를 돌려 눈부신 파란색 섬광을 보았다. 빛의 곡선이 그를 뒤쫓던 군인들을 맞혔다. 화염이 폭발하면서 놈들의 몸이 터져 해체되었다.

그 순간 여자가 마이클 옆에 무릎을 꿇고 앉아 이야기했다.

"우리를 안으로 이끌어 줘서 고맙다, 꼬마야. 여기서부터는 우리가 맡는다. 이제 가."

3

마이클은 말대꾸에 시간을 낭비하지 않았다. 여자는 VNS 소속이 분명했다.

그는 힘겹게 일어나 벽의 틈새를 향해 뛰었다. 낮게 우르릉대는 폭발음과 비명, 레이저 무기가 발사되면서 나는, 충전된 전기가 윙윙대는 소리가 멀리서 섞여 들렸다. 먼지 때문에 공기는 숨 막힐 듯했다.

마이클은 깨진 돌 더미 위로, 잔해의 구름 너머로 펄쩍 뛰어 다른 복도에 내려섰다. 충동적으로 왼쪽 길을 택했다. 성 전체가 떨리고 흔들리며 그는 벽에 내던져지고 바닥에 팽개쳐졌다.

그는 일어나서 계속 나아갔다. 오른쪽에서 복도가 갈라졌다. 그는 그 길을 따라 원을 그리며 돌아가는 긴 비탈을 내려갔다. 병사 한 무리가 돌격해 왔다. 그는 바닥으로 몸을 던져 재빨리 잔해 뒤에 몸을 숨겼다. 남자들은 지나쳐 가고, 그 뒤를 VNS가 무기를 들고 따랐다. 발사. 레이저빔이 병사 몇 명을 태워버렸다. 누구도 마이클을 발견하지 못한 듯했다.

다시 일어나, 먼지에 기침하며, 달린다.

복도가 탁 트이며 커다란 방으로 연결되었다. 방 한가운데에서는 모닥불이 활활 타오르고 있었다. 갑옷과 검, 전투용 도끼가 벽을 따라 늘어서 있었다. 마이클은 출구를 발견하고 그리로 향했다. 방을 반쯤 가로지르는데 아래쪽 바닥이 갑자기 움찔거리며 몸이 앞으로 팽개쳐졌다. 건물 전체가 일거에 폭발하는 듯하던 그 순간, 마이클은 배를 깔고 미끄러졌다. 거대한 돌덩이가 사방에서 바닥으로 떨어져 박살 났다. 그중 하나가 머리 바로 옆에서 가늘게 쪼개지며 박살 났다. 돌아누운 그 순간 얼굴로 곧장 다가오는 또 다른 돌이 보였다. 마이클은 간신히 돌을 피했다. 온 세계가 무너져 내렸다.

마이클은 두 손과 무릎으로 재빨리 기어가며 비처럼 쏟아지는 돌들을 피하려 애썼다. 돌은 바닥에 부딪히는 대로 터져서 얼굴에 상처를 내고 폐를 먼지로 가득 채웠다. 그래도 계속 갔다. 출구에 도달한 뒤에는 다시 일어서, 또 하나의 긴 복도를 따라 전력 질주했다. 이 건물은 좀 더 안정적이었지만 폭발이 계속되자 위에서 먼지가 떨어졌다. 멀리서 들리는 천둥소리. 그는 달아나는 병사 무리를 또 만났다. 벽에 등을 바짝 붙이고 놈들이 지나가는 모습을 지켜보았다. 그들은 의심스러운 듯 그를 보았으나 멈추지는 않았다.

그는 15미터를 더 내려가 VNS 요원들을 지나쳤다. 그중 한 명이 마이클 곁을 스쳐 가며 고갯짓했다. 마이클은 왜 아무도 자신을 멈춰 세우지 않는지 이해할 수 없었다. 생각 같아서는 케인 쪽 사람들은 그가 죽기를 원하고, VNS는 자기들 대신 길을 찾아준 꼬마를 보호하고 싶어 할 것 같았는데. 하지만 양쪽 모두가 그를 모른 체했다.

그는 점점 내려가는 통로를 따라 계속 걸어갔다. 왼쪽, 오른쪽, 복도에 이어지는 복도를 따라 달렸다. 폭발과 외침. 병사들과 요원들. 먼지와 허물어지는 바위들. 눈이 멀 듯한 레이저 섬광과 비명. 오존과 타오르는 살점의 냄새. 어떻게 그랬는지 마이클은 그 모든 것을 슬쩍 통과했다. 아무도 그를 막거나 공격하지 않았다. 또 하나의 복도, 또 하나의 휑뎅그렁한 홀로 이어지는 웅장한 계단. 한 번에 세 계단씩 내려가며 그는 맨 아래의 바닥을 향해 펄쩍 뛰었다. 일단 내려선 다음에는 거대한 아치를 향해 달렸다. 그곳에서 육중한 이중 나무문이 안쪽으로 열려, 그 너머의 어둠을 드러내고 있었다.

드넓은 방 사방에서는 병사들이 요원들과 싸우고 있었다. 케인이 수하들에게 침입자들과 맞설 수 있는 무기를 만들어 준 것 같았다. 광폭의 레이저빔과 빛의 화살이 공기를 가르며 벽에 부딪쳐 폭발하고 몸뚱이들을 산산조각 냈다. 고통의 절규와 전투의 함성. 마이클은 조심스럽게 길을 골라 그 모든 것을 넘어 달리며, 피하고 구르고 다시 벌떡 일어나 재빨리 비켜섰다.

출구의 거대한 아치에 도착한 그는 밤을 향해 전력 질주했다.

4

아래를 비추는 달빛이 VNS 요원들의 무수한 헬멧에 반사되었다. 그들은 줄지어 서서 마이클 뒤쪽으로 어렴풋하게 솟아 보이는 성벽 공격에 가담할 준비를 하고 있었다. 그가 다가오자 요원들이 길을 틔웠다. 이 모든 상황에는 어딘지 이상하고 어긋난 부분이 있었다. 안에서 전투가 한창인데 이 모든 요원들이 밖에 있다니. 케인과 그의 동료 인공지능들, 슬립의 강력한 존재들…. 그들이 요원들의 도착에 혼비백산하는 것도 이상했다.

아귀가 맞지 않았다. 이런 일이 일어나도록 내버려 두기에는 케인이 너무 발달되어 있었다. 하지만 마이클은 이 문제를 어떻게 처리해야 할지 알 수 없었다.

그는 모두를 내버려 두고 계속해서 공터를 가로질러 별이 있는 곳까지 솟아오른 키 큰 나무들의 숲을 향해 달렸다. 그저 숨을 곳을 찾고 싶었다. 커다란 참나무 밑동에 쓰러져 생각을 다듬어야지. 쉬면서 생각하고, 모든 걸 해결해야지.

그는 숲의 경계선에 멈춰서서, 고개를 돌려 공성전을 자세히 살펴보았다. 기다란 레이저 빔이 거대한 돌 구조물의 벽을 때려댔다. 불길이 치솟고 시체들이 떨어졌다. 요원들은 계속해서 안으로 돌격해 들어갔으나 이 모든 것에는 여전히 어딘가 어긋난 구석이 있었다.

마이클은 숨을 고르며 아수라장에서 눈을 돌려 숲속으로 기어 들어가다가, 바라던 커다란 나무를 발견했다. 굵은 나무둥치는 그의 몸통 대여섯 배 굵기였다. 그는 자신과 성 사이에 그 나무를 두고 땅으로 무너져 내렸다. 눈을 감았다.

완벽한 피로에 사로잡혀, 잠들었다.

5

얼마나 오랜 시간이 지났는지 알 방법이 전혀 없었다. 20분, 한 시간, 어쩌면 두 시간. 너무 엽기적이어서 도저히 머리로 이해할 수 없는 꿈을 꾸었다. 그는 지난 며칠간 목격한 광기에서 비롯된 망상의 아지랑이 속에 있었다.

그는 문득 잠에서 깨어났다.

누군가가 그의 옷깃을 쥐더니 몸이 허공으로 날아오를 정도로 힘껏 일으켜 세웠다. 어느새 그는 숲 바닥에 깔린 마른 솔잎을 가르며 끌려가고 있었다. 마이클은 발버둥 치며 발을 딛고 서려고, 몸을 비틀어 풀려나려고 애썼지만 아무 소용이 없었다.

그들은 수없이 많은 나무를 지나쳤다. 그를 잡은 존재는 속도를 늦출 의도가 조금도 없어 보였다. 마이클은 축 늘어졌다. 몸부림쳐 봐야 소용없었다. 그는 단지 모든 게 끝나기만을 기다렸다.

6

최소한 1, 2킬로미터는 끌려간 것 같았다. 몸이 쑤셨지만 마이클 은 눈을 감고 머잖아 모든 게 끝나기만을 바랐다.

마침내 그는 예고도 없이 마이클을 바닥에 떨어뜨렸다. 마이클은 공처럼 몸을 웅크리고, 숨을 깊이 들이쉬었다가 기침하며 다시 내뱉 었다. 문이 삐걱거리며 열리는 소리, 나무 바닥에 닿는 발소리, 마이 클이 알아들을 수 없는 웅성거리는 대화 소리가 들렸다. 그는 목소 리가 들리는 곳을 보려고 몸을 틀었다. 돌로 된 오두막 현관에 마이 클을 등지고 선 엄청난 덩치의 남자가 보였다.

남자는 그림자로 얼굴이 가려진 채 마이클에게 돌아서더니 그가 누워 있는 곳으로 쿵쿵대며 걸어왔다. 남자는 무슨 말을 할 겨를도 주지 않고 마이클을 일으켜 세워 오두막으로 끌고 갔다. 그들은 문 에 다다랐다. 남자가 문 너머로 밀치는 바람에 마이클은 발을 헛디 뎌 바닥에 쾅 넘어졌다. 땅에 닿기도 전에 남자가 셔츠 뒤를 잡아 그 를 다시 들어올리더니, 불이 활활 타고 있는 붉은 벽난로 맞은편에 있는 의자로 거세게 밀쳤다.

몹시 당황한 마이클은 어떤 식으로든 이성적으로 생각을 가다듬 을 수 없었다. 다만 그의 눈은 난롯가에 있는 또 다른 의자를 재빨리 찾아냈다. 늙은 남자 하나가 거기에 앉아, 다리를 꼬고 팔짱을 끼고 있었다. 주름진 얼굴의 미소, 그리고 그 미소와는 어울리지 않는 쏘아보는 눈길.

케인이었다.

"해냈구나, 마이클." 탄젠트가 말했다. "네가 실제로 해내다니 믿을 수 없다."

CHAPTER 24

가치

1

마이클은 대답하지 않았다. 할 수 없었다. 그의 정신은 통로에서 경험한 것들의 실오라기를 모두 엮어 말이 되는 무언가로 짜내려 했지만 불가능했다. 그의 몸은 숲을 끌려가느라 아팠고, 짧게나마 낮잠을 잤지만 피로를 푸는 데 아무 소용도 없었다. 그가 할 수 있는 일은 케인의 말라빠진 형체를 빤히 바라보며, 그가 하는 말에 의구심을 품고 그의 설명을 기다리는 것뿐이었다.

마이클은 마지막 의지력까지 모조리 끌어내 간신히 탄젠트를 주시했다.

"너는 네가 관여한 일의 중요성을 전혀 모른다." 케인이 말했다. "모든 것은 너 같은 이들을 이리로 이끌도록 고안되었다. 너는 선택받은 수많은 자들 가운데 하나였지만, 실제로 그 일을 해낸 존재는 네가 처음이다. 그 길의 모든 단계에서 너는 자세히 관찰되었다. 너의 지능, 영리함, 용기. 너는 시험을 거쳤다."

마이클이 마침내 목소리를 되찾았다. "뭘 위해서? 나를 이용해 더 많은 프로그램에 침입하려는 건가?"

"아니." 케인은 웃었다. 콧방귀를 뀌는 듯한 웃음소리에 맥이 풀렸다. "나는 단순히 너의 해킹 실력만이 아니라 그보다 훨씬, 훨씬 더 많은 것들을 시험했다. 그뿐이었다면 네 인생도 겨우 여기까지였겠지. 직접 경험하기 전까지 너는 내가 시작한 일의 규모가 얼마나 되는지 결코 알지 못할 것이다. 그 일은 말만으로 설명될 수 없다."

기이했지만, 마이클은 케인이 그와 거의 평등한 존재처럼 이야기한다는 느낌을 받았다. 그는 케인이 미친놈일 거라고 생각했고 통로는 그 예측을 확인해 주는 것처럼 보였으나 이 남자는 흠잡을 데 없이 제정신인 것 같았다. 심지어 태도도 정중했다. "VNS가 왔어. 다 끝났다고."

케인은 고개를 저었다. "조금이라도 아는 게 있으면 결코 그렇게 말하지 않을 거다, 마이클."

마이클은 입을 열고 운을 떼려 했으나 나이 든 남자의 말에 제지당했다.

"조용!" 케인은 호통치며 순식간에 몸을 앞으로 숙였다. 너무 가까워 그의 얼굴이 마이클의 시야를 꽉 채웠다. 케인의 시선이 험악했다. 덕분에 이 남자의 정체가 무엇인지 문득 떠올랐다. 버트넷 역사상 가장 위험한 존재.

케인은 다시 침착한 상태로 의자에 앉았다. "너는 여기에서 일어나는 일들을 이해하지 못한다, 아직은."

"이게 다 무슨 소용인데?" 마이클이 조심스럽게 물었다. "왜 나를 시험한 거야?"

"곧 알게 될 거다." 케인이 말했다. "그런 다음에는, 너의… 인상적인 용기와 지능, 코드 해체 기술을 써서 내가 한주먹으로 이 세상을 뭉개버리는 일을 돕게 되겠지."

2

"네가 뭘 하는 걸 도와?" 마이클이 물었다. "정말로 내가 널 도울 거라고 생각해?"

케인은 그 질문이 헛소리라도 되는 듯 무심하게 고개를 끄덕였다. "물론이다. 너는 여기까지 옴으로써 이미 나를 도왔다. 이 문제에 관해 네게는 선택의 여지가 없다."

"난 널 막으려고 여기 온 거야!" 마이클은 이제 소리를 지르고 있었다. "VNS를 너한테 안내했다고!"

케인은 오히려 즐거워하는 듯했으나 응답하지 않았다. 그의 침묵에 미칠 것만 같았다. 들리는 소리는 불꽃이 타닥거리는 소리뿐이었는데, 그 때문에 더욱 화가 났다.

"뭔데?" 마이클이 소리치며 일어났다. "무슨 일이 벌어지고 있는지 말해!"

탄젠트는 얼굴에 미소가 새겨진 것처럼 보였다. "말했잖나? 너로서는 직접 경험하기 전까지 알 방법이 없다. 곧 경험하게 될 것이다, 아주 빠른 시일 안에. 그 일을 막기 위해 네가 할 수 있는 일은 없다, 마이클."

"네 코드를 해킹하겠어." 마이클이 대답했다. "할 수 있어. 널 정지시킬 수 있다고. 영원히 널 멈춰버릴 거야."

"너는 그저 내가 너를 가치 있다고 생각한 이유를 계속해서 증명하고 있을 뿐이다, 소년. 넌 정말이지 완벽한 대상이다. 그밖에 알고 싶은 게 있나?"

분노가 끓어올랐다. 마이클은 대답을 거부했다.

케인은 약해빠진 어깨를 으쓱하더니 말을 이었다. "네 부모 말이
다, 마이클. 그들은… 사라졌다. 내가 그들의 존재를 삭제해 버렸지.
다시는 그들을 볼 수 없을 거다. 너의 불쌍하고 불쌍한 헬가에게도
내가 같은 일을 했다. *사라졌어, 마이클.*"

마이클의 두 손이 떨렸다. 피가 끓어올랐다. 귓속에서 뭔가 솟구
치는 소리가 들렸다.

케인은 치아가 보이도록 활짝 웃었다. "그들은 모두 죽었다."

3

마이클의 마음은 단단한 철사로 끊어질 때까지 바짝 조인 것만 같
은 느낌이었다. 케인의 마지막 말에 그 모든 게 끊겼다.

그는 앞으로 달려 나가며 탄젠트의 셔츠를 그러쥐고, 그를 의자에
서 홱 끌어내 바닥에 내동댕이쳤다. 의자가 뒤로 날아가며 석재 벽
난로에 부딪히더니, 불 속으로 쓰러지며 사방에 불똥과 재를 날렸
다. 케인은 나동그라져 마이클을 빤히 보았다. 얼굴에는 여전히 함
박웃음을 처바른 채로. 마이클은 탄젠트의 몸이 부들부들 떨고 있다
는 사실을 알아차렸다. 케인은 그를 비웃고 있었다.

증오심이 폭발했다.

그는 케인의 가슴팍에 뛰어올라 늙은이를 바닥에 메다꽂았다. 하
지만 탄젠트는 웃음을 멈추지 않았다. 마이클은 주먹을 쳐들었지만,
주먹은 그곳에 그냥 머물렀다. 할 수 없었다. 시뮬레이션이든 아니
든, 그렇게까지 늙고 약해 보이는 사람을 때릴 수는 없었다.

케인이 그를 마주 쏘아보았다. 미소 지으며, 아주 오래된 그 치아를 드러냈다. "네 결기가 마음에 든다." 그가 말했다. "내가 옳았다는 걸 네가 계속 증명하고 있어. 그 방식이 아주 마음에 든다."

뭐였든 간에 그가 말한 결기는 마이클에게서 곧바로 빠져나갔다. 그는 탄젠트의 몸을 밀치며 일어섰다. 발밑의 그를 노려보며 거칠게 숨을 몰아쉬었다. 케인은 머리 뒤에 두 손을 대고는 한쪽 발꿈치를 다른 쪽에 꼬았다. 땅에 누워 별이라도 감상하는 듯했다.

"쓸데없는 짓이야." 마이클이 말했다. "VNS가 널 처리하게 할 거야. VNS가 못한다면 뭔가 다른 방법을 찾아낼 거야. 다 끝났어."

마이클은 몸을 돌려 문 쪽으로 갔다.

"너는 내 요점을 거듭 증명하고 있을 뿐이다." 탄젠트가 등 뒤에서 소리쳤다. "너는 너무 똑똑하고 너무 현실적이라, 분노에 사로잡혀도 잠깐뿐이지. 계속 가라, 마이클. 그리로 나가 세상에서 너의 새로운 역할을 수행해라. 너도 곧 이해하게 될 것이다."

마이클은 뒤를 돌아보지 않았다. 문을 넘어가 쾅 닫아버렸다.

4

마이클이 처음으로 한 생각은 VNS 요원을 찾아 웨이크로 돌아가게 도와달라고 부탁해야 한다는 것이었다. 누가 뭘 아는지도 모르는데, 위험을 무릅쓰고 숲을 헤매고 다니며 포털을 찾는 건 몹시 위험한 생각 같았다. 남은 방법은 성으로 가 착한 놈들이 이겼기를 바라는 것뿐이었다.

어두웠지만 오두막에서 멀어져 가는 오솔길은 따라가기 쉬웠다. 최소한 손으로 더듬으면서라도 길을 찾을 수 있었다. 그는 오솔길

저쪽으로 나아갔다. 케인이 그를 따라올지 궁금했다. 놈은 어떻게든 마이클을 해치려 들까.

VNS. 그들이 마이클의 유일한 선택지였다.

그는 종종걸음으로 달리기 시작했다.

5

숲 가장자리에 다다르자 전투하는 소리가 들리기 시작했다. 앞쪽의 불길에서 나온 빛이 길을 밝혀왔다. 그러나 가까이 가면 갈수록 생각은 점점 암울해졌다. 그는 VNS가 신속한 승리를 거두기만을 바랐다. 그가 떠날 때까지만 해도 전투는 그가 원하는 방향으로 나아가는 것처럼 보였다. 하지만 지금까지 결론이 나지 않았다면 흐름이 바뀐 게 분명했다.

마침내 숲이 끝나는 곳이 보였다. 그는 상황을 더 자세히 살피고자 거대한 참나무 뒤에 웅크렸다.

대혼란이었다. 완전하고도 처참한 대혼란.

성채는 거의 파괴되었다. 이곳저곳이 무너져 여러 더미의 돌무더기로 변해 있었다. 사방에서 불길이 치솟았다. 화염이 활활 타며 춤추듯 불똥을 하늘로 올려보냈다. 깨진 돌과 시체 들이 뒤섞여 땅을 어지럽혔다. 탄젠트만큼이나 많은 VNS 요원들이 있었다. 마이클은 입을 딱 벌리고 눈앞에서 시체들이 사라지는 광경을 지켜보았다.

무얼 해야 할지 알 수 없었다. 이런 아수라장에서 어떻게 살아남기를 기대할 수 있단 말인가?

숲으로 돌아가고 싶은 마음이 굴뚝같았지만, 그는 앞으로 달렸다. 가장 가까운, 6미터쯤 떨어진 곳의 VNS 요원에게 향했다. 여자였다.

그녀는 케인의 병사 중 한 명을 이제 막 끝장낸 듯했다.

"여기요!" 마이클이 소리쳤다. "이봐요! 할 얘기가 있어요!"

그녀는 무기를 들어올리며 몸을 돌려 그를 마주 보았다. 마이클은 즉시 무릎을 꿇고 두 손을 들었다.

"난 당신들 편이에요! 이름은 마이클이고요. 당신들이 이리로 보낸 사람이에요!"

여자는 레이저 총을 내리지 않았으나 쏘지도 않았다. 그녀가 걸어왔다. 대단히 경계하는 태도였다.

"무슨 수작이야?" 그녀는 마이클에게 다가와 물었다. 전투 소리가 여전히 사방에서 쿵쾅댔다. 비명, 그리고 폭발음.

"수작? 수작이 아니에요." 마이클은 그때까지도 그녀에게 자기 목소리가 들리는지 알 수 없어 계속 소리를 쳐야만 했다. 심장이 몸속에서 마구 울려댔다. "웨버 요원이… 나를 여기로 보냈어요. 신성한 협곡에 침입하라고, 죽음의 법칙을 막으라고요!"

요원은 보안경 너머로 그를 빤히 바라보았다. 마이클은 그녀의 눈을 볼 수 없다는 게 무척 싫었다.

"너 정말 모르는구나, 응?" 그녀가 마침내 말했다. "놀라워."

마이클은 대답할 수 없었다. 그녀의 말이 맞았다. 그는 몰랐다. 뭘 모른다는 건지도.

마이클은 그때 일어난 소동에 관심을 빼앗겼다. 눈앞의 VNS 요원 뒤쪽, 전장 저 너머에서 성 입구로부터 달려 나오는 사람들이 보였다. 그들은 미친 듯 도망치려 발악하고 있었다… 무언가로부터.

그때, 마이클은 그것이 무엇인지 보았다. 어둠 속에서는 알아보기 어려운 존재였다.

킬심 수십 마리. 놈들이 무너진 석재 요새에서 튀어나와 움직이는 모든 것을 공격하고 있었다.

6

마이클이 벌떡 일어나는 순간 요원도 고개를 돌려 사태를 파악했다. 그녀는 무기를 떨어뜨리고 숲으로 전력 질주했다.

마이클의 마음속에 백만 가지 생각이 날아다녔다. 그중 가장 큰 생각은, 이 짐승들을 따돌릴 만큼 빠르게 달릴 방법이 없다는 것이었다. 새카맣고 거대한 놈들이 믿기지 않을 정도의 폭발적 속도로 뛰어나오며 들판을 뒤덮고 곧장 그에게로 향했다. 그렇게 마이클은 제자리에 붙박인 채 여기에서 나갈 방법이 뭐라도 있을지 생각했다. 눈을 감고 코드를 자세히 살폈으나 아무것도 없었다.

마이클이 그렇게까지 특별하다면, 케인은 물론 가만히 앉아 그가 죽게 내버려 두지 않을 것이다. 그는 코어가 제거된 상태니까. 그에 겐 지금이 끝이니까. 하지만 왜? 마이클이 뭘 해야 하는 걸까?

그는 눈을 떴다. 짐승 한 마리가 땅을 가로지르며 성큼성큼 다가 오더니 잔해를 뛰어넘어 곧장 마이클에게 다가왔다. 검은 아가리가 딱 벌어지면서 댄스 클럽에서 그의 정신을 거의 빨아들일 뻔했던 칠 흑 같은 심연이 드러났다. 마이클은 잠시 꼼짝도 하지 않고 생각에 잠겼다. 이렇게 움직이지 않으면, 운명이 그를 삼키도록 내버려 두 면 어떤 일이 벌어질까? 그게 그렇게까지 나쁠 수 있을까? 하지만 돌진해 오는 존재를 보고 마이클은 재빨리 생각에서 빠져나왔다. 그 는 허리를 숙이고 VNS 요원이 떨어뜨린 무기를 집어 든 다음, 곁눈 으로 겨우 30센티미터 떨어진 곳의 첫 번째 킬심을 보았다.

그는 방아쇠를 더듬어 찾고 총구를 짐승에게 겨누었다. 놈은 공중으로 뛰어오르며, 목구멍에서 그 익숙하고도 경악스러운 비명을 터뜨렸다. 마이클은 무기를 발사했다. 에너지 빔이 쏘아져 나가 킬심의 몸체에 박히더니 그 짐승을 열기와 빛으로 불태웠다. 놈이 완전히 사라지며 빛의 잔상 외에는 아무것도 남지 않게 되자 마이클은 비틀거렸다.

다른 킬심 몇몇이 바로 뒤따랐다. 그 뒤에 또 수십 마리. 마이클은 두 발로 더욱 단단히 버티고 서서 방아쇠를 당겼다. 한 차례 길게 레이저를 쏘아내며, 총을 앞뒤로 쓸면서 광선의 진로에 들어오는 킬심을 모두 지워버렸다. 눈이 멀 듯한 빛 속에서 킬심이 한 마리, 한 마리 폭발하고 사라졌다. 그러나 놈들은 계속, 더 많이 다가왔다. 짐승의 군단이 그에게 모여들었다. 그중 대다수가 울부짖었다. 단 하나의 어두운 덩어리로 흐릿해지는 검은 그림자의 움직임. 방아쇠를 꽉 쥐고 괴물들을 하나하나 잘라내려 발악하는 내내 마이클의 이마에서는 땀이 흘렀다. 하지만 한 마리를 죽일 때마다 더 많은 놈들이 다가왔다. 놈들은 점점 더 가까워질 뿐이었다.

그는 무기를 겨누고 다시 발사하며 다가오는 괴물들을 광선으로 절단했다.

그러다가 무기가 죽어버렸다.

눈 깜짝할 사이, 킬심 세 마리가 덤벼들어 마이클을 땅으로 쓰러뜨렸다.

7

놈들은 경악스러웠다. 그는 자신을 물어뜯으려는 짐승의 아가리를 얼굴에서 멀리 떼어놓느라 발버둥 쳤다. 놈들의 거대한 발이 그의 팔과 다리를 땅에 고정했다. 그중 두 놈의 무게가 가슴을 짓눌러 왔다. 놈들은 계속해서 밴시(사람이 죽을 때가 되면 구슬프게 운다는 아일랜드의 귀신—옮긴이)처럼 고막을 찢을 듯 울부짖었다. 그는 싸워서 놈들을 떨쳐버리려는 모든 시도가 소용없다는 사실을 깨달았다. 그는 동작을 멈췄다. 입을 크게 벌리는 가장 가까운 킬심을 공포에 질린 채 빤히 올려다보았다. 놈의 아가리가 녹슨 경첩처럼 삐걱거리는 소리가 들렸다. 무수한 형제, 자매 들이 주위를 둘러싸고 검은 형체들의 원을 그리는 가운데, 놈이 천천히 그의 얼굴을 향해 움직였다. 놈들 전체가 하나로 녹아들며 불타는 요새의 화염에서 나오는 빛을 차단했다.

짐승의 주둥이 안에서 입을 크게 벌리고 있던 심연이 더욱 가까이 다가왔다.

마이클의 머릿속에서 무언가가 번쩍했다. 이곳은 현실 세계가 아니고 주변의 모든 것이 가짜라는 것, 인간이 만들어 낸 프로그램의 일부라는 명료한 이해. 모두 전부터 알고 있는 내용이었지만, 갑자기 그 사실이 어느 때보다도 깊은 차원에서 머릿속을 꿰뚫었다. 슬립의 다른 모든 게임이 그렇듯 여기에도 출구가, 코드를 조작할 길이 있을 게 틀림없었다. 어쩌면 너무 빨리 포기한 것일지도 몰랐다. 그를 공격하는 짐승들은 실제가 아니었다. 놈들이 마이클의 코드를 파괴할 수 있다 할지라도. 갑자기 이런 생각이 든 데에는 어떤 의미가 있을 게 분명했다.

킬심은 마이클의 얼굴을 감싸며 아가리를 닫았다. 온전한 암흑이 시야를 압도해 왔다. 그러나 공포에 점령당하는 대신 그는 차분해졌다. 그는 완전한 평정심을 유지했다. 존재한 이래 이런 경우는 처음인 것만 같았다. 그는 무언가 엄청난 것, 그의 이해 범위 바깥에 있는 어떤 존재의 경계선상에 있었다. 그는 주변 세계를 구성하고 있는 프로그램 안으로 생각을 던져넣었다.

마이클은 일어나 앉아 머릿속의 힘을 폭발시켰다. 예전에는 한 번도 시도해 본 적 없는 방식으로 코드를 해킹해 나갔다. 조작하는 대신 삭제한 것이다.

고리 모양의 에너지가 그에게서 빙빙 돌며 나가자, 우레와 같은 굉음이 허공을 흔들었다. 킬심이 한 마리, 한 마리 빠짐없이 날아가고 놈들의 몸이 사방으로 흩어지자 빛이 쏟아져 들어왔다. 놈들은 공중을 바람개비처럼 빙빙 돌고 곤두박질치며 울부짖었다. 마이클은 일어나 주변을 훑어보았다. 눈에 보이는 고리 형태의 정신적 힘. 그가 별다른 노력조차 하지 않고 먹어 치워버린 코드의 징후가 점점 커져, 지나가면서 모든 생명체를 파괴하는 거대한 힘의 원으로 확장되었다. 성 전체가 먼지 안개를 일으키며 폭발하더니 빠른 돌개바람을 일으키며 하늘로 향했다. 마이클은 아무런 생각 없이 그저 경이감에 젖어 빤히 바라볼 뿐이었다.

주변의 상황이 달라지기 시작했다. 그는 아무것도 느끼지 못했으나 공간이 떨려왔다. 아래쪽 땅이 탁 튕긴 줄처럼 진동하는지 시체와 풀과 총과 칼이 마구 흔들렸다. 서서히 해체되며 마이클의 눈앞에서 녹아내리다가 소용돌이치는 여러 층의 공기에 분해되었다. 눈을 돌리니 숲의 거대한 나무들에도 같은 일이 벌어지고 있었다. 둥치들이 이미 반으로 깎여 초 단위로 사라지고 있었다.

세계는 작은 점이 되어 무너져 내렸다. 마이클 주변에서 원을 그리며 소용돌이치던 탁한 잔해의 돌개바람에 그 모든 것이 휩쓸렸다. 그는 제자리에 서서 앞뒤를 번갈아 보았다. 예전에 느꼈던 위대한 깨달음의 지점에 서 있다는 느낌이 어느 정도 들었다. 두려움보다는 호기심이 더 느껴졌다. 이제 보이는 것은 속도를 더해가며 빙빙 도는, 그의 세계를 가득 채우는 잔해의 나선뿐이었다. 어째서인지 탁한 동시에 선명한 색깔뿐이었다. 소음이 어마어마하게 밀려들었다. 바다의 거대한 파도 같은 소음과 플라스틱 타는 냄새가.

머리가 고통으로 터질 듯했다.

그럴 수는 없다고 생각했는데 통증은 예전 어느 때보다도 심했다. 그는 무릎을 꿇고 쓰러졌다. 아픔이 그를 휩쓸었다. 그는 눈을 꽉 감고 비명을 지르며 양손으로 관자놀이를 눌렀다. 코어가 잘려 나간 부위의 머리 상처를 더듬었다. 찌르는 듯한 고통이 욱신거렸다. 누군가가 마체테(날이 넓고 무거운 칼—옮긴이)로 두개골을 반복적으로 내리치는 느낌이었다. 구토감이 밀려들었고 통증은 더욱 강렬해졌다.

도움이 될 만한 무언가, 혹은 누군가를 절박하게 찾으며 눈을 뜨자 눈물이 쏟아졌다. 그러나 더 이상은 하늘도, 땅도 없었다. 이제는 오직 더욱 빨리 회전하는 잔해의 돌개바람, 색과 소리의 완전히 흐릿한 형체뿐. 마이클은 보이지 않는 땅에 계속 무릎을 꿇은 채 그 한가운데를 떠다녔다.

그의 주변을 회전하는 해체된 세상.

그의 뇌를 쪼갤 듯한 순전한 고통.

그의 목구멍을 찢어발기는 비명.

그는 죽어가고 있었다. 왠지 그게 사실이라는 걸 알 수 있었다.

그는 흐느끼듯 어찌어찌 몇 마디를 꺼냈다. 자기 말을 들을지 모른다는 생각이 드는 유일한 사람에게 기도하고 간청했다.

"케인. 부탁이야. 끝을 내줘."

어떤 목소리가 들려왔지만 마이클은 그 말을 알아들을 수 없었다. 순간, 그는 돌개바람 속으로 가라앉았다. 고통은 예전에도 항상 그랬듯 갑작스럽게 끝났다.

CHAPTER 25

깨어나다

1

리퀴젤과 에어퍼프 기계가 물러나는 익숙하고도 먼 소리가 들려왔다. 피부에서 물러나는 너브와이어의 따끔거림과 당김이 느껴졌다. 숨은 고르고 매끄러웠으며, 몸은 어느 곳 하나 아프거나 고통스럽지 않았다. 그는 눈을 떴다. 코핀 내부의 조명이 보였다.

끝났다. 살아서 돌아오는 데 성공했다.

살아서. 죽지 않고. 그는 움직이지 않았다. 타냐라는 이름의 소녀가 다리에서 뛰어내린 날 이래로 그가 경험했던 모든 것들을 마음속으로 돌아보며 그저 누워 있었다. 통로와 끔찍한 두통, 케인과의 대면, 그가 했던 이상한 말들. 엽기적으로 끝나버린 신성한 협곡에서의 전투.

그중 어느 것도 아귀가 맞지 않았다. 웨버 요원이 처음으로 언급했을 때보다 죽음의 법칙을 조금이나마 더 이해하게 된 것도 아니었다. 그러나 그는 최선을 다했다. 이제는 VNS가 원하던 것을 이루기만을 바랄 뿐. 마이클은 공식적으로 임무를 마쳤다.

그는 안도의 한숨을 내쉬고 코핀의 뚜껑을 열어 밀어젖혔다. 조심스레 뚜껑을 바닥으로 내렸다. 방은 어두웠다. 슬립에 너무 오래 있었던 나머지 현실 세계의 날짜를 잊어버렸다. 그는 길쭉한 구조물에서 기어 나와 일어섰다. 알몸이라는 건 신경 쓰지 않고 두 팔을 천장으로 쭉 뻗었다. 어두운 밤에 감싸여 있기는 했으나 사물은 그 어느 때보다도 선명하게 보였고, 정신은 맑았으며, 근육은 강했다. 심지어 공기에서까지 달콤한 맛이 났다. 마지막으로 이렇게 기분이 좋았던 게 언제인지 기억조차 나지 않았다.

그때 부모님이 생각났다. 그분들의 존재를 삭제했다던 케인의 이야기가. 두려움에 가슴이 철렁했다.

그는 전등 스위치 쪽으로 움직이다가 무언가에 걸려 넘어지면서 딱딱한 나무 바닥에 쾅 부딪혔다. 욕을 하면서 방금 나무에 찧은 무릎을 잡았는데… 말이 되지 않았다. 그의 아파트에는 카펫이 깔려 있었다. 그는 주위를 더듬거리다가 벽을, 그다음에는 엉뚱한 자리에 놓인 가구 하나를 발견했다. 그 가구 위에 램프가 있었다. 그는 자리에서 일어나 스위치를 올렸다.

빛이 들어오자 마이클은 호흡이 빨라졌다. 주변 무엇도 익숙해 보이지 않았다. 그는 낯선 이의 침실에 서 있었다. 어두운 녹색으로 칠해진 벽, 구겨진 이불로 덮인 침대, 꼭대기에 모형 기차가 놓인 서랍장, 벽에 걸려 있는 유니콘과 용, 그리핀 등 신화적 동물들의 그림. 그가 방금 빠져나온 코핀과 그 보조장치가 방의 한쪽 구석 전체를 차지하고 있었다.

그는 얼이 빠진 채 이 모든 것을 조용히 바라보았다. 그 순간에는 어떤 논리적 설명도 떠오르지 않았다. 어떻게 연결을 해제하거나 깨우지 않고 사람을 다른 장소로 옮길 수 있단 말인가? VNS가 어떤 식으로든 배후에 있는 걸까? 웨이크에서 그를 보호하려고 했나?

도시의 거리를 내다보는 창문이 하나 있었다. 그 너머에서 빛이 하늘의 별처럼 빛났다. 그는 창문으로 달려가 유리 너머를 응시했다. 완전히 낯선 거리가 보였다. 사방에 거대한 건물들이 있었다. 방은 땅에서 최소한 50층 위에 있었으며 그 땅에서는 야간에 운행하는 자동차들이 보였다.

창에 비친 모습은 어딘지 이상했다. 그 모습이 눈에 띄자 마음속 깊은 곳 어딘가에서 뭔가 끔찍한 동요가 일어났다. 심해지는 구토감처럼 깨어나는 공포. 그는 창문에서 빙글 돌며 떨어져 나와 미친 듯 화장실을 찾기 시작했다. 그 순간부터 무슨 일이 일어났는지 이해가 되기 시작했다. 그는 어쩔 수 없이 침실을 가로질러 바깥의 복도로 달려간 다음 어두운 통로를 따라 휘청거리며 나아갔다. 찾던 장소를 발견한 뒤 미끄러지듯 들어가 불을 켰다.

마이클은 밝고 흰 조명이 위쪽 모서리를 따라 이어져 있는 거울을 들여다보았다.

낯선 이가 그를 마주 보았다.

마이클은 비친 모습에서 움찔 물러나며 뒤쪽의 벽에 부딪혔다가 바닥으로 미끄러져 내렸다. 두 손으로 재빨리 얼굴을 더듬었다. 익숙한 건 아무것도 없었다.

그는 허둥지둥 다시 일어나 한 번 더 거울을 들여다보았다. 한 번도 본 적 없는 누군가의 머리카락과 얼굴과 몸을 자세히 관찰했다. 들여다보았다… 그의 눈을. 그의 것이 아닌 눈을. 그의 것이 아닌 얼굴을. 호흡이 짧고도 들쭉날쭉하게 터져 나왔다. 살갗에 땀방울이 맺히며 팔이 번들거렸다. 목에서 맥박이 느껴지고 귀에서는 심장 박동이 들렸다.

그렇게 그는 거울 속의 낯선 이를 바라보았다. 그 거울이 다른 방으로 통하는 창문인 것만 같았다. 그의 정신은 그 밖의 다른 어떤 설명도 받아들일 수 없었다. 그러나 그를 돌아보는 사람은 한 번도 틀리지 않고 모든 움직임을 흉내 냈다. 완벽한 반사체.

마이클은… 다른 사람이었다.

지구가 통째로 자전을 멈춘 것처럼, 달은 재로 변하고 태양은 다 타버린 불꽃처럼 깜빡이며 꺼진 것처럼 느껴졌다. 이 세상에서 올바른 것은 아무것도 없었다. 아무것도 말이 되지 않았다. 인생 전체의 토대가 방금 무너져 가루가 되었다. 그가 할 수 있는 일은 눈앞의 얼굴을 빤히 바라보는 것뿐이었다. 전에는 한 번도 본 적이 없는 사람을 응시하는 것. 그는 이 일이 영원히 그를 따라다니리라는 것을, 환영처럼 그의 머릿속을 밤낮으로 떠다니리라는 것을 알았다.

그때 신성한 협곡에서 정신을 잃기 직전에 들었던 목소리가 떠올랐다. 어째서인지 그 순간, 마이클은 그 목소리가 했던 말을 마침내 이해했다.

메시지를 읽을 것.

2

마이클은 지금껏 한 번도 본 적이 없는 방으로 서둘러 돌아갔다. 침대에 털썩 주저앉아 이어커프를 눌렀다. 푸르스름한 넷스크린이 튀어나와 눈앞을 떠돌았다. 표준 아이콘 몇 개를 제외하면 거의 텅 비어 있었다. 모든 것이 삭제된 뒤였다. 게시판은 읽지 않은 메시지

한 건이 있다고 알려주었다. 마이클은 이제 막 외계 종족이나 암 치료법을 발견하려는 사람처럼 손을 뻗어 게시판을 터치하고 메시지를 열었다.

마이클에게,

너는 죽음의 법칙을 성공적으로 실행한 첫 번째 실험대상이다. 이를 설명할 방법은 단 한 가지뿐인데, 간단히 말하면 이렇다. 너는 한때 탄젠트, 인류가 사용하고자 만들어 낸 프로그램이었다. 이제 너는 인간이다. 우리 시각에서는 자신만의 지능과 생각, 삶의 경험을 지속해 나갈 가치가 없는 것으로 보이는 자의 신체에 너의 그런 요소들이 이전되었다. 내가 킬심을 창조해 낸 것은 바로 이런 이유 때문이다. 킬심은 오라를 삭제함으로써 사람의 뇌를 실질적으로 비워준다. 네가 자유재량을 발휘할 수 있도록 깨끗하게.

이 계획을 수립하기까지 오랜 세월이 걸렸다. 버트넷에서 내가 한 행동들은 나를 발견할 수 있는 자들을 찾기 위한 것이었다. 나는 웨이크에서 살아남을 수 있는 최고의 지능과 임기응변, 용기, 잠재력을 가진 탄젠트를 찾으려 했다. 그래야만 인간이 될 때 필요한 물리적 조건을 만족시킬 수 있으니까. 그 모든 것이 오늘로 이어졌다.

너는 시작일 뿐이다, 마이클. 진화를 향한 거대한 도약의 첫발이다. 축하한다. 너는 더 이상 부패를 경험할지 모른다는 걱정을 하지 않아도 된다. 다시 말해, 두통이 마침내 끝날 것이다. 훌륭한 소식일 거라고 확신한다.

머잖아 연락하겠다. 우리에게는 네 도움이 필요하다.

케인

3

끔찍하게도 한순간 모든 것이 이해됐다.

마이클은 인공지능의 피조물, 탄젠트, 컴퓨터 프로그램이었다. 평생 모든 것이 가짜였다. 이제야 이해할 수 있었다. 그의 "집", 그의 "웨이크"는 *라이프블러드 딥* 안에 있었다. 그가 창밖에서 매일 보았던 간판들은 광고가 아니었다. 표지판이었다. 구역을 나타내는 표지판.

*라이프블러드 딥*이 프로그램으로 구성된 그의 삶이었다. 코핀으로 들어가 슬립에 빠질 때면 그는 사실 딥에서 *벗어나*, 진짜 인간들이 게임을 하러 들어가는 일반 버트넷에 진입한 것이었다. 어린 시절의 기억은 전부 위조되었다. 그는 컴퓨터 프로그램일 뿐이었다.

그리고 그 두통과 이상한 환각들은… 케인이 말했듯, 그는 부패를 경험해 온 것이었다. 블랙앤블루 클럽에서의 킬심 공격과는 아무 상관도 없었다. 탄젠트들은 망가지기 직전까지만 지속될 수 있었다. 부모님과 헬가가 아무 이유 없이 사라져 버린 까닭도 설명됐다. 일이 그런 식으로 진행된다는 이야기는 마이클도 항상 들어왔다. 탄젠트의 인생을 구성하는 요소들이 프로그램에서 사라지기 시작하는데도 탄젠트 자신은, 최소한 처음에는, 그 사실을 반쯤 깨닫지 못한다고 말이다. 부모님이 몇 주 동안이나 자취를 감추었다는 사실이 문득 떠올랐을 때의 가슴 철렁한 느낌이 떠올랐다. 그 순간까지는 그게 이상하게 느껴지지 않았다.

마이클은 진짜가 아니었다. 가짜였다. 그 사실이 역겨웠다. 마치 누군가가 그의 목구멍에 다량의 독을, 목이 막힐 정도의 독을 한입 가득 쏟아부은 것만 같았다. 더 이상 살고 싶지 않았다. 그에게는 그럴 만한 가치가 없었다. 그는 탄젠트였으니까.

하지만 케인이 그에게 생명을 주었다. 인간의 몸을 훔쳐 그걸 마이클의 것으로 만들었다. 통로는 정말로 시험이었다. 이제는 통과하지 못했기만을 바라게 된 시험. 마이클은 우연히 자의식을 갖게 된 탄젠트의 실험대상이었을 뿐이다. 그리고 이제는 그자가 마이클의 도움으로 같은 일을 다시, 또 다시 일으키고 싶어 한다. 인류 전체를 점령하려는 거겠지, 아마. 전부 맞아떨어졌다. 왜 VNS가 케인을 찾으려 했는지도 알 수 있었다.

그럼 브라이슨과 세라, 부모님, 헬가는? 그의 인생에서 단 한 사람이라도 진짜였을까? 진짜라면, 언젠가 다시 그들을 찾을 수 있을까? 절망의 강렬한 기운이 북받쳐 올랐다.

마이클은 넷스크린을 끄고 머리를 벽에 기댄 채 눈을 감았다. 처음으로 든 생각은 타냐였다. 타냐와, 그녀가 다리에서 뛰어내려 인생을 끝장내 버린 방식. 이제는 그 역시 진짜 사람, 뼈와 살로 이루어진 사람이었으므로 같은 일을 할 수 있었다. 그렇게 하면 케인의 계획도 아마 어그러질 것이다. 적어도 약간은 지체되겠지. 어쩌면 놈들은 자기들이 한 짓을 반복할 때 쓸 견본으로서 마이클이 필요할지도 몰랐다.

하지만 그런 생각을 하는 와중에도 마이클은 타냐의 뒤를 따르는 선택을 할 수는 없다는 걸 알고 있었다.

사태를 바로잡기 위해 그가 할 수 있는 일은 한 가지뿐이었다.

산다.

살아서 케인을 다시 만난다.

초인종이 울렸다.

4

마이클은 낯선 몸으로 낯선 아파트를 가로질렀다. 긴장되어 심장이 빠르게 뛰었다. 여기에 누가 사는지, 집에 올 만한 사람은 누구인지, 복도에서 누가 기다리고 있을지 알 방법이 전혀 없었다. 하지만 문을 열러 나가야 한다는 것만은 알 수 있었다. 확실했다.

문을 당겨 열자 웨버 요원이 서 있었다. 짙은 색깔 머리카락에 이국적인 눈, 두 다리 모두 그대로. 그녀의 표정을 읽기가 어려웠다. VNS 본부에서 그녀와 만났던 일은 다른 인생에서의 사건처럼 느껴졌다. 하긴, 실제로 그렇다는 생각이 들자 마이클은 하마터면 크게 웃을 뻔했다. 지금 이 순간이 오지 않았더라면 마이클은 그녀가 진짜인지 아닌지 결코 알 수 없었을 것이다.

"질문이 천 가지쯤 될 텐데." 그녀가 말했다. 목소리가 긴장되어 있었다.

"2천 가지쯤이죠." 새로운 목소리가 낯설게 들렸다.

"우리 만남은 진짜였어." 웨버가 말했다. "우리의 상호작용, 너의 임무도 진짜였고. 우리 모두 그 탄젠트에게 속은 거야. 케인에게."

"그래도 *제가* 탄젠트라는 건 알고 있었죠, 아닌가요?"

그녀가 고개를 끄덕였다. "당연히 알고 있었지. 우리는 놈이 자기 소굴로 탄젠트들을 모아들이고, 어떤 식으로든 그들을 시험하고 있다는 걸 알았어. 그래서 널 이용한 거야. 우린 *라이프블러드 딥*에서 너를 만나 이용했어. 미안해, 마이클. 하지만 그 방법밖에 없었어."

마이클은 창자가 뒤틀리는 듯했으나 계속 질문을 던질 수밖에 없었다. "그럼 브라이슨은요? 세라는? 걔들은…."

"그래." 웨버가 고개를 끄덕였다. "그 애들은 진짜야, 마이클. 걔들은 네가 진짜가 아니라는 것도 몰랐어. 네가 직접 많은 걸 설명해야 할 거야."

마이클은 웃었다. 어디에서 나온 웃음인지는 그 자신도 전혀 알 수 없었지만, 웃었다.

"그럼." 그가 결국 말했다. "다음은 뭐죠? 당신이 여기에 와 있다는 건 케인도 알 텐데."

"그냥 너한테 내 얼굴을 보여주고 싶었어. 내가 정말 존재한다는 걸, 네가 혼자가 아니라는 걸 알려주고 싶었어. VNS가 여전히 케인을 잡아 놈의 계획을 중지시킬 생각이라는 것도 알려주고 싶었고. 난 이제 가야 해, 마이클." 웨버가 잠시 멈추었다. 슬퍼 보였다. "우리 쪽에서 연락할게. 그동안은 최선을 다해서 네가 대체한 사람의 역할을 하렴. 그냥, 다른 선택지가 없단다."

그 말을 끝으로 웨버 요원은 몸을 돌려 떠났다. 그녀의 하이힐이 아파트 복도의 타일 바닥에 또각거렸다. 마이클은 그녀가 사라질 때까지 그 뒷모습을 빤히 바라보다가 문을 닫고 주방으로 향했다.

배가 고팠다.

-2권 <생각의 법칙>으로 이어집니다

옮긴이 **강동혁**

서울대학교 영문학과와 사회학과를 졸업하고 같은 학교 대학원에서 영문학 석
사학위를 받았다. 옮긴 책으로는 《해리 포터》 시리즈, 《신비한 동물사전 원작
시나리오》, 《일곱 건의 살인에 대한 간략한 역사》, 《레스》, 《이 소년의 삶》 등이
있다.

죽음의 법칙 1: 마음의 눈

초판 1쇄 인쇄 2021년 11월 29일
초판 1쇄 발행 2021년 12월 10일

지은이 | 제임스 대시너
옮긴이 | 강동혁
발행인 | 강봉자, 김은경

펴낸곳 | (주)문학수첩
주소 | 경기도 파주시 회동길 503-1(문발동633-4) 출판문화단지
전화 | 031-955-9088(대표번호), 9530(편집부)
팩스 | 031-955-9066
등록 | 1991년 11월 27일 제16-482호

홈페이지 | www.moonhak.co.kr
블로그 | blog.naver.com/moonhak91
이메일 | moonhak@moonhak.co.kr

ISBN 978-89-8392-888-7 04840
     978-89-8392-887-0 (세트)

* 파본은 구매처에서 바꾸어 드립니다.